国代学典

中当文经必读

吴义勤 ◎主编

张元珂 崔庆蕾 ◎点评

1990短篇小说卷

ZHONGGUO
DANGDAI
WENXUE
JINGDIAN
BIDU

百花洲文艺出版社

我们该为"经典"做点什么?

吴义勤

　　当今时代,对经典的追怀和崇拜正在演变为一种象征性的精神行为,人们幻想着通过对经典的回忆与抚摸来抵抗日益世俗和商业化的物质潮流。在这一过程中,一方面,经典作为人类文学史和文明史的基石与本源,其价值得到了充分的认同与阐扬;另一方面,经典的神圣化与神秘化又构成了对于当下文学不自觉的遮蔽和否定。可以说,如何面对和正确理解"经典",正是当代中国文学必须正视的一个问题。

　　什么是经典呢?就人类的文学史而言,"经典"似乎是一个约定俗成的概念,它是人类历史上那些杰出、伟大、震撼人心的文学作品的指称。但是,经典又是无法科学检验的主观性、相对性概念。经典并不是十全十美、所有人都认同的作品的代名词。人类文学史上其实根本就不存在十全十美、所有人都喜欢、没有缺点的所谓"经典"。那些把"经典"神圣化、神秘化、绝对化、乌托邦化的做法,其实只是拒绝当下文学的一种借口。通常意义上,经典常常是后代"追认"的,它意味着后人对前代文学作品的一种评价。经典的标准也不是僵化、固定的,政治、思想、文化、历史、艺术、美学等因素都可能在某种特殊的历史条件下成为命名"经典"的原因或标准。但是,"经典"的这种产生方式又极容易让人形成一种错觉,即"经典"仿佛总是过去时、历时态的,它好像与当代没有什么关系,当代人不能代替后人命名当代"经典",当代人所能做的就是对过去"经典"的缅怀和回忆。这种错觉的一个直接后果就是在"经典"问题上的厚古薄今,似乎没有人敢于理直气壮地对当代文学作品进行"经典"的命名,甚至还有人认为当代人连写当代史的权利都没有。

　　然而,后人的命名就比同代人更可信吗?我当然相信时间的力量,相信时间会把许多污垢和灰尘荡涤干净,相信时间会让我们更清楚地看清模糊的、被掩盖的真相，但我怀疑，时间同时也会使文学的现场感和鲜活性受到磨损与侵蚀，甚至时间本身也难逃意识形态的污染。我不相信后人对我们身处时代"考古"式的阐释会比我们亲历的"经验"更可靠，也不相信，后人对我们身处时代文学的理解会比我们亲历者更准确。我觉得，一部被后代命名为"经典"的作品，在它所处的时代也一定会是被认可为"经典"的作品，我不相信，在当代默默无闻的作品在后代会被"考古"挖掘为"经典"。也许有人会举张爱玲、钱钟书、沈从文的例子，但我要说的是，他们的文学价值在他们生活的时代就早已被认可了，只不过新中国成立后很长时间由于意识形态的原因我们的文学史不允许谈及他们罢了。

这里其实就涉及了我们编选这套书的目的。我认为，文学的经典化过程，既是一个历史化的过程，又更是一个当代化的过程。文学的经典化时时刻刻都在进行着，它需要当代人的积极参与和实践。文学的经典不是由某一个"权威"命名的，而是由一个时代所有的阅读者共同命名的，可以说，每一个阅读者都是一个命名者，他都有命名的"权力"。而作为一个文学研究者或一个文学出版者，参与当代文学的进程，参与当代文学经典的筛选、淘洗和确立过程，正是一种义不容辞的责任和使命。事实上，正是出于这种对"经典"的认识，我才决定策划和出版这套书的，我希望通过我们的努力，真实同步地再现21世纪中国文学"经典化"的进程，充分展现21世纪中国文学的业绩，并真正把"经典"由"过去时"还原为"现在进行时"，切实地为21世纪中国文学的"经典化"作出自己的贡献。与时下各种版本的"小说选"或"小说排行榜"不同，我们不羞羞答答地使用"最佳小说"之类的字眼，而是直截了当、理直气壮地使用了"经典"这个范畴。我觉得，我们每一个作家都首先应该有追求"经典"、成为"经典"的勇气。我承认，我们的选择标准难免个人化、主观化的局限，也不认为我们所选择的"经典"就是十全十美的，更不幻想我们的审美判断和"经典"命名会得到所有人的认同，而由于阅读视野和版面等方面的原因，"遗珠之憾"更是不可避免，但我们至少可以无愧地说，我们对美和艺术是虔诚的，我们是忠实于我们对艺术和美的感觉与判断的，我们对"经典"的择取是把审美和艺术放在第一位的。说到底，"经典"是主观

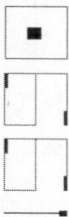

的，"经典"的确立是一个持续不断的"过程"，"经典"的价值是逐步呈现的，对于一部经典作品来说，它的当代认可、当代评价是不可或缺的。尽管这种认可和评价也许有偏颇，但是没有这种认可和评价，它就无法从浩如烟海的文本世界中突围而出，它就会永久地被埋没。从这个意义上说，在当代任何一部能够被阅读、谈论的文本都是幸运的，这是它变成"经典"的必要洗礼和必然路径，本套书所提供的同样是这种路径，我们所选的作品就是我们所认可的"经典"，它们完全可以毫无愧色地进入"经典"的殿堂，接受当代人或者后来者的批评或朝拜。

感谢百花洲文艺出版社对我的经典观的认同以及对于这套书的大力支持，感谢让这个文学工程可以在百花洲文艺出版社这个平台美丽绽放。我们的编选仍将坚持个人的纯文学标准，而为了更好地阐析我们的"经典观"，我们每本书将由一个青年学者对每一篇入选小说进行精短点评，希望此举能有助于读者朋友对本丛书的阅读。

目　录

不会变形的金刚/

/毕淑敏

"妈妈，咱们走吧！我不要变形金刚。"十岁的儿子对我说。

这是一家新开的百货商场。作为一个家境不宽裕的主妇，每逢我带着儿子的时候，总是像避开雷区一样躲着玩具柜台。可这家商场的经理很精明，今天，在一进门通常飘荡着化妆品香风的大厅处，就摆满了令人耳目一新的玩具。

猝不及防！

我踌躇着是否退出去。商场门口贴着优惠展销各式毛线的海报，我需要买毛线织一条暖和的围巾和一顶美丽的帽子。

毛线也不是"仅此一家，别无分店"，换个地方买吧！

我紧拉着儿子的手，稍微用了点劲，准备找一个适当的理由，领着儿子离开这里。

只是这理由需编得美满。十岁，正是清清纯纯又混混沌沌的年龄。我不愿让他过早地知道金钱的效力和家中的困窘，又怕他稚嫩的心因为买不到心爱的玩具而受到折磨，真想用手掌遮住他的眼睛……

不料儿子却说出了这样的话！

"妈妈，咱们走吧！我不要变形金刚。"

我真不知该怎样感谢儿子的懂事才好！

为此，我诅咒那些美国人、日本人、香港人……我说不上发明这种奇异而巧妙的机器人玩具——变形金刚——的，具体是他们其中的哪一拨子，也许人人有责。"红蜘蛛"、"擎天柱"、"恐龙刚索"，强盗一样霸占了儿子每个星期六和星期天的晚上，闹得我连电视新闻也看不周全。当他们通过屏幕把这些无中生有的形象，像烙铁一样印进孩子们的梦境之后，成千上万造型惟妙惟肖的变形金刚们，就像蝗虫一样杀上玩具柜台，像吞噬非洲的庄稼一般咽进父母们的钞票。

如果不是有熙攘的人流，我真想俯下身去亲亲儿子那光滑的有着细密汗珠的额头，然后舔舔嘴唇，他的汗是咸而微甜的……

但我立刻发现局势并不像我想象的那么乐观。儿子的身体已转向挂着厚重皮门帘的商场大门，脚却像焊在水磨石地面上。尤其是脖子，顽强地拧向柜台，眼睛在很长的睫毛掩护下，眨也不眨地盯着变形金刚们。

形形色色花花绿绿风采各异身量不等的机器人家族，沉默地用潇洒和傲慢，与我的儿子对峙。

我真佩服小孩的骨质柔软。唯有他们同柳枝一般弹性而细嫩的颈椎，才能维持如此不舒适的回眸姿势这样久……

我的心像泡进醋酸中的蛋壳，迅速消融。

不就是一顶帽子和一条围巾吗！我是那个过去了的时代实行"晚婚晚育"的模范，儿子虽才十岁，我已逾不惑。今冬第一阵北风袭来的时候，我感到头皮顶一阵冰凉，这才发现最高处的头发已经稀疏。变白了的头发不但有碍观瞻，保暖的功能也差了。我是个巧手的女人，除了会车漂亮的零件以外，还会织毛衣、做菜。我打算给自己织一顶美丽的帽子，为了不显得突兀，还需要一条长长的围巾与之配套。我把这打算同丈夫讲了，他默默地熄灭了手中的烟。当然他不是长期戒烟，从我认识他那天起，我就知道他在别的事情上有毅力而这件事上绝对不行。吃菜的时候我们都抢着吃菜而避开肉，这使儿子不但没发现菜内的肉有所减少，反而以为最近的伙食比以前好了。

我可以不要帽子。我有一条旧的方头巾，把它拼命向前戴，就可以护住头顶。生儿子的时候落下的毛病，一受风我的头就像被槌敲击似的疼痛。只是那样子可能不大美观，像一个肃穆的阿拉伯女人或是童话中的鸡妈妈。不过，那又有什么呢？我的儿子将会有一件他心爱的玩具了。

我乜了一眼柜台。变形金刚们很贵很贵，一顶帽子和一条围巾，只够买一条变形金刚的腿……

而且，丈夫会说什么呢？他总说我惯着儿子，同阔人家比，要知道我们是最普通的蓝领。

蓝领的儿子，就不能有变形金刚吗?

我几乎要下定决心了。我身上的钱够买一个最小号的金刚。对丈夫，我会编出一个美满的不要帽子的童话。

可惜儿子到底是小孩子。就在这希望曙光已经出现的时刻，他突然把头和身子扭向门口，很果决地说："妈妈，咱们快走吧! 报纸上说了，变形金刚是外国小孩都不玩的东西了，才运到中国来，骗咱们的钱。"

他拉着我的手就要走，小手湿漉漉的。眼光像同遗体告别似的，最后瞥了一眼柜台。他的小腿飞快移动，好像怕变形金刚们会突然生龙活虎地把他拽回去。

这话说得太成人气，连我都未想到如此不容抗拒的理由。儿子是品学兼优的三好学生。

在这颗小小的清澄的灵魂面前，我觉得自己和丈夫都太自私了。我是为了自己，丈夫是为了我。

我几乎是一个箭步返回柜台，买了一个最小号的变形金刚。我不怕钱被外国人或港澳同胞赚去，也不怕光着脑袋头痛和颈椎增生。为了儿子的懂事，为了我和他心中的快乐。

那天晚上，儿子忘了吃饭，一直在玩变形金刚。他把小小的黑色手枪别在红色的"威震天"（这是那个金刚的名字）手中，旋转曲折之后，机器人就变成一架尾翼高耸、线体流畅的轰炸机。它的结构确实精巧，美国"孩之宝"的标志，在儿子温热小手的摩挲下，不断由红色变为蓝色，又在室温下返回红色。

"变形金刚，随时变形状。汽车人为正义而战，为自由而战，意志坚强。"

儿子哼着变形金刚的电视主题歌，音色很美。

虽然挨了丈夫几句埋怨，我仍旧觉得自己决策英明果断。变形金刚虽然昂贵，但这快乐的时光更昂贵。我可不愿儿子长大成为出色的人后，在一篇回忆录或自传中写道：我小时候很喜欢玩具，因为家境贫寒，只有眼巴巴地看着人家的孩子玩……

当然，儿子很可能只是一个普通的蓝领，那我也不希望他的童年留下深深的遗憾。孩子的快乐毕竟比较廉价，一个最小号的变形金刚，就使他如醉如痴。

"不能因为玩'威震天'影响了学习。"我郑重叮嘱，话语中掺进了少有的威严。

儿子以同样的郑重回答了我。其后几天，我假装无意实则很仔细地翻检了他的作业成绩，还好。儿子是个有克制力的孩子，只有做完作业才摆弄玩具。

真正的冬天到了。

丈夫又延长了他戒烟的时间。我再三解释旧围巾很好，他阴沉沉地说："你也该买一双棉靴了。"

我做出经他提醒才感觉到脚下发凉的神色，感激地冲他笑笑。

又一天晚上。我突然发现儿子拼装的变形金刚与我买的那个不一样了，红色变成了黄色，长相也要狰恶许多，最主要的是个头，起码要大上三倍。

"这是什么？"我几乎是严厉地追问。所有的《父母必读》都谆谆告诫，对孩子的某一丝异常，都不可掉以轻心。

"这是'大力金刚'。"儿子很镇静地回答，口气亲切得好像大力金刚是我们家的亲戚。

感谢电视里坚持不懈的播映，我也初步具备了金刚家族的常识。大力金刚是另一派金刚们的头领。

我需要了解的当然不是金刚的绰号，而是金刚的主人。"我问你，这是谁的？"语气没有丝毫缓和。

"同学的呀！差不多每个人都买了，大家买的都不一样，互相串着玩，这样我们就能玩好多种汽车人和飞机人了！"儿子坦荡地看着我，完全没有听出我的问话中隐含着对他的猜疑。

我不由得有些内疚，却并不能保证下次就能改正。我对孩子的说谎和盗窃，怀有极大的恐惧，不得不高度提高警惕。

孩子们的交易挺聪明，大概类似原始部落的以物易物。这是个新鲜事物，我不知道该赞成还是该反对。看着儿子的勃勃兴致，我只是说："不管是大力金刚还是威震天，都不能影响学习。要爱护别人的玩具。"

儿子听话地点点头。他是个乖孩子。

有人敲门。声音很小，位置很低。

儿子跑去开门。门扇开得很大，儿子是个好客的孩子。来人却把门

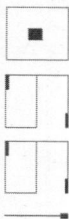

扇微微合拢，好像他不是想走进而是要离开，然后才从门缝里缓缓挤进一颗胖胖的头。

这是儿子的同学，一个经常来问作业的男孩。名字我记不得，只叫他小胖。

小胖这次却并不是为了什么作业来请教儿子。他既不肯进来又舍不得退去，卡在门缝里，满脸困窘地对着儿子，眼睛却瞟着我说："真对不起，我把你的变形金刚搞坏了……"

儿子的脸色突然变得苍白，我好像还没见到他受过如此重大的打击。他从小胖手里接过散成一摊零件的威震天，平托在眼前，轻轻地吹着气，好像那是一只受伤的鸽子。

最初的震惊过去之后，儿子求救般看着我。

这是一个尴尬的场面。最初的一瞬，我惋惜地想到帽子和围巾。然而，我们还是面对现实吧。

我故意不看儿子，说："威震天是你的，你看怎么办？"

儿子还是默不作声，也许我的在场，干扰了他的决定。我转身走进里屋。

静默。我听见小胖喘息的声音越来越粗。我真想跑出去对他说："孩子，你可以走了。"可是，这决定应该由儿子自己做出。

"你是怎么给弄坏的？"儿子的声音充满愤怒。

"就这样……后来就啪啦一声……"小胖大概做了一个手势，我听见儿子喉咙里咕噜了一声，对这个害死威震天的动作恨之入骨。

怎么办呢？也许我该出面。变形金刚固然珍贵，但宽容比这更珍贵，我虽然相信自己平时对儿子的教育，但威震天对于他，相当于成年人的一台彩电，一架高级相机。拖延着的时间，对他对我对小胖，都是煎熬。

终于，儿子开口了。他好像走了很远的路，声音中含着一种虚弱，却还清晰。那是很简单的三个字："没关系……"

小胖子蹬蹬蹬地跑了，好像生怕儿子会改变主意。

我长吁了一口气，好像自己也走了很远的路。我轻轻地吻了一下儿子的额头，他的汗咸而微甜。

"威震天死了。"儿子的眼里含着泪花。

"我试着把它粘起来。"我安慰儿子，自己也没有大大的把握。

我说过自己是个巧手的女人，但这个断成碎片的威震天还是使我煞费苦心。在耗费了比织一顶帽子多得多的心血之后，威霸天终于栩栩如生了。只是它只能看，不能动。它再也不会变形了。

儿子是个典型的喜新厌旧者，他把全部的热情转移到大力金刚身上。变形金刚的生命在于变形，不会变形的金刚只是一件摆设。

儿子飞快地改变着大力金刚的形状，你不得不佩服美国人的机智，飞机的肚子居然能变成人的脑袋，严丝合缝，毫无破绽。

我也忍不住凑过去。最好的玩具，对大人和孩子同样有魅力。正在这时，啪啦一声，高大的大力金刚像被炸药内部引爆，一下散了摊子，成为一堆碎片。

这是怎么回事。

儿子望着我，我望着他。

事情再明显不过，只是我们都不愿相信。大力金刚被搞坏了。

儿子徒劳地想把碎片镶起来，结果是使破坏更加严重。

我正在思考如何处理，儿子已经很老练地把碎片收拢在一张纸里，准备出门。

"你到哪去？"我问。

"去还给人家。还有道歉。"儿子显出很有韬略的样子，事情安排得详细得当。

"大力金刚是小胖子的吗？"我存着希望问。

"不是。"儿子说了一个同学的名字。

是她家！我的心往下一沉，又飘飘悠悠地上浮到咽喉。

那是一个很娇弱的女孩子。我对女孩倒没什么印象，只觉得她的妈妈是个高傲的女人。她们家境很好，属于丈夫所说阔人的范畴。给柔弱的女孩买如此大而凶恶的机器人玩具，丰衣足食可见一斑。

"你就这样去……行吗？"我迟疑地说，不知问的是孩子，还是我自己。

"还要带什么东西吗？"儿子不解地问。

我看着儿子清澄如水的目光，想说什么，却终于什么也没有说。

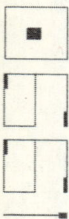

"妈妈,那我走了。"儿子一溜小跑而去。

"快去快回。"我不安地叮嘱。

没有回答。儿子已经跑远了,不过我相信他一定不会耽搁。

等啊等啊……许久许久……儿子还没有回来。

我的心像被钩住后亟待挣脱的鱼,左蹿右跳,激起巨大的涟漪。

为什么我不再多叮咛他两句!世上的人什么样的都有,你能原谅别人,别人却并不一定能原谅你。假如真的出现了某种不快,儿子多少会有个精神准备。不然,当责备像暴风雨一样袭来的时候,他会惊愕地瞪大那双纯洁的眼睛,由着眼泪像自来水一样将它贮满……

不……还是不要预先讲的好!也许一切都很正常,也许什么意外都不曾发生。好客的同学挽留儿子多坐一会,女孩的妈妈还给儿子剥开一个橘子,儿子很有礼貌地推让着……我的儿子是个讨人喜欢的男孩,人家一定会谅解他的,就像我们曾经谅解了小胖一样……

对!一定是这么回事,只能是这么回事!我庆幸自己没有用预想中的乌云,遮蔽孩子内心那片晴朗的天空。

尽管我不断说服自己,随着时间的推移,内心还是越发忐忑不安。

终于,儿子回来了。他走路的步伐是那样轻,走到眼前我才从沉思中蓦然惊醒。

我看了他一眼。只这一眼,就足够了。过去的这段时间,使儿子发生了巨大的变化,虽然表面看起来,他只是哭过了,流了许多泪,为了怕我发现,又站在冷地里等着风将泪水吹干。孩子的掩盖暴露了更多的东西。

我没有勇气问儿子详细的过程。重复那经过,无论对儿子还是对我,都是一种残忍。

"妈妈,人家要我们……赔……"大滴大滴的泪水从儿子脸上滚落下来,我用手去接,因为刚从外面回来,那泪水很凉。

我想用母亲温馨的心捻成毛线,为儿子织一间温暖的小屋,可惜我不是整个世界。

也许我应该事先告诉儿子……但如果说那恐怖的前景,而一切又没有发生,我岂不是玷污了一颗纯真的心!只要还有一丝可能,我也愿维持这种真诚直到最后。

现在，我们面临的是另一个问题了——成为碎片的大力金刚还有儿子那颗有折痕的心。

"既然损坏了东西，人家要求赔偿，当然是应该的。"我拭干儿子的泪水。

"那我去找小胖，叫他先赔我的威霸天，人家说了一个'对不起'就值这么多钱啊？以后上商店买东西，甭带钱包，先说'对不起'就行了！"儿子从地上弹射而起。

"你不能去！"我拉住他。儿子在我手下不驯地挣扎着，十岁的男孩已经有了小牛犊一样的蛮劲。

"为什么？妈妈！"儿子半仰着脸，像问天一样问我。

我不能回答。这世界上有许多像花布一样美丽的道理，却做不成衣服。

我却必须回答：一只母猫还要教会小猫如何捕鼠。我就是再为难，也得给儿子一个大致的道理。

"'对不起'是一种礼貌，它是不能用金钱来计算的。"

儿子顺从地点点头。这话大概和学校的师长们所讲差不多，他还勉强听得进去。

"小胖弄坏了威震天，你原谅了他，他很轻松，这是一件好事。"我做出循循善诱的样子，准备把儿子领进我的埋伏圈。

"可是人家不原谅我……妈妈！"儿子抗争着。他受到的羞辱比我苍白的说教要有力得多。

"是的，儿子。每一件事，都可以有好几种处理的方法。喏，就像这些变形金刚，可以变机器人，也可以变飞机和汽车……懂了吗？"

"懂……了。"儿子迟疑地点了点头，但我知道他不服，又不愿惹我伤心。

我把一直拉着儿子的手松开了。我很累，这世界上谁也代替不了谁。

儿子不再挣扎，孤零零地站在一边。

最大号的大力金刚，代表着一个令人咋舌的数字。尽管我们还不用变卖家产，尽管街上也没有当铺，我还是有一种破产的感觉。

我和儿子揣着共同的秘密，迎回了家里最主要的男人。儿子可怜巴巴地看着我，希望我别说，又希望我快说。

我不想说又不得不说，想晚说又想干脆早说，人有时飞快地迎着一个东西跑过去，其实是为了躲开它。

丈夫听完后，居然在很长一段时间内保持镇静。然而这镇静像糖衣一样，包裹着的是苦涩的雷霆。

"说！你是怎么把这玩意给弄坏的？"丈夫拒绝叫那堆碎片为变形金刚。

"就这么一下……啪啦一下…就……"儿子看着我，语无伦次，希望我能为他作证。是的，当时我在场，可我也说不清，没有预谋的事情都说不清。

其实这个过程说清说不清又有什么关系呢？要紧的是它坏了。儿子以后再也不会去玩这种借来的宝贵玩具了。

丈夫眉头紧皱，眼里射出凶狠的光。儿子往我身后躲。

"你说你是成心的，还是故意的？"丈夫气急败坏，"说——"

我不知道成心和故意有什么不同，也不敢劝他。

"是成心的……不，爸爸，我是故意的……"在父亲的虎视眈眈之下，儿子来不及思索，急切地选择着他认为较好的动机。

"好你个小败家子！你爹干一个月，还挣不回这么个玩意，你倒好，充什么少爷胚子！我让你记住喽——"

丈夫抡圆了胳膊，呼地拍了过来。我用手臂架住，只觉得半边身子一震，触电般直麻到中指尖。

他是干壮工的，出手极重。幸好我站的位置好，来得及阻拦。

儿子惊恐地愣了刹那，才"哇"地痛哭起来，好像挨打的不是我而是他。

"你还有脸哭！"丈夫气得吁吁吐气，"为了那个小玩意，你妈就没钱买线织帽子，这回再加上个大家伙，咱一家连过冬的煤和大白菜都没着落了！"他又转过脸对我："都是你惯的！"

我由着丈夫数落，只要他再不动手就成，从小到大，儿子没挨过打。

那是冬天里极冷的一日，从太阳里散发出来的不是热，而是冷风，我走进炉火不断的家中，儿子脸热得通红，眼睛也亮闪闪地好像深潭中的星。我以为他发烧了。

"妈妈，你闭上眼睛。"儿子一说话，我就知道他没病。病孩子不会有这么动听的嗓音。

我闭上眼睛，心中像煮开的牛奶，不见波浪地荡漾。儿子将有一个小小的快乐送给我：

也许是张一百分的卷子，也许是个纸盒小瓶做成的手工。

"好了。妈妈，你可以睁开眼睛了！"

我还是闭着眼睛，迟迟不愿睁开。这是一种母亲特有的幸福。

"妈妈，你快点嘛！"儿子催促。

再耽搁下去，儿子该着急了，我赶紧睁开眼。眼前一片稀薄的淡绿，仿佛置身初春的草地。过了一会才看清，是儿子捧着一团绒绒的绿线。

这是我最喜欢的颜色。

"妈妈，你喜欢这颜色吗？"儿子眼巴巴地瞅着我。

"喜欢，太喜欢了。你怎么知道妈妈喜欢？"儿子已经大了，我对他讲话时提到自己，还是不习惯用"我"，而是依然用"妈妈"这个奶里奶气时的称呼。

"妈妈忘了？从小到现在，您给我织的毛衣毛裤，都是这种绿色。我能从一千种颜色中找出这种绿色。"儿子怪我提了一个太简单的问题。

对某种颜色的喜爱，也许就是这样一代一代流传下来，像一个美丽的故事或是一支古老的歌。

"是爸爸带你去买的？"我真心地感激丈夫，他是那种外粗内柔的男人。

"是我自己去买的！"儿子颇有点自豪。

"你哪里来的钱？"我惊讶地问。

儿子不语，眼睛却直挺挺地瞪着我。

这孩子不会去偷吧？我脑中一闪过这念头，立即觉得是对儿子的亵渎。那一定是他捡废纸卖牙膏皮换来的钱了！可儿子近来并没有满手乌黑或回家很晚……不行，得问清楚。

我把毛线一股脑丢在床上，有几股缠绕在一起，这是很难解开的，也顾不上了。

"快说，哪来的？"我抱着最后的希望，求儿子给我一个合理的解释。

"我找小胖要的。"儿子极清楚极明白地回答我。

"找谁？"我已经听得很清楚了，可我还要问。我不相信，一向那么恭顺的儿子，竟敢如此不听话！

"找小胖。"儿子的口气中竟没有丝毫怯懦，勇敢地迎着我的目光。

我的头立刻像蜂巢一样嗡嗡作响，所有的含辛茹苦所有的谆谆教导所有的设计所有的希望，都被这孩子的目光击得粉碎。

"你是怎么去要回来的？"我虚弱地问。

"就像别人跟咱们那样要回来的。"儿子似乎觉得我问得多余。

我的手慢慢地举起来。儿子以为我要抚摸他的头，便亲昵地倚靠过来。我猛地将手击在他的头上。在最后的一瞬，我想起杂志上说过不要打孩子的头的话，然而已经来不及了，只容得稍微一偏，劈在他的脖子上。

儿子的头骨还软。然而不像他极小时候那种柔软的乒乓球皮的感觉，而似一个充气很足而略有弹性的足球了。

我的手被有力地反弹回来。儿子没有躲避，他痴痴呆呆地望着我，仿佛不知道自己错在哪里。

这是我第一次如此凶狠地打儿子，但我敢肯定，这不是最后一次。

儿子的泪和我的泪，交替地洒到绿毛线上。毛线因此变得浓淡不均，用它织出的帽子和围巾一定是很别致的。

以后，每当门扇被风吹开，又被风缓缓合上的时候，我都以为会有一个胖胖的圆头圆脑的小家伙出现。

小胖却再也没有来。他还了钱，也不要那个破碎的变形金刚了。

那个巨大的大力金刚，被我用胶粘好了。高高大大，威威武武，给我家平添了一股富贵奢侈之气。

现在，我们家有两个变形金刚了，可惜都不会变形。

儿子也从不去动它们。

原载《河北文学》1990年第4期

点评

　　小说的叙述重心着眼于孩子，有大量对儿童心理活动的呈现，所以我们可以将小说看成是"儿童文学"。但除了对儿童的心理世界进行细致描摹以外，对妈妈内心世界的探测和表达也是小说很精彩的组成部分，而且二者之间巧妙地构成了某种紧张和对比。

　　在孩子眼中，变形金刚意味着快乐、时尚、自豪，是梦寐以求的高级玩具。在妈妈眼中，变形金刚意味着一种财富、身份甚至地位，但这个"奢侈物"与自身小家庭贫困的现实形成了错位的映照，变形金刚像一面镜子映出这个家庭惨淡的现实。怕冷的妈妈在冬天甚至都舍不得买一顶帽子来御寒，这样的家庭，购买变形金刚无疑是一种巨大的负担和挑战。但是，为了满足孩子的愿望她还是"咬牙"给孩子买了一个，虽然那是最小最便宜的一种，母爱的巨大力量在行动中得到淋漓尽致地展现。

　　小说中的维护孩子纯净的心灵和维持家庭的生存生计始终是一对尖锐的矛盾，更为精彩之处是，毕淑敏通过设置金刚被损坏的"事故"，将这种紧张冲突升级到了形而上的道德高度，延伸到了如何教导孩子正确处理事情的教育的层面，实际上，不会变形的金刚不仅考验了孩子，也考验了父母。如何在有限的物质条件下呵护孩子成长、引导孩子树立正确的价值取向是一个具有普世意义的难题，家长们究竟该如何作答，毕淑敏的这篇小说给了我们诸多启示。

（崔庆蕾）

不老的湖

——洞庭湖写生／彭见明

　　老渔人看见他的重孙子欢跳着朝湖水走去。这是一个白嫩的赤裸浑圆的小小身子，肥嘟嘟的小脚板在白生生的碎沙地上留下一串摇摇摆摆的浅印子。老人忽然记起养儿子时，和养儿子大不一样。他的儿子在这个年龄，早已被烈日和湖风铸成了一条黑泥鳅。从儿子的身上，老人断定自己的童年和儿子无两样。不过太小的时候的事情总是记不住的。记不住的事情可不能狂想，老人告诫自己。老人觉得他这一生，没有任何值得回味的地方，所以记忆也就从不值钱。他从那些遥远故事里得不到任何享受，因此许久许久以来他只注重眼下和现实，那便是一丝不苟地劳作。他仿佛记得他的儿子养儿子的时候，也不是孙子养儿子这个养法。作为一个弄鱼人，孙子、孙媳竟然设法让重孙子躲避太阳。这在老渔人看来是不可思议的事情。如今的孩子啊，金贵，金贵！

　　六月的阳光已升至中天。

　　在老渔人眼里，这种季节的这个时候，沙滩是最白的，湖水也是最蓝的。他脚下、眼前的桥头筝的两条竖梁和七条横梁，在刺目的沙滩上，投下像楼梯一样的对于酷暑季节的人们来说十分迷人的阴影。这阴影从老渔人的脚下，一直伸延到水里。孩子便是踩着这宽大的"楼梯"格格往水里走去的。孩子一接触湛蓝的湖水，便手舞足蹈起来，并返过身来朝老人欢呼什么。可惜老人已不能分享孩子的欢乐。耳朵老了，已听不清孩子喊些什么。湖水不息的喧哗声也从此在耳畔消失了。不过那美妙的声音却早刻在心里，老人想那稚嫩的声音一定是很动听的。这个地方，一年四季除了湖水拍岸的涛声、后面山包上并不踊跃持久的鸟声、远处机器船路过时发出的沉闷的"突突"声，再也没有其他音乐了。很少很少有人到这里来，老人一生没见过几个陌生人。在他耳朵好使的时候，他喜爱听孩子的欢笑吵闹，哪怕哭也是美妙无比的。这个地方和在此谋生的人，太需要太需要一些奇异的声音了。

老渔人看见孩子背过脸去，高举起双手。这个白嫩的身子脱离桥头筝的阴影后，一颗透明的珍珠便投入蓝色的液体里，溅起无数美丽的水花。这景象十分壮丽，俨似一条欢快的大雄鱼和性情直率的鲢鱼奋力跃出水面复又优美地跌入水中。老人一看见这种景象便十分激动。几十年来都这样。横亘在老人眼前的是一望无垠的东洞庭湖，湖水不厌其烦地薄薄卷起一层，朝岸边推来、涌来。来了，却奇怪地不再回去。湖水清了变浊，浊了又清。年年如此，岁岁这般。除了这些，老人确实想看到另外一些东西，譬如一条小鱼舞一个漂亮的水花。譬如水鸟俯冲下去，从湖里啄出来一点吃的。那么大鱼将它银光闪闪的身躯骄傲地跃出水面，灵巧地转体后复又优美地跌入水中，对于老人来说，那是很壮观的事情，不是想看就可以看到的。

在眼睛还好使的时候，老人常常爬上后山去看远处的船。他的桥头筝的后面，是一个有十余丈高的小山包。四周爬满荆棘灌木和野草。崖头有几棵耐得风寒和寂寥的不老松，永远长不大。土松的地方，长着一丛同样长不大的小楠竹。老人没有思索过其中的原因。他的心思百分之百在于起网、捕鱼。以往他每天要站在崖头看一次船的移动和帆的五颜六色。观赏它们的时候，他表情庄重。他认定旅行是很庄重的举动。那些船里装的东西，足够他甚至他的一家吃穿一辈子。所以船对于他是神圣的。他的祖上是弄船的。他父亲的前半辈子是弄船的，后来洗手不干了，干他现在干的活。他向往船的流动和富有，但没有碰过。于是从看中满足这份奢望。

后来洞庭湖里开始行走在老人看来简直可以称之为"飞"的轮船，"突突突"的声音从此划破了八百里洞庭的宁静。再后来，几层楼高的大轮船居然也开进了老人的眼帘，不过很快他的眼睛便老了，耳朵不久也就背了。那伟大的身躯和气壮河山的声音来不及细细品味便变得越来越模糊。不过他同时知道了一件十分重要的事情，他正对着的那条航道，竟是洞庭湖中最重要的航道，这条黄金水道连着汉口和长沙两个非常非常了不起的城市。老人因此陡生了几分自豪。他觉得他这个捕鱼位置是了不起的。他在琢磨这件事情时，常生出几许激动。但他从来没想过这与他打鱼有什么联系。这是一个了不起的疏忽。

有几次老人情不自禁谈起轮船的事。他那业已长成的孙子猜出了爷爷的意思，他表示乐意用小划子送爷爷到巴陵府岳阳城的大码头，去看看去摸摸那大轮船。

老人不愿意去。

重要的是不能影响打鱼。

去吧，爷！后来孙子几乎是恳求。他听人说满足一个行将就木的人的要求是积德。他想他没有权利不满足这个老人的愿望，何况这个要求很低很低。

老人还是没有去。

人越老，越是依恋这个他无比熟悉的地方。尽管他依驻的这个小山包连名字都没有，他却认为这里是了不起的。是皇天后土的一部分，不可分离，因此就了不起。何况这小山包的左边和右边的两个山头是有名字的。左边的叫"大指头"，右边的叫"二指头"。两个"指头"插入湖中，老人所住之地便成了一个天然的避风港。由于有了"大指头""二指头"的拥抱，老人眼前的湖泊，多是平静温和的，这使老人的心境恬淡宁稳了一辈子。

父亲对他说：你不要小看了这个地方。

于是他觉得这是一个真理。

父亲和他的长辈是弄船的。他们都是闯过江湖见过世面的了不起的渔人。甚至他们走那条黄金水道下过汉口。

父亲后来不弄船了，带他在这里摆弄筝业。首先经营小筝业，后来发展到令人向往的桥头筝。

父亲没有给他讲过船的故事。但父亲告诉过他：就是弄船吃了大亏才不再弄船的。

老人从此认定船那东西是个可爱又可怕的怪物。他想知道一些船的故事，然而除了父亲，再没有人向他讲解什么。久而久之，也就淡心了，不再想那些虚空的事情，他应该全心全意关注他的桥头筝。研究筝与鱼之间的奥秘和征服。

甚至他还疏忽了对自己年龄的关注。他记不清自己有多大了。不过这也无关紧要，年纪与打鱼没有联系，所以无关紧要。

孩子高举起双手，撑着当顶太阳，投入迷一般迷人的湖泊的景象，很令老渔人感动。他的童年和重孙子的童年，有很不一样的地方，却也有一致的地方。譬如说渔人的童年在湖水的面前，就肯定会表现出惊人的一致。老人是坚信这一点的。他坚信这个孩子投向湖泊时的欢欣绝不亚于投入慈母怀抱的快乐。他是这么走过来的，他的儿子、他的孙子也是这么走过来的。尽管重孙子还没有下过水，他想不管怎样，这个孩子一定不会例外。

对于渔人的孩子，没有什么诱惑大于这博大的蓝色。

问题是在重孙子这个年龄，他，儿子，儿子的儿子，早已能在湖泊里自如畅行。当孩子能在岸上行走时，在水中也几乎同时能独自闯荡了。用不着谁教，不知不觉就有了这份本能。就像孩子生来就会张口要吃一样。可是这个孩子却不能。孙子和孙媳不让他下水。坚决不让！

老人想或许不让下也是对的。皇帝老子都换了若干个，很多很多事情红变绿、绿变红，什么对什么不对他早就分辨不清了。重孙子是孙子的儿子，他们不让他下水，想必有新时代的新理由。这个世界的很多事情他是陌生的。如此说来，这些心不该他来操。不过，无论怎么说，作为渔人的后代，能走能跳了还不会耍水多多少少总算是件遗憾事。老人嘴里当然不会说。何必要说呢。什么事都有个自然，自然而然，老人坚信自然而然这个道理。

这句话是他父亲告诉他的，并给他做过详细讲解。他因此而更加坚信他的父亲伟大，坚信他曾经出色地弄过船而且去过汉口这样的大地方。

他的老婆和他的儿子，都很早很早就别他而去，现在尸骨早变黄土。他们相继别他而去时，他没有悲伤过。他没有想过这种事情应该悲伤。每年春夏涨水时节，他所住的这个回水湾，总有不少人尸牛尸狗尸以及各种尸体光顾。那是大水、山洪这两个魔头作的孽、造的罪。有一些还抓得上手的人尸，他一般将其扛上来，在松土里挖个坑，堆在一起埋掉。他父亲说干这事叫积阴德。积阴德是件好事——这也是父亲的圣旨。他便坚持这样做了。

他的老婆，便是他所捡起来的尸体中的一具。他去埋她时，她睁开了眼睛。那年他已有四十岁。当夜，他父亲在后面崖壁下一干爽处垫了几捆茅草过夜。他和那女人做了夫妻。事毕，那女人才真正醒过来。醒来后女

人泪流满脸。他实在不明白人的眼泪怎么这般贱。他没有流过眼泪!

后来那女人说要走。但走了又回来了,和他一起照看桥头筝。不过老人觉得她的生命太短促,匆匆来又匆匆去,把一些很好的男女间的事情给搅了,那是很可惜的。那时候他想:天下人大概都不会厌倦这种事情的。他老婆在世时,他觉得日子很短,很快就过了一天。

当孩子白嫩的身子像珍珠般投入湛蓝的湖泊时,老渔人觉得应该想起一点什么事,甚至认为这件事情很重要。但是怎么也想不起来了……

有一次他捞上来一只硕大的河蚌。那是大水冲进筝网的。那只蚌至少有五、六十斤,蚌壳后来给孩子们做洗澡盆。蚌壳里含着一颗闪光的硕大的珍珠。父亲说这东西很金贵。他将这颗珍珠投入湛蓝色的湖水里,在强烈的阳光照耀下,珍珠披着五彩,晃动着,越变越大,最后搁在浅水滩上。他爱不释手这样玩了一次又一次。这美妙景象使他觉得快活。眼下这幅放大了若干倍的场景使他联想起珍珠。

那么,究竟应该想起一件什么事呢(绝不是珍珠?)老人试图又一次捕捉,但还是失败。那么就不去想它了。想事情是令人头痛的事情,老人一生害怕这个折磨。还是干他该干的事情。操作桥头筝是不必想什么的。到了该起筝的时候,便用他特有的手势和力度,将筝网拉起。有鱼没鱼,当筝底离开水面时,都将网眼抖落一下,于是湖面密密匝匝溅起无数个水泡。筝底有一个装有倒须的网兜。鱼儿一旦被抖进网兜,便再也出不来了。并不急于取鱼,一天或者半天取一次。架着小划子去取。多是天亮时分取鱼,好赶早市。晚了鱼会变味,卖不出价钱。

然后徐徐放下筝,湖水顷刻间便抚平如镜。隔一阵,复又扯起。一天这样操作上百次,就这么干,机械、简单,没有什么好想的。

当然,需要力气。老渔人还具备这份力气。所以年纪对于他来说无关紧要,要紧的是力气和胃口。有这两样就年轻。

桥头筝是筝业中最大的一种。网眼覆盖面有一栋房子的屋基那么大。当然,必须借助滑轮和绞车这样的装备拉起它。就是依赖它们,还是少不了付出很足分量的力气。老人还没有感觉到他缺少这份力气。在很多时候,他感觉气急、胸闷、疲惫、眼花、耳鸣,甚至很多年没有再登上身后那个小山包了。但当他一坐上那张高板凳,双脚踏上绞车准备起筝时,便神志清爽,精神抖擞,血暖胸腹,顿生底气,便启动了绞车。这玩意儿往往使年富力强的后生子都无法驾驭——只要稍遇风浪,这庞然大物便左右摇摆起来，像要将这绞车以及压在桥头根上的窝棚连底拔翻。

这桥头筝是他父亲留给他的财产。尽管所有零部件几乎换过了好几次，他还是极力维持原有的风姿。绞车是柞木的，他不惜花费去购买这种木料。孙子以及所有经营筝业者，现在几乎都使用价格不高却又经久耐磨的铁轴。他不，他喜欢柞木用久了以后的那种褐红色，而且上了清油以后，转动时发出的"哑哑"声是那么柔和悦耳。而铁器尖厉冷漠的呜咽则使他难以忍受。

孙儿告诉他：现在所有的捕鱼人，都在使用轻便耐用便宜的化学丝网。老人听了不置可否。他不反对孙儿使用他的化学丝网。但他一如既往使用麻丝网，起网依旧使用粗沉的麻绳。孙子说他使用的化学绳，一根可使半年。而老人的麻绳，顶多使用一个月。网烂了，老人自己补，绳坏了，自己搓。他干惯了，干得得心应手，半点也不麻烦。麻网要耐得水浸，需要特殊处理，要用猪血等物质浸泡防腐，因此老人的小小窝棚常年散发着一股变质猪血的臭味，以至于孙媳极不愿光顾这里。老人并不感觉这样不好，祖祖辈辈都是这样干的，假如当不了老爷，只能当渔人，便要热爱这种生活。孙子当然是极力反对祖父的。老人也不恼，由年轻人去说，不管怎么样，我还是你的祖父。你那几下子和你爸那几下子，都是我教的。老人在心里满足地说。问题是尽管年轻人使用许多现代化的东西，然而老渔人捕捞的鱼，并不比孙子少。所以化学丝好还是麻丝好的争执，在老人看来简直不值得一谈。关键是收获而不是耍花样。花样做得饭吃当得衣穿吗？人活一天就要吃一天呢！这个问题很严峻。老人家是断然不敢疏忽的。有一年涨大水半月不退。老涨水没有鱼筝。无鱼换不到粮，他饿得爬不动了，只得去湖洲上挖草根吃。干筝业这个行当，只能坐守荆州捞点小鱼小虾，叫做姜太公钓鱼，愿者上钩。本不大，利也微，是所有捕鱼行当中收获最小的。干这一行，就得准备过紧艰日子，别指望有大的利益。一天不干吃稀，三天没鱼便要饿肚，永远没有积蓄。据老人所知，也有靠弄鱼发了财的，但绝不是靠筝业。他怎么不想去碰碰桥头筝以外的运气呢？然而父亲不让他去。父亲以其大半辈子的经验告诫他守着桥头筝

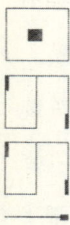

好。干这行，较之其他，安全得多。多求安逸少求财。天下财，发不尽。有饭吃就好。

那是什么样的饭呢？

将湖洲上盛长的艾叶摘下来，洗好晒干，抓一把和上米，置于鼎锅里，拌点盐或小鱼、小虾，再滴几点油，煮熟后做成饭团，盛于竹篾篮子里。饿了，就着一瓢湖水吃几个。有油有盐还有悠悠的艾香，味道极佳。艾叶止泻又防馊，天赐的宝物。夏天里，一、两天煮一顿；冬天里，三、五天煮一顿。老人吃惯了这种饭，吃了几十年。大概任何其他饭他是接受不了的。现在祖父独自守着他的桥头筝吃他的艾叶饭团。孙子在百米外的滩头，和孙媳重孙过另外一种方式的生活。那生活是怎样的？老人没有去看过。他想他这种吃法，也许是世界上最窝囊的。但他没有体验过比这种吃法还好的。所以他不觉得不好。而且他的胃口几十年来极好。这种食物永远那么具有诱惑力。当饿了的时候，他望见那只吊在窝棚顶上的还是父亲传给他的青竹篾饭篮，不由得陡生激动。不容易啊，有饭吃就好。还要怎样呢？

有一个声音告诉老人：该起筝了。老人便庄严地坐到那条极其简陋、吱呀作响的高凳上。老人每天上百次听到这个声音，受这个声音支配的行动无一不庄重严肃。他熟练地将一双赤裸、黝黑、青筋暴突的宽大的脚板，伸向绞车踏板。六月的阳光已经当顶，他看不见了那双宽大脚板的阴影。这时他感到肚子饿了。他想起完这一筝，该吃中饭了。

当筝网的四边快接近水面时，老渔人的双脚感觉到网内有一点异样。他敏捷地预感到：可能有一条大鱼闯进网里来了。

在他几十年的经历中，什么鱼都捞起来过，只要是洞庭湖中有的，就是最珍贵最难捕的鱼，都不免有它们失误的时候。

稍大点的鱼一上网，他就能说出这是条什么样的鱼，有多重。不过这种机会不多。大鱼一般很狡猾，不轻易往岸边跑。

谁不想捕捉大鱼呢？哪一个渔人都有这个奢望。然而这个老渔人并不热衷大鱼的光临。一生中他和许多大鱼较量过。但成功少，失败多。有时候明明看见大鱼游入网中，他却让它从从容容又游走。这种鱼一般性情凶猛暴躁，若察觉有危险，又撕又咬，最后网破鱼走，损失远不是一条大鱼可以弥补的。老人经受不起这种损失，不得已眼睁睁地看着鱼儿大摇大摆而去。

也曾有过性情温和者光顾老渔人的筝网。有一年老人曾经捕捉过一条百斤重的大黄鱼，这鱼和他一般高。当他扛着这条鱼从鱼巷子里经过时，所有的目光都投向他，人们把他看作一个英雄。他掂得出那种目光的分量，他从来没有出人头地过，几乎也没有谁注意过他，这突然涌来的荣誉，使他慌了手脚，脸红心跳。他没有估计到这条大鱼能使他一瞬间身价百倍。他想象他这样的人，只有他去崇仰人家而绝对不会惹人艳羡。那种固有的卑下的坦然猛地被打破，不由使他恐惶。

但是这条大鱼并没有给他带来好处。

那个时候不像现在人民政府，鱼可以按自己的意愿出售。那个时候在洞庭湖水面作业的渔民，无不受到帮会的控制。"大指头""二指头"山附近的水面，归一个叫做"龙头帮"的帮会管辖。所有这个范围内捕的鱼，都要交"龙头帮"的鱼行收购。他从来没有违拗过那种帮规。他父亲在这方面有过交代，他坚信这份遗嘱有益无害。

他是一个温厚的人，谦和的人，怕事的人。也许正因为这样，在这条大鱼的处理问题上，鱼行老板杀他的黑，将价钱降到令他这老实人都无法忍受的地步。老板的鄙劣丑行，连一些跟随大鱼涌进鱼行、等着分享一段美味的顾客们都觉得太过分。这个世界上最没有脾气的汉子，破天荒无视强者，不卖了，留着自己吃，他愤愤地对老板说。他果然将鱼扛回去，狠心开了膛，将肉用网兜裹着沉入湖深处凉水里防腐，慢慢享用起来。

他降生以来，还没有吃过三两以上的"大鱼"。渔人没鱼吃，在旁人看来，也许是笑话，但却绝对是渔人生态的真实写照。渔人的生存，是要吃饭，要穿衣，要吃油盐，要置渔具，这些开支全托付于鱼身上，稍微像样点的鱼，便要拿到市上换钱，这份口福不属于他们。自从孙子讨了老婆，分开去住一个窝棚之后，孙媳曾煎了一条半斤来重的鲤鱼端来孝敬老人。老人呆呆地看了这盘佳肴半天。他不敢相信渔人的孩子竟敢这般奢华、挥霍。在老人的经历中，他的父亲以及祖父，连小鱼小虾都要晒成鱼干上市换钱。这个道理并不复杂，谁曾见过穿绫罗绸缎的人种棉花？享用山珍海味的人种田捕鱼？

第二天孙子来看爷爷，发现那盘鱼原封未动。孙子红了脸，默不作声

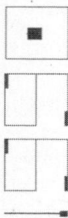

地将其端走了。他知道爷爷不会享用的，他告诉过他的年轻妻子老人不会吃的，可是妻子不信。这女人，在平地上长大，怎么知道这些呢？老人不怪他。

但是那年他堂堂正正地做了一回人，整整吃了三天鱼。什么都不吃，只吃鱼。吃到第三天，吃腻了，还强撑着吃。因为这是大热天，纵然将鱼沉于水底，也难免一臭，不吃很快便会烂掉臭掉。其实第三天便变了味。这一次，他痛痛快快体验了一回做富贵人的滋味。他觉得自己顷刻间很高大，很体面，雄性勃勃，光彩照人。他站在后面崖头远眺时，压抑不住想喊。

那是他一生中最为壮丽辉煌的时刻。

不过他同时泻了三天三夜肚子，人足足瘦了一圈。这是他平生唯一的一次害病。在此之前之后，他不知病为何物。

毫无疑问，这病也是值得的。富贵病嘛，还带着富贵气呢。

不过当这份豪迈的意气消失后，他快快不快了好久，他反复问自己：跟谁怄这份气呢？吃亏的究竟是鱼行还是自己？好好歹歹，那条鱼能换出十天半月的粮食。

从此他对大鱼光临他的桥头筝，表现得无动于衷。从此他没有再捞上这么大的鱼。当然要是再捕获了，他也不会意气用事了。

现在老人凭感觉估计到：网里撞进了一条至少不下三十斤的大鱼。这是一条性情温和的大鱼，是雄鱼或者是黄鱼。于是他不准备放跑它。老人知道，就是顶老实的大鱼，一旦知道自己碰到危险，都会竭尽全力去摆脱它。在水里，一条三十斤的大鱼，凭借水的力量，足可以顶翻一条小划子，而对付他这麻质网眼，那只是一扬头一甩尾的功夫，便可突围而去。

当然，渔人自有对付对手的办法。在这方面，老人的经验是丰富的。其实办法并不复杂，那就是不能犹豫，要有电闪雷鸣般的速度。待鱼儿还没反应过来时，迅速起网，尽快将大鱼的身子拉离水面，这样它的力量便会锐减九分。

老人还具备创造这种速度的能力。顷刻间，他已聚精会神，手脚并进，憋足一口气，迫使绞车飞一般地转动起来。脚手上的青筋全迸出皮肤，枯槁的骨节"咯咯"作响，整个小小窝棚被飞速上升的桥头筝牵扯得左右晃动。

大鱼已经落入网中，正在徐徐往下滚。尽管老人的手脚发麻，但老人感觉到大鱼已经失去了九分力量。

他成功了。

但他还是不能去窥看网里的猎物，他的最后工作还没做完，丝毫轻率都会带来意外失败。

可是老人同时感觉到有点问题。大鱼怎么没有使用那最后的一分力气拼命挣扎呢？这使老渔人暗暗吃惊。

四野里寂静得可怕。

正午的璀璨阳光，竟把无尽波涛都抚平了。

老人觉得脑中一片空白。肚子却很饿。他想起了温暖的饭篮子和迷人的不朽的艾叶香味。正午了，该吃饭了。收完这一筝，便吃饭，他想。但他觉得确实还有一件事情应该想起来，然而那是什么呢？

一直到老渔人将绞车固定好，他才将手举齐额头，避开当顶阳光的照射，眯着老花眼去看高悬空中的筝网中的猎物。这种时候，任何调皮的厉害的鱼儿也休想逃脱渔人的手心。老人彻底胜利了。

老人朦朦胧胧看见网中一个白色的东西，仰卧网底。捕捉到了大鱼的兴奋已不再属于他这个年龄了。他见识得太多。兴奋是孙子他们那个年龄的事情。

不过老人有几分高兴。他高兴的是又一次证明自己没有老。孙子说他老了，老得很快。是这样么？不是！捕捉大鱼便是一个证明。为此他感到心里充实。他多么不愿意自己老。老人最怕的就是老！劳动之人不能老，他们要靠劳动养活自己。他想他要是一天不干活或者是跟着孙子孙媳去过一天，都将是无法忍受的事情。他一刻也离不开他的窝棚他的桥头筝他的艾叶饭团的香味，别说一天。

新中国成立的时候，人民政府派人横扯竖拉要他去岸上享福，说他苦大仇深（当时他没听懂这是什么意思），并且分田分地分屋分粮给他，结果他享不了这份福，只住半个月，又逃回了现在待的这个地方。他这个窝棚，虽说仅仅一床之阔，高不足一人，比政府分给他的房子窄小多少倍，但他习惯这种窄小。住、吃、用，全在这弹丸之地，随手可触。尤其是坐在床边，即可起网。几十步远就是湖水，用之不竭，随用随取，无需添置水缸水桶之类又要花钱又麻烦的家什。浪涛不断推来干柴短棒，层层堆积，要烧俯身可拾。而岸上的湖区人，"烧"的问题是个大包袱。半圆形的窝棚，前后均有一块篾篱，夏天取去，两面来风，酷暑季节晚上都要盖点东西。冬天将篾篱关拢，窝棚底下，左右周围塞紧茅草，任何凛冽寒风均无孔可进，小窝棚里温暖如春。仍留一天窗透气，同时于这窗洞里，继续操作筝网。在渔人眼中，这便是天堂。

但是无论怎么说，打鱼人的生计仍是最艰苦的。劳动人民合情合理将七十二行的艰苦程度做过估价，排出了这么四个字：渔、樵、耕、读。

老渔人当然深切体验到干这一行的清苦艰难，但这，并不排斥他迷恋这种劳动和这种生存状态。他认定他只能吃这碗饭，别无他路，那么就必然要藐视困苦，于是便必然会生出许多乐趣。

当我们站在广阔的坦荡雄伟的洞庭湖边，为这份壮观这种豁达这般浑厚而激动而感慨万千时，我们可以想象千万年来她同时用这些自然品性去陶冶一代又一代依赖她生存的人们。

任何一个湖区人都从心底里崇信湖泊母亲。老渔人和所有打鱼人一样，无不备有神纸香烛，在各种节日和每月的初一、十五日，均要恭恭敬敬跪在湖边，敬祭湖神。不管母亲的施舍如何吝啬，那都是珍贵的。不管母亲如何惩罚他们，均觉得自己罪有应得，甘受折磨。老渔人在洪灾季节，收拾湖湾里众多的尸体时，从没想到过这是湖泊母亲的过失。

当然，更不敢蔑视这门艰苦职业的神圣！

洞庭湖区，气候变化无常，无风三尺浪，起风鬼唱歌。在老渔人一生的经历中，就有若干次窝棚被大风连根拔起——一家人只好瑟缩在山根崖壁，任风吹雨打，等待天晴。下雪的时候，往往不知不觉竹篾顶棚便被雪压穿了，温暖的窝棚顷刻一片晶莹……这些苦吗？当然。但是世上干哪一行不苦呢？有晴天便有阴天，有明媚的白日同时伴着黑夜，有乐便有苦，不足为奇。当老人以及他的祖宗被灾害逼得无家可归、饥寒交迫时，他们一刻也没有怨过老天，尤其是养育他们的母亲湖。

当然这种灾难，毕竟少有。而干筝业这行所需要具备的耐性，却可能会使许多好汉望而生畏。

他们没有白天黑夜之分。

对于筝业，黑夜比白天更重要。夜里天黑，且湖上极少有船只行走，鱼们多在这种时机去岸边觅食。尤其是在人们十分迷恋的下半夜，更是鱼们一天中最兴奋的时候。操持筝网的渔人如果像别人一样贪睡，那简直是一种罪过。

老人在很年轻的时候，便已锻炼出一种特殊本领：夜里每睡半根香工夫（约二十分钟），便能准时起来起网。一触及网绳，顿时精神抖擞，而一松开网绳，放稳筝网，侧身便可呼呼入睡。

一夜至少起网二十余次。

一年有三百六十余个夜晚。

就是在老渔人救起那个溺水女子，在他的长年散发着霉气和鱼腥味的低矮的床上，和女人做完四十年来最为惊天动地的事情之后，属于渔人的那根固有的神经提醒他：该起筝了！他顷刻间忘了无尽的余兴，将精神集中到他的事业上来。这时候，女人流着清醒的泪。她是有过男欢女爱的经历的，她不解这个强壮的处男子在这种时候竟会有另外的专注。

她发现这个男人这一夜起床起筝几十次。每次都那么专注庄重。

她恨这个木头木脑的乘人之难占有她的男人。但是作为一个劳动妇女，她同时崇敬这个陌生渔夫对于劳动的专注庄重。或许这就是她出走后又回到这个人身边的唯一的吸引。

孙子娶老婆的时候，老渔人还耳聪目明，强健如壮年。老人特意在孙子成婚的第一个夜晚，注意他的行动。果不出他所料，孙子的桥头筝大半晚没有升起。孙子被另外一种东西迷住而放弃了渔人在任何时候都不应该放弃的精神。

这个温厚的老人，一辈子没有干预过任何人的事情。但这回却忍不住走过去敲响了孙子浸满欢乐的窝棚：该起筝了！他颤颤地说。他感觉他走过这几十丈沙石路时，腿杆子是颤抖着的。他十二万个不愿做这种扰乱人家好事的恶作剧，但是作为渔人的神圣使命感迫使他无可推托地要尽一个长辈，一个饱经沧桑的劳动人的责任。如果不这样做，他对不起湖神，对不起自己的良心和长辈们的英灵。

这种精神代代相传，不可辱没。

孙子孙媳，要怨恨就怨恨吧。

老人没有文化，他不懂"大义灭亲"之类的古训。但他会这样做。本性决定他这样做。夫妻夫妻，上床的夫妻，下床的客。因男女间的事而冲淡劳动之人的根本那就大错特错了。

孙子并没有怨恨他。

老渔人感到高兴。毕竟在孙子身上流着他的血脉。

老渔人无心细看一眼网中的大鱼。这种满足欲早被岁月磨钝了。很久很久以来他就不问收获，只问耕耘。每天收网取鱼，都是那小两口的事情。好长好长日子以来，他身上不要一分钱钞票，他认为这东西碍手碍脚。

老人感觉到大鱼失去了抵抗力，便抖网眼，准备将其纳入网兜之中。然后放下网，重新等待——没完没了的等待啊，不能满足的等待。一直要到伴随生命结束才结束的等待。

这时他好像听到孙子的呼喊，隐约喊着他的名字。他疑心听错，便侧过脑袋，让耳朵一只顺风一只背风，细心捕捉。同时手搭凉棚，远近左右搜索人影。然而眼睛更糟糕，四处一片白茫茫。

孙子每天上午架着划子去鱼巷子里卖鱼，风雨无阻。有时候回得很早，有时候回得迟。今天是不是回来了呢？他仿佛记起，今天孙子孙媳一路同上街去了，说要办件什么事情。说回来得恐怕很迟。可这是昨天的事还是今天的事？他记不准了。

老人感觉到孙子孙媳不如以往那样专心打鱼了。但是反而生活容易对付一些，现在的鱼值钱。以往筝着团鱼乌龟，渔人认为是晦气，捡上来愤愤丢掉还要啐一口。据说现在这东西一只便可换回十来二十斤米，够他一人吃十天半月。啧啧，这世界。老人觉得这世界是属于孙子他们的了，于是他没有理由去管年轻人的事。

现在这百把丈阔的湖湾里，有了四座桥头筝。他的，孙子的，还有两个嫁到岸上去了的孙女儿也在这里设筝弄渔。农忙时回岸上收割栽插。功夫稍松便又下了湖。这大概也是时下鱼值钱的诱惑。

如此，这荒凉僻静之地，肯定热闹了许多。然而老人却感受不到了。或许他根本不喜欢热闹，他孤独惯了，一年难得说几句话。什么朋友、亲戚呀的概念淡而又淡。孙女儿们曾动员他过去吃她们的饭。他拒绝那种温情。父母亲的病故，老婆儿子的失去，他认为只不过是湖泊中的一个浪花，要去是留不住的，用不着大惊小怪。一切决定在于湖神和天爷，为什么要为那些无可奈何的事情激动或者忧伤呢？

大孙女家里是种棉花的。她给祖父缝了一条棉裤，她发现祖父纵是在冰天雪地，依旧是单裤赤脚。但老渔人拒绝了孙女儿的温情。他的虽说差不多枯槁了的身躯，却很坚挺，似乎还没这方面的需求。这使温情脉脉的晚辈委屈得流下了泪。祖父却无动于衷。他一辈子没有被谁安慰过，他亦没有过安慰人的先列。

这个老人哪……

后辈人越来越无法理解他了。

有一片云遮住了正午的阳光。

老渔人感觉到同时吹来一股浸凉的湖风。随着风声，老人又捕捉到孙子的呼唤。这声音他无比熟悉。可是，孙子的声音恐慌而急促，这使老人骤地紧张起来。

老人突然记起：孙子孙媳双双出走前，曾交代他看好重孙子。他们想了一个很好的办法：用一根细麻绳，一头缚着孩子的腰身，另一头系在老渔人脚下的木梁上。这样孩子既耍不到水，又有活动余地。他们考虑到爷爷眼睛老了，反应钝了，才这样做。这以后的日子里，老人所负担的这种义务，越来越多。年轻人成双成对进城的次数愈来愈频繁，除了卖鱼，还看戏、逛商店。卖鱼一个人完全够了，主要是贪玩。老渔人想不通这"玩"怎么能使一个打鱼人散淡本业。他觉得如今的年轻人，比过去的大不一样了。说不准什么时候会彻底抛弃这孤单寂寥的桥头筝。这或许也是一件好事呢！能不依赖打鱼而能谋上别的生活，这不更好吗？儿孙自有儿孙福，世上很多事情是说不准的。老人一直没有因为这件事而说过孩子们。假如真有那辉煌的一天呢？

不过老渔人所担忧的是：他们若是没有背叛本业的本事，又散淡了一个渔人的坚韧、耐心，事情将会变得很难收拾的……每次孙子孙媳交代好孩子之后，老渔人都要重新摸一摸孩子身上和他脚下的两个绳结。弄鱼人结绳扣的本领是世界上最优秀的。一副桥头筝上的绳结，不下千个，都是老人一手一脚缚牢的。他相信孙子的绳结万无一失，但他同时认定孙子永远比他嫩，所以他总不放心，他要重新摸摸：这绳结是否牢实。谁叫这宝贝这么高了，还不会驾驭湖泊呢？

但这究竟是昨天还是今天，孙子孙媳把孩子托付给他了呢？

老渔人不由自主地去摸脚下那个绳结，糟糕的是这个绳结并不存在！

老渔人猛觉眼前一暗：孙子高大的身子已立在绞车旁，嘶哑地朝他吼喊着什么。嘴巴张得很大，像若干年前捕捉的那条大黄鱼表示失望的大嘴。

老渔人心里一凉。

老了，我老了！他说。他顿觉疲惫已极。他第一次承认他老了。第一次这样说他最忌讳的字眼。

他觉得他经营、抚摸了几十年或许有了一百年的东西从此不再属于他了。这是他从来没有想过的事情。

没有想过！

原载《人民文学》1990年第2期

点评

　　小说里不仅有一个不老的湖，还有一个不老的人，不老的渔人。广阔浩大的洞庭湖边，生活着渔人世家，打鱼手艺世代相传。但已经老眼昏花的老渔人或许将会是这一传统最后的守墓人了，尽管他有为数不少的子孙后代，但这些子孙后代是属于"新时代"的，他们的生活与老人的生活已经拉开了长长的距离，他们的很多事情，老人都看不懂了，他们与"传统"的血脉被割断了。

　　文本中的老人具有双重象征功能，他不仅是渔人世家打鱼传统的坚守者和传承者，也是洞庭湖自然风物的"化身"，他长年生活在洞庭湖边，他的性情已经同洞庭湖的山山水水融为一体，安静又孤寂的生活渗入了他的灵魂，甚至连一些最基本的感知人情冷暖的能力他都没有了。几十年自然风雨的洗涤，他是有些不食人间"烟火"了。他的日常生活就是一遍又一遍地下网、起网，在上下起伏的渔网里打捞岁月。他活在自我的世界里，活在现实世界之外的世界里，这个世界是艰苦、寂寞、物质贫乏的，但是在他来讲又是极为有趣、自足而饱满的，因为这个世界里的一切内容暗合了他生命的呼吸和律动，已同他的生命融为一体，所以水流不息、生命不止、渔人不老。

（崔庆蕾）

遭遇凤凰台

铁 凝

　　老丁和老李在G分区剧社演戏时，老丁演大春，老李演喜儿。老丁的大春演不过老李的喜儿。虽然老丁的扮相英俊，但他怵台，常因怵台语无伦次起来：初一早晨来给杨白劳拜年的大春，发现杨白劳因喝卤水已死在台上。这时大春应该张皇着向一边侧幕里叫大锁和娘，然后向另一边侧幕里叫喜儿。那台词便是：大锁，娘，喜儿！大锁，娘，喜儿！老丁却每每把那呼叫变作：大锁娘，娘喜儿！大锁娘，娘喜儿！惹得本该惊愕着上台转而哭爹的喜儿，也难忍一阵笑。

　　老李的相貌平常，脸形有难以察觉的"瓦刀"，且一颗门牙略长于另一颗。但她身材适中，有嗓门，不怵台，情绪转变也迅速自然，包括破笑为涕和破涕为笑。

　　老丁、老李台下的关系平平，彼此不时也有些小的挑剔。只在一个名叫凤凰台的村子演出之后，双方都受了那台上氛围的感染，情意猛生，暗订终身，便成了剧社结婚最早的一对夫妻。到进城时，老李已是一男一女的母亲，老丁已是一女一男的父亲。进城后他们再次生儿育女，直到他们的故事可以展开叙述时，共得两子两女，如往常所说：他们共同的财富。

　　进城后，由于工作的需要，他们不再从事文艺。老丁在A单位当中层领导，分得平房两间，房前常种些丝瓜、眉豆。老李在B单位当科员，随老丁住在这瓜棚豆架之下。A单位和故事关系不大，可以省略；B单位先前叫花纱布公司，后来叫百货站，老李的科员便是这站业务科的科员。

　　老丁告别了舞台，但仍念念不忘文艺，茶余饭后常买来稿纸，在上面弄些文字，属于对战争的回忆，有纪实的，也有演变为小说、诗歌的。他把这些文字寄到报社杂志社，却从未得到发表，但这并没有妨碍他将文字寄出。

老李无甚业余爱好，面对这个被六口人固定下来的家庭，她表现得十分束手。坦白地说，她更喜欢那种没有家务牵连的生活集体——吃饭睡觉都有固定的信号，或吹哨或敲钟。现在她面前却摆着锅、碗。有了锅就有了对锅的议论：老丁说老李刷锅光刷里边不刷外边，老李说你怎么知道我没刷外边。老丁说锅帮上不是菜叶就是米粒儿，老李说又不是屎。

这时老李在老丁眼里便显出了他从未见过的陌生。除却锅帮上的菜叶和米粒儿，还有老李那越来越难以抑制的嗜睡习惯，好像老李要决心夺回在战争中失去的所有的"觉"。老丁说，你从前可没有这个毛病。老李说，这也能算毛病？再比如老李吃西瓜，瓜皮上总要留下一片横七竖八、深浅不一的纹路，使人感到那瓜吃得十分的潦草。无论过去和现在，老丁从未嫌弃过老李那一颗略长的门牙，却越来越不能容忍这门牙在西瓜上的造就。虽然每年吃瓜的时间最多一个月，老丁觉得这每年十二分之一的日子才最沉重，像他在文章中所形容过的一种心态——心里像灌了铅。

终于，有一天待老李午睡醒来、又吃完西瓜，老丁出其不意地向老李袒露了一个想离婚的愿望。老李抽泣起来。

那一次老丁的愿望没有得到延续和发展，因为"文化大革命"开始了。国事总要大于家事的，老丁和老李一同去了"五七"干校，一同过起从前那种听信号打饭、分别住男女宿舍的日子。在常人眼里他们是患难中的夫妻，可是"文化大革命"结束了。

老丁和老李又回到那两间平房。老丁官复原职，仍是A单位的中层，老李仍是B单位的科员。一切像没有发生过，那锅，那"觉"，那瓜，那寄出去的文字。只是他们的两男两女都长大起来，结婚、成家、娶妻、生子，他们相跟着告别了老丁和老李，另立门户去了。于是，老丁又续起了他的离婚愿望。

经过了又一次革命锻炼的老李不再抽泣，她鄙夷地对老丁说："你以为我怕你？"

老丁这边

老丁意外老李的鄙夷，不过他又常想，这是什么意思？是怕我离，还是对离的一种豪迈迎接?

　　既是一时无法澄清，就不如把宣言变成姿态，做进一步试探。老丁卷起铺盖睡在了办公室。

　　对老丁的家事早有所闻的A单位，自然就明悉了老丁家中纠纷的升级。多数人猜测，形势发展之迅猛莫不是涉嫌了一个很浪漫的故事？老丁的上级先是以谈心的形式做些调解，诸如一日夫妻百日恩、爷爷外公什么的，还一定要问出老丁萌生这动机的原因。待到老丁先隐去老李的吃瓜，单亮出刷锅、睡觉二事时，上级笑得几乎背过气去，连连说着荒唐荒唐，说这才叫做饱暖生闲事。老丁也觉出那理由之荒唐，荒唐到难以启齿的地步，便不多言语，只一味地在办公室住下去。荒唐，必然连着不容置疑的浪漫。有好事者就不免做些调查和跟踪，也属正当。

　　若干个月过去了，人们没有发现老丁有诡秘的行踪，他那间间办公室甚至连窗帘也没置办，门上那块小方玻璃本来糊着一张报纸，被人偷空撕去后，老丁也没再补。有人看见工作之余的老丁只是伏案写字，有时夹个大纸袋子去趟邮局。

　　经常破门而入与老丁大闹的是他的两个儿子，他们"向母"之立场不容置疑。有人分明看见一个儿子向老丁伸出过巴掌，那巴掌虽没有打过去，但多少扭转了老丁孤军奋战之局面，A单位开始有人对老丁讲些人各有志什么的。

老李这边

　　老丁的离家，实在地说，使老李觉出一种前所未有的放松。睡觉也好，不刷锅帮也好，一切随意。原来这些年的日子她一直是紧张着过来的，那是一种不自觉的拘束。实在地说，只有离婚可以免却这紧张、这拘束。可是分离后老李的随意，也意味着老丁的更随意，一个人能允许另一个人的随意那简直是不可思议的事。于是她决心阻止这随意的发展，也包括了牺牲她自己的随意。于是她调动了一个母亲在这种情况下惯常的力量，号啕着向四个子女求援，哭诉他们父亲不顾家庭体面的异想天开。

　　首先剑拔弩张的便是那两个儿子，他们不谋而合地琢磨出"异想天开"这个字眼的含义，这分明是在某个阴暗角落里，必定有个类似"婊子"这样的人物正与母亲进行着你死我活的斗争。于是他们几次三番地找到A单位，对老丁软硬兼施地用了些威胁之词，也包括了必要的含沙射影。有一次，老二在激动之中到底将上次那个未落下的耳光落了下来。

与此同时，两个女儿则轮流回家陪伴母亲。她们的坏心情虽然不亚于两位兄弟，但她们毕竟更懂得母亲的长处和短处。她们更多地希望促成一次父母开诚布公的恳谈。她们委婉地告诉母亲，这局面的造成或许父母都有些责任哩——她们不约而同地顶住这些天来哥哥们的更加不光彩，以及母亲那由于"觉"更多而被一再揉搓的头发。这时，老李就用没有良心来指责女儿，说原来她们也看出了她的不顺眼，说就是这个不顺眼生下了她们，说她肚子上的皮松得层层叠叠都是叫她们给撑的难道没看见。

谈话不能继续了，老李渐渐感觉到孩子们并非她永久的靠山，渐渐感觉到支持她的舆论力量必得更强大才是。于是她想到了不久前单位一个新成立的妇委会，妇委会不就是为妇女谋利益的吗？她向妇委会主任伸出了求援之手。妇委会主任很仗义，说姐妹们的苦难就是我们自己的苦难，更何况您老李是咱们单位的元老之一呢，当下就叫了妇女甲、乙骑车赶到了A单位。

老丁这边

当她们一行三人扑进老丁那间敞亮的办公室时，老丁的两个儿子正将父亲逼到了山穷水尽的地步，他们要求父亲在一张由他们写好的文字上按手印，那是一张老大措辞、老二起草、责令老丁永远不与老李离婚的保证书。老丁看着被儿子攥住的手指，心里一阵阵酸楚。就在这时，B单位妇委会的同志突然出现在老丁面前，她们的到来暂时解了老丁的围。妇委会主任却暗自庆幸受害者老李的儿子们也在场，那么，这必将给她们的工作带来不可忽视的有利条件。

于是她们抓住这有利时机，开门见山地首先指责了老丁。她们说，像他这样一个有着几十年革命历史的国家干部，对待妻子乃至对待家庭之轻率实属少见；说他不念及夫妻之间的革命情义，也应该常念及老李为他生育这四个活蹦乱跳的大儿大女的辛苦；说为了生养这四个活蹦乱跳的大儿大女，整整耗费了一个女人的大半生精力；说时代不同了，每个男人都不该忽视每个妇女为捍卫自己合法权益而进行的必要斗争；还说了诸如妇女解放运动的深化、母亲节的意义等等。接着女甲和女乙还运用现代意识手法，大谈了当今某些女青年缺乏自尊自重已到达是可忍孰不可忍的地步，假如这个离婚事件与此有关的话；说她们专事破坏旁人家庭、勾引有妇之夫已达到不顾社会安定之程度，对这种人不仅男青年容易上当，就是那些已过不惑之年的稳重之士也不免被迷惑——其实最容易上钩；说最近报载一短文介绍古代那种"四十而不惑"的说法已不适合当今之用，当今不要说四十也惑，更有古稀之年的老爷爷还照惑不误呢……

B单位的女同志们的慷慨陈词很使老丁无言以对，连他的两个儿子都觉得尴尬起来。他们想，父亲的儿子可以教训父亲，但父亲却犯不上被几个陌生女人数落。再说那仅仅是数落吗？那简直是对父亲的围剿。这围剿者的气焰一定就是靠了桌上那一纸"保证书"的助长，她们才这样振振有词，这样不管不顾，这样没头没脸。于是和父亲共同的血缘就在这一刻生发了不期而至的效力，他们决心退出对父亲的围剿，也决心迫使来人退出这场围剿。他们怒目相对做过暗示，又共同怒目而视来人说："我们走，你们也走！"

老李这边

妇委会主任向老李报告了她们和老丁的接触，说两个儿子的表现很使她们疑惑不解。

其时冬天来临，腊月就不远了。经过一年鏖战的老丁全家已经感到了疲惫。子女们对家事开始从长计议，他们想，既是父母终不能重归于好，就不如怂恿着事情向着反面发展，离婚对二老也许并不是一件坏事。那时母亲可以自由自在住到单位，让父亲搬回家来。

儿女们向母亲做些启发诱导，老李却不改初衷。这时是否与老丁生活在一起已不重要，重要的是她为什么一下子成了全家的对立面？对立面既然已经形成，那么她必得确立起对立面的风骨，她决心拖住他，腻歪住他，直到她还有一口气。于是她病了——带着一口气。她向B单位领导申请住了院。

不能不说B单位领导对老李是体贴的，在批准她住院这个问题上他们非常通情达理，他们甚至没有细究她得了什么病。血脂呀、血糖呀、脑血管呀、骨质呀，哪项的高、低、软、硬都是病——一个老同志。

老李离开了她与老丁厮守了几十年的那两间平房，怀着悲喜交加的心情，怀着对单位感激涕零的谢意提着脸盆、暖壶，决心不用子女陪伴住进了医院。

内科病房的空气并不清新，同屋那位糖尿病后期患者也并不安生，但老李表现得心静神和，雍容大度。她觉得她走进的分明不是病房，而是婚姻保险箱。晚饭后的黄昏时分，她常在医院花园的甬路上散步，从容地做些暗笑：老丁啊，可是你们把我推到对立面上来的，你们的统一战线即使再牢固，莫非还能挖空心思来对付一个住院的病人？

同事们对老李的探视是及时的，其中妇委会的同志尤其对老李关怀备至。她们负责给她必要的精神上的食粮和心理上的安抚，也带给她一些单位的新消息以分散她对病的注意。比如谁得到了提拔，比如谁停薪留职开了一家专营运动衣运动鞋的商号，再比如单位的新宿舍楼已经破土动工，还成立了一个相应的分房委员会。

老丁这边

老李既已住院，老丁就搬回了他的两间平房。

转眼已是两年。

在没有老李的日子里，老丁果真获得了前所未有的秩序。他重新摆设了家具，把厨房的盆盆罐罐擦得锃光瓦亮。他也刷锅，尤其不忽视那些锅沿锅帮。他免却自己本来就少有的午觉，他细致入微地吃瓜。桌上那写过字的稿纸也一天天厚起来。

他的子女来看他，打量着从小住惯如今却这样陌生的家，打量着父亲对家的情趣，儿子们暗责自己过去对老丁的大不敬，女儿们也暗想以往的瞻前顾后是多么的没有必要。他们终于默认了父亲的选择，也幻想老李能够得以解脱。

老李这边

子女愈加明显的松动，到底给老李的固守带来了松动。她开始腻歪这间腥不腥、咸不咸的病房，腻歪这张黄不黄、白不白的病床，腻歪饭盒里那水里叭唧的饭菜，腻歪对面床上那不断更换着的新的呻吟。黄昏散步时她也不再做从容的暗笑，仿佛一个新的自己正在遥望那从前的自己，一个必得正视的现实已摆在她面前。这一切一切的基础，除了与儿女们那滴水穿石般的耐心有关，便是单位那座宿舍楼的破土和竣工。她想，先前自己的不通情不达理，原来是存在着与房子有关的后顾之忧。不久，也许那脏锅摆进的将是自己的房子……一次，她首先将自己对新生活的展望透露给单位妇委会主任。

哪知妇委会主任却对老李展现了一个不自然的笑脸，又思忖片刻，说单位给你创造了这么好的医疗条件你怎么能做这半途而废的设想呢？再者，你和老丁既坚持了三年就没有理由不继续坚持下去。再者，这已经不是你一个人的问题，它涉及的是全单位女性的尊严，是全人类女性的尊严……说到这里主任的言论戛然而止匆匆奔出病房，连手套、围巾和正在学习中的材料都没有拿。

主任的突然离去，换来的是探视者的突然增多。上至总经理、分经理，下至科长科内同仁乃至会计出纳大小车司机，他们的主题不外乎一个：规劝老李在医院继续住下去以避免前功尽弃。他们还带来了使老李的床头柜难以容纳的水果罐头、大小纸包和易拉罐。这其中跑得最勤的已不再是妇委会主任而换成单位分房委员会主任。当老李大模大样地告诉这个主任她需要房时，主任笑着打岔说人，只有人，只有健康的人才是革命的本钱，拖着病身子即使住再好的房又有什么乐趣？还说像这样好的医疗条件老李着实不该轻易放弃。老李说什么医疗条件，整天腥不腥咸不咸，还得听人"拉风箱"。她把对面床上那个肺心病后期的老太太暗暗指给主任。主任这才恍然大悟：原来老李之所以急于出院是因了这条件，那么条件要是得以改善呢，一切不就迎刃而解了吗？

说者无意，听者有心。分房委员会主任为何不去做些给老李改善条件的奔走呢！当即他就在医院住院部主任的家中找到了住院部主任，并在他家发现了一只黑不溜秋、几经换底打补丁的钢精锅。

两天后，一车崭新的不锈钢锅就开进了这医院，需要换锅的何止住院部主任一家？当然这锅不是自给，它自有象征性的定价。百货站有锅。

还是老李这边

第三个冬天已经过去，第四个早春就要来临。当老李更坚定了对自己前途展望的信心，决心顺应家庭的潮流往前走时，医院为她安排了一个单间。

虽然老李一再向院方宣布她要出院，但单位的探视者突然绝迹了。她从侧面做些了解，人们正在为迁进新居而奔忙。一座新楼是要容纳各式各样的奔忙的。

老李的单间十分宁静，这宁静常把老李带进一种莫名的恐惧之中。她忽然意识到单位是不希望她再走进他们的生活的。有句俗话说多一个人多一份力量，可又有句俗话说少一个人少一张嘴。

虽然那新宿舍楼无须动嘴去咬……

那么老李还得有病，从各方面都可证明她有病。什么病？什么病不是病：血脂、血糖的高低，脑血管、骨质的软硬，连头发越来越少、指甲越来越长你都不能不说是病。要出院，你必得待到偏高的下来，偏低的上去，偏软的变硬，偏硬的变软，头发的再次丛生，指甲的不再飞长。

目前这便是老李的等待，也是老丁的等待。

老丁这边

老丁在稿纸上写字，写下一个题目叫做：遭遇凤凰台。说凤凰台是个依山傍水的小村，那次他们在那里演出，是个大年初一，天空真飘着雪花，说老百姓摘下门板为他们搭成舞台，他们的脚下有刚贴上去的春联云云。

原载《长城》1990年第3期

点评／

　　对于老丁和老李这对夫妻而言，凤凰台是他们爱情的萌发地，是漫长婚姻生活的起源，当他们"遭遇"凤凰台，也便"遭遇"了爱情和婚姻。但问题在于，你可以不期而遇一个美丽的世外桃源，也可以不期而遇一场一见钟情的爱情，但你无法确保一场漫长的婚姻一直有"不期而遇"时的刺激和激情，因为婚姻是长久的、现实的甚至是乏味的。

在"遭遇"凤凰台之后，老丁在漫长的人生旅途上的一个愿望便是离婚，离婚并不是因为两人谁有了新的爱情，而是老丁实在忍受不了老李爱睡、不刷锅沿、吃西瓜总是留下一道道纹路等"问题"，引发老丁离婚念头的这些"问题"实在是太小，甚至都不能称为"问题"，试想哪一个人没有一些不好的习惯？但它真的就有促使老丁推翻婚姻的力量，这恰恰是生活一些细碎鳞片散发的魔力，你可以忽视它，它却真的具有巨大的能量，会在你不经意的时刻让你吃惊。

老李对离婚的态度也是耐人寻味的，除了因获得短暂自由而感到轻松外，老李并不希望老丁获得自由，所以她采用"拖"字诀，要拖垮已经站成统一战线的其他家庭成员，她找借口住进了医院，并且一住就是三年，有了医院这个堡垒，老丁没再继续向她进攻，两人过起了分居生活。但当老李厌倦了这样的生活想重回正常人的生活轨道的时候，却发现自己已经被外界放逐了，她的单位千方百计地阻止她回去，老李陷入了被孤立的境地。在医院中的老李期待着自己能尽快"康复"，尽快回到正常的生活中去。一场由离婚引发的"事故"似乎正在老李面前变得越来越复杂。

（崔庆蕾）

教育诗/

/刘　恒

一

现在回想起来，那次见到的他好像是个不存在的人。感觉如此隔然，有限的记忆便如跌进了时间的巨大粥锅，一并黏稠而糊涂了。

我最初以为他是来自乡间的民工，为投亲靠友而踟蹰在这弯曲的胡同里。一个大的行李卷遮严了他的背，一个仍旧大的提包贴紧他的膝，似乎拉长了那一侧的胳膊。他就这么奇奇怪怪地露给我两条疲顿劳乏的腿，一步一步地碍在我前边：我惯于在路上想心事，对一切都视而不见，结果被他一直领到了家。眼看那个大行李包海龟似的挤入我家的大门，我才醒悟有远方的不速之客来投奔我了。

家里出现了一张红红的娃娃一般的脸，那是少年的脸，薄薄的一层细汗使它生动。然而，这是个几乎已经不存在的人了。

"三叔！"

他就这么叫了我一声。腼腆、亲切，含了一丝对成年人的敬畏。现在，这个令所有长辈听了都不免心头熨帖的音韵已经被时间歪曲，也掉进了那口稀烂的粥锅，黏稠而糊涂了。只剩了海龟似的一团行李，须在城市的胡同里缓缓地爬行，在黄昏里爬行，爬行。

街头的下水道里传出动人的歌声。

二

十八年前，我收到一封发自边疆林区的信件。大哥原是高材生，只是字体一向不好，支边以后疏于用笔，那些密匝匝的字终于变成纷繁的树枝一般的东西了。

此信与十八年后投奔我的这个人有关。那时，他是一团粉嫩的湿淋淋的肉吧？他是怎样成倍地大起来的呢？竟大到这般模样了。

脑海依稀，有些字也还记得。

你嫂子生了个男孩儿，四斤三两，一个大信封能装下，真吓死我！他头发稀疏，眼睛一只小一只大，耳朵的比例也这样。总的感觉是没有长好，嗓音还可以，善哭，我不记得咱们家有谁用这么大力气哭过。哭得人心烦，一看他那么点儿，也就原谅他了。他没有别的突出特征，你根据以上情况给他起个名字吧。我知道你爱舞文弄墨，你也知道我的志向，我估计你能给他起个好名儿。总的要求是争取一直叫下去，别改来改去瞎改。

我给大哥寄去了十几个名字。名字固然不少，在大哥选择之前，却无非是一些没有生命的汉字而已。我想我是无意中卖弄我有限的学问了，我对文字的兴趣至少在某一瞬间超过了我对那块四斤三两重的嫩肉的关注。结果，大哥选中了我信笔写就的两个字。当我确认这两个字上悬挂了一条生命时，才忽然发现它们四周笼罩了一片凄凉。我是一时受惑于音韵的和谐，而大哥是惊慕于那道雪亮的微光么？

婴儿有了名字。

他叫我："三叔！"

我叫他："……刘星？"

刘星一路风尘走到我家里来了。

三

他在我家的屋顶下宿了七天，随后便去城市西部的一所大学报到去了。他进城的第二天下午，我推回来一辆闪闪发亮的自行车，示意这是为他购置的交通工具，因为那所校园不只庞大，而且几乎称得上辽阔了。

"三叔……我们那儿只通履带车。"

"怎？你不会骑么？"

原本是无须问的，他的脸充足了血。但是我仍旧无法想象那遥远的林莽崎岖成了什么样子。岁月如流，大哥一步一步是走在怎样陡峭的一种情景里呢？

夜落人稀，大哥之子跨上了我的旧车，跌跌撞撞地试行在胡同的月光里面了。他撞电线杆子，撞墙，偶尔用了饱满的肢体去撞击地面，使城市的柏油小路发出咚咚的声音。他终于摇摆着喘息着前行了。他骑上这辆车去报到，不让我送他，仿佛怕我干扰他的秘密。

"三叔，不用为我操心。"

"贴边儿骑！注意红灯。"

"我懂……我上过大路了。"

我看他远去，就像年少时注目大哥离家远走而义无反顾的背影。正如大哥让儿子捎来的信里所说，这是个让人省心而又努力的孩子，无须娇惯的。然而大哥分明又是牵肠挂肚的了。

我鞭长莫及，孩子交给你了。你替我仔细关照他，我指的是脑袋里边的东西。有时候，你简直闹不清他在想什么，免不了生些怪念头吧？如今的儿子都自以为是得很，有几个瞧得起老子？他在我身边我管着他，现在我管不了了，好像突然少了一件工作，心里也缺了一块。总之，我把他交给你了。你看着办吧。有一点你要明白。我和你嫂子是多么疼他！他也是你的孩子，你管得不严就是对不起我！你明白了吗？

我不明白。你闹不清他想什么，我就闹得清么？他要瞧不起什么人，会额外地瞧得起我么？大哥那乱树枝一般的文字里纠缠着一些深刻的矛盾，其严父的慈悲心肠充斥了无可奈何的凄凉味道，令人品味之后不由伤感了。这或许竟是为父的宿命，永难逃脱的吧？

我那时尚无子，环顾四周只感茫然。但是，我无法肯定我是否生了一丝做父亲的欲望，如果这念头也配称作欲望的话。

四

最初，他是每个星期都要来一次的。星期六晚上住一宿，星期日午饭后离去。话题不多，是不愿谈还是不屑谈我就不知道了。他总是表情淡淡的，听人讲话时喜欢默默点头。他以不露声色的方式拒绝我进入他的思想。这大约是无意的吧？因为我没有证据证明这种天然的疏远就是拒绝，面对同样不善言辞的我，他是无须那么主动的。

我问他："课程紧张么？"

他回答："大部分课程很轻松。"

我又问："对环境适应了吧？"

他再答："还行。只是……很无聊。"说完他便把目光游开去了。

"这么快就感到无聊了么？"、

"……尽是些很奇怪的课程。"

"大家读的不是同样的课程么？"

"是呀……可是……"

他笑着摇摇头，不说了。他帮着做些家务，有时修修自行车，一修就是几个小时，没完没了地用汽油淘洗那些豆粒大的滚珠。他不能沉浸于同长辈的谈话，却可以沉浸于任何无聊的事情之中。确实是个让人省心的孩子，也确实是个让人捉摸不透的孩子。如果是我的儿子我能拿他怎么样呢？我无力用手指刺穿他的头骨，去窃夺那些十八岁者的无聊，更无力在里面播种连我自己也无从述说的种种不无聊，即非无聊。

儿子们的无聊，铸成了一道铜墙铁壁。他们在那铁壁的后面徜徉，把铁壁另一侧的人拒之于千里之外。

我的耳边常常响起孩子们无聊而动人的笑声。我被深深感动，也随之惆怅。

以后，他每隔一个星期来一次，再以后，他就很少来了。我知道他在学习，但我不知道他是不是在学习。学习，所谓学习，成了一件扑朔迷离的事，这个概念也一天比一天微妙，甚至庞杂起来了。

他最近的来信越来越玩世不恭，这到底是怎么回事？他每天都在干什么？他怎么了？

读了哥哥信中的质问，我只有头痛或牙痛。静夜苦思，浑身都疼痛，连平时不太注意的尾巴骨都疼起来了。为使自己麻醉，我想象到了远古那些跳来跳去的拖了长尾的大群大群的生灵。他们环绕篝火起舞，使我看到了火光中一丛丛熟悉的脸和嘴巴。他们纵情欢唱，自欺欺人地解答宇宙中飘落的漫天难题。

无聊，是个什么东西呢？

他张嘴信马由缰地唱起来啦。

五

不知过了多久，他带来了一个同级不同班的女孩儿。姑娘的刘海儿很长，娃娃脸美丽极了，但是她用男声说话，嗓音低沉。她穿了一条碧绿的裤子，最后，她竟然当着我的面点着了一支香烟。

"叔叔今年多大岁数了？"得到回答之后，她的口吻越发随便了，"你显得非常憔悴，生活的担子一定太沉重，太沉重啦！"

我希望他能提醒她，但是他不。他以梦一样昏茫的眼神儿注视那张美丽的脸，喉头隐隐约约地抽动。有片刻时间，我想抽他一个嘴巴。一种父亲般的愤怒情感将我短暂地迷惑了。我能容忍儿子面对异性流露这种痴态么？况且，那嗓音多么粗，那裤子又是多么……多么绿呀！

我告诉他："你谈这些太早了。"

他回答我："我觉得我生下来就跟她在一起了，当然，这是比喻。"

"这是生活中最不可浪漫的事情。"

"我懂，比这更残酷的事情也没有了。"

"那你图什么呢？"

"我喜欢她，超过您，也超过父亲。"

他认真的表情令人气馁，也让我感到了成熟的青春的可怕。既然这些平凡的事情变得如此严重，我能做什么不能做什么也就变得无足轻重了。

我早就料到会有这一步，现在说什么也来不及了。

总之，这种事什么时候说也是来不及的。你比我有眼力，又离得近，认真琢磨一下姑娘到底是不是个合适的人。一旦认为不合适，要采取果断行动。现在，我只担心他营养过剩，我想你明白我的意思。每月生活费务必给他扣掉二十元，让他失去献殷勤的资本。我知道这么做不顶事的可能性很大，又能怎么办？你有别的好主意吗？你嫂子为这件事担惊受怕，好像她自己又恋爱了。孩子眨眼就大了，真想不到。烦人！

　　我也烦。我能有什么好主意呢？当我决定从生活费里扣去二十元的时候，我实际上鬼使神差地为他加了二十元。我做了一件不是长辈惯于做的事情，我背弃了一位父亲的意志。我不知道是谁指使了我，但是默默将钱接过去的他令我黯然神伤。

　　他说："……又可以买一些书了。"

　　他的眼神儿又像梦一样，极度地温柔了。那温柔里走动着一条绿的裤子，嚓嚓地像一面小旗子似的摇了过去。

　　这是什么样的孩子呀。

六

　　我不能想见他在校园里度过了几个、几十个或几百个愉快的日子，但是他读书读得似乎疲乏了。正如在林区居得过久一样，他的目光总迷离地抛向遥远的没有明确空间的某个角落，就那么痴痴地望着，似乎期待着自己能够缓缓地飞起来。

　　第三度暑期来临，他请我为他的一个谎言提供道义上的支持。他不想去探望父母，却想与几位同学沿着城市西部的山地无目标无定规地徒步游走，过一段风餐露宿的日子。

　　我便告诉大哥，你儿子实习去了。

　　行期一个月。当我预计他们已经深入太行山腹地的时候，他却只身落魄地返回，而时间刚刚过去十日。他像得了一场大病，在我家终日昏睡，不吃不喝。他身边少了尾巴似的女友，显得格外孤单。我料想他是失恋了。

　　我问他："你是远足队长，怎么自己回来了呢？没出事吧？"

　　他笑笑："……政变了。"

　　"大家玩玩走走，何必认真呢。"

　　"有时候是必须认真的。"

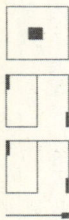

"你是不是不太合群？"

"没完没了地看人演戏，累了。"

他依然淡漠地笑着，样子倒并不怎样孤苦，只是眉眼儿加度疲乏了。设身处地想想所谓政变和演戏，都不是一件轻松的事情吧？消失了的岁月里面，发生的已经极其多了，再多一点儿便容不下，便要溢出来了。

他睡了一天一夜，醒来便拖着肮脏的衣体赴了林区的家乡。不出七日，他又更加落魄更加沉郁地推开了我家的大门。除非只在林区宿一夜，否则他不能这么快回来。他那留了青淤的额角把一些秘密泄露给我了。

我试探他："碰在哪儿了？"

他很坦率："碰在父亲的拳头上了。"

"他凭什么要打你呢？"

"嗨……一点儿小事。"

"多住几天怕什么？"

"林子里到处是斧头，他脾气又大。"

尽管像往常那样温和地笑着，但是他说得很认真，目光里是一腔深深的寂寞。开学前那段日子，他每每读书读到深夜，我偶尔醒来会听到旁边屋或院子里有轻微的咳嗽声，那是滚沸了的思想发出的响动吗？——暗夜里一些电光似的东西划过去了。

我不能原谅他。真正的知识没学到，净学了些乌七八糟的东西。他满嘴喷粪！舌头能当锯使，指指点点教训别人怎么活。他才活了几天！他学坏了，全是胡言乱语，简直不像我们家的孩子。他的话让我难受，我不能不揍他。你要禁止他议论与他不相干的事，否则我不放心。总之，我很难过，自己不争气，儿子也不争气，半辈子好像白过了。他头上的伤好了吗？我抬手是吓唬他，他梗着脖子不躲，逼我打他。可惜打了太阳穴，打在脸上就好了。你嫂子现在还跟我过不去，好像我把她儿子杀了。我跟她没法讲理。这鬼日子怎么越过越没意思了？我总的感觉，儿子没法指望了。我不揍他，我管他！让他别忘了咱们是谁。

大哥几时成了悲观主义者呢？他在林区也算个不大不小的人物，死而无怨地将青春做了祭品，点缀了一座坚固的纪念碑，其粗糙的内心竟然后发制人地敏感起来了么？

一些电光似的东西确实划过去了。

七

在初秋落雨的黄昏，我家的餐桌上摆了祝贺生日的宴席。那块四斤三两重的嫩肉滚雪团一般滚过二十二年路程，端端正正地坐在一片菜香之中。他装束清洁，表情宁静，宁静得像一道等待落箸的新鲜的大菜，期望人们赞扬他的味道。气氛令人不安，那条红烧鱼瞪着一只眼冷冷地瞧我们，烧猪蹄也直挺挺，似乎要像马蹄子一样奔腾起来。

他的失了恋的女友携未婚夫作陪，轻轻地用男低音一般的声音跟他絮语。未婚夫在一旁听着，目光在众人的脸上警惕地走来走去。这是个更为高大也更为有力的年轻人。

他目前的女友坐在另一侧，不漂亮，脸色苍白，像枯萎的落叶一样无声无息地依偎着他。他不时摸摸她的肩膀，竭力做出无意而为的样子，结果是令各方都十分动人了。

他们说了许多，开始喝酒。他们混沌的思想洒在酒桌上，生了一股稀薄而脆弱的香气。我无言，然而一缕类乎少年孤独情思般的气氛从心底汹涌地翻上了喉头，岁月像箭一般从眼前射了过去。

他又饮了一大杯，眼眶顷刻间便湿润。他说："……没关系，没关系。"

然而泪水哗然，如雨而下了。他自己终于无力阻挡那些沉重的流体，独自穿过落雨的院子，缩进了窄小的厨房。他扶着煤气灶蹲下，四周满是油污的瓶瓶罐罐。他毫无目的地到处轻轻抚摸，甚至抚摸那肮脏的地板，似乎要把落在上面的泪水擦去。夜里的秋雨频频敲打，将内外的一切无奈而温柔地充斥了。

他说："……什么也干不成，干不成！"

我说："你们不能说点儿别的吗？"

他肩膀抽搐着想说什么，不是想说，是想喊。他一个字也吐不出，却

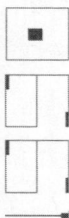

"哇"一声令人战栗地号啕了。秋雨里显现了大哥碑文一样的文字，一些湿润而森然的文字。

我不记得咱们家有谁用这么大力气哭过。

客人离去了，他已醉得无颜送行。

夜里醒来睡不着，眼睛瞪了许久才听到院子里有些奇怪的声音，冷雨依旧缠绵，没有一丝风。他和衣卧在院落的雨洼里面，像一条披着一身黑鳞的巨大的死鱼。没待我走近，他便开始蠕动，半张脸浸着积水，似乎在寻找一个更惬意的姿势。

他说："我身上热，让我躺一会儿。"

我说："你这是怎么了呢！"

"真舒服呀……太舒服啦……"

"你就这么没出息么？"

"三叔……别管我；我用不着你们管！"

他偎着泥水味味笑起来，笑得清醒而诡秘，使淡淡的夜气也羞涩了。我被这自暴自弃的样子激怒，抬手给了他一记耳光。

黑暗中仿佛生了瓷器破碎的声音。他还在笑，那笑已凝固，在片刻间几乎迫使我与他并排躺到肮脏的水洼里去。

我将他吃力地拖了起来。

我抱住了一个羽毛一般轻柔的婴儿。

八

那个负着一大包行李跚跚地踏入城市的少年已经不存在了，甚至那个躺在秋雨里排解愁肠的人也已经不存在了。岁月淹没了他，进而使他飘浮起来，成了一个无须长辈惦念而成熟的人。不论清晨和黄昏，城市各处，便走满了这样的身躯和一张张年轻而又苍老的脸。各自的目光已经穿不透彼此的面孔，一张张面孔把真实留在了独处的陋室，留在了只身独处的情感与思想的无边原野。太阳仍在一日复一日地照耀，而一切都隐到阴影里去了。

他已毕业，开始做命定由他来做的一些事。他一向勤恳，任何担心都多余。他甚至活泼了一些，轻松的谈吐将苦思愁想的痕迹一律抹杀了。只是眼神儿永远雾一样，记录着运行着一种永恒，在静夜的灯光下，那眼神儿会射出怎样的光芒？不堪想见，也不能想见了。

大哥仍旧来信，谈些生动的话题。

你说人到底是个什么东西？人到底是怎么回事？我从五米高的老树杈上跳下来，毫毛未损。场部一个退休的老家伙从二楼顶往下跳，一骨碌就爬起来了，据说还增强了食欲。人世真是太妙啦！总之，有百利而无一害，你让刘星也试试。这小子需要这个。我这一辈子数现在心情最好，你说怪不怪？

大哥指的是气功。气功千万种，从树上往下跳的功夫还从未听说过。让年轻人练这个未免滑稽，我买了些气功书，只想自己练练，没打算去拉拢别人。自感乏味之后，我便将这件自我夸张的趣事放弃了。

那次惊人的表演却不期而至。我在屋里看新闻联播，妻子从厨房回来频频朝窗外努嘴。我趴在玻璃上一看，发觉刚刚吃过饭的刘星浴在青色的月光中，已经前仰后合龇牙咧嘴，不亦悲乎乃至不亦乐乎了。

那是灵魂自由而自发的表演。他就那么摇着，唏嘘着，颤动着，醺醺然侵入了一种他独自占有的生动境界。痛苦与欢欣的分野模糊了，空间和时间已逃遁，为他留出了任意涂抹和踏践的空白。这一向稳重而忧郁的孩子摇着摇着，终于像健康的猴子一样啸叫起来，凄厉而高亢，向夜色笼罩的一个看不见的高度攻击，那茫茫大音冲上去扩散开来了。

气功专著谓之曰：猿鸣。

我屏气聆听，落下两行冷泪。为使他安静下来，我能做些什么呢？等他安静下来之后，我该说些什么呢？我说什么呢！

我发誓什么也不说了。

原载《小说林》1990年第1期

小说以一个从偏远林区走出来的少年学生为人物核心，通过对其进入大学读书经历的描述展现现代教育所面临的问题和困境。

十八岁的刘星带着大山的气息来到"我"的面前，竟然令素未谋面的"我"有了做父亲的幻觉和冲动，此时的刘星是纯净的、可爱的，尽管他少言寡语。但是大学生活逐步改变了这个不经世事的少年，他背负亲人的期待而来，却没能通过大学教育获得足够的性格和技能上的成长。在大学里，他混混沌沌，不仅没有吸取知识的精华，反而沾染上了一些不良嗜好，他逐渐远离以"我"和我大哥为代表的亲人和生活，就像他失败的游走探险一样，他逐渐走上一条我们都不熟悉的人生道路，离我们越来越远。而这一切变化均与他背后的那个大学有关，那个一直被誉为知识圣殿的场所改变了这个年轻人，却没能将这个普通人的人生推向一个光明的方向和高点。面对刘星，"我"的情感是极其复杂的，我违背大哥的意愿支持他恋爱，也在他失恋颓废之际恨铁不成钢地伸出了巴掌，"我"是矛盾而困惑的。

现代教育在改变一代代年轻人，也在不停地吞噬一些人，如果这个过程可以称之为一首"教育诗"，那么这首"诗"无疑是一首美与丑共存的诗，是一首音符杂乱、内容驳杂的诗。（崔庆蕾）

通腿儿

赵德发

一

那年头被窝稀罕。做被窝要称棉花截布，称棉花截布要拿票子，而穷人与票子交情甚薄，所以就一般不做被窝。

两口子睡一个被窝。睡出孩子仍搂在被窝里。一个两个还行，再多就不行了。七岁八岁还行，再大就不行了。

再大就捣蛋。那一夜椰头爹跟椰头娘在一处"温习旧课"，刚有些体会，就听脚头有人喊："哪个扇风，冻死俺了！"两口子羞愧欲死，急忙"改邪归正"。天明悄悄商量：得分被窝了。

但新被窝难置，两口子就想走互助合作道路。椰头娘找狗屎娘说了意思，狗屎娘立马同意，并说你家椰头夜里捣蛋，俺家狗屎捣得更厉害，俺家狗屎爹已经当了半年和尚了。两个女人就嘎嘎笑，笑后谈妥：两家合做一床被窝，狗屎娘管皮子，椰头娘管瓢子。

费了一番艰难，终于将皮子瓢子合在了一起。狗屎家有间小西屋，有张土坯垒的床，抱些麦秸撒上，弄张破席铺上，把被窝一展，让两个捣蛋小子钻了进去。

狗屎椰头就睡。一头一个，俗称"通腿儿"。"通腿儿"是沂蒙山人的睡法，祖祖辈辈都是这样。兄弟睡，通腿儿；姊妹睡，通腿儿；父子睡，通腿儿；母女睡，通腿儿；祖孙睡，通腿儿；夫妻睡，也是通腿儿。夫妻做爱归做爱，事毕便各分南北或东西。不是他们不懂得缠绵，是因为脚离心脏远，怕冻，就将心脏一头放一个给对方暖脚。现如今沂蒙山区青年结婚，被子多得成为累赘，那又怨不得他们改动祖宗章法，夜夜鬼混在一头了。

五十年前的狗屎榔头就通腿睡，睡得十分快活。每天晚上，榔头早早跑到狗屎家，听狗屎爹讲一会儿傻子走丈人家之类的笑话，而后就去睡觉。小西屋里是没有灯的，但没有灯不要紧，狗屎会拿一根苘杆，去堂屋油灯上引燃，吹得红红，到小西屋里晃着让榔头理被窝。理好，狗屎便把苘杆去墙根戳灭，二人就同时登床。三下五除二退去一身破皮，然后唉唉哟哟颤着抖着钻进被窝。狗屎说：俺给你暖暖脚。榔头说：俺也给你暖暖。二人就都捧起胸前的一对臭东西搓，揉，呵气。鼓捣一会儿，二人就互搔对方脚心，于是就笑，就骂，就蹬腿踹脚。狗屎娘听见了，往往捶门痛骂：两块杂碎，不怕蹬烂了被窝冻死？二人就怵然生悸，赶紧老老实实，随后把对方的脚抱在怀里，迷迷糊糊渐渐睡去。

就这样睡，一直睡到二人嘴边发黑。

后来，二人睡前便时常讨论女人了。女人怎样怎样，女人如何如何。但是尽管热情很高，他们却始终感到问题讨论不透。榔头说："好好挣，盖屋娶媳妇。"狗屎说："说得对，娶个媳妇就明白啦。"于是，二人白天就各自回家拼命干活。

十八岁左右，二人都说下了媳妇，都定下腊月里往家娶。

这一晚，狗屎忽然说："娶了媳妇，咱俩不就得分开么？咱通腿十年，还真舍不得。"

榔头想了想说："咱往后还是好下去，一，盖屋咱盖在一块；二，跟老的分了家，咱们搭裸种地。"

狗屎说："就这样办。"

榔头说："不这样办是龟孙。"

二

人生的重场戏是结婚。

重场戏中的重要道具是床。床叫喜床。一要材料好，春是好光景，春来万物始发，因而喜床必须是椿木的。二要方位对，阴阳先生说安哪地方就安哪地方，否则会夫妻不和或子嗣不旺。

狗屎的喜床应该靠东山顶南，榔头的喜床应该靠西山顶南。于是，两人的喜床就只隔一尺宽的屋山墙。

墙是土坯垛的，用黄泥巴涂起。墙这面贴了张《麒麟送子》，墙那面也贴了张《麒麟送子》。

夜里，这墙便响。有时两边的人听到，有时一边的人听到。

狗屎家的睡醒一觉，听那墙还响，就去搔耳朵边的大脚片子。搔不了几下，大脚片子一抖，床那头便问："干啥？"狗屎家的说："你听墙。"狗屎便竖起耳朵听。听个片刻，狗般爬过来，也让墙响给那边听。弄完了，墙还响个不停。狗屎家的说："你个孬样！看人家。"狗屎便在黑暗中羞惭地一笑，爬回自己那头，又把个大脚片子安在媳妇的耳旁，媳妇再去搔他也不觉得。

狗屎家的仍不睡，认真听那响。一边听一边寻思：离俺尺把远躺着的那女人，长了个啥模样？黑脸白脸？高个矮个？这么寻思着就一心要见见她。但又一想，不行不行，老人家嘱咐得明白，两个女人都过喜月，是不能见面的，见面不好。

不见面就不见面，反正三十天好过。狗屎家的就整天不出门，只在院里、灶前做点活落。榔头家的似乎也懂，也整天把自己拴在家里。两家如发生外交事务，都由男人出面。男人不在家，偶尔鸡飞过墙，这边女人便喊："嫂子，给俺撵撵！"那边女人便也答应一声，随即"欧咻、欧咻"地把鸡给吆过来。两个女人虽没见面，声音却渐渐熟了。榔头家的心下评论：她声音那么粗，跟楠棒似的。狗屎家的心下评论：她声音那么细，跟蜘蛛网似的。

中午，狗屎家的正做饭，忽听街上有人喊："快出来看！过队伍喽！"狗屎家的忙舀一瓢水将灶火泼灭，咕咚咕咚跑向了门外。还真是过队伍。一眼就认出是八路，军装黄不拉唧，破破烂烂，比中央军差得远。可人怪精神，一边走还一边唱，唱几句就喊个一二三四，当兵的整天喊一二三四，准是好久不在家数庄稼垄，怕把数码忘了。好多人都别着钢笔，怪不得有"穷八路、富钢笔"这句传言。有些兵还胡子拉碴，看来是有家口的，不知他们想不想老婆孩儿……

不知不觉，队伍过完了。有人说，这是老六团，沂蒙山里最神的八路队伍，说打哪就打哪，小日本最怕他们。狗屎家的听得一愣一愣的，不由

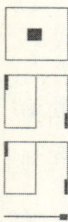

得又追了队伍尾巴几眼。

又一眼撒出去，却撒到了一个女人身上。女人站在东院门口，穿一身阴丹士林，脸上几片雀斑，雀斑上方有一对亮亮的东西在朝自己照。

狗屎家的悟出：这是隔墙躺着的那女人。哟，新人竟见面了，这可怎么办？对了，娘说过，遇到这件事，谁先说话谁好。

说，赶紧说！

可是，向她说啥呢？

正思忖间，忽听那女人开口了："也看队伍？"

听着这细如蜘蛛网的熟音儿，狗屎家的浑身一抖：糟啦糟啦，这一下子俺可完啦。这个浪货，浪货浪货！她就狠狠地戳了榔头家的一眼，狠狠地在鼻子里哼一声，转身回家了。

见她这样，榔头家的马上灰了脸儿。

一出喜月春老爷醒来，要人们用犁铧给他搔痒，但榔头与狗屎没搭成犋。狗屎的老婆不让，说她不愿见东院那爱走高岗的骚货。

榔头明白了缘由，就回家责怪媳妇，媳妇道："俺不抢先说话她就抢先。谁不想个好。"

榔头嘟噜着脸说："弟兄们不错的，都叫娘儿们捣鼓毁了。"

媳妇把嘴一撇："俺孬，俺回娘家。"说着脚就朝门外迈。榔头从后边一下子抱住，边揉搓媳妇胸脯边说："谁嫌你孬啦？谁嫌你孬啦？杂种羔子才嫌你孬！"

春耕时，两家都买不起牛，都用锨剜。

两个女人见面不说话，错过身都要吐一口唾沫。两个男人见面还说话，但也就是"吃啦喝啦"，不敢多说，生怕惹得自家媳妇心烦。

三

别看八路军吃穿不好枪炮不好，却在这一带扎下根了。小鬼子兵强马壮，可就是到不了沭河东岸。

八路扎下根，就开始发动老百姓。从那时活到现在的人都说：共产党就是会发动老百姓，不会发动老百姓的不是共产党。

先是唱戏。把戏班子拉来，连演两天。有出戏也怪，不唱，光说光说。说的是北京洋腔，听了半天才听出眉目：那个俊女人不正经，跟老头的前妻儿子辩伙。后来那小伙子不干了，又跟丫环好。后来一家几口人都死了，说是叫电电死的。电是啥玩意儿？那么毒？那么毒就拿去毒小日本呀！另外几出戏虽然唱几句，但也不懂。不懂就不懂吧，老百姓图个热闹就行了。所以有人一边看戏一边议论：还是八路好，五十七军啥年月给咱演过戏？

接着是减租减息。"工作人"把佃户叫到一起问："你们为什么穷呀？孙大肚子为什么富呀？"佃户说："人家命好呀，咱们命孬呀！"工作人气得瞪眼，瞪完眼又说："不是的。是穷人养活了地主。"佃户说："养活就养活呗。地是人家的，给咱种是面子，不给咱种是正好。"工作人气得骂："贱骨头！活该受罪！"就散会了。第二天晚上又开，另一个工作人不发火，老讲老讲，一连讲了五六个晚上，把佃户讲转了筋，就合伙去找孙大肚子要他退粮。佃户们扛着粮食回家，见孩子的小肚子凸了起来，便伸手去摸，摸得孩子笑着喊痒也摸不够。

然后是办识字班。工作人说妇女要翻身，要学文化，就叫大闺女小媳妇聚在一堆学起来。没有本子钢笔，就一人抱一块瓦盆碴子用滑石画。学一阵子还唱歌：

呜哩哇，呜哩哇。

呜哩哇，呜哩哇。

北风吹起落叶飘，冬来了。

湖净场光粮藏好，心不操。

上冬学又是时候了，

上冬学又是时候了。

不当游手的流浪汉，满街串，

别叫庄长会长催，挨户喊。

自动报名跑在前，

自动报名跑在前。

狗屎家的就是跑在前的。因为她去了一回就觉得那里热闹。原来，她晚上都是和狗屎拉呱，但大半年过去也没啥可拉了，一进识字班，晚上回来就又有呱拉了，所以她就很积极。妇救会长看她积极，就叫她当了组长，负责后街的十几户，这一来她就更积极，天天上门动员人家参加识字班。有的人家不让闺女出门，说是听人讲办识字班是为了给八路配媳妇，过了阳历年，识字班里的大闺女都不准出嫁，跟八路排成两排抛手绢，抛着谁就跟谁睡。狗屎家的听了，骂一声"放狗屁"，立即报告了妇救会长田大脚。田大脚手拿铁皮喇叭筒，爬上村中的一棵大榆树，一遍又一遍地辟谣，大闺女们这才陆陆续续地走出了家门。

后街这片唯独榔头家的没参加，狗屎家的也没上门动员。她让别人去叫，榔头家的对来人说："狗屎家的参了俺就不参。"狗屎家的气得不行，就找田大脚，要她召开妇女大会，狠狠斗争那个落后分子。田大脚没同意，说革命要靠自觉。

一入腊月，识字班就学扭秧歌。没有红绸，就一手甩一条毛巾，甩得满街筒子毛巾翻飞，让人眼花缭乱。有促狭汉子在一边看，就和着秧歌调唱：

哎哟哎哟肚子疼，

从来没得这样的病：

自从进了识字班，

奶子大来肚子圆……

姑娘们听见了，就一齐围过来要斗争唱歌的。唱歌的把手撑在额头上，连声说："对不起，对不起，捏着眼皮打敬礼！"姑娘们便哈哈笑，笑完又去扭着腰肢甩毛巾。

狗屎家的也甩，但她腰腿不灵活，那"转身步"扭得太冒失，让人看了直想笑。于是又有人唱：

狗屎媳妇真喜人，

扭起秧歌大翻身。

肚子一挺腚一扭——

看你翻身不翻身！

狗屎家的听了也不恼，仍旧嘻嘻哈哈地扭，直扭得满头大汗。

狗屎家的整天不在家，狗屎就冷清了，一人坐不住，就溜达到东院。榔头家的说："跑俺家干吗？宝贝媳妇呢？"狗屎咧咧嘴说："那块货，疯疯癫癫的，可怎么办。"榔头家的说："进步嘛。等去开模范会，又是大饼又是猪肉。"狗屎不再作声，就蹲到地上跟榔头下"五虎"棋。狗屎的棋子是草棒，榔头的棋子是石子，一盘接一盘，谁输了就气得要操这操那，榔头家的在一旁边做针线边笑。

狗屎家的从识字班回来，找不见狗屎，就知道是上了东院。她在院里使劲咳嗽一声："呃哼！"狗屎听见了，就慌忙撇下一盘没下完的棋跑回来。媳妇熊他，嫌他找落后分子，他只是笑。

这一天，狗屎家的回来，在院里咳嗽了一声，但没见狗屎回来，又咳嗽了一声，还不见狗屎回来。于是，她把新绞的"二道毛子"一甩，噔噔噔去了东院。见男人正瞅着棋盘发愣，就一把拧住了他的耳朵："叫你你不应，耳朵里塞上驴毛啦？天天跟落后分子胡混，有个啥好？"榔头家的听这话太损，就也开口骂起来："你先进，让八路都先进你！"狗屎家的眼里顿时喷出火来，扔下男人就扑向榔头家的。榔头说："甭闹了甭闹了。"把媳妇严严地遮在了身后。狗屎家的仍要揍榔头家的，不料狗屎去她身前一蹲一起，她就在狗屎肩上悬空了。男人扛着她朝门外走，她还在男人肩上将身子一挺一挺地骂，那架势活像凫水。

四

根据地的参军运动开展了，村村开会，庄庄动员。

野槐村也开了大会，可就是没有报名的。无奈，村干部就把二十多名青年拉出去，关到村公所里"熬大鹰"：不让吃饭，不让睡觉，由村干部日夜倒班训话。青年一个个都叫熬得像腌黄瓜。第三天，村长又训话，青年说："整天嘴叭叭的，你怎么不去？"村长脸一白，说："你甭不死攀满牢。俺走了，村里的工作谁干？"青年便皱鼻子："这话哄三岁小孩还行。"村长哑言半晌，而后把腿一拍："那好，俺去！这回行了吧？"见村长带头，有三四个人也应了口。村里把他们放了，剩下的继续熬。但一个个都熬倒了，还是没有人再答应。

村干部私下里说："看来光这个法子不行，得发挥识字班的作用。"

于是，识字班就开会，要求妇女们"送郎参军"。田大脚讲完，让大家都表个态度，狗屎家的第一个站出来说："看俺的！"

当天晚上吃饭，狗屎家的说："嗳，你去当八路吧？"

狗屎说："甭跟俺瞎嘻嘻。"仍旧往嘴里续煎饼。

"真的。"

　　狗屎的嘴不动了，左腮让一团煎饼撑得像个皮球："俺连鸡都不敢杀，怎么去杀人？"

　　"那是去杀恶人。"

　　"杀恶人也不敢。"

　　"那就去当火头军，只管办饭。"

　　"俺也不。"

　　以后再怎么说，狗屎就是不应口。

　　狗屎家的火了："开弓没有回头箭，俺已经保下证了，你去也得去，不去也得去。"

　　"俺舍不得你。"

　　"舍不得俺？那好，从今天起俺就不给你当老婆，叫你舍得！"

　　果然，当天夜里她就不让狗屎上身了。第二天，也不和他说话，也不给他做饭，晚上隔二尺躲上三尺。

　　第五天上，狗屎说："唉，有老婆跟没老婆一样，干脆去当八路吧。"媳妇一笑："俺就等着你这句话了。"立马就去村里汇报。田大脚说："太好了，明日就往区里送。"

　　晚上，狗屎家的杀了鸡，打了酒，让狗屎好好吃了一顿。吃完，女人往床上一躺："这几天欠你的，俺都还你。"这一夜，榔头听见墙一直响，但他与媳妇没有效仿。他披衣坐在被窝里，一声不吭老是抽烟，一夜抽了半瓢烟末。

　　第二天，野槐沟送走了十一个新兵。十一个当中，有六个是识字班动员成的。识字班觉得很光荣，就扭着秧歌送。狗屎家的扭了两步却不扭了，说两脚怎么也踩不着点儿，就跟着走，一直走到村外。

　　狗屎是正月十三走的，二月初三区上就来人，说他牺牲了，还给了狗屎家的一个烈属证。狗屎家的不信，怎么也不信，说活蹦乱跳的一个人，怎么会这么快就死。正巧当天本村回来一个开小差的，说狗屎第一次参加打仗就完了，他还没放一枪，没扔一个手榴弹，就叫鬼子一枪打了个死死的，尸首已经埋在了沂水县。狗屎家的这才信了，便昏天黑地地哭。

　　榔头家的一听说这事，心里立即乱糟糟的，便去了西院想安慰安慰狗屎家的。不料，狗屎家的一见她就直蹦："都怪你都怪你都怪你！喜月里一见面你就想俺不好！浪货，你怎不死你怎不死！"骂还不解气，就拾起一根荆条去抽，榔头家的不抬手，任她抽，并说："是俺造的孽，是俺造的孽。"荆条嗖地下去，她脸上就是一条血痕。荆条再落下去再往上抬时，荆条梢儿忽然在她左眼上停了一停。她觉得疼，就用手捂，但捂不住那红的黑的往外流。旁边的人齐声惊叫，狗屎家的也吓得扔下荆条，扑通跪倒："嫂子，俺疯了，俺该千死！"榔头家的也跪倒说："妹妹，俺这是活该，这是活该！"

两个女人抱作一处，血也流泪也流。

五

榔头家的养了一个多月眼伤。这期间又正巧"嫌饭"①，吃一点呕一点，脸干黄干黄。狗屎家的整天帮她家干活。推磨，她跟榔头两人推；烙煎饼，她自己支起鏊子烙。就是去地里剜野菜，回来也倒给榔头家半篮子。

一个月后榔头家的拆了脸上的布，脸上大变了模样。以后狗屎家的跟她说话，从来不敢瞅那脸，光瞅自己脚丫子。

识字班还是办着，但狗屎家的不去了，她说没那个心思。

没处去，就去找榔头家的拉呱。拉着拉着，她常把话题扯到榔头家的眼上，骂自己作死，干出那档子事来。一次又这样说，榔头家的变色道："事过去就过去了，还提它干啥？你再提，咱姊妹一刀两断！"狗屎家的见她脸板得真，往后就再也不提了。

就拉别的，多是拉做闺女时的事。

榔头家的说，她娘家有十几亩地，日子也行，可就是亲娘早死了。后娘太酷，动不动就打她骂她，有一次下了毒手，竟把她下身抠得淌血。

狗屎家的说，爹好赌钱，赌得家里溜光，把娘气疯了，他还是赌。没有兄弟，地里的粗活全由她干，硬是把个闺女身子累成了粗粗拉拉的男人相。

说到伤心处，俩人眼睛都湿漉漉的。

榔头家的会画"花"，鞋头用的、兜肚用的、枕头用的都会。村里女人渐渐知晓了，都来向她求"花样子"，榔头家的常常忙不过来。狗屎家的说："你教俺吧，俺会了也帮你画。"榔头家的说："行。"

榔头家的找出几张纸，一连画了几张样子："喜鹊登梅""鸳鸯戏水""金鱼串荷花""凤凰串牡丹"等，狗屎家的一看，眼瞪得溜圆："俺娘哎，难煞俺了。"榔头家的说："要不你先画'五毒'，小孩兜肚上用的，那个容易。"

狗屎家的就开始画，仍用识字班里学字的盆碴子。先画蛐蜒。两条长杠靠在一起是蛐蜒身子，无数条短杠撒在两旁是蛐蜒腿。榔头说："不孬不孬。"狗屎家的笑逐颜开，又接着学画蝎子、蝎虎、长虫、巴疥子，十来天把"五毒"画熟了，又去学其他的。

一天，狗屎家的画着画着停了笔，眼直直地发愣。榔头家的说："你怎么啦？"

狗屎家的听了羞赧地一笑："嫂子，不瞒你说，这些日子，俺老想那个事，有时候油煎火燎的。"

榔头家的懂了，就说："你想走路？"②

狗屎家的摇摇头："他死了才几天？"

榔头家的思忖了一下，说："要不，叫俺家的晚上过去？"

"你这是说的啥话。"

"不碍的。"

狗屎家的不抬头。

"今晚上就去？"

狗屎家的仍不抬头。

晚上，榔头家的就跟榔头说了这事。榔头说："这不是胡来么！"媳妇说："她怪可怜的，去吧。"

榔头忸怩了一阵，终于红着脸出了门。

榔头家的躺在被窝里睡不着，就隔着窗棂望天。

天上星星在眨巴眼儿。她对自己说：你数星星吧。

就数。一个两个三个，四个五个六个。

数到二十四，刚要数第二十五，那一颗忽然变作一道亮光，转眼不见了。

唉，不知是谁又死了。天上一颗星，地上一个丁，这个"丁"不知是哪州哪县？想到这里，榔头家的心里酸酸的。

门忽然响了。朦胧中，榔头低头弓腰，贼一般溜进屋里。

榔头家的忙问："这么快？"

男人不答话，将披着的棉袄一扔，就钻进了被窝。

男人用被子蒙住头，浑身上下直抖。女人问怎么啦，问了半天，男人才露出脸战兢兢地答："俺不去！出门一看，狗屎兄弟正在西院里站着……"

"他？他还活着？"女人也给吓蒙了，"那俺得去看看。"她壮壮胆走出了屋门。

西院的屋里亮着灯，狗屎家的正披着袄坐在床上，一见榔头家的进来，笑了笑说："嫂子，你两口子说的话俺全听见了，快别恶心人了。"

"……"

"说实话，这几天俺真起了走路的心，打谱过了年就找主。可一动这个心，俺就真真地看见他站在跟前，眼巴巴地瞅着俺。"

榔头家的明白了。

狗屎家的又说："这辈子俺走不成了。你想，走到哪里他跟到哪里，俺不是活受罪？唉，'狗屎家的'，'狗屎家的'，俺只能让人家叫一辈子'狗屎家的'了……"

一席话，说得榔头家的眼泪滢滢。

她找不着话说，想走。狗屎家的却说："嫂子，你要是疼俺，就陪俺一夜吧，俺害怕。"

榔头家的就脱鞋上了床。

天明回到东院，榔头一见她就嚷："毁啦毁啦。"

女人忙问什么事，榔头说："俺一宿没睡着觉，一合眼，就见狗屎站在跟前，气哼哼地朝俺瞪眼。"女人说："没事，过一天就好了。"

但一天两天、三天四天，榔头还是一合眼就见狗屎。

榔头家的说："这死鬼还真是小心眼，俺去打送打送。"

她买了一刀纸，偷偷上了西北岭顶。在大路上，用草棍划个圈，只朝西北方留个口子，然后把纸烧了，一边烧一边说："狗屎兄弟，你甭缠磨你哥了。"

打送了以后，榔头还是那样。

狗屎家的就笑着对她说："嫂子，甭打送了，白搭。我倒是有个法儿治那死鬼。"

"啥法儿？"

"叫榔头哥去当八路。"

"当八路？"

"对。当八路使枪弄炮，狗屎怕那个，就不会再缠磨榔头哥了。"

榔头家的想了半天说："那就去当八路！"

村长喜出望外，亲自抬轿，把榔头送到了区上。

这年秋天，榔头家的生下一个小子，取名抗战。

六

榔头家的坐月子，由狗屎家的服侍。狗屎家的白天做饭洗裤子，晚上就跟榔头家的在一床通腿睡觉。

满了月，榔头家的说："你往后甭回去睡了。"

狗屎家的说："行。咱姊妹在一块儿省得冷清。"

于是，两个女人没再分开。

两家一个是烈属，一个是抗属，地都由村里组织人种。两个女人只干些零活，大多心思都用在孩子身上。抗战爱尿席，尿湿一头，狗屎家的就叫榔头家母子到另一头，自己到尿窝里躺下。刚刚暖干，抗战在那一头又尿了，她又急急忙忙和那母子俩掉换过来。抗战掐了奶，两个女人就烙饼嚼给他吃，你嚼一口喂上，我嚼一口喂上，抗战张着小口，左右承接。抗战长得风快，转眼间会走会跑。晚上，两个女人一头一个，屈膝屈肘撑起被子，让抗战"钻山洞"，抗战就在一条坎坷肉路上爬，嘻嘻哈哈。爬到头再拐弯时，狗屎家的亲亲他的小腚锤儿说："嫂子，等抗战他爹回来，你再养个给俺！"

榔头家的说："好办。"

鬼子跑了，榔头却没回来。

老蒋跑了，榔头还没回来。

两个女人仍旧通腿睡。这一晚，抗战忽然把脚伸到了不该伸的地方。

天明两个女人悄悄商量：得给抗战分被窝了。

七

刚给抗战分了被窝，榔头家的就接到上海的一封信。

是榔头的。榔头告诉她，因为革命需要，他又新建立了家庭，不能再和她做夫妻了。

狗屎家的气得一蹦三尺高，要拉榔头家的去上海拼命。榔头家的却说："算啦，自古以来男人混好了，哪个不是大婆小婆的，俺早料到有这一步。"

晚间上床，榔头家的苦笑了一下说："这一回，咱姊妹俩情管安心通腿，通一辈子吧。"

狗屎家的说："只是你不能再养个给俺了。"

榔头家的说："好歹还有个抗战。咱俩拉巴大的，他就得养咱俩的老。"

狗屎家的擦擦眼泪，挪到床那头，紧紧抱住榔头家的。

不料，当年入伏这天，抗战却在村南水塘淹死了。他跟几个孩子摸蛤蜊，一潜下水就没再露头。等被人捞上来时，眼里嘴里都是黑泥。

抚着那具短短小小的尸首，两个女人哭得死去活来。

埋掉抗战已是晚上，狗屎家的拎一只筐在床上，里边放盏灯，再披上一件褂子，然后拉榔头家的到西院睡。她说，孩子死了，要偎三夜娘怀才去投胎转世。要是叫小死鬼偎了，大人就会得病。咱就叫那只筐当孩子的娘。

但榔头家的不干，依旧和衣睡在床上，狗屎家的只好陪着她。

第三个夜里，榔头家的突然坐起身喊道："抗战！抗战！"

她跟狗屎家的说：刚才梦里见到抗战了，他眼泪汪汪地叫了几声娘，转身走了，眼下刚走出门去。

说着，她像记起什么似的，下床跑到门口，冲那边的黑暗喊："抗战，你投胎甭到别处投了，就投你小娘的吧！你小娘把你养大了，你再来看看俺！记住，你爹大名叫陈全福，在上海，听人说要一直往南走……"

这一夜，两个女人一直坐在门口，望着南方，流着泪。

八

若干年之后的一天晚上，有一老一少走进了野槐村。

一汉子遇见，认出那老的是谁，就急忙带他们去了一个破破烂烂的院子。

汉子心急，刚叫了一声就用肩撞门，竟把门闩啪的撞断。

进屋，见壁上挂一盏油灯，灯下摆一张床，床上一南一北躺两个老女人。

汉子说："嫂子，看看谁来啦？"

两女人侧过脸，眼一眨一眨地瞅。瞅见老的，她们没说话。瞅见小的，却一齐坐起身叫道："抗战。抗战。"边叫边伸臂欲搂，臂间的乳裸然，癯然。

小伙子倏地躲开。他把老的拉到一旁，用上海话悄悄问："嗲嗲，伊拉一边厢一个头，啥个子困法？"

老的泪光闪闪地说："这叫通腿儿……"

注：

①嫌饭：妊娠反应。

②走路：改嫁。

原载《山东文学》1990年第1期

点评

无论是题目还是内容，这篇小说都透着够劲的乡土味，这股"土味"已经不是植根于乡土了，而是完全淹没在泥土里，读一遍都仿佛沾了一身泥土气。

小说用了许多带有地域特征的山东农村方言，"通腿儿""嫌饭""走路"等等，这些在普通话里没有占据一席之地的词汇，成功赋予了小说诸多民间元素和乡土品质，从两个男孩少年时期通腿儿，到两个女人相依为命通腿儿，两个家庭迈过了岁月的千山万水，经历了历史的大开大阖。狗屎和橛头这两个曾经通腿十年的小伙伴，本打算过一种普通人的日子，但战争的炮声隆隆响起，生活的原有轨道被彻底改变了，两个人都响应号召奔赴前线，然而相同的选择却是不同的命运归途，狗屎刚上战场便惨死在敌人枪下，埋尸异乡，榔头却在久经沙场之后升官发财、名利双收，连曾经相依为命的老婆都抛弃了。于是两个"失去"了男人的女人开始通腿儿，开始一起消受历史给予她们的苦难，她们一起抚养了榔头的儿子抗战，指望着抗战能够给她们养老送终，但抗战又不幸夭折了，最后只剩下两个女人倚门而望。

通腿儿虽是乡村一种互相温暖身体的睡觉方式，它又何尝不是一种温暖心灵的方式呢？

（崔庆蕾）

中国当代
文学经典
必读

钟 声/
/史铁生

B还不到一岁的那年，父母就离开了这块大陆，连爷爷也不知道他们最终去了哪儿。当时爷爷说，你们得给我留条根。那时爷爷已经看出这绝不是通常的分别，所以坚持要他们给他留下一个孙子。爷爷知道除此之外都已成定局，所以从始至终只提了这一个要求。父母日夜犹豫，临走的那天早上才决定下来，把B留给爷爷。因为B的两个哥哥已经大到能够哭着喊着片刻不离他们的母亲了，而B还不到一岁，世界还没来得及给他什么具体的印象。又因为爷爷说死说活不愿离开这块土地。

这是多年之后B对我说的。

B跟着爷爷在北方农村的一个镇子上长到五岁。镇子很小，只有两条纵横交叉的街。有一条长不成鱼而只可供人们洗洗衣裳的细水，从远处悠悠流来，挨一挨镇子的边缘，便又流走到很远去了。两条街上，杂货店、小饭馆、肉铺、粉房、豆腐房、铁匠铺、车马大店等等各有一家。杂货店里有两架挂钟，弄不清是哪代开明或是糊涂的掌柜进的货，从无买主问津，一架已经坏了，另一架就为镇上的人提供了一个观赏和赞叹的机会，也给小店的生意带来了意想不到的好处。镇上没有电，没有学校，差不多没有新闻，终日不断的是粉房和豆腐房的石磨声，还有铁匠铺的打铁声。车马大店前永远站着几匹贪婪吃草的牲口。小饭馆门口则卧着一头肥硕无比的大狗，那狗自知全镇无敌，目光便不凶猛，而是流露了傲慢与昏聩，漠视并且蔑视那些四处流浪的同类。两条街的四端都伸入到不见边际的田地里去；冬天是褐色的不见边际的裸土，夏天是金黄闪耀不见边际的向日葵的花朵。小镇给B印象最深的就是那些向日葵，成百上千万素朴又肆无忌惮的花朵铺天盖地，天气晴朗时一派灿烂辉煌，把小镇映照得愉快、安谧。遇到坏天气，所有的花朵一齐骚动癫狂起来，漫山遍野涌荡喧嚣，令种植它们的人也头晕目眩心惊魄动，整个镇子都随之惶惶然无所适从。

这都是多年以后B给我讲的，像是在讲述一个年代久远的传说。他说："你哪年出生？"我告诉他："1951年。"他说："让我想。哦，这么说我第一次跟爷爷收获向日葵的时候，你可能刚刚出生，也可能你还没出生呢。"他说，当那些向日葵一棵一棵成片成片地被砍倒时，他忽然大哭不止。"为什么？""不知道，"他说，"生命中本来有很多神秘的事。"

五岁的那年夏天，爷爷对B说：我带你到城市去。到县城去？不，可比县城大多了，也比县城远多了。爷爷给B和自己都带了几件换洗的衣裳，用一把老铜锁锁了门，爷孙俩便出了镇子，走在森林一样的向日葵地里了。干吗要到那儿去？去念书，你该念书了，你到了得念书的年龄了。向日葵的叶子大如蒲扇，层层叠叠，圈拢起燠热而沉重的葵花香，蚂蚱醉醺醺地趴在葵秆上昏睡，蝈蝈则到处发着梦呓。在那条细水穿流的地方，偶尔生出几丝风来，蛇一样分头钻进葵林，闹鬼似的嬉戏游逛，郁郁寡欢的花香便被惊扰得四处流窜满天漂泊一阵，干枯的花蕊借机脱离花盘，细密如雨，灌进B的衣领。我父母是不是在那儿？不，不在，他们没在那儿。他们在哪儿？爷爷从来没打算骗你，爷爷也不知道他们这会儿在哪儿。你跟着爷爷不好吗？可咱们到那儿去找谁？咱们就住在你姑家，还有你姑父，还有你的表妹和表弟。他们认识我？你姑和你姑父见过你，那时你生下来才几天，你还不记事呢。

爷孙俩走了一个上午，还是没走出向日葵林。然后他们搭上了汽车，汽车开了一个下午，仍然随处可见盛开的向日葵。直到第二天他们上了火车，B的注意力让火车里面的事物吸引了整整一个白天，那些向日葵才梦幻一般的消失了。当他又想起向日葵时，车窗外已是茫茫黑夜。姑知道我父母上哪儿去了吗？不，你姑也不知道。问过她了？问过了。他们是不是也坐火车走的？别再想这件事了，不再想这事了好吗？你说爷爷好不好？也许姑父会知道吧？咱们不说这事了，你该睡了，我担心这两天你要累病了呢，躺在爷爷腿上，对，睡吧。您没问问姑父？记住，以后不管谁问你，你就说，爷爷也不知道他们到哪儿去了。记住了吗？窗外夜黑如墨。在随后的梦里，B仍没能勾画出父母的模样，而是整宿都在绵延不断的凄艳的向日葵花中间徘徊。

B醒来火车已进入城市。就是我在其中出生、长大，并一直活到现在的这座城市。B的姑姑家离我家不算太远。从我家往东再往北，再往东再往北，走过大约四五条街，有一座教堂，B的姑姑家就住在那座教堂旁，在教堂东约三四十米的地方。B在那儿住了差不多七年，不过那时我们并不相识。

"但那时说不定我们迎面相遇过。"B说。很多年后B故地重游，在我家附近的一个冷饮店里，我们俩从午后一直坐到天黑。我说："这很可能。"他说："只不过我们不知道而已，结果我们就不把它算在内。"我说："算在什么内？"他说："你绝对数不清都是哪些事在对一个人的命运起作用。你不觉得生命中有很多神秘的事？"我点点头，不过说老实话我没太懂B的意思，我不知道他指的是什么。天气燥热，报纸上说已经连续九十几天没有降水了。我和B坐在冷饮店里一杯接一杯地喝着啤酒。太阳在外头隆隆作响，把路面烤变了形，树叶和纸屑被踩进黑亮刺目的沥青里去。B说："你还记得那座教堂？"我说："我光是听说过它。不过我记得它的钟声。"他说："让我想。哦，你可能没见过它，你可能对那教堂还没什么印象，那教堂就已经没了。"我说："可我朦朦胧胧记得一种钟声，后来我长大了相信那肯定是一种钟声。那教堂是不是有钟声？""要是你相信你听到的是钟声，那肯定就是它的钟声。有，它有钟声，它一天当中要敲响好几遍钟声。""那声音缥缥缈缈，那声音至今给我一种安详的感觉。""你不觉得那声音很神秘吗？""你指什么？""同样的钟声，在清晨你会觉得那就是清晨的声音，在午后你会觉得那就是午后的声音，在黄昏你又觉得那就是黄昏本身所固有的声音了。别的任何声音都不可能这样。"我慢慢去回忆那钟声，一边喝着啤酒；而我觉得那是襁褓中一梦醒来时所固有的声音，是忽然展现的一片光亮和模糊景物（屋顶、窗口、窗外的树和我老祖母慈祥的面容）所随身携带的声音，是生命之初的声音。我没有见过那座教堂，在那教堂的遗址上后来盖起了一座红色的居民大楼。我问B："你到那教堂里去过吗？""当然，"B说，"我姑父就是那儿的最后一任主讲牧师。"

姑父身材颀长，坐在一张很旧但是雕花的靠背椅上，坐在幽暗的排列如墙一般的书柜前面，白皙的脸和白皙的手臂又鲜明又沉寂，如同一幅悬挂于空室之中的古典派肖像。这印象的由来还在于，就在那一刻B平生第一次听见了那座教堂的钟声。那是晚祷的钟声。当然这些是后来B才知道的，包括知道什么是古典派肖像，还包括知道，在那个斯文而和蔼的姑父的身体里面并不乏火一样的热情。

姑站着刚好同姑父坐在椅子上一样高。姑蹲下来把B搂在怀里，一边说：唉唉——那时候你生下来才一个月，那回我们去看你正是你满月的那天，那天我们去得正巧，约摸你该满月了结果正巧就是那天。今年都三岁了吧？五岁。五岁？唉，可不是么。姑的怀里非常柔软，像早秋向日葵地里的风。姑身上有种B从没闻见过的味儿，跟爷爷身上的味儿完全不同，这味儿让B有点羡慕和惊慌。五岁啦，爷爷说，得上学啦。爷爷的目光在姑父脸上晃了一下，又定在B身上。镇子上没有学校，县城里的学校又远又不像个样子，想了又想，幸亏还有你这么个亲姑姑，和他的亲姑父，他得上学了。于是姑就流泪：上学，当然得上学，你就住在姑姑这儿上学。那爷爷呢？爷爷也不回去了，都在这儿，咱们在一块，咱们是一家人。爷爷叹了口气。姑站起身，后退两步坐在爷爷身旁，像端详一幅画那样端详B：天哪可真像！鼻子以上像他妈，鼻子以下像他爸。他们还是没有消息吗？没有，一点音信也没有。唉唉——姑就又流泪。一时屋子里很静，那座教堂的钟声也已停歇。过了好一会，B忽然听见一个异常纯净圆柔的声音缓缓地说：他们本来不必走，他们根本不该走，他们真像那一对误入歧途失去了乐园的人。B没料到姑父的嗓音那么好听，以至竟在屋子里寻找了一会，才相信那声音确是出自幽暗中那白皙的身影。随后姑父站起来走到屋子中间，说：看看这是多么可爱的家园！姑父就像在教堂里布道那样：上帝所应许的那个乐园正在实现，一个没有人奴役人，没有人挨饿，没有贫穷，没有战争、罪恶、暴行，甚至没有仇恨和自私的乐园就要实现了。姑父神采焕发，白皙的脸上泛起红光，语调抑扬顿挫就像唱歌：他把这样的乐园最先赐予了我们，上帝把全世界梦寐以求的、把全人类自古以来梦寐以求的那个人间天堂最先给了我们的祖国。姑父停顿了一会，激动地在屋子里来来回回地走，然后猛地站住，痛心疾首地说："我真不懂得他们为什么一定要走？他们不该走实在是不该走呀！"（后来，当B在学校里学到"痛心疾首"这个词的时候，立刻想起了姑父那时的样子，于是

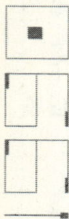

一点没费劲儿就理解了这个词的含义。）但当时B只是想：姑父可能知道父母到哪儿去了。

这都是很多年以后的那个下午B跟我说的，像是说着一个流传至今的故事。他说："那天晚上姑父越说越兴奋，越说越激动，直到爷爷靠在沙发上响起了鼾声，姑也不住地打哈欠。"他说："都说了些什么我记不住了，那时我才五岁。但肯定说的是一个乐园就要实现了什么的，他一辈子都在说这件事。"B说，只有他却一直听着，他以为姑父最后一定会说到他的父母去了哪儿。

B和爷爷住一间屋，姑和表妹、表弟住一间屋，姑父一个人住一间屋。表妹和表弟都还太小，一个才两岁，另一个还不到一岁，他们似乎整天都在睡觉。夏日漫长的白昼寂寞无比，在B的印象里那些天表妹和表弟整天都在睡觉，他趴在他们身边久久地看着等着，希望他们能醒来跟他玩一会。教堂的钟声一遍遍响过，孤独又惆怅。姑偶尔走来，对B说：你像他们这么大的时候也是总在睡觉。姑父有时来和B说一会话。他很想问问姑父他的父母到底去了哪儿，姑父便又给他讲关于那个乐园的事：在那儿所有的孩子都是好孩子，都非常喜欢读书。B终于问：我就是像表弟这样睡着觉的时候，我的父母没叫醒我就走了吧？姑父半天没有回答，然后摸摸B的头说：表弟表妹和你一样，都是我们的孩子，你说是吗？B发现姑父一点都不可怕。

不久，姑带B到一所小学校去考试。那原是一座庙。院中有两棵参天的老柏树，浓阴洒满一地。很多孩子都由父母带着来考试。姑带B走进一间教室。教室是由荒残的殿堂改造而成，门窗上镶了玻璃并且涂了绿色的油漆。B走到一个中年女人面前，姑让B管她叫老师。老师就问他：你刚从农村来吧？B很奇怪为什么老师会知道。老师又问他几岁了，叫什么名字，住在哪儿，家里都有什么人，父母叫什么名字？然后老师又问：你父母在哪儿工作？这一问B没能马上回答，但他很快想起了爷爷教他的话：爷爷也不知道他们到哪儿去了。老师好像没注意到他的回答，跟姑走到教室外面去了。B独自在那儿站了一会，出神地看那黑板和一排排桌椅。姑还不回来，他就去找。姑和老师站在树阴里谈话。他听见姑说：是的是的，父母在他出生后不久就都去世了。老师叹了口气：这么说，他就只有你了？姑点点头又赶紧摇头：不不，他还有爷爷，他一直跟着爷爷。这时候他们看见了B，就都不再说话。后来老师摸摸B的头，说："来吧，开学就来吧，我看你准是个聪明的孩子。"

那天夜里B又梦见了向日葵。向日葵被成片成片地砍倒，朴素而灿烂的花朵散落得漫山遍野到处都是，不知是因为害怕还是悲伤，他又哭起来。爷爷被惊醒了："怎么了？做什么噩梦了吧？""我梦见了向日葵。""啊，向日葵，向日葵有什么好怕的？睡吧，快睡吧。""爷爷，您也会死吗？"爷爷好半天没有回答，然后猛地翻身坐了起来："干吗问这个？你怎么想起来问这个？""死了是不是就到谁也不知道的地方去了？死了是不是就再也回不来了？"黑暗中，爷爷一声不吭一动不动。"他们是什么时候死的，您干吗不告诉我？"那个老师很有眼力，B是个过于聪明的孩子。姑走了进来。"我父母是不是死了，爷爷您干吗不说话？"爷爷开了灯，愣愣地看着姑。姑父也来了。"姑，是不是我父母在我生下来不久就死了？"姑看看爷爷，爷爷低着头谁也不看也不说话。姑又看姑父，姑父没好气地说："我早说过，简直是多此一举。"姑瞪了姑父一眼，走过来坐在B身边："爷爷没告诉你是因为你还太小。"姑只说了这一句就又流起泪来。"他们是怎么死的？""病"，姑说。"他们一下子都得了病？"姑的眼泪甚至也惊呆了流不动了。全家人不知所措地看着这个五岁的孩子。"有一年所有的向日葵就一下子都病了，都死了，是不是爷爷？"姑推了一下爷爷，爷爷像得了救似的："是，是，可不是吗。"姑把B搂在怀里，什么也不说，很久很久，光是流泪光是一个劲儿叹气。姑父气哼哼地在屋里来回踱步，说："我不懂有什么必要这样。"姑说："你出去。"姑说："你快出去。"姑对姑父说："你快走吧，这件事不能听你的。"姑父一甩手走了出去。"好了睡吧"，姑说。这时教堂的晨钟响了。姑说："再睡一会儿吧。"

"他们还是把我低估了，"B说，"五岁已经能从别人的神态中感觉出些问题了，我看出姑父是说不了谎的人。"我们喝着啤酒，那天下午真是热极了，没有风，大约短时期内仍然下不了雨，B说："我注意到了姑父说的话。我想我的父母可能没死，我以为爷爷骗我只是为了不让我再说这件事。"他说，"我就不再说这件事。但我想什么时候我一定得问问姑父。"

　　有一天B瞒着爷爷和姑姑独自去找姑父。他寻着钟声走，走进了一座很大很大的园子。推开沉重的铁栅栏门，是一片小树林，阳光星星点点在一条石子小路上跳跃。钟声停了，四处静悄悄，B听见自己孤单的脚步，随后又听见了轻缓如自己脚步一般的风琴声。矮的也许是丁香和连翘，早已谢了花，高的后来B知道那是枫树，叶子正红，默默地仿佛心甘情愿燃烧。他朝那琴声走，琴声中又加进了悠然清朗的歌唱。出了小树林，B看见了那座教堂。它很小，有一个很高的尖顶和几间爬满了斑斓叶子的矮房；周围环绕着大片大片开放着野花的草地。琴声和歌声就是从那矮房中散漫出来，荡漾在草地上又漂流进枫林中。教堂尖顶的影子从草地上向B伸来，像一座桥，像一条空灵的路。教堂的门开着，一个白发老人问他："你找什么，孩子？"B不吭声。等到歌声停了，等到琴声也停了，B听见了姑父的声音，他没有看见姑父但他听见了那纯净圆柔的声音，那声音不是谁都能有的。姑父说要退出教会。姑父说要放弃圣职。姑父说他的信仰已无可挽回地改变："我们为什么要向这虚幻的天空呼吁？我们为什么要相信并感恩于那并不存在的上帝？我们千百年来祈望于他的，他都置若罔闻。"B寻声走进正堂，躲在一个老太太背后。姑父站在讲台上，比那天晚上还要激动："现在，并不靠上帝的垂怜和恩赐，一个实实在在的乐园就要建成了！一个没有贫富贵贱之分的社会已经到来，所有的人都将丰衣足食，大家都是兄弟姐妹，我们千百年来的梦想已经实现！"姑父低头沉思片刻，和蔼的微笑又回到他脸上："让那个无用的上帝安息吧。"然后他走下讲台，穿过走廊，走出鸦雀无声的教堂。B看见他迈着长腿大义凛然地走在落日映照的草地上，看见那鲜明而沉寂的身影最后消失在火红的枫林中。（后来在学校，老师让B用"大义凛然"这个词造句时B便写道：那天我看见姑父大义凛然地走出了教堂。）

　　这些都是B亲口对我说的，在那个下午。而我当时总感觉是在听一个过于古老的传说。

　　那天B没找到机会向姑父问问自己的事。以后很多天他都没找到这样的机会。姑父总是很忙，白天不在家，晚上又有很多人来找他翻来覆去地摆弄一堆图纸。那些图纸有些是姑父画的，姑说他上大学时就是学的建筑，姑说他本来就不该改行。

　　有一天夜里，B又梦见了向日葵，梦那些金黄的花朵像灿烂的液体一般，顺着岩石的缝隙洇开，顺着土地的裂纹洇开，顺着山峦间的沟壑和平原上的河谷洇开，就像正午的太阳融化着一切阴影，很快到处都是一派耀眼的辉煌了，从始至终便有一支迷迷欲醉的歌曲在花间游荡。B醒了，他看见姑父的书房里仍亮着灯并且听见姑父在轻声地哼唱。他没有惊动爷爷，便下床走到姑父的书房去。姑父喝着茶，闭目坐在那张很旧但是雕花的靠背椅上，面带微笑哼着一支令人睡意全无的歌，书桌上仍堆满了图纸。姑父的嗓音仍是那么圆润清朗与众不同。"您画的这是什么呀？""哦嚯，你问这个？这是一座大楼。这是一座真正的乐园。""就是您常说的那个？""差不多就是。"姑父抽出一张最大的图纸，桌上铺不开就铺在地上。姑父好像把时间记错了，好像这不是深夜，好像他正盼着有人来听他讲讲关于这些图纸的事。"你看，要有上万的人住在这楼里。你看这是公共食堂，这是公共浴室，这是公共娱乐厅和阅览室，这是公共电话间。"那夜姑父的谈兴很高。"什么是'公共'？""噢，公共就是大家，公共的就是大家的。""是我的么？""不，不分你我；公共的财产不属于任何一个人但是属于所有的人。""这座楼？""对，这座楼里的一切都不分你我，都是大家的。""您知道我父母到哪儿去了么？"姑父被这突如其来的问题弄愣了，看看B又看看那张图纸，好像那图纸中有一个灾难性的错误让这孩子给看出来了。B一直望着姑父的眼睛等着回答。姑父走开，又走回来，B还望着他的眼睛。姑父再走开再走回来，B仍然望着他的眼睛。姑父在B跟前蹲下，不看他，光看着那张图纸："听我说，你听我跟你说，你要相信我你就别害怕也别难过，在那个我给你讲过的乐园里，连所有的孩子也都是大家的孩子，连所有的父母也都是大家的父母，所有的欢乐和困难都是大家的欢乐和困难。你听我说，所有的人都尽自己的能力工作，不计较报酬，钱已经没用了，谁需要什么自己去拿好了。你听我说，在那儿所有的孩子都是兄弟姐妹，所有的人都是兄弟姐妹，你要是信得过我你就别担心，那个乐园马上就要实现了，所有的人都是一家人，劳动之余大家就在一起尽情欢乐……"多年以后B才想到，那天夜里姑父可能喝的不是茶而是酒。姑父可能就是从那时开始喝酒的。

"你姑父说的就是那座红色的居民大楼吧？""对。不过那时候还只是一张图纸。""就是后来在那教堂的遗址上盖起来的那座？""就是那

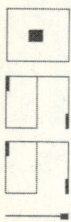

座。""怎么，它是你姑父设计的？""不完全是。但有他一份。不过现在没人承
认这个。"

我记得几十年前当听说要盖那座大楼的时候，我家那一带的人们是多么激动。
差不多整整一个夏天，人们聚在院子里，聚在大门前，聚在街口的老树下，兴致勃
勃地谈论的都是关于那座大楼的事。年轻人给老人们讲，男人们给女人们讲，女人
们就给孩子们讲，讲的都是关于那座神奇而美妙的大楼里的事，所讲的和B的姑父
讲的大致相同。人们兴奋得寝食难安，嗓子沙哑了眼睛里也都有血丝，一有空闲就
到街口的老树下去站着，朝那座大楼将要耸起的方向眺望；从白天到晚上，从日落
到天黑，到工地上空光芒万丈把月亮也逼得暗淡下去，那老树下一直人群不断，人
声和远处塔吊的轰鸣声片刻不息。我的祖母很高兴，她相信谢天谢地从此不用再围
着锅台转了。我也很高兴，因为在那样一座大楼里，孩子们的游戏队伍将无可怀疑
地得到壮大。我不知道别人都是为什么而兴奋而激动。但后来又有消息说，那座大
楼再大也容不下所有的人，我家所在的那一带的人们并不能住进这座大楼。失望的
人们就跑到工地上去看去问，便看出那楼确实容不下所有的人，但又听说像这样的
大楼将要永远不断地盖下去直到所有的人都住上，人们这才又充满着希望回来。我
跟着祖母也到那工地上去过，但这是后来听我的祖母说的，我自己却没有一点儿印
象，这事很怪。

"你也不记得那儿有很多向日葵吗？""不记得，但这事我听人家说过。"
"怎么说？""据说有天夜里，在一场大暴雨中那教堂倒塌了，之后在它周围就莫
名其妙地长出了许多许多向日葵，长得满园子里都是，长得茂盛无比密不透风。"
B笑笑："你说那教堂是因为下雨才倒塌的？""我不知道。所有的人都这么
说。"B再喝光一杯啤酒，然后漫不经意地说："在下那场雨之前只有我一个人在
那园子里。你信吗？是随着那教堂轰隆一声塌下来才开始下起大雨的。"

是B亲口跟我这么说的，这是迄今为止我所听到的，关于那座教堂倒塌之因的
唯一的不同说法。我只想说明这一点，并不想判断谁是谁非。况且，那天下午B是
不是也把酒喝得过分了，我没有把握。或许是我们俩都多喝了一点。我有时候不是
很清楚他确凿是在讲着关于谁的故事。那只是一个传说罢了，我想。至于是在那传
说之后有了我们有了那个下午我们的喝酒和谈话，还是在我们喝酒谈话之中才有了
那个传说，我不敢贸然确定。总之，你一旦出生你就进入了一个传说。

姑父退出教会的第二年冬天，教堂就关闭了。园门紧锁，除了黎明和黄昏时分一群群乌鸦在那儿聒噪着起落，园内终日一无声息。B不仅聪明而且胆大，他能够轻而易举地翻过园墙，独自到园中游逛。雪地上除了乌鸦和麻雀的脚印就是B的脚印。有一天，他弄开一扇窗户钻进教堂，教堂里霉味儿扑鼻，成群的老鼠吱吱叽叽地四散而逃，把厚而平坦的灰尘糟蹋得狼藉不堪。他爬上钟楼，用木棍敲响锈蚀斑斑的大钟。可惜他的力气还太小。但那微弱的仿佛是风吹响的钟声竟出人意料地温存而忧哀，在空旷的雪地上回旋，在寒冷的阳光里弥漫，飘摇溶解进深远巨大的天空。B已经确信他的父母并没死，他们不过是在很远的地方罢了，但他不懂他们为什么不能回来。B便常常在这种心境袭来之际偷偷到那教堂里去，让钟声按着他的愿望响起来。这件事在附近的居民中引起大大的疑惑，不久便有了很多令人毛骨悚然的谣言到处流传。冬天的末尾来了一群人，把那大钟卸下来装上汽车运走了，据说是为了炼钢铁。B像失去了一位朋友那样难过，很久不再到那园中去。然而令人心神不安的谣言却并不停止反而加剧，而且在春风呼啸的某个夜晚，所有的人都听见从那教堂里发出了像是喘息像是咳嗽像是刀砍斧劈的声音，那声音响得日甚一日，附近的居民便以此吓唬不听话的孩子，吓唬深夜不安心睡觉的孩子。B也很害怕，因为那奇怪的声音确凿无疑。"爷爷，那是什么响？""甭怕，那是风刮得门窗响。""爷爷，那不像是门窗响了那是什么响？""那是房檐下的木橼让风刮得响，是老树枝子让风刮得响。""爷爷你听你再听，今天比哪天都响得厉害。""睡吧这不关你的事，那是老鼠在打架在啃得房梁响。"B终于忍不住了，要自己去看看。春风和煦的傍晚他又翻墙跳进了园中。教堂尖顶的影子依然向他伸来，像一座桥，像一条荒凉的路。他看见教堂的所有门窗都不翼而飞。他看见它檐下的木橼和梁柱也残损不全。他看见它的桌椅和地板荡然无存，角落里只有几堆风干的粪便。教堂里空空如也，夕阳的黄光中唯有灰尘缓缓地飘浮。他试着喊了两声，回音震落了墙上一块灰皮。一只早来的蜘蛛仓皇而走，又停下来听一阵看一阵，终于再度落荒而逃。

"怎么回事？""喔——你知道那都是很好的木料。""那么那些向

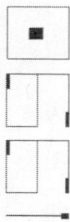

日葵又是怎么回事呢？你并没说那些向日葵。""那是个谜。不过我想那肯定是我爷爷种的。如果那是人种的就肯定是我爷爷种的。""他没告诉你？""没。就像他到底也没说我的父母去了哪儿。"

原载《钟山》1990年第3期

点评

整篇小说笼罩在一种哀伤又神秘的氛围之中，大片大片的向日葵在B的梦中蓬勃生长，悠长悠长的钟声也在B的梦中不断响起、回荡，这就是这个孤独少年的心灵之伤。

在B的记忆中，父母是不存在的，在他还没有记忆的时候，父母就离开了他，尽管在爷爷的悉心照顾下他茁壮成长，但在精神层面，父母的缺席永远都是醒目的、致命的。从开始懂事起，对于父母的寻找就成了幼小的B的巨大心事，他从乡村走到城市，爷爷和姑姑都不能体会他的忧伤。他曾在漫山遍野的向日葵里寻到片刻的温暖，也在暗哑苍凉的钟声里寻到慰藉。信奉上帝的姑父离开了教堂，寻求他一直宣扬的大同世界，但对于B而言，再美好的大同世界都弥补不了父母缺席给他心灵带来的创伤，他一次次潜入教堂，让钟声在暗夜里响起，唯有此刻，他仿佛觉得离父母近一些、温暖多一些。

在小说中，史铁生用文字营造了一种独特的情境，一种心灵的情境，它是一个幼小的孩子难以言说也难以消解的痛苦体验。

（崔庆蕾）

还 乡

/刘庆邦

　　入冬，天上一包雪，不定哪天落下，过冬煤得早备。黑家伙的价钱这时节显得好些。晶亮的处女煤刚采出来，四面八方来的车辆就趁新鲜拉走了。他们留下票子。

　　窑主定哥不过手收钱，仿佛当着人面把纸币数来数去会薄了人情，又仿佛以此表明他不是那种斤斤计较的财奴。日里穿了"劳动"衣服，随便拿一张很应手的铁锨，在窑场走动。他对谁都笑，都搭话，笑语里透着真实的殷厚。看见某辆车装煤的人手不足，就过去帮着装。他是真干，没一点花架子，进退扎实好看。买主看见了，飞跑过来往场边推他，表示"不敢当，不敢当"。推不动时，拦腰将他抱了，再不撒手。这时他不再勉强，掏出烟给抱他的人，说这活儿不算什么，他在国家大矿井下擢煤时，锨头如小簸箕。说着两人退到一片嫩黄的麦田边，坐下来吸烟说些闲话。别的顾主也凑过去，定哥身边一会儿就围了不少人。

　　守在账房里收钱的是定嫂。定嫂有个毛病，经不起玩笑，爱脸红。四十拨尖儿的人了，山见过，水见过，还常为一句恭维的话脸忽地红到耳根。她说话细细的，鼻音重重的，从不与人争执。不得不说出自己的理时，目光先躲了。她这样子容易让人想到十七八岁不谙世故的小姑娘，心头升起一片明净。有人本来心存欺诈，及至见到这位一江清水似的女人，不知不觉变得诚实起来。也有生性活跳的人，却皱眉作恶样子，对定嫂账面上有所指摘。定嫂以为自己错了，满面通红，正要加以检点，那人已大笑着离去了。

　　两口子这样为人，窑上的生意红火发达是很自然的。为村人计，他们

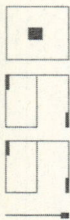

捎带办了两个小厂，一个专事竹编，一个搞豆类加工。村上人口有限，两个厂子差不多把能动动手的人都收罗了。有定哥格外关照，他们不必同窑上雇佣来的外乡人一样钻洞子玩命，照样有数目可观的收入。这份活便日子如何得来，乡亲们心眼自然有数。

没能沾光的是老二。老二家有粗男细女，都是好年龄，若各在定哥厂子里占一席位置，自然有赚头。可他家没一个人踩过厂子门口。这不能怪别人，是老二自己拉硬弓。女儿憋着想去，刚提了个话头，他一刮子就把女儿抽蒙了。

原因不少人都知道。十几年前的一个春天，脱衣风吹得麦苗起浪。这天傍晚，定嫂往麦田送尿水，验尿记分的老二在尿的来源上装糊涂，跟定嫂开了个寻根索源的玩笑。定嫂的敏感免不了在薄皮脸上露出来。她为自己不控的血行懊恼，赶紧低头掩饰，嘴里嗫嚅说不成话。老二大概对定嫂这样的姿态有所误解，不大持得住，以为定嫂是一匹小白羊，他却作了一次饿虎，把"小白羊"扑倒在麦田里了。按定嫂家的成分和当时的处境，她吃了亏也就吃了，是不敢声张的。不想刚起身的麦苗还不埋人，老二"强摘瓜"的事被人在远处瞅见，一时传得连村上的老鸦都知道了。

老二脸上有些挂不住，找哥哥老大讨主意。老大既在村里管党，不在党的他也想管就能管，处处都是老大。从老大家里出来，老二就什么都不在乎了。于是，村里也就有了舆论：有"敌人"，有"水"，他敌不过，被"拉下了水"，这事不能怪他。

按说事情已经久远，是块骨头也该沤烂了，可自从定哥辞去公职携老婆回来破土办窑，那件事情便一下子气势凌人地拦在他面前，仿佛有神灵对他说话："老二，我认识你，你好自在！"老二便有些烦躁，神情古怪得很，那愤愤的样子，不像是他坏过别人的老婆，倒像别人夺过他的妻。

年龄相仿的人看出他心中有鬼，却取笑说："二哥，你大喜，十年河东转河西，老相好又回来了。"老二想骂人，想再提起往日的话，又想到那些帮过他忙的话如今不时兴了，只苍了苍脸，一个字也吐不出。

老二和定哥也有碰面的时候，一个爷们儿家，见了熟人低头装得不见无论如何说不过去，大老远的，他就浑身不妥帖。但想到一切有老大，就把膀子端了又端，脸板了又板。

倒是定哥先搭话，问他近来忙什么，说他"还是那样，变化不大"。定哥似乎一点也不凶，说话时和善地笑着，表情宽厚，宁静。

老二没想到定哥会这样，脑子一时懵懵懂懂，目光躲闪不定，自己也不知自己应答些什么。回到家里呆坐，细想捉摸，觉得定哥话里有话，而自己临阵乱了方寸，真他娘的窝囊。

他去找老大。老大正在和人"捏小人儿腰"，赌钱。桌上有高粱烧酒，砂锅子咕嘟嘟炖着肥狗肉，满屋子热气腾腾。定哥在老大身后立着，对老大该打哪张不该打哪张像是有所指点。看来老大今天手气不坏，脑门儿油光闪亮，面前已堆了不少钱。老二本打算给定哥上烂药，借老大的口把狗日的煤窑封了，看这阵势，知道说话不是时候，站在门口，进退两难。

一个输钱的人回头看见了老二，哗地拍了一把大腿帮子，说："我算着该转运了，果然来了吉星，老二，快来，看看我这把牌。"

老二要过去，先看老大。老大却不睬他，撂下脸子，只跟输钱的人说话，问那人输得起输不起，输不起就别往这儿坐。然后拿过高粱烧灌一气，把酒瓶递给身后的定哥。定哥呷了一小口。

那人讪笑着："大哥，看你说的，我怎么输不起；有定哥在这儿，我怕什么！定哥拔根汗毛比我的腰都粗。"他不再提让老二帮他看牌的话。

老二不是傻巴儿，对人的亲疏好恶能辨得出，他哪里是什么吉星，有人拿他作丧门星是真的。他生了点恨。恨谁个？自己也暂不分明。

回到家里，老婆见他脸色不好，有话憋着，转身躲到一边去了。他偏叫过老婆，死盯着她。老婆不敢正视，赶紧低头，嘴里喏喏说不成话。

外面传来鞭炮声，还有唢呐笙管长短音乐。冬日地空天阔，无遮无拦，阳光寂静，一家作排场，全村都听得见。不知又是哪家小子娶亲，或新房上梁。老二掩上门。

老二家的光景眼看着落下来了，这从饭食、穿着、住屋上都看得出来。别人家的房屋差不多都翻新了，高门阔窗，青砖紫瓦，一户比一户气派大。他家蜗居的屋子还是坯座草顶，显得矮趴趴的，打不起精神。过去这地方大户人家对穷人施舍时有个共同的说法：宁剩一村，不剩一家。其中的道理不难明白。可现在全村别家的日子都添好，不知是谁不开眼，把他这一家给剩下了。儿子先受不住，说声走，拱窑去，就搭外村的包工队班子走了。到外面干啥不好，非要拱窑，不用说，这气是向老子撒的。谁让当老子的没成色咧。老二不受用，让儿子滚得远远的，真有志气就别回来。儿子听话，果然一去不返，这儿子真是养值了。

老婆憋着的话还是说了，女儿要去城里给表哥看孩子。老婆说，孩子越大越不懂事，见人家多几件皮，眼里下不去。好在她表哥不是外人。老二没好气："愿去哪儿去哪儿，都他娘的死了才好呢！"

老二家有一方子地离定哥的窑场不远，他只要去地里干活，一抬头就能看到窑场的一切，不抬头也能听见车水马龙的喧闹。窑的开口处原是一片砂礓生地，春长茅草，秋飞白花，荒凉得很。原野花飞花落，村里人死人生，哪代没有能人？但谁也没看透这不起眼的地底下还埋着热货，藏着宝物。可定哥看出来了。人人都说定哥长着"煤眼"。老二不信这个，什么这眼那眼？人走运，马走膘，该谁发是天赶地趁。老二还有高论："定哥他是没发到时候，发到时候就不发了。定哥他爹怎么样，唱够三三见九，结果如何？死无葬身之地！"

自有人随即把这话传给定哥，定哥只是笑笑。

这天，老二去那块地里看麦根儿，被在窑场路边"暖心"酒店当垆的狗头大叔叫住了。随着窑业日渐兴旺，一路两行各类小店应运而生，理发的，修车的，摆水果摊的，卖小百货的，粘胶靴的，应有尽有，不应有的也冒出来了。附近有个废弃的土圆仓，北镇那个吹唢呐的到仓里看过，跟老大打了招呼，仓底垫些麦草，就用起来了。他不知从哪儿弄些"长头发"，每晚都能开仓赚钱。进出土圆仓的外乡窑工居多，本地有钱男人也难免偷偷进去玩一回。不久，土圆仓就成了代名词，见到路上有女人走过，一说"土圆仓"，大家就兴高采烈。狗头大叔老眼眯着，跟老二提起的也是这个提神的话题。老二不大明白话题真义，粮食不多时建起大仓，如今粮食吃不完仓却空了，是这样的。他以为狗头大叔旧话重提，却不知道人把粮食吃多了给土圆仓派定的新用场。

狗头大叔见老二发呆，咕咕笑着说："老二，你放心，我人老不中用，不跟年轻人争嘴吃。你看老大，说是去土圆仓搞调查，一进去就是两顿饭时。出来你再看，白麦草沾在后脑勺上。吹唢呐的追着他，问'调查'得怎样。老大说：'开旅店上头是准许的，总得弄几条被褥吧，垫点麦草就让睡人，你小子抓钱手太黑！'"狗头大叔打住话头，张着阔嘴巴往账房那边看。原来定哥和老大有说有笑，正并肩往账房那边走。老大披着一件崭新的考花呢大衣，走动时大衣张扬得极宽。上次乡长来窑上察看，穿的就是这种大衣，走动时也张扬得极宽。二人已进了账房，狗头大叔的嘴还歆羡得收不拢。回过头来，他问老二和定哥关系到底怎样了，是生还是熟？

老二说不出。脸子沉了沉，想走。

狗头大叔一把拉住他："老二，不是我说你，这可是你自找，定哥肚里八条江，条条江上能行船，哪里会跟你过不去。你有嘴，去跟村里老少爷们打听打听，定哥说过你老二半个不字吗？没有。你自己站着拉屎，不能怪别人。"大叔又提起当年，说定哥要是小量，那时就有他好看，何必拖到今天。

老二不是没这么想过。那年定哥听到风声赶回村，老二着实有些心虚。定哥力大过人，呼呼生风的拳脚也让全村精壮男人惊叹过，若是定哥不饶他，别说一个老二，十个老二也不够定哥捏巴一气。他担心定哥会一巴掌抽在他脸上，把里面的头骨抽碎。他找了老大，把民兵战备连的连发步枪都拿来了，还推上了顶膛火。村里人也说有热闹好瞧。没想定哥到家连门都不出。有人去看他，他给人递烟拿糖，只说今年的麦子苗情不错，只字不提老二和老婆的事，脸上连点愠色都不露。当晚，几个好事人猫在定哥窗下听房，他们不相信事情就这么完了，定哥没找老二算账，对老婆的盘审是少不了的，狠揍老婆一顿也属应当。可惜这几个人白淋了露水，定哥窗内黑洞洞的，床上一点声息也没有。第二天一早，定哥就悄悄地把定嫂带到矿上去了。这两口子一去十几年不回头。走也罢，回也好，老二所知，定哥确实未提过那码子事。全村人谁也说不出定哥什么，老二也说不出什么。可老二心里总不踏实，不提的事不等于忘了，有的事情嘴上不提，可能正是因为心里结着死扣儿。

狗头大叔又拿老大和他作比，夸老大脑子活，识时务，总不吃亏。有一次他亲眼看见定哥把一捆没拆封的票子在这里酒桌上推给老大。老大喝得脸上着火，眼里水汪汪，隔桌子一把捞住定哥说："定哥，你外气，咱俩……你是谁？我是谁？我是老大，你就是老二。我怕谁？乡长，县长，都不在话下。我有什么？我有党票，我给你，给定嫂，一人一份，这是保险的。你别笑，我说到做到……喝，喝！"狗头大叔说着，好像他也把酒用多了，眼里骨碌骨碌直翻白泡儿。

这老狗头，一定是吃了啰嗦药。老二抽出身，准备赶快离开这里。他不能够相信这老东西的一派胡话。他走到门口又折回来了，胡乱找一个凳子坐下，俯下身子，借桌子遮挡自己。他看见定嫂正和二酒店这边走。往日里定嫂一见他，远远地躲开，今天是他躲定嫂。要问他为何这样，恐怕他自己也说不清。

狗头大叔如见财神，恭迎上前，问定嫂要些什么，粗手在围腰上乱擦。

定嫂问他有什么。

他说要什么就有什么，鲜鱼活虾，豆腐豆芽，只是还没有天鹅肉，这不要紧，只要定嫂点了，马上去捉一只。

定嫂禁不住笑了。她笑得轻轻的，带着一种说不分明的鼻音，很是好听。她笑了一下就不笑了。

老二从桌面下方睃了定嫂一眼，看见定嫂的一只白手，手指上箍着一枚大金戒指。他把身子俯得更低些。不知怎么就失了平衡，凳子滑了一下，弄出了声响。

这边定嫂正跟小酒店老板说到要两荤两素，一斤好酒，冷不防被尖锐的响声吓了一跳，回头见是老二，她转身走了。

狗头大叔打量这酒菜必是给定哥和老大要的，俩英雄聚头，当然吃喝不论。他问是在这里伺候，还是送到账房去。

不料定嫂边走边说："算了，不要了。"

不知狗头是真不明白还是故装糊涂，接过定嫂的话，朗声唱道："好的，不要送就不送，二二得四，一一得一，马上就好！"

"我说了'不要'，做了你自己吃。"定嫂背着身子说话，甩出铁板一块，这回狗头无空子可钻。

狗头有点急，眼看到手的钱挣不成，连问"为什么？为什么"？他伸长脖颈，左右追着定嫂问究竟。定嫂不予理会，扬长而去。

狗头回到店里，便有些灰，样子像失了财神。抬头看见老二，心中才恍然，看来十几年前那桩公案真未了结，把他今天的好生意也给栽了。他并不埋怨老二，只恨自己糊涂。

老二不等别人埋怨，已有些吃不住劲，男人的心，女人的脸，好像一切都在这女人的做派上得到证实。好！他要喝酒，从怀里摸出一张软票子拍在柜台上。狗头大叔知道老二平时不大喝酒，有心劝他别喝，见老二眼底毒火火的，只把嘴角扯了扯，拿提子往黑釉子瓦碗里打酒。老二抓过瓦碗，咕嘟咕嘟把大半碗辣酒全喝下去了。往柜台还碗时，不知怎么碗就碎了。狗头大叔忙说："这碗太不结实。"

这天早起有稠雾，老二终于有机会和老大单独在一起。老二喊了"哥，哥！"却低头不说话。他想让老大知道，和哥同根生的是他老二，不是旁人。父母双亡，他还有谁，可依靠的不就一个哥哥吗？！他叹了一口气。

老大早有点不耐烦，要老二有屁就放，别装腔作势，让人恶心。他欲起欲走，准备到新宅建房工地去。他的小楼正起二层，雾是软的，挡不住楼房往高处升。

老二把脸皱了又皱，说他日子不如人，这样下去终不是长法儿，请当哥的帮他拿个主意才好。

老大说："蛇皮是自己蜕的，人是自己混的，你又不是三岁小孩子，我帮你什么，有好主意我还留着自己使！"

这时承建小楼的工头儿来了，就窗上方雕花品种请老大的示下，是要富贵的牡丹，还是要多子的石榴。老大让工头儿去问定哥。工头儿说楼房是老大的，该老大说了算。老大嫌工头儿糊涂，说定哥见多识广，当然知道该雕什么。"凡事得靠群众，谁说得对就照谁的办！"

又是定哥，定哥！不用说，盖楼的钱也是从定哥那儿来的，老大又不会屙金尿银。工头刚走，他就问老大："定哥是你什么人？！"老大哪吃这个？说："你给我滚吧，我一见你就够。"老二不滚，笑笑，问老大是不是忘了老爹过去给定哥家当长工的事。老大说："你还有完没有？你想当长工，人家要你吗！撒泡尿照照你那熊样儿。"甩下老二，穿雾走了。

老二看看老大的背影，又看看门口依着的一张铁锨，心里骂道："钱是你爹，你连亲弟弟都不认了。"

　　老二的女儿回来了，上下的衣服原身去原身回，"身子"却永远丢失在城里了。老二的老婆问女儿才去月把怎么就回来了，女儿起初不答，问急了，女儿说"表哥不是人"。当妈的不明白意思，问她表哥怎么不是人。老二到底是男人，一听就知道出了什么事，他抓住老婆的头发，一把将老婆勒倒："狗娘养的，我叫你……"女儿说，要打打她。老二就打她，把女儿打得没头没脸。女儿不告饶，不哭，一声不吭。老二发狠要押着女儿去找城里人算账，出出这口恶气。可当天夜里女儿就离家出走，去向不明。

　　由女儿想到儿子。老二老婆悄悄到外村打听过，回说包工队早就散了，她儿子不愿回来，背着被子不知游荡到哪里去了。这话她不敢跟老二说，背着人偷偷流泪。

　　接近旧历年底，老大家的小楼落成了。平地起楼，在这个村的历史上属第一笔。老大买了双挂五千头红鞭，从二楼回廊上一直垂到地面，放了个惊天动地。第二天，天降大雪，漫天飞花，老大拉定哥到新楼喝酒赏雪景。定哥说："老兄，你运气好，楼没盖成时，天爷老不下雪，楼刚起来，大雪就下来了，这不是运气好是什么！"

　　老大说："定哥，你这话我爱听，来来来，我敬你三杯。"

　　赶年集办年货的邻庄人打村头过，无不对鹤立鸡群的小楼驻足仰首，称羡之余，说老大几十年人头儿没自当。也有人说定哥到底是定哥，把人世看得透，不管风向往哪转，他都一开始就留下退路。

　　老二不去随大流赶年集。雪刚住，他就来到地里，把路上的积雪一筐筐往麦地里运。麦盖三层被，头枕白馍睡。这个道理他懂。别的指望不住，土地厚道，总不会亏待他。田野白得无边，一只狗在雪地颠，一只乌鸦在天上飞，冬风偶尔旋过，扬起阵阵雪霰，清冷清冷。又往麦地倒一满筐雪时，他脚下一软，竟连筐倒下了。他娘的，老子还不老。他想马上爬起来，谁知手空脚空，不听使唤，身子虚虚地直往上升。怎么，玉皇招我去作驸马爷？我不去，我种地还没种够。他就找自己的地。这一找不要紧，他着实有些心慌。原来他不曾升上去，反倒落下来了，眼前一堵暗褐的东西，覆雪的麦地不知到哪里去了。他定了睛看，以他倒下的地方为中心，土壁还在扑扑簌簌地陷落，扩展，麦苗的根须麻窝子一般披露出来，白色的地气从烂土里冒出来。他以为自己做了一个噩梦，实在吓人。他赶紧从没脖深的塌落坑里爬出来了。老二四下里打量，世界没有毁，天地都完整。田野白得无边，一只狗在雪地颠，一只乌鸦在天上飞，冬风偶尔旋过，扬起阵阵雪霰，清冷清冷。他打了一个寒战，脑子清爽了些。这不是梦，这是真的，他的麦地确实陷落下去了，面积有一张撒网片子那么大。地是他的命，这是要命的事。他想哭，喉头像堵着东西，哭不出来。命该如此，哭有什么用！天爷地爷，这是怎么的！他看着地坑发呆，心里乱七八糟，天塌地陷，定哥定嫂，"拉下水"，"表哥不是人"，土圆仓，老大，小楼，五千头红鞭，"撒泡尿照照你那熊样"……

狗头大叔看见老二在麦地"站桩"，并看见那片蒸腾的白气，喊老二又喊不应，跑过来看究竟。狗头一看就明白怎么回事，他说："老二，这回你得请客。"见老二两眼发直，料他是迷了窍子，只得把话往明白处说：地囊里有煤，如今把煤掏空了，囊腔自然得瘪下去；谁把地下的东西掏去了，地上的损失就得找谁讨回。狗头老谋深算，接着，兴高采烈："你说，一块地都铺上粮食才能收多少，定哥一发善心，铁打的'粮食'赏你几百几千，够你受用一辈子——这样的好事儿，让谁请客谁都干。"

老二将信将疑，硬着头皮去找定哥。定哥不在家，人说一辆彩车把定哥接到县上开会去了，正在那里吃七个碟子八个碗儿。定哥现在闹大了，县里政协也有他的椅子。村里人说，定哥家老坟里风水旺，他爹那里憋了一下，到定哥这辈儿风水更旺。风水不怕憋，一切都是天意，眼气不得。

老二要去县府找定哥，被老大拦下了。老大说："二子，跟我来。有话好说。"哥俩在老大小楼的客厅里坐下，老大递给老二一根烟，劝老二不要莽撞，为这点小事去找人家，恐怕有口难开，遇事都要思想前后，有自己，还得有人家。老大话有所指。

老二的心思还在地窟窿里出不来，不能同意老大所说地塌了是小事，他说，人毁毁一个，地毁毁一块，那地当腰塌坑，整块地就算完了。庄稼人靠的是地，还有比这事更大的吗？！

老大说："说你糊涂，你并不糊涂，还知道人毁毁一个。我来问你，地塌个坑可以拉土补平，坏了人家女人拿什么来补？"

这回老二听懂了，原以为老大为他拿主意，不曾想亲哥替定哥跟他算

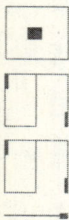

旧账，霎时他脸变得黄姜姜的。他把老大给他的烟吐出来，用脚踩扁，碾碎，说："我的事不用你管，我想找谁就找谁！"

老大变了色："你敢！我跟你明说，那个事不算完，你不老实，我说拴你就拴你。到时候莫怪我不认一娘同胞。"

老二问他当时怎么说的。

老大说："我说什么了？我什么都没说。"

老二定定地看老大的脸，好像有点不认识他，嘴上却说："俺哥，俺亲哥，我可算认识你了。"

老大送老二出门，要老二走好，说："吃亏学乖，天下便宜千千万，以后应知道该占的占，不该占的一点也不能占。"

老二没有回头。

年初一，本地风俗讲究起五更迎新春。不到四更，老大小楼那里就一片通明。有守岁的人远远地看见了，说老大高兴晕了，不光起得早，不到元宵就放烟火，真是"富贵人家庆有余"。听到人喊狗叫，一切显得有点嘈杂，心中换了一个估计。跑过去看过，老大家楼失了火，火已成势，光焰冲天，毕剥乱响，楼骨架正萎下去。有人就近破冰取水，用盆子端了往火上泼，谁知微水不解大火，火头越泼越高。

老大正陪乡长在定哥家喝酒，纵论天下事，闻讯急急赶来。小楼没救了，家里人呢？老婆、儿媳和孙子在楼里睡，不知他们逃出来没有。四下里大小人头不少，他家的三口人却一个也找不见！老大起疑，逼近火边往楼门口瞅，烈火中两个门鼻儿被铁丝拧在一起，果真有人下毒手。老大要马上报案。随后跟来的乡长也说得查清原因。定哥说："有句话不太好说，我估计这放火的……老大在村里没得罪过谁呀！"

一句话提醒了老大，他脑子里刚过了几个人，就大步往老二家奔去。

老二不在。谁也不知道他到哪里去了。

点评

　　定哥还乡犹如一枚石子投进了平静的湖面，整个乡村都跟着发生了连锁反应。

　　定哥首先用他的智慧和经验将村民们从贫穷的深渊里拉了出来，他办起了工厂，将整个村子都弄得红红火火，人们的日子转瞬即迈上了一个台阶，过起了小康生活。但并不是所有的人都沾上了喜气，老二就是个例外，在村里人都到定哥的工厂上班的时候，他们一家人却始终跟定哥保持着一定的距离，之所以出现这种情况，不是定哥不接纳他，而是他对定哥怀有芥蒂。由于老二在多年之前曾经占了定嫂的便宜，所以心里有愧的老二总是不敢面对定哥。眼看着周围的人都盖起了新房、过上了好日子，老二内心的矛盾越结越深。老二原本指望当村长的哥哥能替他着想，帮他破解这一难题，但是哥哥已经完全被神气的定哥所俘获，不仅事事向着定哥，连老二赖以为生的土地因挖煤而大面积塌陷的"大事"他都置之不理，这种举动彻底伤了老二的心，于是兄弟反目，老二放火烧了哥哥新盖的小楼，一同葬身火海的还有老大几条亲人的性命。在老二这里，多年前的那笔孽债最终伴随着定哥的还乡演变成了一场家族的血债，老二的儿女失散在茫茫人海，老大一家也惨死大火中！

　　一切皆因多年前的那场错误，定哥什么都没做，却不期然地报了一场大仇，虽然这或许并不是他的本意，但善恶终有报，正义最终得以彰显。

（崔庆蕾）

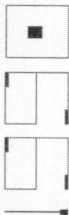

一个少女和一束桃花

/陈继明

　　菲菲姑娘在街上走着。她的右手举着一束刚从山坡上摘来的桃花。

　　这束花的分量沿着她的手臂一直传入她的心底，传入她灵魂的深处。近来她心里总是沉浸着悲痛，这悲痛弥漫进她生命的每个空隙。但这束花带着淡淡的香味传进她的心灵时，痛苦仿佛立刻变为力量的源泉，立刻有了意义。她感到对生活产生了一定的信心。

　　菲菲秀丽白皙的脸上保持着一种沉静的冷漠，仿佛周围的一切都与她无关。街上有人注意到了她、谈论着她，而她只是很小心地握着这束桃花，庄重地举在胸前。

　　菲菲准备把这束桃花献给已经长眠地下的一位朋友。她的葬礼是前天举行的，菲菲当时没有去参加。今早弟弟送给她这束桃花时，她突然产生了这个愿望：把它插在朋友的坟头，并且要亲自拿着去。

　　菲菲的双手是假的。

　　两年前，菲菲刚满十六岁的时候，一次意外事故夺去了她的双手。

　　早在小学的时候，菲菲就以美丽聪明闻名全校甚至全城了。在这个市民不足三千的小城里，菲菲的歌声堪称家喻户晓。到现在人们也没忘记她抱着吉他在舞台上唱来唱去的快乐样子。她失去双手的那些日子，她所在的那个中学里的师生们在很长时间内失去了笑声，许多同学朋友为她哭泣。有不少人捐了款，她被送到上海一家最好的医院，接了假臂。假臂尚可以勉强活动，如写字翻书之类。

　　然而，菲菲的历史从此便完全进入另一种黑暗的状态。她和这个世界之间所有的联系仿佛随着双手的失去而失去了，她身上所有少女的光环也都随着消失殆尽了。剩下的便是永远躲藏在黑暗的深处，永远不再出现在大街上，永远不再奢望欢乐。两年多来，菲菲确实很少出来过，即使偶尔露次面，也总是有母亲或者妹妹跟在一旁。

这天，她之所以到天近黄昏的时候才出来，是因为她为此而准备了整整一天。

早晨弟弟就把桃花给她了，她立刻就想到用这束桃花去祭奠惨死的朋友，而且要亲自拿在手中，单独一个人去。这既是为了战胜自己，也是为了怀念朋友。但她能产生这种想法并且具有信心已是很不容易的。

朋友是被汽车压死的，那天她由母亲领着挤进人群，看到了血泊中的朋友——一位中学的女同学。她差点昏倒过去。她的内心受到了一次更意外更严重的打击，看到了更多的人的生命的脆弱悲惨；许多本来很美好的东西在顷刻间彻底破碎了。她完全坠入一个更辽阔更黑暗的深渊中。长期以来，她体内根植的悲痛全部来源于自己的不幸，她一直沉浸于自己的悲伤之中。而现在，自己体内的这些痛苦都在不知不觉中剥落了或者被淹没了，然后产生了另外一种更深远的痛苦。

春天的太阳依然温暖地照着。

菲菲端详她和朋友一起拍的照片，内心仍然无法把死和生联系起来，无法相信这个世界既属于生又属于死，无法接受活着随时都有可能接受的残酷。她仿佛有点麻木了，整天感到头昏目眩，四肢无力，就像秋风中的一片并未完全枯去尚没离开枝头的叶子。然而，这种状态仿佛正好解放了她，使她突然变得轻松起来。

于是，她有信心举着这束挑花走出去。

即使这样，她也没有立即去做。有几次她已经拿起了花，走到门口，却又突然退了回来，默默地坐到窗边，看外面明朗温和的阳光和阳光中惬意的叶子，听街道上人群的喧嚣。

她注意到了对面墙上悬挂了已经两年的吉他，同时就产生了一种表达的欲望。这以前，这把吉他仅仅作为菲菲欢乐年月的一种象征悬挂在那儿。此时，菲菲竟然很想抱起它，哪怕仅仅是抱在怀中。她便站在凳子上，艰难地把吉他取了下来，刚把吉他抱好，就有一种情绪像河流一样从她心底涌出，那全部是泪水。

然而她现在的手不可能弹拨出任何音乐。

黄昏到来之前，她终于走出了家门。

当她最终举起桃花跨出第一步，走在春天的空气里的时候，她觉得自己完全有了决心和信心。她的步态显得端庄而优雅，表情深沉而坚毅。她感到有人注意她，但她的目光只是静静地、不旁视地注视着街道的前方。初春的花枝水分多、分量重，菲菲勉强把它们举在脚前，这种分量持续地传入她心底时，唤起了某种梦幻般的模糊旋律。

她步子迈得更加沉稳而坚定，想起了十六岁以前的自己和同学们放学后在街上打打闹闹的情景。

不久，她又莫名其妙地想起了一个男孩，想起了无数次想起过的情景。一个冬天的星期日，他约她在教室见面。菲菲按约来到教室时，看到他一个人独自坐在炉边烤火。他说："我把炉子架得好旺好旺等你，把两个炉子都架旺了。"这句简单的话竟使菲菲感到温暖、充满柔情，她也只是一个劲地在火苗上搓弄着双手。后来，他忽然抓住她的手，她一点也没有惊讶。他们隔着炉子，双手紧紧地相握在一起，任一种陌生的青春的情愫默默流动。然而，菲菲很快就失去了这双手，这双与一个男孩紧紧相握过的手。

菲菲继续往前走着，用一只假手举着一束鲜艳的桃花，像举着一轮火红的太阳。

街上人来人往，忽然后面开来一辆卡车。

菲菲急忙朝旁边一躲，那束桃花便从手中滑落了，并立即被急驰而过的卡车碾碎。

在一片尘埃中，那束桃花完全被碾碎了。

菲菲眼看着自己的桃花被碾碎，她的心也随着汽车的轰隆声被沉沉压过，似乎在顷刻间又经历了一次生死的选择。她呆立在原处，没有扑过去，只是傻了一样地看着残损的花枝。

菲菲并没有走回家，而是朝另外一个方向走去。

这里是一排悬崖，崖底是一片河床，有条河流从中流过。

菲菲在这儿站立着。她想跳下去。跳下去不是结束一切的最简单的办法吗？她的朋友突然被车压死也许未必不是一件乐事，为什么还要痛苦地活着去忍受种种苦难呢？然而菲菲并没有立刻去跳，她在想这个时候有个人来救她。那个曾经架旺火炉等她的男孩如果突然出现，一把将她从崖边拉回来，将她拥抱在怀中。

菲菲多么渴望被一个男人拥抱在怀中，做个在男人的世界中喘息的残缺的鸟儿。

菲菲和那个男孩从小学到中学一直是同学，两个人都喜爱唱歌。那时，菲菲经常把他的课本和买来的新书拿回家用画报包上皮子，他总是找一些好书推荐给她。菲菲失去双手后，他跑到失事现场，想找回她的双手。但他只发现了几点血迹。当晚菲菲就离开县城了。他连续给她去信，但菲菲一个字也没回。

几个月后，她返回县城。他已经为她设计好了未来的生活内容。他建议菲菲自修法律，将来可以当律师，因为她口才好。他为她购齐了有关的书，找好辅导老师。但菲菲根本听不进去，对他很冷漠，拒绝他来访。随着菲菲失去双手，他们之间本来并不明朗的感情似乎也就淡漠了。她是痛苦的，因为内心深处毕竟珍藏着一片爱的绿洲。

菲菲回到家时，天已完全黑了。

晚上，她梦见那个已经长得很高，看上去更加成熟的男孩拉着她的手在山坡上跑。忽然，前面出现了一片桃林，他摘了一把桃花，庄重而潇洒地递给她。她羞赧地笑了，深情地看着他。后来，那个男孩拥住她的腰，疯狂地吻她。他们都被一种陌生而突然的激情所控制，完全沉浸在一种难得的缥缈的快感中。菲菲的眼睛里滚出了热泪。然而，当那个男孩吻她的手时，她的手忽然又变成了假手。他惊异地看着她。她哭泣着向远处跑去……

早晨，她起床时，发现桌上又有了一束桃花。那是父亲天没亮就为她摘来的。

吃过早饭后，她决定重新去朋友的坟地。爸妈一定要让妹妹跟着并由妹妹拿着花，但她执意要自己拿花，一个人去。

菲菲穿着一件黑色西装，戴着雪白的手套。她的风度依然非常端庄。一只手僵直地垂在一边，另一只手勉强举着花，倒似乎为她增添了某种风度。

早晨的太阳很红，没有一丝风。

她再一次感到了那种传入她心底的花的分量，阳光也随着这种分量流进她的心底，使她感到温暖柔和。

已经看见了不远处那堆孤独的新坟，她强忍着一种酸楚的感觉，向前走去……

手中的桃花比昨天的更鲜丽。

原载《朔方》1990年第3期

点评/

　　小说非常短，只有三千字。这样的小说很显然不是要拉开架势讲故事的，因为它的体量不足以讲完一个好的故事、跌宕起伏的故事。

　　虽然故事性不强，但并不影响这篇小说的精彩度，因为它足够深邃，能抵达读者的心灵深处，荡起更多的涟漪和回声。其实，这样的小说也不需要"长"，足够长反而不够锋利，划不破被现实磨砺的粗糙顽固的知觉。小说中的少女因为失去双手，已不再是一个"普通"的人，身体的残疾让她的世界涂上了黑暗的色彩，尤其是她曾经有过那样明朗的过往，有过那样朦胧而美好的感情故事，这些已成为回忆的"背景"，让眼前的她充满了悲情色彩。她曾经是一个出色的吉他手和歌手，在过去，满大街都回荡着她优美的歌声和欢笑，灾难之后，那把吉他已搁置许久，满身的灰尘盖住了往昔的时光。但一个好朋友的突然离世"拯救"了这个被痛苦包围的少女，更大的不幸掩盖了她的不幸，这种对比使她醒悟，她挣扎着从自己的不幸中走出来，她要去好朋友的坟头送一束桃花，这一束鲜艳的桃花拢在她的胸前，传递给了她巨大的能量，她已经被颓废包围太久了。她勇敢地独自走出了家门，迈向了无垠的旷野，这是她的自我拯救，是在大灾难面前的顿悟和醒悟。桃花灿烂，映衬着少女即将迎来的新生。

（崔庆蕾）

女孩为什么哭泣

苏 童

那天夜里汝平本来想去什么地方，正要出门的时候，名叫史菲的女孩已经站在黑暗的门洞里了。

他穿上风衣后打开门，看见一个陌生的女孩迎面站着，她提着一把伞，伞柄上坠着一个发亮的小金箔片。

"嗨。"她说。

"你是谁？"汝平打开门洞里的灯，他不认识面前的女孩。

"我是史菲。"她把伞前后甩着，许多水珠掉下来。

那天夜里下雨，汝平一直没有听见外面的雨声。后来他回忆史菲时，总看见一种虚拟的雨景闪闪烁烁。

"你找我？"

"不一定。外面下雨了。"

"你认识我吗？""你有什么了不起，为什么非要认识你？"她回头看看雨中的街道，说，"雨下大了，我的呢裙子要淋湿了。"

"我明白了。你想躲雨为什么不直说？"汝平把史菲让进屋里，他打量着女孩："你真的从来不认识我？"

"不，有一次我从这儿走过，听见有人弹吉他唱歌，我伏在窗户上看了会儿，你弹吉他的样子很潇洒。我还看见一个梳长发的女孩，她也跟着你唱，但她的嗓子很难听，像一只鸭子叫。"

"她是我的女朋友。她确实像一只鸭子。而你像一只落水的小鸡，你们都很可怜。"

"我的样子很狼狈吗？"史菲摸摸被淋湿的头发，她从口袋里掏出一面小镜子照着，她说，"我可不是来做你女朋友的。"

"这无所谓。"汝平注意到史菲是个漂亮而充满青春气息的女孩，属于他最喜欢的类型。他打一记响指，使自己充分镇定下来。他听见外面的雨已经下大了，墙上的铁皮管发出一种空洞的流水声。汝平说："我喜欢这样的雨夜，你呢？"

史菲在一个雨夜闯入我在枫林路借居的房子。枫林路的两侧栽有很少的几株枫树，更多的是法国梧桐。那是五年前一个秋雨之夜，雨拍打着杏黄色的枫叶和梧桐叶，路上的水洼微微发蓝，倒映着天空和树枝的形状。雨雾均匀地弥漫着，有一些行人穿着雨衣带着雨伞步行或骑车经过枫林路，也经过我的窗口。

被米色树脂灯罩过滤的灯光很淡，汝平的简单的家具包括玻璃瓶中的一束石竹在灯晕下显示出恬静优雅的色泽。在淅沥的雨声中，他与陌生女孩史菲促膝长谈。他难忘那种水一样湿润温柔的气氛。记得史菲的那条黑红格子的呢裙。她坐在椅子上，不时地把裙子往下压，往两边抻。有时候她竖起一根手指放到眼前看。他发现她的手指上用圆珠笔画了许多张人脸，许多眼睛、鼻子、嘴和耳朵。

"你手指上画的是谁？"

"我父母，我哥哥，还有我的朋友，谁爱我我就把他画在手指上。"

"如果爱你的人太多，手指不够用呢？"

"那就画在脚趾上。"她咯咯笑起来，突然摆手说，"不行，脚趾上不能画，谁也看不见。"

"你看上去很幸福，你是祖国的花朵。"

"是吗？"她耸了耸肩。汝平觉得这种动作是从美国电影中模仿来的，但史菲的模仿没有让他讨厌。史菲说："我最喜欢下雨了，风雨之夜特别浪漫，让人很悲痛。"

"你用词不当，应该说风雨之夜让人很惆怅。"

"别挑刺，我就是说的惆怅，你自己听错了。你有中耳炎吗？"

"好吧，是我听错了。我有中耳炎。"汝平说，"喂，你有多大了？"

"你有多大了？"史菲重复着，轻蔑地哼了一声，"这是一个最庸俗的问题。我有多大碍你什么事？"

"不想说就不说。"汝平说，"我们喝点什么？茶，还是咖啡？"

"当然喝咖啡。喝茶使人衰老。"

"没听说过。"

"我不要糖。我最恨别人给我乱放糖，只有土鳖喝咖啡才放糖呢。"

"这下惨了。"汝平正朝杯子里加糖，他想了想说，"我就是一个土鳖。"

"不，"史菲伸出她左手的食指，送到汝平面前，她说，"你像他，你很像老虎。你是一个假装深沉的人。不过，你不是坏人。坏人都是小耳朵，你的耳朵挺大的。"汝平看到的是女孩纤细而红润的手指，令他吃惊的是手指上那个人的脸与神态，真的与他惊人地相似。汝平想这纯属巧合。他并不因此认为史菲有良好的美术功底和鉴别能力。他认为她是一个什么都不懂的幼稚可笑的女孩。

史菲跟汝平道别的时候，雨已经停了。汝平送她到路上。昏黄的路灯照耀着女孩瘦削的肩和平板的胸部，她看上去像只活动布娃娃。汝平有一种奇异的怜悯之情。他想挽住女孩的手，但被推开了。于是他们并肩走过雨后的街道，空气湿润充满腐叶气味，枫林路古老的建筑泛着模糊的白光。有一辆夜班公共汽车慢慢地经过枫林路，朝近郊方向驶去。这时候史菲开始奔跑，跑到一潭积水前站住。她抬起那双雨靴踩着水，一边踩一边咯咯地笑。

"喂，你回去吧。我想一个人走回家。"

"你什么时候再来？"

"想来就来，不想来就不来。"

"告诉我你的地址，我去找你。"

"讨厌，我最恨别人问我要地址。"

汝平看着史菲拎着长裙一路小跑，纤细的身影渐渐远去。风吹落树上最后的雨珠，枫林路上一片沉寂。在雨夜的沉寂中汝平听见了一支隐隐的弥撒曲，汝平环顾四周，附近没有教堂，他怀疑这肃穆神圣的声音来自天穹深处。直到许多年后，汝平领悟了那个雨夜若有若无的弥撒曲，他看见了一支苍白纤弱的手伸向他，以上帝的名义向他求援。但是一切都被忽略了。

汝平初到这个平原上的都市，满怀着英雄和艺术的梦想。他在一所学院里任职，专门给学生发放奖学金或者召集他们政治学习等等。那会儿他生活拮据，有时候没有钱买饭菜票，就拿着碗勺去学生的碗里弄饭吃。等到发了工资他又参与集体宿舍盛行的种种赌博。汝平总是输，有一回他把脚上的皮鞋也输掉了，上班时只能穿一双拖鞋。这使他的上司很不愉快，上司指着汝平的脚说，你应该注意点影响。汝平说，我没有钱要不你借我钱去买双皮鞋？

拖鞋问题使汝平和院方的关系急剧恶化，也使汝平的心情很恶劣，他很快离开了集体宿舍，在枫林路上租了一间小屋。这样汝平的生活变得更加贫困。在独居枫林路的日子里，支撑汝平精神的除了艺术的梦想，更直接的是他后来认识的许多女孩。

世界上有许许多多的女孩。

每逢周末，汝平就骑上自行车在城市陌生的街道上游逛。有时候他把车停下来，走进某家僻静的咖啡馆。他要一杯咖啡一碟蛋糕，坐在靠窗的位置上，一边观望街景一边啜饮着淡若糖浆的咖啡，从午后直到夜幕初降。汝平心事茫茫，有时他难以解释自己行为的含义。我想干什么？我不知道。枯坐咖啡馆在偌大的中国显得古怪而可笑。有时他在仅有的几张纸币上写下一篇小说的题目或者一首短诗。女招待们对着汝平诡秘地笑着，相互窃窃私语。汝平知道他在别人眼里的形象。他无所谓。但是他难以控制自己莫名的伤感情绪。每次走进咖啡馆，汝平总是设想着某部关于爱情的电影，就在冷静的傍晚的咖啡馆中，老式唱机播放着一首朴素动人的爱情歌曲，烛光在四壁摇曳，每张桌子上都插有红色玫瑰或者石竹花。他走进去。电影就这样开始了。画面和人物都必须优美。优美对于他就是生命。

这天很冷，凛冽的北风在窗外呼啸。汝平看见咖啡馆的门被怦然撞开，有三个女孩混乱地鱼贯而入。她们的穿着时髦而显单薄，跺着脚，嘴里呵着气。汝平想她们既然怕冷为什么不多穿点衣服？三个女孩推推搡搡东张西望，然后径直朝汝平这边走来。他听见一个女孩嬉笑着说，瞧，那边有个钓鱼的。

汝平不禁笑了。他知道钓鱼在这个城市的另一种语义，特指那些在公共场合勾引异性的勾当。

"这儿可以坐吗？"

"随便坐。又不是我家的椅子。"

她们在他边上的空位坐下。从身高依次排列，她们分别是吉丽、上官红杉和小曼。这当然是汝平后来知道的。汝平看见吉丽从牛仔夹克的口袋里掏出一盒莫尔牌香烟，很熟练地抽了一支叼上。然后她侧转脸，微笑着对汝平说，"先生是钓鱼的吗？"

"什么意思？我没带鱼竿。"

"先生还挺幽默。"她朝两个同伴眨眨眼睛，"不带鱼竿怎么上钩？"

"用手摸。"汝平想了想，很严肃地说。

他看见吉丽和小曼都会意地咯咯笑了。上官红杉没有笑，她始终朝窗外看着什么，她的面容轮廓美丽绝伦，在很淡的灯光下发出一种玉石色的光泽。这是上官红杉给汝平的第一印象。汝平想一个街头女孩如此美丽是罕见的。

"不，他不是钓鱼的。"小曼审视着汝平，从嘴里吐出一只橄榄核，对吉丽说，"他在这儿摆气质呢，他是美籍华裔，越南侨胞，我一眼就看出来了。"

"你抽的是什么烟？"吉丽拿起汝平的香烟翻弄了两下，"这是什么破烟？看来你是没有资格请我们喝一杯了。"

"你以为我想钓你们吗？你们是什么鱼？大头鲢鱼，两块钱一斤。"

"对女士说话最好文雅一点。"吉丽说着朝女招待打了个响指。她对汝平笑了笑，"没关系，一看你就是只空包。我来请你喝一杯吧。"

女招待端上咖啡时，上官红杉慢慢地转过脸来。她就坐在汝平的对面，她直视着汝平的脸，目光很散淡，一绺长发垂在脸颊上。汝平感到女孩桌底下的双膝，朝他柔软地撞了一次，两次，然后停止不动了。他听见女孩莫名地叹了一口气。

在咖啡馆里汝平认识了三个女孩，汝平在虚幻中看见某台老式唱机旋转着，一支古老而感伤的爱情歌曲姗姗而来。他想象中的关于爱情的电影似乎出现了最初的场景。

"喂，会跳舞吗？"

"会一点。"

"会一点是多少？探戈会吗？伦巴会吗？"

"会一点。"

"别谦虚了。谦虚使人落后，骄傲使人进步。"

"我从来就不知道谦虚什么样子。我只能说会一点，世界上一共有多少种舞你们知道吗？"

"不知道。你说有多少种？"

"我也不知道。"汝平看着女孩们咯咯笑起来。他想无聊时逗女孩疯也是一件有益于身心的事。他注意到上官红杉的神情依然故我，他想她也许是例外，有的人天生就不喜欢笑，他就是这样。

"你跟我们去亚洲饭店跳舞吧。你不用担心钱。"小曼回头拍了拍吉丽的肩膀，"吉丽付账。吉丽是个大财主。她的先生在香港每月给她寄美元寄港币。吉丽最喜欢跟你这样的小白脸跳贴面了。"

"八格牙鲁，死啦死啦的。"吉丽怪叫着抬起皮靴朝小曼踹去，两个女孩扭打起来。一只咖啡杯砰地掉在地上，碎成几片。女招待闻声赶来，说，赔钱吧。吉丽松开了手，不屑地瞟了女招待一眼，弯下腰从皮靴里抽出一张拾元兑换券朝桌上一拍："够了吧？"然后对同伴们说："走呀，去亚洲跳舞。这种烂地方待久了对健康不利。"

上官红杉站起来，系好了白色丝巾，她对汝平注视了几秒钟，说："来吧。有事干比没事干好。"

汝平好像听见了某种神秘的召唤。上官红杉天生的女性魅力轻易地使他随之而去，就像树叶随风而去，这是一件自然而然的事。

现在他想起第一次与上官红杉跳舞的情景，仍然有一种晕眩的感觉。他看见女孩的长发在舞厅灯光里飘飘洒洒，她的头发上有一种奇特的香味。它们编织了一场甜蜜的梦幻，就像雨丝般发出沙沙的响声。汝平沉浸其中，一切都染上温和的美好色彩。

"你好像是第一次来这里。虽然你故作镇静，好像见过大世面的样子。"

"我是乡下人。我快让这里的气派吓傻了。"

"自嘲是个好办法，可以掩饰许多东西。"

"我不喜欢这种地方，到处是金钱和奢侈的气息。世界上还有几万万劳动人民在受苦受难，可我们却在这里挥霍享乐。"

"这个观点很虚伪。所有人都渴望金钱和欢乐。只有得不到才会歧视它们。这些人大多是伪君子。"

"你说话很直率。你是个实用主义者。"

"你呢？是理想主义者还是伪君子？"

"我什么都不是。我这人没有标志。不过我有许多梦想，想当航海家，想当流浪歌手，后来想当绿林好汉，想到火葬场开接尸车，都没成功。现在我是一个职业作家。"

"写了多少书了？"

"一本也没有。说出来真不好意思。因为我从来没有写完过一本书，我只写开头，下面就没有了。"

"那你算是聪明人。我从来不看书，书都是骗人的东西。我不看书是因为不想受骗。其实我可以反过来教那些作家怎样生活。"

"请不要污蔑我们。小心我把你搬进小说里，我会把你写成一个悲剧人物，自命不凡，放荡不羁，最后很悲惨地死了。"

"怎么死的？说出来让我听听。"

"随便怎么死的，我可以写你吸毒致死，情杀致死，或者就撞在轮子上吧，这样最简单也最自然。"

"别去干这些无聊的事。你很穷是吗？我可以介绍你做生意。一个月赚一条是起码的。"

"一条是多少？"

"一千。这你也不懂？又装蒜。"

"不错，也许可以试试。"

"我介绍你去找几个老板。他们就是银行，随便用手一捅，千儿八百的就掉出来了。到时我们三七分利好了，你得七成，我得三成。对你优惠啦。"

"既然这钱好赚，你自己为什么不干？"

"我只想玩，我什么事也不想干。"

"除此之外，你还有什么爱好？"

"有一个爱好，不能告诉你，说出来吓你一大跳。"上官红杉微笑着，她的脸上有一种浅浅的红晕，这使她显得健康而可爱。她的嘴唇湿润地撅起来，凑到汝平的耳边。汝平清晰地听见一个粗俗的不登大雅之堂的词组，他真的被吓了一跳。他从来没有遇到一个女孩这样直率放肆。

一切因此有了悄悄的暧昧的变化。他迷惘地看着女孩，她的脸上充满青春美丽的痕迹。她的眼睛现在变得温柔而灼热。他感觉到女孩的两条手臂，就像柔软的绳子捆住他的身体。情欲的窒息黑暗无边。上浮或者坠落，一样地迅疾，一样地充满诗意。后来汝平和上官红杉几乎是紧接着跳完了剩余的舞曲。他听见小曼大惊小怪的笑声和吉丽怀有恶意的调侃。他还听见一种类似细沙崩坍的声音，那种声音持续不断，无疑来自幻觉，来自他的意识深处。

"搂紧一点。"女孩说。

"再紧一点。"女孩说。

这是十二月的一个夜晚。午夜时分，汝平和上官红杉一起回到了他在枫林路的小屋。门被推开了，汝平真切地听见他幻想中的电影音乐。黑暗中回荡着一支怀旧而感伤的爱情歌曲。

她们经常给汝平打电话。汝平没有私人电话，他把学校的电话号码告诉了她们，她们一下就记住了。汝平不得不从一楼到三楼来回奔波，去接那些毫无意义的电话。她们有时骂大街，有时谈时装和电视连续剧，有时候什么也不说，光是对着话筒疯笑一气。

频繁的女孩的电话使汝平招惹了别人的不满情绪。他的上司每每用厌恶的眼光审视汝平。他说，以后私人的电话不要打到办公室来，既影响工作又浪费国家电力。汝平解释说，她们主要是太无聊了。上司哼了一声，确实无聊。汝平说，生活有时候确实无聊。随便聊聊就不无聊了。无聊的意思就是没有什么可聊。有什么聊一聊心情就好多了。上司说，你心情不好？汝平说，有一点，主要是忧国忧民，当然也有一些个人问题。上司说，我看你是脑子有问题。汝平无声地笑起来。他说，我身上到处都是问题，我正在想办法解决这些问题。

在一些阳光明媚的早晨，汝平枯坐办公室抄写学生助学金的发放表或者年度总结，他看见时光之箭从窗外的冬青树丛中嗖嗖地滑过去。岁月就这样流逝。汝平聆听着他的电话铃声。但他发现他的许多电话都被同事们故意挂断了。那些人凡接到他的电话都回答说不在，然后顺势挂上。有时汝平就站在电话机旁，接电话的同事也敢说，不在，他不在。这些电话冤案后来逐一得到证实，汝平百感交集，欲哭无泪。他不知道哪里出了毛病，毛病出在谁身上。有一点是再清楚不过了，他被藐视了，他被剥夺了使用电话的权利。愤怒使汝平脸色苍白，嘴角浮现出异常的笑意。当星期三职员们集中在会议室政治学习时，汝平从座位上站了起来，他慢慢地举起手打开了墙上的电扇开关。大号吊扇立刻呼呼旋转起来，汝平回头看着一群人的头发被吹起来，围巾和手套被吹起来。他们在这场突然袭击下瞠目结舌，慌作一团。汝平心里很愉快，他像孩子一样拍了拍手。

汝平坦然地走出会议室，进了厕所。他打开水龙头洗手，他的手冰凉冰凉的。汝平想冬天的风和水都能使人清醒，这个世界这些人都被庸俗的胜利冲昏了头脑，用冷风或者冷水对付他们，这是一个简单可行的办法。汝平把所有的水龙头都打开，看着水溢出了池子，流了一地，然后他走出厕所，把厕所的门用挂锁锁上了。

第二天汝平把他的恶作剧告诉了上官红杉。上官红杉第一次放声大笑，笑得前仰后合。汝平说，你别笑了，其实我一点也不高兴。这一来我在学院再也混不下去了。也许我干得太幼稚了。上官红杉说，没关系，你干得让全国人民扬眉吐气。那儿混不下去再找个地方吧，去康克公司怎样？合资企业，工资里含一半外汇。我跟他们老板打个招呼就行。汝平说，我不感兴趣，在哪儿干都一样。除了吃饭睡觉，干什么都没有意思。上官红杉沉默了一会儿，说，也是的。我看你干什么都没劲，干那事还行。

这年冬天汝平离开了学院。他记得他正在收拾抽屉的时候，接到了最后一个电话，是史菲打来的。她让他帮忙找一份工作。她认为他交际广泛，肯定有办法。史菲不知道汝平的近况，更不知道汝平自己刚丢了饭

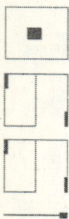

碗。

"你想找份什么工作?"汝平问。

"秘书打字员什么的,"她说,"电视台你有路子吗?或者报社、图书馆也行。要高雅一点的工作。"

"打扫厕所行不行?我们这儿闹水灾了,缺个清洁工。"

"我没闲心听你幽默。"她说,"我电大毕业了,没有合适的工作,我太苦恼了。"

"干了工作更苦恼,还不如什么都不干,在家吃饭睡觉看电视,什么苦恼也没有。"

"你真可恶。我再也不理你了,呸!"她大概对着话筒啐了一口。电话就啪地挂断了。

史菲再次到枫林路时已经有了变化。她坐在汝平的床上,一言不发,埋头玩着吉他,拨弄出一些单调刺耳的噪音。他注意到她新近烫了头发,头上很密集地布满了卷毛。史菲显得有点老,或者说像一个年轻的家庭妇女。但汝平不忍心把他的看法说出来,因为史菲明显地为自己的头发感到骄傲。

"老虎在外面。"她突然说,"他在外面等我。"

"老虎是谁?"

"我的男朋友呀。他老是跟着我,我到哪儿他到哪儿,他像一条跟屁虫。"

"怎么不让他进来?谅他也不会咬人。"

"他不愿意。"她抿抿嘴唇,矜持地说,"我也不愿意,因为爱情应该是秘密的。"

汝平掀开窗帘,看见一个瘦高的穿皮夹克的男孩站在一棵树下,跺着脚取暖。他的衣领竖着,头发很长很乱,手上夹的香烟一明一灭。汝平想他的样子是典型的电影里的失恋者。

"你找到工作了吗?"

"找到了。残疾人基金会。做档案员。找这份工作好不容易哦。"她佯怨地叹了口气,"现在我总算自立了。"

"好好工作。记住,不要得罪上司,不要多打电话,不要多说话,要多打开水，多扫地，多抹桌子。这是我的经验之谈。"

"别说这些了，烦人，我找你商量正事。我想跟老虎吹，他这人太浅薄，一点也没有教养，光知道追女孩，他还跟人打架。我想吹，可他说想吹就红了我。红了是什么意思？"

"杀了你。用匕首或者菜刀，或者水果刀。"

"妈呀！"她抱住脸叫了一声，"别吓我了。你说我该怎么办呢？"

"这很简单。你要怕死就别吹不怕死就吹。"

"讨厌。人家痛苦死了，你还幸灾乐祸。"她猛地敲了一下，吉他一根细弦崩地断了。她把那根弦拉下来，在手指上绕着，"他爱我爱得太深了。他说我上幼儿园的时候，他就爱上了我。我相信他会杀我，因为爱情都是疯狂的。"

"骗人。"汝平说。

"你说谁骗人？"她又敲了一下吉他。

"你把我的吉他弦弄断了。"汝平把吉他抢了过来。

"爱情真是可怕的陷阱。"她又叹了口气，"我每天做噩梦，梦见谁在追我，一会是老虎，一会是杜丘先生，一会是义侠佐罗，他们都披着斗篷，带着凶器。乱七八糟的。有一次我还梦见你，你来拽我的脚，把我从悬崖上往下拉。"

"这是受迫害的妄想，也叫少女综合征。别害怕，不过是梦而已。"

史菲低下头。她的细长的双腿从地上抬起来。她穿着红色的棉皮鞋，两只红色的脚尖并起来，笃笃敲了两下。她抬起眼睛望着天花板说："唉，谁能解放我的痛苦？"

"你也别太痛苦了。马克思说爱情都是过眼烟云，一个人应该献身于革命。"

"看来我只能忍受命运的摆弄。"史菲突然轻声呜咽起来。她瘦削的双肩微微颤动着，一双手含在唇边。汝平看着史菲的一滴泪真实地凝结在脸腮上，他想一个女孩的呜咽无论出于什么原因，都具有一定的美感。

"那个雨夜真美好。"史菲走出汝平的小屋时回头说。

"每个雨夜都美好。你可不要去死。"汝平倚着门对女孩高声叫喊。

他看着女孩跟树下的男孩挽起了手，消失在枫林路上。这时候他突然想起史菲的雨伞再次遗忘了。那把伞放在门后，小巧玲珑，伞面是漂亮的花布，伞柄上坠着一个发亮的金箔，汝平认为这把雨伞精致而巧妙，它的主人却是个头脑简单的傻女孩。

枫林路的居民经常在早晨看见一个漂亮女孩走出汝平的屋子。她挨着墙走路，有时一边走一边用梳子梳理头发。他们知道女孩和汝平是什么关系，有人知道她的名字，说那就是上官红杉，被外语学校除名的小野鸡。

汝平开始跟着上官红杉四处寻觅新职业，他像一种滞销的商品被她不负责任地推销。上官红杉说，这位先生在哈佛和剑桥留过学，精通四国外语，特别擅长于经济管理，总之他是位不可多得的人才。她有一只镀金的名片盒，盒子里装满各种名片。她带着汝平去找名片的主人。有的她认识，有的只打过一个照面，这样不免会碰到一些尴尬的场面。上官红杉冲着某位经理说，张经理，你好哇，多日不见啦。对方却不认识她。上官红杉就说，你真是贵人多忘事，那次我陪你喝了三杯白酒，难道白陪了？她天生有这种遇事不慌应付自如的本事。每逢这时，汝平心里像爬满了苍蝇，他看着那些男人幡然醒悟眉飞色舞的表情，心想这就是男人的嘴脸。男人在漂亮女孩面前就是这种下流的嘴脸。他们抓住女孩的小手拼命地握，恨不得永远不松开。

在一家公司拥挤的电梯里，汝平看见一个西装革履肥头大耳的经理先生，满脸通红，额上青筋激烈地搏动。他的一只手似乎是无意地搭在纽扣上，小心翼翼触碰着上官红杉的胸部。上官红杉微笑着，对那双被烟熏黄的手视若无睹。汝平感到寒心，他暗暗踢了她一脚。她没有理睬，用臀部拱了他一下，以示回敬。汝平听见上官红杉轻柔地说了一句话，经理，你手上的方戒很漂亮。及至后来，汝平看见上官红杉的手指上出现了那只方戒，他忽然有一种被欺骗被耍弄的感觉。他问她："这玩意哪来的？"她把戒指摘下来对着阳光照了照，说："很好的金子是吗？我最喜欢金子的颜色了，它很温暖。"他问她："怎么弄来的？"她说："你别管，自然是等价交换了。"汝平彻底明白了一个残酷的事实，他对女孩说："你是个不要脸的婊子。"女孩掠了掠她的长发，说："你别血口喷人，我不是婊子。我只是个坏女孩。"汝平沉默了很久，忧伤地说："我对整个世界失望了。我准备去买一瓶安眠药，你肯陪我去吗？"女孩说："自己去吧，一瓶不够，最好多买几瓶。"

后来汝平就在上官红杉介绍的一家房地产开发公司任职，每月薪水三百元。这使他初步摆脱了拮据的生活。他开始抽他所喜爱的英国卷烟，穿名牌服装和运动鞋。有时候他从镜子里凝视自己的脸，那张脸年轻而骄矜，眼神却流露着永恒的迷惘之情。汝平觉得有必要拷问镜子里的那个人，他对镜子里的人非常厌恶和不满。汝平说，你是什么东西？暴发户？二流子？小爬虫？活僵尸？告诉我，你到底是什么东西？

汝平渐渐地开始躲避上官红杉。他一想到女孩的那种难以容忍的劣迹，心情就无法平静。他夜里出门，独自在街道上游逛直到凌晨。汝平面对深夜空旷寂静的城市，发现城市的天空很低，他朝着天空伸出十指，天空变得无比坚固，他无法用手指将它捅穿。

有一天汝平推开他的房门，看见上官红杉坐在床上，侧身翻弄着床单。

"你在找什么？"

"胸罩。"她没有抬头，说，"去哪儿玩了？"

"随便走走。我很闷，胸口好像堵住了。"

"我知道你哪儿堵住了。"她说，"对我没有兴趣了？"

"我只是不能接受你的生活。我在考虑怎样改造你，你是一个失足青年，改造好了仍然前途光明大有希望。"

"别想改造我，我对自己非常满意。你看见我的胸罩了吗？"

"对于我来说，改造或者抛弃，只能做一种选择。"女孩回头若有所思地看着汝平，突然笑起来。她说，那就抛弃吧。我无所谓，其实你也一样。她开始从抽屉里找她的东西，睡衣、化妆品、卫生纸和拖鞋，统统塞进一只大号登山包里。汝平看见那只登山包就明白她是准备收拾东西的。他有点沮丧地躺到床上，抽了枕巾把脸盖住，他不想让女孩看到他的脸。

"我会怀念你，你让我想起睡觉以外的事，一些美好的事情。"汝平说。

"我想的跟你恰恰相反。"女孩说，"你这个伪君子。"

汝平觉得浑身冰冷。他掀掉脸上的枕巾，看见女孩充满魅力的背部和髋部，还有轮廓美丽飘逸的脸，它们在室内的幽光里渐渐淡去。这时汝平再次听到了空气中类似细沙崩坍的声音。这声音使他陷入极度恐惧和悲伤之中。

"这个要给你留下吗？"她举着一盒避孕药具说。

"不要。你要就带走吧。"

"好孩子。不要就都不要吧。"她说着推开窗子，一扬手把那盒东西扔到了窗外。然后女孩走到床边，在汝平的额角上轻轻吻了一下。那是冰凉的一吻，充满垂死的气息。现在汝平仍然回想着那种奇怪的寒意，他不能相信它来自女孩湿润性感的红唇。

女孩离去的时候轻轻拉上了门。我听见她的脚步在窗前匆匆而过。室内一片黑暗，悬挂在窗台上的风铃发出清脆而单调的声音。在黑暗中我理解了黑暗的内容。我看见一些伤感的空气从我面前迅速跳走，它们在各个角落里微微啜泣。我在一种空空荡荡的感觉中昏然睡去。乱梦纷至沓来。我看见一群身披白纱的女孩站在许多圆圈里。音乐响起来，她们开始舞蹈，最后从我身边掩面而过。她们就像一群白色幽灵从黑暗中掩面而过。

她们后来经常出现在我的梦境中。

在剩余的冬天里，汝平蜗居在枫林路的小屋里埋头写作一部爱情小说。快结尾的时候他突然对这部小说感到厌恶透顶，所有的人物都滑稽可笑，所有的细节都流于俗套，他想他怎么会写出这样的一部糟糕透顶的小说呢。汝平把一沓稿纸一张张撕碎，然后抱到门外一把火烧掉了。他看着纸堆在风中很快变成一堆灰烬，他绕着纸灰走了一圈表示默哀，最后他镇定了一下精神，决定去外面喝杯咖啡。

他来到西宁路上的咖啡馆门前，发现昔日寒伧简单的门面被装修得富丽堂皇，玻璃门上用绿漆写着一个舶来语：伊甸园。他不明白这个名字是否能增进食欲。但他认识到一个问题：世界每天都在发生奇妙的变化。

这一天汝平和上官红杉再次相遇。他看见上官红杉和一个灰头发的外国绅士坐在靠窗的位置上。他想躲开，但这种躲避在他看来显得猥琐，他干脆大摇大摆从他们身边走过去，在角落里坐下。他想这纯粹出于偶然，像那种爱情电影的情节，人物的表现应该自然流畅。他注意到上官红杉化了很浓的妆，这是一个变化，而她的神情和微笑一如既往地妩媚动人。他冷静地观察着他们，听见女孩用流利的英语和灰头发亲切会谈。她没有看见我？她为什么看不见？汝平不无忧郁地想。他甚至有一个冲动的念头：走过去坐在他们中间，或者把灰头发赶出咖啡馆。但他没有必要干这种愚蠢的事。再说没有一部好电影会出现这种场面的。

怀旧而感伤的爱情歌曲应该响起来了。汝平看见他们站起来，手拉着手朝外面走。她始终没朝他看一眼。汝平摇起了临街的玻璃窗，他把脑袋探出窗外，朝女孩怪叫了一声。他看见女孩捂着嘴笑了。她走过来，抬起手掌在他的头顶上拍了一下，然后扭着膀子走了。他听见灰头发发问，那人是谁？女孩说，他是一个白痴，我喜欢拍白痴的头顶。

汝平的头顶因此奇痒难忍。它同他的心灵一起经受了这次小小的创伤。创伤可以忽略，汝平不能容忍上官红杉喊他白痴。汝平一直坚信他是疯狂人世间的最后一名智者。

几天后汝平在去上班的路上遇见了另一个女孩小曼。小曼突然从人行道上跳下来，拦住他的自行车。她从头至脚陷在各种毛皮里，手里抓着一串冰糖葫芦。

"你没长眼睛？"她歪着脑袋朝他指指戳戳，"你怎么随便撞人呢？"

"别开玩笑。我心情不好。"汝平皱了皱眉头。

"什么叫心情不好？你跟上官怎么回事？是谁把谁蹬了？"

"她是个白痴。"汝平说。

"白痴？"小曼咯咯地笑起来，她咬了一口冰糖葫芦，"我最喜欢听人骂人了，只要不骂我。"

"你也是个白痴。女孩都是白痴。"汝平说。

"他妈的，小心我揍你。"小曼瞪了他一眼。她跳回人行道，挽住一个戴墨镜的男人说："来，介绍一下，这是香港来的黄先生，很有钱，这是大陆的艺术家，一分钱也没有。"

黄先生露出两颗黑牙，朝汝平笑笑。他礼貌地摘下手套，向汝平伸出手。汝平对着那只手发愣，这无疑是一只淫荡的手，天知道它玷污了多少女孩的肉体。汝平无力地握住它摇了摇。男人的手都很脏很油腻，汝平想，他最恨跟人握手。

"先生在哪里做事？"黄先生问。

"火葬场。"汝平不假思索地说，"我的工作很忙，我要赶去上班了。"

"哦，先生原来在工厂服务。"黄先生没有听清，转过脸问小曼："他说他在什么工厂？"小曼又是一阵疯笑，笑够了说，别理他，他失恋了，心情不好。

"王八蛋。"汝平低声骂了一句，他去推车子。这时候他听见小曼对他喊，上官走啦，她去深圳啦。

"你说什么？"

"她走啦，说不定要去荷兰，她搭了一个荷兰人。"

"她去荷兰跟我有什么关系？"

汝平重新登上车子。他把一只手插在口袋里，单手骑着车。早晨八点钟的街道嘈杂喧嚣，广告，汽车，商店，还有人类像蚂蚁一样浮动。他们很有信心地终日奔走。这么多的人，这么繁华的生命，他们是否都对未来充满信心？汝平突然想起圣经里的词语：沧海浮生。沧海浮生是什么意思？就是说世事如海，一片苍茫。每个人都漫无目的浮在上面，有的是大马哈鱼，有的是工业垃圾，有的只是一只瘪破的避孕套而已。

史菲也是个酷爱电话的女孩，她经常给汝平打电话。有一天她在电话里转述电视剧《阿信》的情节，说着说着就号啕大哭。汝平只好挂断电话，让她哭个够。还有一天史菲打电话向他索取松山芭蕾舞团的演出票。汝平说他没有票，有票也不给她。他说芭蕾男演员等于不穿裤子，未婚少女不准入场。史菲在电话里喊，胡说八道，小心我让老虎来揍你一顿。

汝平没有见过史菲的老虎。他对女孩们的恋人有一种天生的敌意。也许老虎确实是个很会打架的小男人，因为没过几天，史菲又打电话问他有没有公安局的路子。她哭哭啼啼地说，老虎又跟人打架了。你不知道他是一个多么男子气的人，有个男孩对我吹口哨，他上去一拳就把人家的牙打掉了。汝平说，这不很好吗？让他蹲几天牢吧，等放出来他的男子气就更足了。史菲说，你幸灾乐祸？你就不能帮帮我吗？我一直把你当成好朋友的。汝平说，我帮你谁来帮我？我要是公安局长就把全世界的人都拘留起来，每个人都有罪，都应该去尝尝拘留的滋味。

在老虎被拘留的这段日子里，史菲每天去拘留所等待她的恋人。她站在铁栅栏外凝望一条长长的走廊，只能伤心地哭泣。外面下着白茫茫的雨，雨水从我的头发上掉落，我分不清哪是雨水哪是泪水。后来史菲对汝平这样描述。她建议把这些写进小说中去。

"他从里面给我捎了一样东西。"史菲很神秘地说，"你猜是什么东西？"

"一封情书？一条金项链？"

"不是，你太庸俗了。"她突然捋起衣袖，露出左手腕上的一根橡皮筋，"就是这条橡皮筋。"

"很好，这比一条金项链更有意义。"

"他让我把它套在手上等他出来。后来我就是套着橡皮筋接他的。远远的我就把手腕举起来，他看见我手上的橡皮筋，眼泪就流出来了。"

"这是一个动人的电影场面，我的眼泪也快流出来了。"

"那天下着雨。我们没有雨衣和伞，就在雨中慢慢地走，身上淋透了。就在那条路上，我们互相发现不能分离，他把我的手插在他的口袋里，因为我冷得簌簌发抖。在电报大楼门口，他一把搂住了我，他说，还冷吗？我说不冷了，再也不冷了。"

"爱情。"汝平叹了口气说，"什么是真正的爱情？这就是真正的爱情。"

没隔几天，史菲打电话告诉汝平，她要和老虎结婚了。"你买件有意义的礼物送给我吧。"她的声音喜气洋洋。

"没有这个想法。"汝平说，"我反对女孩过早结婚，破坏婚姻法。"

"其实也不是正式结婚，是婚前同居，懂吗？"她把重音放在婚前同居上，窃窃笑了一阵，"你送一块挂毯吧，或者送咖啡套具也行，我们有一间小屋墙上爬满长青藤。你说我们墙上应该贴什么颜色的墙纸？"

"我不知道，我反对你们非法同居。"

"你这人真讨厌。"她对着电话喊，"我以后再也不理你了。"

"不理就不理，"汝平也对着电话喊，"你吓唬谁？"

史菲婚后就没有消息了。汝平猜想她的日子肯定过得很幸福很浪漫，女孩最后的归宿就是和一个男人厮守在一起，这是社会发展的动力。有一天汝平收拾屋子看见门后的那把小伞，他想她应该把它拿走了。

他给残疾人基金会拨电话寻找史菲。对方是个中年妇女的声音，很不耐烦地说，不在，他问上哪儿了，对方说你管人家呢，愿上哪儿上哪儿，你去报纸登寻人启事吧。汝平摸不着头脑，他最后听见话筒里传出一句话，什么玩意？什么玩意是什么意思？汝平很生气，他想那个妇女大概处于更年期年龄，不光是她，世界上有许多人莫名其妙心情不佳。报纸杂志上说这与太阳黑子的活动以及滥伐森林破坏生态平衡有关。

雨伞仍然靠在门后，汝平想起那个雨夜初遇史菲的情景恍若隔世。一切都变得遥远模糊了。过了很久，汝平受亲戚之托在一家南北货商店挑选两串鸭肫，他埋头观察着柜台形形色色的鸭肫，听见头顶上有人在窃窃地笑。原来那个穿白大褂的女售货员就是史菲。她捂着嘴一边笑一边从箩筐里拽出十几串鸭肫，说，挑吧，对你优惠，随你挑了。

"你怎么在这儿？"

"这儿怎么啦？我就不能在这儿吗？你歧视售货员就别来买东西。"

"不，我是说你怎么离开残疾人基金会的，那是份好差使。"

"说出来你不相信，就为了一点涮羊肉。"她吐了吐舌头，"有一次聚餐吃涮羊肉，我吃了很多，把他们的那份也吃了。他们就认为我没有修养。他们都在背后说我坏话，我受不了。我最恨别人背后造谣中伤我的人格。我一气之下三天没上班，他们本来就容不得我，乘机把我辞退了。"

"这简直不可思议。况且羊肉和修养毫无关系。"

"他们是一群卑鄙小人，他们都是伪君子。"她说，"假装吃不下，实际上能吃一头猪两只羊。谁稀罕那点涮羊肉？我现在恨不能把羊肉吐出来还给他们。"

"你千万不要太消沉了，对生活要充满信心。卖鸭肫也是为人民服务。"

"谁消沉了？弱女子才会消沉呢！我就是要奋斗，给他们看看我的能力。"她愤愤地说着，又压低嗓音告诉汝平，"我想考电视播音员，主持青年专题节目。"

"想法不错，可是你的普通话好像不标准。"

"那怕什么？我努力，有事（志）者志（事）竟成嘛。"

汝平和史菲隔着柜台交谈了很久，虽然南货北货的气味混杂在一起非常古怪难闻，周围很嘈杂，但谈话是愉快的无拘无束的。直到后来，汝平发现史菲有点心不在焉了，她不时地瞟着手腕上的小坤表。

"要下班了？"

"不，五点钟我要给一个人挂电话。"

"你对电话的热爱令人感动。"汝平说，"给老虎挂电话？"

"不。"她耸了耸肩，脸上露出神秘而羞涩的笑意，"我要给一个青年画家挂电话。阿D，你认识吗？"

"阿D还是阿Q？阿Q我知道，阿D是什么人？"

"阿D你都不知道？他在北京美术馆办过画展，还得过国际金奖。他长得很帅，连鬓胡须，喜欢穿一件白色的风衣，你真的不知道他吗？"

"骗人。"汝平说，"骗人的东西。"

"你说谁骗人？"

"我说胡须。有好多胡须是假的，用强力胶水粘上去，专门骗取纯洁少女的爱情。"

"你自己没有胡须就不要忌妒有胡须的。"史菲批评汝平，她说，"好多女孩都崇拜他。阿D很高傲，他才是白马王子呢。他要给我画一幅肖像，他说等会儿要请我看电影。"

"你在搞婚外恋？你不害怕老虎把你红了？"

"我不怕。他不能限制我的人身自由。"女孩仰起脸，鲜红的嘴唇动情地颤动着，她说，"我要去，我要追寻我的自由和权利。"

"完了。"汝平深深地叹了一口气，"我看这个世界完全乱套了。"

女孩又一次看了看表，哎哟叫了一声。她急急忙忙朝里面的货房走，回头招呼汝平说，"你等一下，我要去打电话啦。"

汝平倚着柜台，听见熟悉的出自女孩之手的拨号声，那种声音在他潮湿的心里咔嗒咔嗒地响着。他敲着玻璃柜台，无端地烦躁起来，我还等着干什么？难道还有什么可交谈下去的吗？汝平苦笑着提起两串鸭肫走出了南北货商店。

天气很好。有个女孩将和陌生男人去约会。汝平想这种事情每天都在发生，这也是生活的规律，是不以人的意志为转移的。

到了初春季节，冰雪在枫林路上悄悄融化。道路两侧的梧桐树叶在风中毕剥作响，自然的色彩由黯淡转为明亮。一九八五年的世界之光刺痛我的眼睛。

我独居一隅，平静地度过白天。在夜晚我做着一个循环往复的梦。我总是看见一群身披白纱的女孩舞蹈着，从黑暗中掩面而过。她们像一群白色幽灵从黑暗中掩面而过。我看见她们美丽绝伦的脸在虚光中旋转，变成一些颓败的花朵，在风中一瓣瓣地剥落飘零。

谁在哭泣？是谁在黑暗里哭泣呢？

春天汝平收到一封电报。电报内容是：我住绿洲饭店三〇一房我想念你一定来信等等。很长的一封电报。下面没有署名。汝平猜这电报肯定是上官红杉拍来的，因为他当时正默想着女孩美丽的脸和身体。他相信意念的作用。不会是别人的，即使从电报上，他也能分辨出女孩特有的甜腻的气息。

夜里春风熏拂，汝平坐在窗前给上官红杉写信。时隔数月他仍然对她温情似水。在信中他倾诉了一种永恒热烈的思念。他注明这种思念超越肉体和情感之上，属于人性范畴，因而更其深刻丰富。在冷淡的离别以后，他发现他无法忘却那个放浪形骸的女孩。回忆往昔的爱情场景，汝平心情沉重如铁。他把信朗读了一遍，把它装进自制的画有抽象图案的信封，后来他把信投进了街角的邮筒里。他站在邮筒边凝望冬夜凄清的街道，再次听见一支怀旧而伤感的爱情歌曲隐隐回荡。南方的天空在南方，那是一个遥远而陌生的地方。汝平仰天长叹，忽然感受到世界之大人心之古，事物在同一个天空发生着玄妙的对比和变化。

半个月后汝平的信被退回来了。邮局的改退判条上写着查无此人的字样。汝平很扫兴，他想也许她已经离开原处了。给一个四处漂泊的女孩写信，退信也是意料中的，他只是可惜那些感情在邮路上颠簸了一番，白白地浪费光了。

春意渐浓的季节里汝平苦不堪言，他几乎每天看见上官红杉在梦境里自由走动。女孩光着脚穿着透明睡裙在他四周自由走动。她的黑发像丝绸般迎风拂动，芬芳无比。汝平意识到他陷入了一种危险的境地。他嘲笑自己软弱的意志，不相信他会这样真挚地爱上别人。但他无法抑制寻找上官红杉的欲望。有一天他在抽屉里翻到了吉丽的地址，他决定去找那个讨厌的女孩，她也许会知道上官红杉的确切音讯。

汝平按照地址找到城西。在一条肮脏泥泞的小巷口，他拦住一个少年问询。"吉丽？"少年想了想，突然顿悟道，"是大洋马吧？她在杂货店里。"汝平没有意料到吉丽会住在这样破烂的房屋里，他也从不知道吉丽就是大洋马。这让他有点好笑。他走进那家私营杂货店，店堂里没有人。汝平迟疑着掀开了后面的门帘，门帘后是一个小院。院子里气氛不同寻常，地上摆满了花圈，香烛燃烧的气味扑鼻而来。许多人披麻戴孝地忙碌着，有一个女人声嘶力竭地哭号着。汝平大吃一惊，这里有丧事。他首先想到的是吉丽死了。如果吉丽死了，他就不必再去打扰她了。汝平悄悄地退出杂货店，他刚跨上自行车听见身后一声呵斥："站住，招呼不打就溜。"回头一看是吉丽，原来吉丽还活着。

"我以为你死了，心里挺悲伤的。"汝平说。

"放屁。我怎么会死？是我妈死了。"

"那你怎么不哭？看你的模样喜气洋洋的。"

"有什么可哭的？"吉丽回头朝里面看看，悄悄地说，"该死的都要死，不该死的就活着。"

汝平在杂货店里坐了会儿。那是吉丽开设的小店，货架上摆满了香烟、酒和香皂之类的小百货。在东面墙上有一张吉丽和一名干瘪老头的合影，吉丽指了指照片说："那是我先生，比我大二十三岁。"

"长得挺英俊的。"汝平说。

"别跟我来这套。笨蛋才找英俊男人。"吉丽又朝着货架指了指，"这些东西，你看上什么拿什么。你来找我我很荣幸。"

汝平挑了几盒英国香烟塞进口袋，他说："反正都是剥削来的，不拿白不拿。"

"说得对。世上只有一个理，你剥削我，我剥削你，最后谁也不欠谁。"吉丽笑起来，她把腰里的孝带解下来朝地上一扔，"直说吧，找我干什么来了。"

"上官红杉。我有事找她。"

"我还以为你找我跳舞呢。"吉丽朝他啐了一口，她挤眉弄眼地说，"难道我就不如上官有魅力吗？"

"你们都不错。比老猪婆有魅力多了。你知道她现在在哪儿吗？"

"拱食。"吉丽突然咯咯大笑，她点燃了一支烟，说，"她在广东拱食呀。广东那地方我是知道的，去了就不想回来了。"

"这我知道。我有个直觉。她好像出什么事了。"

"是出了一点小岔子，没什么大不了的。"

"小岔子到底有多大？"

"这不能告诉你。"吉丽的表情有点诡秘，她猛吸了几口烟，把烟圈往汝平脸上吹来，"谁都有点秘密，你就别问了。"

"但是我同她的关系非同一般。我们之间没有什么秘密。"

"非同一般？"吉丽捂着嘴大笑起来，"男女之间的关系都是一回事，你千万别自作多情。"

"别这样疯笑，你才死了妈。"汝平有点难堪，他说，"告诉我，她到底出什么事了？"

"我不能告诉你。"吉丽突然沉下脸来，"你们男人没有一个好东西。"

"莫名其妙。我觉得你们莫名其妙。"

"你才是莫名其妙的家伙。滚吧，上别处寻找你的爱情去。这儿只有死人，没有爱情。"

"我觉得全世界都莫名其妙。"汝平慢慢地站起身，他拿起自己的围巾在脖子上比划了一下，他说，"我真想把你们勒死，死了就正常了，就像你妈一样。她现在是最正常的人。"

汝平沮丧地走出吉丽的杂货店，他听见吉丽在后面喊："你会搓麻将吗？明天来搓麻将吧。"汝平没有理睬。他骑上自行车时迎面吹来一阵大风，风扩大了杂货店后院哭丧的声音。汝平脸色苍白，嘴唇像枯叶一样在风中颤抖，他的内心也充满了绝望的寒意。

这天汝平暗暗发誓结束和女孩子的浪漫史。他用喑哑的嗓音对自己说，消失吧，让我们互相消失吧。

汝平关起枫林路小屋的门。把春天关在门外。

他重新坐到书桌前，撰写一部带有自传性质的长篇小说。他想回避爱情生活的描写，但事实上不可能，它在他的青春岁月里毕竟占据了很重要的地位。汝平写作时打开他的小型收录机，一遍遍放着埃·西格尔的《爱情故事》插曲。他相信这样的音乐有益于创作的进展。在小说中汝平设计了与上官红杉的重逢。

四月的一个夜晚，他从外面回到枫林路小屋。远远地发现他的门是开着的，他预感到什么事情悄悄降临了。女孩坐在窗前吃面包，地上堆着几件简单的行李。他悄悄地走上去，从后面把她的双眼蒙住，令他吃惊的是她服饰打扮上的变化，她从来没有这样穿戴过：黑色高领毛衣、蓝色牛仔裤和圆口布鞋，头发剪得像男孩一样短。他几乎认不出她来了。

"你怎么进来的？"

"我翻窗子进来的。"

"你还活着，我以为你光荣牺牲了。"

"差一点，就剩几口气。"

"你不知道我多么想你。"

"我也一样想你。"

他把女孩抱起来。女孩在他的臂弯里像一根羽毛那样轻盈，像风一样漂泊不定。他深深地被这种久别重逢的情景所感动，眼眶有点发热。

"这有多好，我们又在一起了，再也别走了。"

"不走了，我累坏了。"

"这是你的家，永远不离开这里。"

"那也不行，我不喜欢老是待在一个地方。"

"我是说，我们，结婚。你愿意结婚吗？"

"结婚？多新鲜，你不是开玩笑吧？"

"不是。你说，你愿意和我结婚吗？"

"我无所谓。你要是有兴趣我奉陪，结一次试试。"

"那么现在就开始吧。"

"开始吧，大概这很有意思。"

他从抽屉里找出两支蜡烛点上。然后又拉灭了灯。房间立刻淹没在奇异的色调中。蜡烛的两朵纤细的火苗颤动着，微微发蓝。他凝视烛光，看见幸福的梦想在烛光里一点点地燃烧。他把女孩紧紧地搂住，说："等到蜡烛烧光，新的世纪就开始了，现在你有什么感想？"

女孩摇了摇头。她又在黑暗中平静地说："我坐了一年牢。"

"你说什么？"

"我坐了一年牢。我托人给你打过电报。绿洲饭店就是监狱，你可能没弄明白。"

"别吓我，我有心脏病。"

"我在宾馆里和汉斯一起过夜，让埋伏了。"

"我不明白。"

"那一阵恰好大撒网，我撞在枪口上了。"

"我还是不明白。我觉得全世界都疯了。"他的牙齿咬得咯咯地响，扬起手打了女孩一记耳光，"不要脸的小婊子。"

"你怎么打人？"女孩捂着脸说，她抓起一只墨水瓶朝他掷去，"你他妈凭什么打我？"

"不打你我对不起自己。"他低头看着墨水瓶在地上碎成片状，墨水流了一地，他说，"我怎么爱上了一个婊子？"

"那不是真的。你只是爱。这一点我比你更清楚。"女孩站起来提起她的行李。她朝桌上的蜡烛看了看，在黑暗中笑着。她说，"蜡烛快灭了，我也该走了。"

"我为什么要爱上一个婊子？"他说。

这时候女孩走到他身边，她伸出一只手摸了摸他的脸。说，你的脸真烫。然后她扬起手还了他一记响亮的耳光。她说，我不能让你白打我的耳光。你这个伪君子。

他蹲在地上没动。那手掌的一击冰凉冰凉的，就像她的吻一样充满死亡气息。他看着女孩在最后的烛光中走出门去，纤细的身影像火一样在墙上闪烁不定。别走，你会死的。他搓着手在屋里来回走动。桌上的蜡烛无声地熄灭了。你会死的。他这样想着沉浸在黑暗的情绪里。他听见外面的街道上有一辆载重卡车隆隆驶过，戛然而止。与此同时他听见了空气中那种类似细沙崩塌的声音，那种声音越来越强烈，挥之不去。后来他总是在幻觉中看见一只巨大的布满汗毛和油腻的手，那只手操纵着卡车的方向盘，完成了一项罪恶的使命。他听见了一种发聋振聩的撞击声。还有女孩细若游丝的叹息，它像杨柳一样在枫林路上飘飘洒洒。

春天发生了一起车祸。

车祸现场就在枫林路上，距我的房子只有五十米之遥。在高压气灯的照射下，我亲眼目睹了一个女孩的死亡场面。我看见她侧睡在冰凉的路面上，就像从树上无意掉落的树枝。有两只旅行包散落在路上，一只是红的，另一只也是红的。

而女孩的身体在这个夜晚苍白如雪。这个夜晚是以前每一个夜晚的延续。车祸之外还发生了什么？我依然沉沉睡去。在梦里我又看见了那群舞蹈的女孩，她们身上缠满白纱，从黑暗中掩面而过。

在四月之夜里我总是被梦惊醒。我抱紧双臂，无人在我的怀抱里哭泣，我返身而去。有人在我的脚背上哭泣。女孩是无法逃避的，这就是噩梦，这就是噩梦般漫长的爱情故事。

汝平的青春岁月从这个春天开始停滞不前。他结束了多年来与女孩们谈情说爱的生活方式，开始过一种想象中的修士生活。他深居简出，伏案撰写那部自传体长篇小说。在小说中，所有他爱过的女孩最后都死去了，他说不清出于什么心理，不由自主地让她们都死光了。剩下一个史菲，汝平有点犹豫，是让她死呢，还是让她活下去？

有一天汝平在阅读本地出版的晚报时，发现一条短讯，是关于一起情杀案件的。他灵机一动，就把那条消息剪下来贴在稿纸上，稍作变动。汝平想，这就是一条情节线索了，用这种写作方法处理人物结局经济实惠。

谈恋爱脚踏两只船

遭残杀少女命归西

本报讯： 四月五日晚在护城河旁发现的无名女尸案现已被侦破查

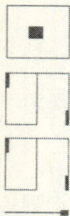

实。死者史菲，女，二十岁，生前系长江南北货商店店员。凶手王飞已于昨日缉拿归案。

据了解，王犯系史菲同居男友。王发现史菲与画界男子白某另有恋情，遂起杀心。史菲被害时，白某也在现场，但他竟然见死不救，逃之夭夭。

汝平把这一节念了两遍。这时候他的思维有点紊乱起来，一种言语不清的恐惧感使他呼吸急促，无法继续写作。他希望这是在梦里。面对的是虚拟的噩梦。于是他把灯开了，灯光一明一灭。依然不能减轻他的恐惧。也许这是真的。汝平站在书桌前环顾屋子的四周，他看见一点金光在幽暗中闪烁，那是一年前的雨夜被史菲遗忘的雨伞，它现在挂在门后，伞柄上的金箔片沉重地下坠。汝平取下那把伞，将伞尖朝脚背戳着，他用的力量很大。疼痛和迷乱使他发出了一声狂叫。他把伞扔在地上，史菲的细花雨伞无声地倒了下去，就像一具悲哀的人体。

"这是真的。"汝平对自己说。"她们不幸死去了。"

汝平拉开门，进门的是五月之夜温煦潮湿的风，风中有白玉兰花淡淡的清香。进门的还有一点一点的黑暗，它们匍匐在他的脚下，慢慢地向室内移动。

这是一九八五年暮春的一个夜晚。

五年以后，汝平三十岁了，他成了这个城市小有名气的青年作家。同许多三十岁的男人一样，汝平结了婚，有了个牙牙学语的小女孩。他的妻子是一个外科医生，是他患阑尾炎住院时认识的，汝平对别人解释说，医生和病人最容易产生爱情，而这种爱情关系往往是冷静的恰如其分的。他对他的婚姻家庭抱着非常乐观的态度。

汝平在市郊拥有一套舒适漂亮的房子，有一天他路过枫林路那一带时，顺便去看了从前住过的房子。枫林路一带在大兴土木，街道两旁古老的房屋已经夷为平地，到处都是残垣断瓦。奇怪的是他住过的小屋还没拆掉，孤零零地耸立在瓦堆上。汝平绕着它走了一圈，听见空地上隐隐地回荡着一支熟悉的电影插曲。汝平想起昔日的浪漫生活，想起昔日关于英雄和艺术的梦想，不由得唏嘘长叹起来。

小屋的门上贴了封条，但没有上锁。汝平推门进去，看见四壁结满了灰尘和蜘蛛网，地上到处都是他搬家时遗弃的杂物纸片。也许这里已经好久无人涉足了。在一只破纸箱里，他发现了那把伞。伞面被老鼠啃得千疮百孔，伞把上的金箔也没有了，汝平想那是很漂亮很可爱的小玩意，不知是让哪个孩子拿回家去了。

汝平举起那把伞，在屋子里走了一圈又一圈。他听见多年前的夜雨声在伞上淅淅沥沥地响着，久久不散。汝平想雨夜还会来临，但是永远也不会有女孩来这里敲门了。

原载《时代文学》1990年第3期

点评

　　小说以青年人汝平为故事核心，围绕汝平的生活和情感展开叙述。

　　虽然工作在一个学校里，但是汝平心里却装着一个艺术梦，他渴望能为这个世界写出几篇像样的小说来，当然他把自己本身的生活也弄成了一篇"小说"。穷困潦倒又迷茫无助的汝平就这样在工作之余晃荡在街头巷尾，寻找着他的梦想。他遇到了几个性格奇特的女孩，在雨夜突然出现的史菲、在咖啡馆偶遇的放荡不羁的上官红杉，这些不期而遇的女孩构成了汝平生活里重要的一部分。汝平陷入了与上官红杉的热恋，但女孩开放的生活又让他感到痛苦，两人最终还是各奔东西。汝平的生活重归寂寞，但他无法从上官红杉的影子里走出来，在无数个暗夜，思念痛苦地咬噬着他的内心。上官红杉经历一年牢狱之灾后终于归来，只是她仍是那个本性不改的放浪女子，与汝平期待的爱情相距甚远，所以再次相见，两人还来不及温存便再次分手。悲剧的是，上官红杉惨死在汝平出租房外的小路上。无论是史菲还是上官红杉，她们的体内都流着一股躁动的热血，她们寻求着自己的释放，也搅动着汝平的灵魂。这个怀有艺术梦的青年人，就以这种谈情说爱的方式燃尽了青春。

　　多年以后，在汝平的幻觉里总是有一个嘤嘤哭泣的女孩，那不仅是上官红杉、史菲、吉丽、小曼，也是曾经的汝平自己，是那些不安的、躁动的青春又被唤醒了。

（崔庆蕾）

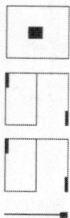

刘文清
——流逝了的故事之三 / 贾平凹

刘文清十六岁进县剧团，在第八期文字辈学生里年龄最大，一班俊男俏女都叫他师兄。每日清晨，导演一蹴在练功房门口，刘文清就把一大缸浓茶端来了，说："导演，你亲自喝了！"导演总是笑一下，始终无声，从怀里掏出个小酒瓶。导演的习惯是喝了酒才喝茶的，也喜欢给刘文清抿一口；但必须是一小口，喝了不许吐，要立即说话，一说话酒就咽下去了。刘文清不感觉辣，还想喝，但这不能。刘文清说："我下辈子一定要给导演当个虱。"导演说："你要咬我呀？"刘文清说："你血管里都是酒，我想多喝些。"

刘文清能说谑话，很有幽默天才，但导演没让他演丑角，说他嗓子粗，学习"黑头"。吊嗓子时故意把嗓子吼破，有一种敲烂锣的味。上台演出，观众都给他鼓掌。

过了三十六岁，刘文清已嗜酒如命，口中无味，也喝浓茶，也抽卷烟。又一辈的学生也会伺候他，但他不给学生抿酒，浓茶端来了，说声："滚！"穿红灯笼裤的学生虫子一样地在蹦跶练功了，他也要吼几声"王朝马汉一声叫，你把老爷X咬了！"

剧团还在县城的老街，街道很窄，面北的街房一律往东倾斜，面南的街房一律往西倾斜，谁家也不敢翻拆，害怕一面街码了牌地倒去。居民就说，硬是这"黑头"吼震的。但一听刘文清吼，小街的王记酒馆就开了门。

果然刘文清吼过数声，酒瘾就发作，趿着拖鞋过来。全城人兴晚上洗脚时趿拖鞋，唯刘文清一个夏天里出门也趿。掌柜把一个小瓷碗推过来，小瓷碗恰盛二两，刘文清酒不沾唇先倒进一半，另一半才很响地品咂，不免要说："又兑了水了！"掌柜照例是夺了碗往火盆上浇，要看那蓝焰蓬起，但酒碗却掉不出一滴来。刘文清很得意地咳嗽，将一口痰唾给鸡吃，鸡立时醉得趔趔趄趄。掌柜的开始骂"短阳寿的！"要问他许多话。

"娃们还乖？"

"还乖，比土匪乖些。"

"翠绒真狠心就走了？"

"翠绒不狠，阎王爷心狠。"

"你要是少喝些就好了……"

"那我咋对得起你呢？"

"你个酒黑头！听说你和东王岭王家的女子……有这事？"

"有这事。"

"那女子不错。"

"不错。是个女的。"

"听说还带一个孩子……往后你真要少喝些了。"

"那才是不喝就喝不到自己嘴里了。"

话是这么说，二婚的刘文清到底取消了喝茶和抽烟，去王记酒馆的次数减少，且一次二两变成了一两。掌柜每天要给他预备一把零币。

刘文清只要从酒馆回来，情绪特别好，他会认真地对女演员说："你知道我今日碰着谁了吗？""谁？""卖栗子的秃子！"秃子是县城的小贩，一天谁不碰他六七次。女演员就笑了，说师兄你又灌黄汤了？！刘文清不说喝了，也不说没喝，还在认真地讲秃子，"一走近栗子摊，他就喊'买一包吧，烫手的热栗子！'我说我就想买栗子，可这栗子烫手，我不敢买了。"女演员笑得岔气，刘文清平静脸，说："你咋啦，咋啦？"

刘文清常常就不吃饭："酒是粮食的精，"他这么宣传着，"一盅酒抵个蒸馍的。"刘文清日渐地瘦，瘦得失形。他要来吃饭了，总是端了碗和女演员蹴在一起。冬天的太阳很暖和，剧团里爱吃"芦葫头"。刘文清就说："知道什么是芦葫头吗？""芦葫头是用猪大肠头熬汤泡馍。""不，不，"刘文清摇着头，"芦葫头说穿了就是猪的痔疮。"女演员立即反了胃，一口也吃不下去了。团长是个女的，严肃地批评他。他站起来，很老实地听着，等团长训得差不多了，刘文清抬起头说："团长，我

有句话该不该说？"团长说："你说，看你这阵还说什么谎话？"刘文清说："你眉毛上好像有个虮子。"当然团长也就笑了。

团长说刘文清什么都好，如果不喝酒不说谎话就更好。

刘文清对这话很受感动，以后再不当着团长面喝酒，也不说谎话。春荒二月，刘文清的二婚老婆又来闹着要钱，两口子在房中厮打，打着打着刘文清酒瘾发作了，从床下取出半瓶酒。老婆夺过说："不过了，你能喝，我也喝！"咕咕嘟嘟灌下肚。刘文清没酒浑身乏了劲，老婆喝醉了抓他脸，刘文清说："我要演戏哩，要抓你到腿上抓。"老婆还是把脸抓破了。早晨剧团有点名的规定，刘文清没有去，团长发火了，派人去喊刘文清，刘文清捂着脸来了。团长说句"你是老团员，为什么点名不到？"便不再说了，让到她的办公室去。团长害了皮肤病，痒得难受，一边搔着胳膊一边看着刘文清，说："你老婆又来了？"刘文清说："她是打听到一个治皮肤的祖传秘方送来的。"团长接过一个红纸包，拆开里边是个火柴盒，打开火柴盒，装着一个纸条，上边写着两个字：挠挠。团长没有批评他，反倒笑了，从柜里取了一瓶酒给刘文清，说："我知道你没酒喝了！"刘文清突然哭起来，说："我就盼着下乡哩！"

下了乡，二婚的老婆不来吵闹了，刘文清每日多少有些酒喝，工作得十分认真。剧团在乡下演出住宿困难，常睡在大库房里，中间用幕布隔了，男演员睡一边，女演员睡一边。夜里两边互相听得见动静，男演员可以在房中的尿桶里小便，女的则要出外去野地里，结果许多女演员就感冒了。刘文清第二天给团长建议，怎不也放个尿桶在那边？团长说，那使不得，姑娘们嫌有响声害羞哩。刘文清说："一有响声，你们唱'洪湖水'嘛！"果然以后夜里女演员那边要唱无数次"洪湖水呀，浪呀嘛浪打浪"，男演员们不知底细，也附和着唱"洪湖岸边好呀嘛好风光"。

但也就在这次下乡，刘文清犯了错误。第二天晚上演出，刘文清没角色，在后台帮忙敲小锣，感觉尿憋，出了后台就往野地溜，隐约看见一块发白的东西，便急急对着直尿。突然一声尖叫，原来是个女的蹲在那里解手。刘文清吃了一惊，慌忙解释："我还以为是块白石头。"那女的偏巧是本团最漂亮的演员，而且正和县长的儿子恋爱，硬说刘文清是耍流氓。事情放不下，县长要文化局严肃处理，文化局给团长施加压力，刘文清受了一年不得上台演出的处分。

每演出一场，规定补助一元二角钱，这正好是一斤散白酒的价。刘文清失了口福，只好几个月不给家寄一分钱，老婆自然又来吵闹，最后一到发工资日就坐在会计室不走。刘文清只有三十元的伙食费，刘文清买不起了酒，就偷偷加入到县城的乐人班，挣得一顿酒喝，临走又能揣一瓶回来。刘文清当乐人总戴顶草帽，头低下不看四周，但刘文清是破锣嗓子，一听声就知道是"酒黑头"。后来刘文清开唱时总要喝个半醉，醉了能入境界，不顾羞丑，刘文清把唱腔发挥得淋漓尽致。

正式演员吹乐，团里的人都贱看，刘文清的威信失了许多，没有人再叫他师兄。刘文清背时多半年，到了春节初一包饺子，特定在饺子里包了钱，果然他就吃到了，高兴得到隔壁去串门。人家也正吃饺子，也是包了钱，正论说着看谁能吃到，他去了，人家让他吃一碗，他不吃，却一定让他尝一个，这一个正好也是包了钱的。初六剧团上班，刘文清逢人便说他今年的运气好，但处分期限不到，团长还是不敢让他去演出。卖栗子的秃子知道了刘文清的困难，秃子来寻他了。秃子卖栗子发了财，开始经营药材生意，与各方各界交往，要请刘文清做他的公共关系人。刘文清说："我把人活倒了，我给你撑不了脸。"秃子说："你还喝酒不？"刘文清说："我没活够就是还没喝够哩。"秃子说："好，公共关系的任务很简单，做生意要摆酒席，需要个陪喝的。"刘文清乐意受聘了，每次酒席上都说谑话，使气氛热烈，为了使被请者多喝，每次都先把自个弄个大醉。秃子的生意越来越红火了，秃子很满意刘文清。

秃子有了钱，心就不安分起来，想结识县上领导，充个政协委员什么的衔儿好光彩，就宴请政协主席。刘文清自然也是要陪着，结果，主席被刘文清让酒让醉了，刘文清也醉了，搂了主席的脖子一定还要让喝，划拳再不是"一心敬你"或"高升"起头，竟称兄道弟吃喝。主席就反感了，骂了一句"什么东西！"拂袖而去。秃子拉主席拉不住，过来扇了刘文清一个耳光，刘文清冷丁跌倒，把膝盖骨摔破裂了。

刘文清躺卧了三个月，再不能做陪喝，但刘文清又恨秃子，说是他喝多了腿是酥的经不起跌，只内疚得罪了主席。

稍能下地，刘文清去向主席道歉，主席在开会，看见他了没有理他。第二次去主席家，敲开门，主席的爱人问："你找谁？"刘文清说："我找主席。""上班到单位去找！"说罢就要关门。刘文清一脚赶忙塞在门缝，说："我要给主席说，我是喝醉失了德的。"主席的爱人笑了笑，说："我知道你是那个'酒黑头'吧？"态度友好，刘文清收回了脚，门却突然关上了。刘文清未能亲自见到主席，第三次再去单位，就守在厕所门口。果然主席来解手，跟进去问候："主席你来尿呀？"主席没理睬。刘文清又说："你还摇啊？"主席惹笑了，说："听说你找我几次，有事？"刘文清说："主席是不记恨我了。我给主席说，秃子是好人哩！"主席说："你这个刘文清！秃子是要比你好！"刘文清听了这话，觉得对得起秃子了，就回来。因为了却一桩心事，就想喝点酒，已经到了商店，身上却没一分钱。正好商店运来一桶酒精，需要从大桶倒到小桶，导引管已插好了没人吸一下。售货员瞧见了刘文清，说："黑头是喝酒的人，不怕酒精，你来吸一下！"刘文清心里喜欢，立即想起大年初一吃钱饺子的事，嘴里却说："帮帮忙吧。"噙了皮管，觉得一股酒的气味直往肚子钻，他狠狠地吸，酒精导引了过来。但他没有立即停止，趁机喝了一口，又一口，三口，四口，喉骨上下滑动，第五口噎了一下，不能再吸了，脖脸赤红地回了剧团。

这天晚上剧团演出，刘文清虽然处分到期，但腿还微踱，只是负责拉幕绳儿。大家瞧他脸色不好，问是不是病了，刘文清说："靠着床板整整昏迷了一下午，起来口苦，端了刷牙缸子，满嘴吐白沫，走到厕所看见啥都不想吃。"大家就笑，说："你还说谑话！不是那句'白石头'，你也不会来拉幕绳哩！"刘文清说："我知道我不该说人家的屁股，女人嘛，小时候是屎屁股，没结婚是金屁股，结了婚是银屁股，生了娃就是猪屁股，到那时咋说都不怪了。"大家又是笑，刘文清还是不笑，突然抓着幕绳倒下去，把幕布拉开了。大家又说："又做什么怪了，没开场你拉幕你寻着再受处分呀？！"果然团长从台下跑上来训斥刘文清，刘文清竟还不理。团长过去抓他的衣领，抓不起，看时刘文清已经死了，满脸紫黑，嘴张着，一股酒气。

原载《人民文学》1990年第4期

点评

　　这篇小说是贾平凹系列小说之一，以剧团演员刘文清为核心人物，讲述刘文清落魄而短暂的人生历程。

　　刘文清是个演员，但更是一个酒鬼，他喜欢喝酒，也喜欢说谎话，所以在最初的时候很招周围人的喜欢，常常引得周围人欢声笑语不断。随着年龄的增长，刘文清的演技未见精进，酒量却越来越大，常常喝得醉醺醺的。喝酒先是给他带来了灾祸，在下乡演出的时候，他喝多了酒出去撒尿的时候将正在方便的女演员的屁股当成了大石头，尿了女演员一身，这个事情让他受到了一年内不得登台演戏的处罚，这个处罚让他失去了买酒的经济来源。但绝境中的他得到了卖栗子的秃子的支援，秃子聘用刘文清专门去喝酒，帮他拉拢关系，这个既能赚钱又能喝酒的好差事让刘文清好好享受了一段时间，但是最后还是因酒误事，被秃子炒了鱿鱼。不过刘文清与酒的缘分还未到此结束，到最后他把命都搭在了酒上，因为喝了酒精而一命呜呼。刘文清的一生与酒结下了不解之缘，几次人生起落都与酒有关，好酒者，多心中郁结不平之气。作为一个生活在基层的演员，刘文清的一生就在这微醺的状态中匆忙结束了。

　　贾平凹在小说中有意引入具有传奇性的故事，强化小说的故事性，读来引人入胜。

（崔庆蕾）

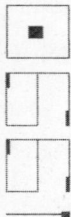

老安的咏叹调/

/尤凤伟

冬天过去，老安的厂也随着时令沐浴在初春的阳光里，从容舒展。在这个寒冷的冬季，他是怎样挣扎着走出困境，现在想想仍然不寒而栗。当然，也不仅仅这个冬季，还有以往若干个春夏秋冬。可以这么说，他的厂从破土的那刻便面临着厄运，他惨淡经营，历尽了艰辛，现在终于好了。他的厂已经走出低谷，起死回生，并扎下了坚固的根基。他吐了口压抑在胸中多年使他日夜不得安宁的闷气，老安得安了。

这时他想起一个人来，一个实际上与他并没有多少干系的人，他与他只见过一面，不知道他的来踪去影，甚至不知道他的名与姓。就是这么一个他生活中的匆匆过客，若干年后，在他的厂刚刚蓬勃时他便首先想起了他，怀着深深的歉疚想起了他。那是一个谦卑的向他求助的外乡青年人：瘦高个，长脸，眼睛不使人感到温和，尚有些斜睨。冬天里穿一双露趾胶鞋，没穿袜子。那也是一个异常寒冷的冬天，他新盖的厂房在呼号的风雪中战栗，这个人缩着身用斜视的乞求目光看着他……

山区的初春只有阳光和深带寒意的风。山野仍光秃秃的，树枝还未绽出新芽，远处的大山的背阴处尚见残雪。老安总愿注视着那些残雪，久久地注视。他的眼力极好，能够看到雪块的疆界在一天天收缩，能看见偶尔有兔子在雪上急速驰过，他还能看见一丛丛鲜艳的迎春在山坡向阳处率先开放。老安并不老。

而今年的初春他望着远山的视线都不时地变得模糊了，那宁静的雪块甚至那盛开的迎春不时幻化为一片茫茫风雪，在原野上扫荡呼啸。他还看见一张长着斜睨眼睛的瘦长的脸，这脸衬着苍茫的雪尘显得异常刺目，凝着无尽的悲哀和绝望，还有一种近似仇恨的敌意，这时他的心便不由陡地一颤……

他的眼前又是那白亮的雪块和那蓬蓬勃勃的迎春，还有在它们之上的蔚蓝的天际。

他无法收留那个青年人，他心里很清楚，即使是满怀歉意的今天也仍然认为那时的确无法收留他。他的厂始终在绝境中挣扎。产品没有销路，大量积压。银行催逼欠款。全厂人心涣散。局面岌岌可危。他已经做好破产的准备。

"求求你，让我在你厂里干吧……"这话之后便是那斜睨的、可怜巴巴的目光。

夕阳的余晖已被漫天风雪遮挡住，厂院里显得更昏暗。工人已经下班，四下空空荡荡。他请他进屋，他不肯。似乎风雪地更适合他。

"我也很难。"他这么说，很沉重。

"都说这镇上没人能跟你比。"他不相信他的话。

他苦笑一下。没人能跟他比？如果讲个人办厂的规模，镇上确没人能跟他比，但他所承担的风险以及面临的绝境，同样也没人能跟他比。他深知这一点，但那人不知道。他只知道他是厂长，雇了二百多工人，财大气粗……

"你不晓得实情，眼下我真的很难哩！"他说得很真诚。

"你雇那么多人，就差我一个么？"他问。语气仍然很谦卑。

当时他不知再说什么好，心情很烦乱。他确实也同情这个向他求助的人，感情上也愿意帮助他。但理智上他却更清醒，鉴于目前的现状，他的厂无论如何不能再招收新人了，那样他背的包袱会更重。他本应裁掉一些人，但他不敢这么做，也不忍心这么做。但新人无论如何是不能收留了。这是现实，他得硬着心肠面对这个现实。

"真抱歉，请你原谅……"他只能重复着这句话。

那人离去了，留下冰雪般寒冷的叫他心悸的目光。

也许就是这目光使他在若干年后的今天又恍然记起这个人来，带着深深的歉疚。

倘若那时咬咬牙留下他，会因此导致厂子的破产么？不会，的确不会，他起不到那么大的消极作用。他以逆向的思路来审度着当年的事，而得出的结论更增添心中的惆怅。

　　忙的时候他就把这件事暂时忘却，闲暇时又似潮水般涌来。厂子走上正轨，各部门有手下人把握，他还是松闲的时候居多。因此，那桩事总是莫名其妙地缠绕着他。到了五月，因厂子扩建的事他又开始忙碌，他似乎有些淡忘，若不是他偶然得知了那人当年在镇子上的一件悲惨事，也许最终会把他忘记。

　　那件事对他触动很大。

　　那是一个灿烂的早晨，镇兽医站的人来给他的狗注射狂犬病疫苗。他养的是一条健壮的狼狗，这狗对一年一度的注射很反感，任主人严厉警告也执意不肯配合。无奈，他和那位兽医只得强行实施。待注射完毕，两人已累得气喘吁吁。他抱歉却又自豪地对兽医说，这是镇上最高大的一只狗。兽医却不买账，对他说他的狗算不上什么，几年前镇上有一只狗比他的高大得多，而且极有灵性，只是被一个斜眼的外乡流浪汉打死了。

　　"斜眼流浪汉？"他警觉起来，莫非就是那个向他求助的青年人不成？他急火火地向兽医询问道："是不是瘦高个子，西莱子口音？"

　　兽医说好像是这样。

　　"他为什么要把狗打死呢？"他问。

　　"他要吃。"兽医说。

　　兽医接着告诉他，据说那斜眼流浪汉后来只靠杀狗为生计了，镇上狗多，他可以不慌不忙一只一只地吃。那只最高大的狗是他吃的最后一只，因为这时人们发现了他的劣迹，把他扭送到派出所。派出所拘留了几天便把他驱逐出镇子，丧狗的人家认为派出所这般处理太轻，不解气，于是尾随着他向镇外走去。走到镇外那条河边时便一齐动手揍他，揍得十分厉害，把腿都打瘸了。人们回镇子时他躺在雪地里爬不起来，奄奄一息。第二天有人从那里过，发现人不知去向，唯见雪地上有一大摊红得耀眼的血……

　　他的心紧紧地揪了起来。

　　从那以后，他的眼前又总是晃动着那摊红得耀眼的血。

　　假如那人后来有什么不测，死掉或者残废，他是负有责任的。老安一次又一次在心里这么对自己说。从某种意义上说自己参与了对那人的迫害。因为如果他收留了他，也就不会出现以后的事情了，这是显而易见的。

由此他渐渐生出一种负罪感，尽管客观地说总有些牵强，但却很真实。这种负罪感的萌生使他感到茫然。

他突然生出一个念头来，一个奇异的念头：他要找到那个瘦高个的落魄青年。他自己也知道这念头有些荒谬、不着边际，但他却决计要把他寻找到。

路程并不遥远。

再说现在他能脱开身。

整个春天他没有成行，夏季也没有，尽管他有些着急。西乡是一个很宽阔的地面，被他们东县人称为"西莱子"的地面不下两三个县份，方圆数百里的疆界。他得有那人确切或基本确切的地址才行，还有姓名，否则去了也如同大海捞针。兽医没有提供这方面的情况，他向镇上的人打听，人们已把他忘记，谁也说不出个所以然，那人没有什么东西值得人们留在记忆里。他不灰心，不折不挠地在镇上搜寻那人的信息。直到过了很久，他才猛地一拍脑门，醒悟过来，既然那人在镇上曾经历了一番讼事，派出所就一准会留下对他的审讯记录，而记录上也一准会记有他的姓名及住址，这一点不容置疑。

老安的思路很对，他找了点关系疏通，便不费事儿地在派出所查到了他想要知道的一切。

这时已到秋季。

老安开始西行，换上旅游鞋，带了一笔钱。他想，找到那人，要是他现在仍然想进他的厂，他就立即答应；要是他不想，他就资助他一些钱，让他在自己的家乡干点什么事。

长途汽车向"西莱子"地面奔驰，却在途中的一座县城边儿抛锚了，这时天已近黄昏。司机说汽车已坏到今天无法修复的程度，叫大家自己解决夜晚的住宿问题。乘客们忍气吞声地下了车，站在路边打下一步的谱。站在老安身旁的一个中年红脸汉子不住地骂，他说没准汽车并没有真坏，是司机有意玩伎俩。他不解，问司机为什么要这样做，红脸汉子指指公路旁一溜两行的个体饭店兼旅馆，说："这是他们的合谋，司机给了他们生意，他们给司机利益提成，狗娘养的。"他吃惊地瞪大了眼，竟会有这种卑鄙勾当，他不由朝路旁那一家家饭店望去，只见每一家门前都站着一个或两个年轻姑娘，向这边观望并招手，样子很惬意也很轻浮。这时乘客已开始做出选择，有的沿着公路向城里去，有的就朝向他们招手的人那边走过去。红脸汉子朝城里去了，知道内情的人是不会上当的，只是要认晦气。老安对红脸汉子的说法还有些将信将疑，他问自己，老安你也算是一个搞经营的人了，不过你是办厂，他们是开店，你能够允许自己做出这样的事么？他以为不能。

天黑的速度很快，由于云层很厚，见不到晚霞的光芒。老安知道自己只能在这里住下来，如果那红脸汉子说的是实情，这样明早汽车就一定会被司机"修"好，他还得乘这辆车前进，去寻找那个他已知道名字叫吴胜利的瘦高个青年。再说，即使现在赶进城里也同样得找旅店住下，又何必自找麻烦呢？

他走过去，一双细腻生动的媚眼朝他笑着，他的心陡地一动。"媚眼"继续向他笑并向他做出一个请进的手势。他进去了，"媚眼"问他是先吃饭还是先住下，他说都行。媚眼说也可以住下把饭送进房间里。

"可以在房间里吃饭？"他颇觉新奇地问，并借机打量了一下站在他面前的年轻姑娘。她全身上下都与她那双好看的媚眼十分协调，皮肤很白，笑时露出的牙齿也很白。但他看得出，这是一个从农村出来的姑娘，乡音难改，但她能尽量把话说得柔和、悦耳。

"是的，我们尽量提供让客人满意的服务。"她说。

这时站在柜台里的一个中年男子插话说："我们店可以满足客人的所有要求。"说完向他谦谦一笑。他说话的声音很高，似乎不止向他，也是向店堂所有的进餐人说的。

所有要求？他笑了一下，好大的海口！

他愿意在房间里吃饭，店堂里很乱。再说坐车累了。

这里确有些不同之处，住宿不用登记，

"媚眼"直接把他领到后院客房里。这是一间单人房间，很小，但很整洁，一床一桌一对沙发，位置摆得很协调，给人以舒适感。

确如"媚眼"所言：尽量提供让客人满意的服务。她先打来热水，让客人洗脸；客人洗过茶已泡好，揭开杯盖，冒着腾腾热气。窗外天色已经昏暗，秋风瑟瑟。坐在这安静的小屋喝着热茶，老安感到浑身舒适。这些年为了厂子的生存他忙忙碌碌，担惊受怕，很少有现在这种安逸时光。

送饭时"媚眼"也送来了酒，摆在茶几上。菜是他点的，他有钱，只要合口味不论价钱。他却没要酒，早年他曾愿喝两盅，这几年顾不上，除了必要应酬，一概不沾。"媚眼"自作主张送来了酒，一瓶优质洋河。他有点无所适从。

那就喝两盅吧，解解乏。他想。

"媚眼"往两只盅里倒了酒，然后坐在他一侧的沙发上。他感到诧异，看着"媚眼"好看的脸。

"媚眼"似乎洞察一切地嫣然一笑，端起跟前的一盅。

"这酒，你可以付钱，也可以不付钱。"她说。

"为什么？"他不解。

"这是店里的规矩。"她笑着。

"哦。"

"这样，我们就可以陪客人喝一杯了。当然，如今也有很小气的客人了。我在这里你不嫌弃吧？"她总是笑，眼盯着酒盅笑。

他也笑了。他说他不嫌弃她在这儿，只是觉得这店很新鲜。

她笑得更开，也更好看。

他端起盅，与她碰碰，饮下，她也饮下，又重新倒酒。

他拿起筷子，却发现筷子只有一双，他告诉她少一双筷子。

她摇摇头，抿着嘴笑。

"就这样。"她说。

"为什么呢？"他问。

"也是店里的规矩。"她说。

"喝酒不吃菜容易醉哩。"他说。

"没事，习惯成自然，你尝口菜的味道怎么样！"她指指茶几上的几样颇精致的菜。

"两人喝酒，一人吃菜，我可不习惯哩。"他说，看着她。

"入乡随俗，说什么习惯不习惯呢！来，我们再干一盅。"她端起盅，笑对着他。

他端盅又同她碰碰，两人相视饮下。

他已许久没喝酒了，这酒又冲，两盅下肚他便觉得五脏六腑在翻动，情绪也变得亢奋。他直盯着眼前这个陪他喝酒的姑娘，觉得心里是那么熨帖。她长得这么媚甜，没法让人不喜欢。他自然而然将她与自己的老婆进行了对比。老婆已不很年轻，这倒其次，即使在她的豆蔻之年也未曾能向他献现出这般的媚甜，这般的撩拨男人心身的媚甜。他们只是平平淡淡的，如同其他平平淡淡的夫妻那样过日子。在他为厂的兴亡而舍命奔波的年月里，他甚至不把自己的老婆视为女人，只是他的搭档，她负责厂里的财务，人们都叫她李会计，他竟然也时常脱口叫她李会计，叫得她好恼，他就讪讪地陪苦笑……天老爷，两盅酒怎叫他想到这份天地里，他不敢再想下去。他知道得检点自己才是。

他低下头，盯着几上的酒盅。

"吃菜呀，大哥。"姑娘说。

他"哦"了声，摸起筷子，却犹豫着擎在空中，抬头看看姑娘，这唯一的一双筷子叫他不知该怎么好。

姑娘指着一个盘子对他说："葱爆羊肉，趁热吃呀。"

他做客似的向盘子里伸伸筷子。

"听口音，大哥是东县人。改革开放，东县人走在前面，大哥的面相又极好，一定在干着大事业，我说得不错吧？"姑娘一边倒酒一边说。

"你，会相面么？"他惊奇地望着她。

"差不离。"姑娘半真半假地朝他笑，又紧追不舍，"大哥，到底我说的是不是呀？"

他笑了。坦白地告诉姑娘，他正办着一个厂，论个体在镇上是头一家。总而言之，虽然说不上干大事业，到底还是称心如意的。

"我一看大哥就知道是个不平凡的人。"姑娘说，"你看，我还没问大哥贵姓呢。"

"我姓安。"他说，接着又补充一句："安全生产的安。"

姑娘忍不住吃吃地笑起来。

她端起酒盅，向他举着，说："这盅酒我敬安大哥，祝你的事业发展向上，祝你永远发财！"

这盅酒是一定要喝的，他从心里感激这姑娘对他的祝福，乡下人很看重这个。

两只盅碰出一个前所未有的脆响。

饮了酒，老安又摸起筷子，吃了口菜。他想了想，又把筷子递向姑娘，说："你要不嫌弃，就……光喝酒不吃菜受不了……"

姑娘似乎也没有大酒量，这盅酒下去，脸上开始透出红润，那双媚眼的光芒也显得有些飘浮不定。她没有接老安递给她的筷子，只是望着他笑。

"安大哥真的有诚心叫我吃菜么？"她这么问。

"真的。"老安回答。

"那就好，感谢大哥。"她把脸向老安转正一些，往前凑凑，然后张开了嘴。她的眼仍然冲老安笑着，笑得更加媚甜，更撩拨人。

就在这一瞬间，老安浑身的血一下子窜到头顶，然后又像奔马似的在全身奔涌起来。他听得见自己怦怦的心跳。然而他拿筷子的手却突然僵硬起来，动弹不得。

姑娘合拢了嘴，说："我就知道大哥不是诚心的么。"

"不，不，"老安语无伦次地解释，"我……我不疼你吃……"

姑娘又笑了，说："不疼我吃？那得看行动呀！"

老安汕笑笑，慢慢把筷子伸向盘子，挟住菜向姑娘前而送过去。这时姑娘又把嘴张开，他就把菜放进去了。

姑娘笑着咀嚼起来。眼睛亮亮的。

时代真的不同了，老安在心里感叹着。如今的年轻姑娘竟这么开放，这么调皮，让人不知该怎么好，想想自己这几年为办厂弄得焦头烂额，他觉得自己着实远离了社会的潮流，快变成一个没知觉的木头人了，他不由叹了口气。

酒一盅一盅继续喝下去，菜也是以这种形式吃着。老安觉得心里无限地熨帖、惬意，这是一种从未经历过的陌生的境界。他忘记了一切：他的厂，他的妻室子女，外面一阵紧一阵的秋风，以及渐渐向深夜奔跑而去的时间……

一直到姑娘在他面前站起。

"我走了，安大哥。"姑娘对他说。.

"你要走，不喝了？"他一怔，渐渐从冥冥状态中清醒起来，心里不由一阵沮丧。

"谢谢安大哥。"姑娘说。望着他，却没有笑。

他没说什么，只是望着她。他不知道该说什么。

"夜里冷，安大哥要不要添床褥子？"她问，脸上没有什么表情。

"添褥子？"他不解，却站起走到床边，伸手按按床铺，转头说，"铺得很厚，不用再添了。再说还不到寒冬腊月天。"

姑娘没说什么，只是笑。笑，一阵停一阵，接着又笑。

"安大哥，你想想，还有没有事情要我做？"她又问。

他摇摇头。

"真的没有？我是说，不管什么事情都包括……"

他还是摇摇头。他想不起还有什么事情需要这姑娘帮他做。世上没有不散的筵席，吃饱了，喝足了，该休息了，明早还得赶路。

"那我就走了，安大哥。"姑娘最后向他笑笑，走出屋去。

霍地，他听到了窗外呼呼的风。还有被风裹起的树叶敲在窗子上的叭叭声，还有从遥远的什么地方传来的一声连一声凄凉的驴叫……

他一动不动地坐在沙发上。

这时门又被推开，是那姑娘。他为之一振，怔怔地望着她。

"安大哥"，她叫了他一声，站在他面前，"你是个好人，是正派人。"

"这，面相上也带吗？"他问。

姑娘摇摇头，一笑，笑得有些勉强。

"安大哥，我有一事相求，肯帮忙吗？"她说。

"什么事，你说吧。"他说。

"我想到你的厂里工作。行不行？"她说。

"到我那儿工作？你在这儿的工作不是很好吗？"他看着她，似乎不相信她说的话。

"不好。"她说。

"挣钱少?"他问。

"不少。"她说。

"那怎么要离开这儿?"

"这儿的活不好干。"她低下头,默默站着,"我说了你也不懂……不好干。我早就想走了,离这儿远远的。"

他想了想,说:"你不知道,我办的是铸件厂,就是翻砂厂,那活儿也不好干哩,你是个女孩子,身子也很单薄的。"

"我在村里曾干过两年会计,如果你需要,我给你干会计。我能一心一意地干,让你信得过。"她自荐道。

他不由在心里苦笑笑,他知道他无法用她当会计,他有会计,一个终身制永不退休的会计——李会计。他不知道该怎么对她说。见他不语,姑娘又说道:"要是你觉得做会计不合适,也可以做别的。你有没有女秘书?时兴说法叫公关小姐,我觉得自己干这个还行,你说呢?"

女秘书?公关小姐?这可是万万使不得的,他在心里立刻加以否定。他知道许多个体企业都聘请了漂亮能干的女孩子干这个工作,可没有几个名声好的,人们理所当然把他们视为老板的相好,招致非议。倘若他出来一趟,弄了个女秘书回去,众人不知该怎么往坏里想他。李会计也不会善罢甘休,肯定会惹起一场轩然大波。这事是不成的。

他能够把这些利害原原本本地对姑娘说么?自然是不可以。他沉默不语,酒已醒了大半。

姑娘依然站着,默默地看着他,等他的答复。

"你答应考虑这件事吗,安大哥?"她又试探着问。

"嗯,考虑。"他这么说是违心的。他知道这事是无法考虑的。

可他又能怎么说呢?人活在世上够难的。他恼恨地想。

老安终于找到了吴胜利,确切地说是找到了吴胜利所在的村子。这是一个小山村,依傍在一座葱郁的大山下。阳光被遮挡着,村子显得很阴沉。

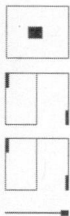

"你是说找那个斜眼吗？"在村街上他打听的那个老头子问。

他说是。他说那青年人的眼确实有毛病。

"他不在村里。"老头子说。

他的心扑通一跳，连忙问："他又外出了吗？"

老人往村后的山上指指："他如今住在山上。"

"住在山上？干吗要住在山上呢？"他问。

"那杂种承包了村里的果园，怕人偷，就住在园子里。"

"他承包了果园？"老安听了无端地兴奋起来，又忙问，"这么说他如今的光景不错喽？"

"那杂种如今富得流油哩。下次闹土改，不打他恶霸地主才怪哩！"老头愤愤地说。

老安在心里笑笑。又向老头打探了上山的路。

他沿着村后一条机耕路迎山而去，心里充满着喜悦。士别三日，当刮目相看，吴胜利，难为他的什么人给他起了这么一个吉祥名字，如今果然应验，取得了胜利。他迫切地想见到他，即使他已用不到他的帮助了，他也要见见他，聊一聊，向他表达他对当年那件事情的歉疚之情，了却那笔心债。

村后是一片比较平坦的山坡地，地里有男人和女人，大人和孩子在收割作物。静静的，整个山野静静的。

山路渐渐向上倾斜，田野已经过去，他看到了一大片葱葱郁郁的林木，那就是果园，苹果园。苹果的香气在徐徐山风中飘散，沁人心脾。

一道粗壮的木栅门把他阻在园外。

不见一个人影，一片死寂。唯听到果树的叶片在风中沙沙作响。

"有人吗？"他向园里喊。

没有回答。

"有人吗？"他抬高一些声音。

仍然一片死寂。

他有些焦急，一抬头，他看见栅门的顶端挂着一方木牌，上面写着"谢绝来访，恕不开门"八个醒目大字。

他不免生疑，区区果园，并非军事要地，为什么要拒绝来访呢？似无道理。他怔怔地站在门外，不知所措。他不甘心就此后退。为来到这里，他费了那么多周折，跑了那么远的路。

老安定了定神，便离开了木栅门，向果园的一边迂回。他看见木栅门连接着一道铁丝网，沿果园的边沿向前。他在心里苦笑。他继续沿铁丝网向山上攀缘。他想，这网总会有几处人钻得进去的缝隙，那他就按这种不雅的方式进去。舍此没有别的办法。

山草茂盛，荆棘丛生，老安艰难地前进。棘针扎破了腿上的皮，血浸湿了裤角，疼得钻心。他不后退，继续沿铁丝网向前走着。他不得不承认，这座铁丝网修造得极好，可以说天衣无缝，无处可钻。吴胜利在这上面确实下了工夫。

他又看见了木牌，挂在铁丝网上，上面写着"园内有火枪"五个狰狞大字。他吓了一跳，停下脚步，目光在铁丝网上搜寻着。他想如果园内果真架设了火枪，枪机的连线便一定扯在铁丝网上，偷果子的人穿越铁丝网时便会撞击连线，里面的火枪便开始射击。他弄不清虚实，又开始前进，脚步却放慢了，眼光一点儿也不敢放松，他不想把性命丢在这异乡的山野里。再往里他又看见了一块木牌，上面写着"园内有恶狗，"他又停下脚步，心里发憷。他下意识地盯着木牌上的字，这时才发现这些字都有些倾斜，显然与书写的人目光斜睨有关。字虽歪歪斜斜，却极有力度，张牙舞爪，看了叫人心惊肉跳。

他默默地站着，眼前现出一片茫茫的风雪和在风雪中那佝偻的身子及那张苍白的可怜巴巴的脸……

大山是那么肃静。

他依然站着，不停地喘息。他不想再往前走了，也不想进到果园中，果园的主人不欢迎所有的人。他觉得也没有什么对他说的了。他抬头望望天，日头已靠近山尖，山的阴影黑潮般向山下腹地奔涌而去，使人感到阴冷恐怖，他不由打了个寒战。

乘上回返的汽车，老安的心情怅怅的，若有所失，浑身没有一点气

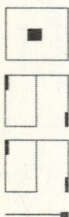

力，像刚得过一场大病。他忽然觉得是那么孤单，那么寂寞，好像这世界上只剩下他一个人。什么工厂，什么事业、金钱似乎都从他的意识中远去，他觉得自己像一片枯叶在黑洞洞的天空中飘浮。

这时他却忽然想起那个两眼生得极媚的姑娘，想起昨晚的也许会使他终生难忘的情景。他还想起那姑娘对他的企求……

为什么不可以叫她做公关小姐呢？他想。

他觉得应该在途中下一次车，不管车坏还是不坏。

原载《山东文学》1990年第2期

点评

　　尤凤伟的小说总是有一种尖锐的问题意识，而且这种意识往往直抵人性的深处，拷问人的灵魂。

　　在这篇小说中，老安处处都在接受考验，他首先受到了工厂经营的考验，他治下的工厂一度岌岌可危，面临破产，但他成功地转危为安，度过了危机。其次，老安的人品在接受考验，多年前他曾拒绝施舍的往事一直萦绕在他的心头，尽管做出那个决定的他有十分充足的理由，但是这件事一直让老安不能"安"，尤其是在他有了富裕的精力和财富之后，他决定去寻找那个年轻人，他要帮助他，以便求得内心的安宁，于是他踏上了寻找的汽车。老安面对往事的态度体现了他的善良品质。而小旅馆的经历则让老安的道德经受了考验，面对年轻貌美的服务生，老安虽也曾浮想联翩，但他终究有着自己的原则和底线，没有做出违反道德和法律的错事，而面对服务生要求去他工厂工作的要求，善良的他也没有拒绝，而是想方设法去破解这个难题。面对两个比自己的境况差的人，老安充满了同情，而且以实际的行动去解决问题，体现出难得的同情心和行动力。

　　在那个经济正在逐步崛起的时期，同老安一样早先一步富起来的人是一个比重并不小的群体，而经济的富裕能否与精神的"富裕"同步，则是一个比较大的社会问题，老安身上所体现出来的高贵品质正是这个群体所缺失的、需要学习的。

（崔庆蕾）

路

管 桦

一九八六年夏天，一个星期六晚上，大学毕业生施望云从研究所回到家里。见满屋子人，有邻居，有亲朋，还有来约他明天假日游湖的几个老同学，都争先恐后向他道喜。在朦胧的抽烟人喷出烟雾的灯光里，他张大嘴巴，傻愣着眼睛，不知道是怎么回事？接着，就仿佛从天外传来一个声音："你出国留学的事办成啦！"

在一阵欢乐的袭击下，他软弱得站不住脚，一屁股坐到沙发里，手脚朝天地在弹簧座垫上颠颤着，欢呼着："啊，这是真的？我要走啦！"灵魂飞上了天。心里说："千万沉住气，别欢喜傻了，奇迹有时会耍弄人。"

"你们是不是糊弄人呢？拿我凑趣儿吧？"他两眼白眨白眨地问一个平时喜欢开玩笑的老同学。又断言，"没错儿，准是你编造的！"说着抢起拳头，就要给他一拳。老同学一面躲闪着，仰脸向厨房里的女主人叫道："伯母，快把信给他看看吧！"

施望云冲进厨房，从妈妈的口袋里掏出信。这是他尚未结婚、但已经确定为爱人关系的女友从M国寄来的。信中告诉他，一切手续都办好了，叫他拿着随信附上的"入学通知书"快办护照，到大使馆签证，速来M国上学。小伙子胸襟一畅，觉得神思都有点恍惚了，一头扎在妈妈怀里，两臂搂着妈妈的脖子，撒娇地埋怨："怎么不打电话告诉我？"

"瞧你疯疯癫癫的。"妈妈装出生气的样子，却隐藏不住笑模样，"要是小孩子倒也罢了。可是你已经老大不小，眼看就是个出国留学生了，不怕叫人笑话。"

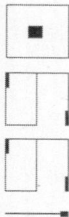

"给我钱！"他向妈妈伸出手去，兴奋得喘不过气来了，"买几瓶啤酒，几只鸡，香肠什么的，请请大伙儿。"

妈妈拍着响巴掌儿，低声叫道："可罢了我了。为你出国欠了一屁股债两肋饥荒，都倾家荡产啦！"

小伙子天真烂漫地把嘴附在妈妈耳边说："一年以后我寄给您外币，把借的钱全部还清。"

小伙子从小娇生惯养。父母的独根苗，心肝宝贝儿。高高的身材，黑油油浓厚的头发，衬托着白里透红的脸蛋，尤其是顾盼有神聪明灵智的眼睛。英俊中有一种女性的妩媚，真正一个潇洒的美少年。

"小云，去M国爸爸可不能送你啦！"晚来一步、坐在桌边的父亲忧心忡忡地说，"一切都靠你自己啦！"仰脖子喝了一杯酒，一边吃着，向人们讲起他的小云上大学头一天，非等着父亲下班后亲自把他送到学校不可。父亲一直把小云送到宿舍，为儿子铺展开被褥才回家。走到半路上，猛然想起两个皮箱还在床上，急忙跑回学校。守门的老头儿说熄灯了，有事明天来吧。父亲恳求了半天，老头才放他进去。一看，果然不出所料，儿子就那么睡在两个皮箱的窄缝中间。"从今以后你应该学点独立生活的本事啦！"父亲破天荒头一遭这么严厉地教训儿子。同时呼哧乱喘地把两个皮箱放到床底下去，才心里踏实地回家来。

"小云长这么大，都是饭来张口，衣来伸手。说实话，我真不放心！"往桌上端菜的妈妈高声说，"半工半读，他会做什么工？吃工、睡工罢咧！"

餐桌上响起一片笑声。

"哎呀！"在笑声里一个老同学猛然狂喊，"半工半读？"朝施望云探出身去，瞪大眼睛，"就凭你？"酒落肚肠没了忌讳。

"还是考取奖学金吧！"其他几个同学挺认真地说，"做工，你不行！"

施望云仰脖子咕咚咕咚喝了一大杯啤酒，"啗"的一声把酒杯蹾在桌子上，气概非凡地说："我不行是在中国不行！到了外国我什么都行！"小伙子被生命光辉照亮的眼睛，环视着人群，觉得自己的才智、勇气、意志、力量，顿时增加了十倍。

星期天他没有和同学们一起去游湖，在家里打了一天电话，告诉他的亲朋好友和老师"我要出国留学去啦！"或是"有件大喜事儿，你猜？"或是"借你那三千元，等我到了M国以后还你！"有时还在"我要出国啦"这句话的后面加上几句充满诗意、热情奔放的言语"晚上推开窗户，望着天上的月亮，呼唤远方的朋友吧！"拨电话拨得手指麻木，吃饭时连筷子都夹不住了。

小伙子欢喜得快成了魔怔，醒着的时候好像在做梦，做梦的时候好像在醒着。星期一他骑着自行车到研究所去办离所手续。在喧嚣的人群中间穿行，他感到生活比自己想象的还快活。在明亮的阳光下，他被包围着万物的光辉包围着，似乎整个世界都向他欢呼、招手、致意。从他跟前过去的人们，见他嘴里无声地叨念着什么，笑眯眯的样子，有人说：这人准是得了气迷心。从对面过来一个骑自行车的青年，同他几乎是擦肩而过。他猛回头，满嗓子喊起来："小赵！"调转车身，紧蹬着追上去，一时慌急，哗啦一声，连车带人摔倒地上。没关系，他爬起来，一边拍打着身上的尘土，一边奔跑，嘴里叫着："等一等！嘿！"跑过去，呼呼喘息着，亲热地拍着那人的肩膀，好像透露一件军事机密那样低声说："我要出国留学去啦！"然后神气活现地跑回去，搬起倒在地上的自行车，飞身坐定，车条一闪，风一般去了。可是那人还愣怔怔眼望着他的背影，心里说："他认错人了！"

施望云到了研究所，和导师告别，和同事们告别，兴高采烈的样子，简直无法描摹。到办公室办手续时，神魂颠倒地差点把所里的分房名单当离职证明书拿走。

"你要是留下，"办公室主任态度诚恳地说，"分给你两室一厅的单元宿舍！"

"什么？"小伙子伸长脖颈，眼儿望着眼儿。他觉得这种许诺，表现出低劣、卑贱、狭小的生活理想。"唉，真是井底之蛙！"他心里感叹，脸上冷笑。

接着是办护照，跑大使馆签证，买飞机票，给M国的女友打电报。耐磨着心中的急迫情绪，参加研究所为他举行的欢送会，父母为他举办的家庭告别宴会，跑商店买衣服和日用品，旋风似的过了几天。于是，巨大的银白色客机，雷鸣般轰响着，载着他和满舱旅客，离开地面，离开到机场送他的父母和同学，愈升愈高，后面的幻象，全部俯伏在他的脚下了。

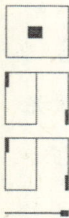

"永别了中国！永别了亲爱的爸爸妈妈！"他心里的声音这么叨念着。抬眼望着窗外无涯无际大海一般碧蓝的天空和波涛一般滚卷的白云，他如痴若呆地在这九霄云端里，不住地问自己："是不是在做梦啊？"仿佛不是飞机，而是欢乐的风暴，裹卷着他向前狂飞！

飞机在M国一个大城市的机场降落了。施望云刚把行李、皮箱放在手推车上，猛抬头，未婚妻笑眯眯地站在面前。他欢喜地一下子把她抱在怀里，在脸上亲了一个吻，然后闪开身，仔细打量这个在国内时那么朴素的同学：眉毛画得细长弯弯，嘴唇涂得鲜红油亮，浓密的头发像法国贵妇人似的高高地盘绕在头上，把那经过一番点化的脸，衬托得艳丽非凡。水汪汪的眼睛，也点化得又大又黑又亮，在长睫毛的阴影里闪耀着。胸襟敞开的时髦女装，通身显出一种难以描画的风韵。小伙子的一颗心激动得几乎要跳出胸膛外边来了，想要再一次拥抱。可是，对方已经打开漂亮的手提包，拿出一沓钞票塞到他手里说："这是五百元生活费。一个季度的学费，一个月的房钱，都给你交过了。对得起你吧？"说到这里还飞了个媚眼儿。

"下课打点零工。自费留学生都得打苦工啊！"她微笑说，"只要努力用功，下个季度就有拿到奖学金的希望，你聪明！"说完这番话，她的脸色忽然变得严肃起来，"从现在起，我们两个人没有任何关系啦！"她说。

施望云大吃一惊，好像被枪弹打中了似的，哆嗦了一下，愣怔着眼睛，一动不动地瞧着她，只觉得耳朵里轰隆轰隆响，半晌没有吭声。这是人在惊愕状态里常有的现象。他竭力克制着自己，很有骨气地问："怎么回事？我不明白！"

"我已经同一个M国小老板结婚了。"女友回答说，转过脸去，招了招手儿。从往来的旅客中走出一个身穿白色西装、黑绸衬衫的领子翻在外面、金发碧眼、嘴巴蓬松着红胡子的M国青年。"这是我的丈夫詹姆斯！"女友落落大方地介绍说，"这位就是我的老同学施望云。"

两个男人互相握手，客气地问候。一个显示了M国的文明风度，一个表现了中国的文化教养。夫妻二人热情地帮着施望云把行李、皮箱提到他们自己开来的小轿车上，送到公寓。

小伙子被那种不可忍受的心灵痛苦折磨了一阵子，终于摆脱了麻木不仁的状态。内心里一个洪亮的声音向他叫道"施望云，施望云，你这是怎么啦？凭你还怕没有姑娘追求吗？到时候别挑花了眼！"听从这个声音，他变得轻松愉快地紧握住女友的手，微笑说："谢谢你为我安排得这么周到！"然后转身，宽宏大度地抱住詹姆斯，还在那有红胡子的嘴巴上吻了一下，闪开眼睛，瞧着这个M国小老板说："我祝你们夫妻幸福！"小老板被这种高尚的阔大胸怀感动，也抱住他亲了一下脸，临走给他留下住址，还添了二百元零花钱。

施望云入学以后，发愤用功，争取下个季度领到奖学金。但是他没想到，不算饭钱，一个月的房租竟是三百元。下课便忙忙跌跌到一家大饭店去做工。"端盘子、洗碗、算账，我都会。"小伙子满脸笑容并充满天真地向老板娘吹牛，"铺床叠被、打扫房间，又干净又利索。"

老板娘上下打量着他，心里说："倒是个漂亮的小伙子。"把手一指，"换上衣服，去伺候五号桌女客。"

施望云穿上工作服，戴着无檐白布帽，一手拿着菜单，一下拿着铅笔，兴兴头头来到五号桌前，很有礼貌地向顾客问候，等着点菜。

这是那种把夜晚当白天的风流场中荡检逾闲的阔太太阔小姐，她们瞧这个年轻英俊的堂倌，互相交换着惊喜而又意味深长的眼色。其中一位小姐，长得格外丰美，袒露的胸脯和整个装束上，透露出难以形容的高雅风度。她在一个鼻梁上长着一粒红痣、四十多岁半老美人儿的戴着宝石耳坠的耳边嘀咕了一阵子，又甩手碰一下她裸露的丰满的胳膊，半老美人儿像个女皇那样，矜持而带笑意地把戴着镶大翡翠金戒指的手指向施望云勾了一下。小伙子急忙俯下身去，侧着脸，让耳朵听她用那种一切都会伏在自己金钱的权威之下的语气，把句子的尾音拖得长长地问道："除了打工还应召吗？"

施望云听说过"应召"就是呼之即到的女妓和男妓。小伙子猛然一挺胸脯，以决不甘受屈辱的声气吼喊着："我是中国留学生！"

半老美人儿把戴着大翡翠戒指的白胖小手，在施望云的手背上拍了拍，微笑说："开句玩笑，值得发这么大火儿？谁叫你长得这么漂亮呢？"

小伙子头一遭打工，狂乱的喧嚣以及震耳欲聋的音乐和歌声，搅得他头脑昏昏。在往来拥挤的人群中端汤穿行时，心情紧张，眼睛盯着汤碗，嘴里不住声地喊叫着："借光咧！借光咧！"当他送向桌上时，对面女客见他颤颤巍巍紧张的样子，喊了一声"小心！"她不喊则罢了，这一喊半老美人儿闪身一躲，碰在汤碗上，一声惊叫，洒到身上了。小伙子一边嘴里说道歉的话，急忙掏出手绢在她身上擦抹。顾客倒没有说什么，老板娘过来，一声霹雳轰到小伙子头上："蠢猪中国人！"把手指着小伙子，"给我滚！"

"你说什么？"施望云问道。突然感到浑身战栗，他那充血的眼睛，闪耀着可怕的光芒，"你敢再说一句！"口气有了火药味儿。

"蠢猪！蠢猪！蠢猪中国人！"老板娘狂怒的吼声，说明她压根儿就没把这穷小子放在眼里，"蠢猪！中国人！"她一字一顿地口齿清楚，"这回听明白了吧？"

"你骂我可以！不许你骂中国人是蠢猪！"小伙子攥着拳头，往前逼近一步。他的脸由于激怒变成了青色，气得浑身抖颤，"看我敢不敢揍你这头真正的蠢猪！"一刹那间，他忘掉了一切，灵魂里爆发出一种不可遏止的力量，要抓住这个臭娘儿们的头发，给她一顿暴揍。老板娘倒退着，突然转身跌跌撞撞地奔去，叫来了警察。

在警察指责施望云的时候，五号桌的女客也正在向老板娘说明事情的经过，同时用温和的语气责备她说："你不应该骂中国人是蠢猪。"

这边，施望云听着警察的批评、指责，一动不动地站在那里，紧紧咬着牙关，两眼凝视着地板，随即觉得有一只手轻轻地拍了一下他的肩膀，小伙子抬起头来，眼瞧着警察，他已经恢复自制力了。

"既然这样，你不能在餐馆打工了。老板娘串通周围所有的餐馆，没人要你啦！"警察说着挺起胸脯，表现出异国长者的仁爱和厚道，把大拇指插在纽扣下面。"我给你找个打工的地方吧！"他稍微摆动一下脑袋，"你会做什么呢？"

"我什么都能做，就是不准骂中国人！"

警察耸起肩膀笑了笑，结束了他们的谈话。施望云换了衣服，两手空空，饿着肚子回公寓去了。

果然，第二天下课跑了几家餐馆，老板们都很有礼貌地谢绝了。他找到那位好心眼儿的警察，警察习惯地把大拇指插在纽扣下面，挺着胸脯，牙上吸着气问他："你怕不怕脏活儿啦？"

施望云同样把胸脯一挺："不怕！"

"清扫女厕所，工钱还比餐馆挣得多。"警察高兴地说，鼓励性地在他肩上拍打着，"可就是又脏又臭，可以吗？"

从此，施望云每天下课去清扫女厕所。他觉得守在门口，叫人当成流氓，可就跳进黄河也洗不清了，便远远地站着。眼看进去的妇女出来了，他急忙跑过去，刚探进脑袋，天哪，里头还有人哪！急忙缩回身来。

"你要干什么？"那女人的声调分明含着申斥和戒备。他羞惭、憋屈莫名，却仍只好耐着性子。

等到把几个相隔并不算近的女厕所全部清扫完，已经是后半夜了，拖着疲乏的脚步，回到公寓倒头便睡。哪里有时间复习功课？！

一天，施望云正在离女厕所相当距离的地方坐着，等里头的女士出来。为了解脱心中的焦急情绪，他吟起歌儿来，忽然一辆小汽车停在他的身边，车里走出一个人，正是他的老板。

"啊哈！原来你是这么工作的呀？待得挺舒坦吧？"老板的话又刻薄又挖苦，不由分说，脸一沉，宣布，"从明天起不要来啦！"

施望云只有到那饭店老板娘串通不到的远处餐馆洗盘子去了。下课就飞起两腿奔跑，不时把那鼻梁上架着黑宽边儿近视眼镜、身穿礼服的体面先生和那挽着手臂的青年情侣，从马路的人行道上挤下来。

他在课堂上老是想着别误了到餐馆打工的时间，加上没有时间复习功课的缘故，在教授面前，常常所答非所问，有时甚至语无伦次。到了餐馆，脑子里一大堆乱七八糟的事，房钱啦，饭钱啦，功课啦，快到期限应交的学费啦。当他感到老板远远地投过监视的目光时，他心中便更加慌乱，常常把刚洗过的盘子，当作刚从桌上撤下来的重新洗过，把没洗过的盘子，当成洗过的端到厨师面前。厨师严厉地瞪着他说："我说老弟，你一点都不害臊吗？"

他终于被餐馆辞退了。祸不单行，因为考试成绩都在分数线以下，没有奖学金，交不上学费，又被学校除名了。小伙子是个有心胸气性的人，早已下定决心，决不去找那个见利思迁的前女友。可是人逢绝路，只有厚着脸皮去请求帮助。简直说不清发生了什么事。遇上鬼打墙了呢？还是发热昏迷？还是活生生的幻觉？前女友和她的丈夫早就搬到不知什么地方去

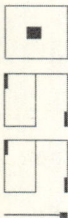

了。

他竭力镇静了一下愤怒的灵魂，像个游魂似的在街上走着，咽咽唾沫望着橱窗里的食品，有没有隔几天的陈面包？因为在M国，新鲜面包要是没有卖出去，隔几天就得降价出售。他走进商店，买了降价面包，又指着挑拣下来准备扔掉的黄黑的香蕉："买二斤！"老板吃惊地问他："买这干什么？人不能吃啊！"施望云穷愁潦倒，可是灵智还没有消失。他说："我是马戏团的。"老板"啊"了一声，豁地明白："哦，买去喂野兽的。"急忙搬出一箱子。施望云只好瞎白诌谎说："明天来买！"

老板朝施望云寒酸的面孔扮了个鬼脸儿，转身向旁边的一位顾客说："这个人像马戏团的狗熊一样吃烂香蕉！"

顾客哈哈大笑。这简直叫人受不了。小伙子跑出商店，头脑一片昏沉，痴痴呆呆地满腔怒火，烧得他没了感觉。到没人地方，东张西望地嚼着干面包，喝口自来水。饥肠辘辘的肚子，倒也充实了许多。

为了节省房租钱，施望云从单身公寓搬到四个人挤在地上的一间小屋子里。一个是蓄着络腮胡子的B国人，一个是戴一副黑框宽边近视眼镜的F国人，一个是鼻子和下巴中间陷下去的嘴巴永远浮着恶毒微笑的E国人，都是半工半读的留学生大学士，每天晚上打工回来，都带来新鲜面包，新鲜香肠，新鲜香蕉和几瓶啤酒，吃喝一顿，有时还请施望云喝几杯。

一天晚上，施望云刚躺下，三个人就回来了，却什么食物都没有带来。只见那E国人不大的但却是生动的火一样发亮的眼睛，闪着计谋和策略的电光，并且用手势配合他自信的语气说："撂它一宿，明天就是五百元！"

施望云从他们的谈话知道，北街公寓大楼里死了个R国女人，死者的丈夫给他出三百元把死尸从二十三层楼上背下去。

E国人说非五百元不背。

"原来他们每天晚上出去背死尸啊？"施望云心里说。内心另外一个声音却更清楚、更响亮地叫道："三百元可不是一笔小钱，一天背一具死尸，一个月是多少钱？"眼睛一亮，他觉得重新上学有了希望。等三个人睡着以后，他起身穿上衣服，蹑手蹑脚走出房门跑下楼。街上空无一人，寒风吹得电线杆子呜呜响，像鬼叫。天气冷得人打哆嗦。脚踩在雪地上发出的沙沙声，响出半里地。路灯投下的影子，孤魂一般叫人害怕。想到去背死尸，就更加害怕了。突然，一个黑影从眼前闪过，吓得小伙子魂飞魄散，看去却是一只狸猫，回头朝他瞪着亮晶晶发光的绿眼睛，眨眼间不见了。施望云觉得这是一种不吉利的征兆，想转身回去。可是三百元好像魔鬼似的在背后推搡着他，晃晃悠悠到了北街公寓大楼。

死者的丈夫是一个身穿睡衣，鼻子底下蓄着一撮小黑胡子的R国游客。他向施望云说明，按照R国的风俗，死人不能坐电梯，背女尸不能半路坐下歇息。三百元成交以后，R国人打电话要了汽车，给他推开停尸的房门，忙到隔壁的卧室穿衣服。

施望云眼瞧着横陈在床上的死尸，突然感到一种疯狂的恐怖，吓得往后倒退了几步。三百元使他鼓起勇气，哆哆嗦嗦走到床边，周围寂静无声地充满恐怖，他觉得头上的头发直竖起来，从头发根儿往外冒凉气。他想用床单把死尸裹起来，可是他自己倒好像变成了死尸，连手指都不能动一下了，眼睛一动不动地注视着死人半张着的红嘴唇，龇着牙。没有一丝声息，周围没有一声响动。哎呀，我的妈，一个声音吓得他三魂出窍，差点瘫软地上。"快背呀！"R国人用命令的口气说。

死尸背在背上了。丈夫不愿意让妻子像个麻袋似的叫人背着，精心地把死人的手左右搭在小伙子的两肩上，好像是活着一样搂着背她人的脖子。施望云忽然觉得头脑清醒起来，背着女尸直奔电梯跑去。可是一下子又糊涂了，R国人提醒他死人不能坐电梯！

小伙子背着死尸，从二十三层楼一步一步往下走，灯光幽暗，死人两只冰凉的手晃动着，叫人心里发毛。浑身一哆嗦，死人的嘴巴又挨到他的后脖颈上了。几十层楼好像没有尽头，施望云挣扎着，脸上渗出了汗珠。他上气不接下气地喘息着。背上的女尸变得比一条死牛还沉重。他已经精疲力竭，觉得自己快要断气了。"背女尸中间不能歇息，这算什么风俗？他妈的成心摆阔气折磨人！"他心里咒骂着。终于把死尸扔进大门外的汽车里，一屁股坐在雪地上，觉得浑身骨头架子都散了。R国人给过他三百元以后，见他累成这个样子，叫死人吓得脸都白了，又给了他一元钱。小伙子觉得这人已经把他看作乞丐了，便把那一元钱又还给对方："都说R

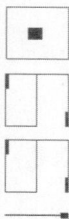

国人小气，我看您先生就挺大方，留着这一元钱以后再雇人背死尸吧！"说了这句为自己出口气的话，便拖着疲乏之极的身子，趔趔趄趄往回走。

走着走着，迎面来了几个人，正是同屋的几位大学士。

"你干什么去了？"三人同时问道。

"打工去啦！"施望云毫不含糊地回答，"怎么着？"

"是不是背女尸去了？"三个人逼近了几步。

"嚷嚷什么呀？"施望云翻了学士们一眼，想绕过他们去，"你们不背还不许别人背吗？"

"喝？——跟你说好的你是不听啊！"E国人的话没说完，施望云的胸脯已经挨了一拳。

"你小子敢动手打人，"施望云叫道，并不后退。

"你小子抢了我们的买卖！"F国人喊，在施望云的身上踢了一脚，"你偷听了我们的话是不是？"

"你们怎么啦？"施望云声音里充分表现出疼痛和愤怒，"是你们不背，我才去背的呀！"他环视着三个人摆成的包围阵势，"你们成心要打架是怎么的？"

三个人一齐动武，把施望云打了个鼻青脸肿。小伙子受了惊吓，加上过分劳累，又挨了一顿打，回公寓就病倒了。三个人怕他死在屋里担干系，就给他点开水或是热菜汤喝，有时还在汤里泡口面包。他舍不得花钱买药，竟然奇迹般地硬挺过来。三天以后退烧了。

"病好了是不是？那么你就永远滚蛋吧！"几个人把他推出门外，随即扔出行李和皮箱。

施望云寡不敌众，把行李和皮箱暂交公寓老板保存，先到餐馆吃顿热乎饭。一掏口袋，三百元连同原有的，全都不见了。

"这群坏蛋！强盗！"他咒骂着那三位大学士，"准是他们把钱偷去了！"想想自己没有力气打架，告发又无凭据，只好忍了。

从此他流落街头，捡空酒瓶子换点钱度命。自从背死尸生病以后，还没洗过脸，黑瘦，脏污，活像个鬼。在国内，小伙子是受父母宠爱的一颗美丽的明星，研究所里前途辉煌的青年，享受着亲朋好友的温暖，没想到高高兴兴、得意地走到这种绝境。举目无亲，人与人之间冷冰冰没半点情谊，更谈不上互助友爱。有财便是德，远看是亮光，奔了去，到跟前却是一把邪火。奸诈乔装成真诚，良机变成浩劫，厚着脸皮回国去吧？行李、皮箱，连里头的东西都卖了，还不够飞机票钱的千分之一呀！

施望云被撕裂心灵的悲伤侵扰着，坐在二十八层高楼的屋顶上。泪珠在他的眼眶里颤动，午夜钟楼上的钟打过了十二点。喧嚣、轰响、光彩夺目的城市，在星光下变得安静和暗淡了，他才站起身来，俯视下面空荡荡的街道，直似无底深渊一般。他从口袋里掏出酒瓶，打开瓶塞，仰脖子咕咚咕咚喝了几大口，烧掉心中的怯懦，走到屋顶边缘。颀长的身影，好像一个幽灵。他仔细审视下面，寻找没有任何物件挡住他跳下去的地方。终于，扑通一声，却是栽倒屋顶上了。在朦胧的星光下，他认出站在他身边的是那位曾经帮助过他的警察。警察在街上发现楼顶上坐着一个人，就坐电梯上来，躲在暗处注意观察，猜想着小伙子要做的事，便脱掉鞋，光脚悄悄过去，一手抓住他后脖领拉回几步，伸腿儿使个老绊儿，把小伙子摔倒。

"老弟，你这不是和我过不去吗？"警察急赤白脸地叫道，"今天中午中国代表团在对面那个大饭店宴请我们市长。"他用气得哆嗦的手指指着对面的饭店大楼，"这是我的地段，偏在这当口一个中国人跳楼自杀，市长的脸面往哪搁？叫我怎么交代？"见小伙子垂头丧气的样子，缓和了口气，"老弟，坚强点嘛！要对前途充满希望嘛！"

警察给他找了个临时住处，又安慰了一番。

这天中午，在那大饭店里，中国代表团团长正在举杯向市长致辞的时候，小伙子施望云，好像从地里突然钻出来的一般，咕咚一声跪在团长面前。

"祖国的亲人哪，救救我吧！"他绝望地喊，抓住团长的衣襟，"把我带回国去吧！"泪珠从他黄瘦的脸上滚下来，"我是中国自费留学生，已经走投无路啦！我正要跳楼自杀，警察救了我。要是祖国的亲人不带我回去，还是只有一死啦……"他的声音蕴蓄着一种难以形容的绝望和激动情绪。

一种充满怜悯和哀愁的沉重感情，紧压着团长的心。又是在这样大庭

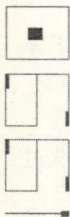

广众之下，他答应请示中国大使馆。

施望云觉得好像就是半年前来时坐过的那架巨大银白色客机，仍是雷鸣般轰响着，带着他和回国的中国代表团以及满舱旅客，离开了M国。小伙子望着窗外无边无际的茫茫云海，和那隐藏在浓重阴影里一片片雪中湖泊似的蓝天，瞧着近处阳光下美丽如画的流云，突然，又有了身在梦境的感觉。他手托下巴颏儿，沉思着，一桩桩一件件经过的事，盘旋在他的头脑里。

"人生的道路真是不可捉摸。"他心里说，"半年前我竟是那样高高兴兴，得意地往绝路上跑。"一种自嘲的笑容，浮上他沉思的面孔。"可是为什么人们又常常是高高兴兴走上绝路呢？"他想，"大概世人眼里希望的路，实际上是绝望的路。而人们眼前的绝望恰恰是希望。"他望着窗外滚卷的浓云，飞机好像在层层叠叠雪山斜坡上飞翔似的。他被自己的许多思想包围了："回国以后还有脸见人吗？欠的债怎么还呢？"于是一层忧虑的乌云遮蔽了脸面。小伙子就是这么时而微笑，时而长吁短叹，飞往曾经使他躲开的祖国。

飞机在中国机场降落以后，施望云和代表团的同志们一一握手道别，说不完的感激话儿。猛回头，看见爸爸妈妈站在他的背后，他一头扎在妈妈怀里，像个小孩子一样哭了起来。

"小云！"父亲微笑说，"我看经过这次坎坷，可能会有出息啦！"

原载《人民文学》1990年第7、8期合刊

点评

管桦笔下的施望云是本书选载作品《小巷里的美国梦》中人物"三毛"的"延伸版"，三毛的梦想"照进"了施望云的现实。三毛梦寐以求的美国梦搅扰的整个小巷都沸腾起来了，但终究没能实现，而施望云则真正实现了这个出国梦，到外面游历了一番，真正体验了一下这个许多国人只能想象的旅途。

施望云的这番经历无疑将会铭刻在他的生命中，因为梦境和现实的落差实在太大，所谓梦想很丰满、现实很骨感，用这个流行语来形容他的遭遇实在一点不为过。施望云一下飞机就遭遇重大打击，曾经的女友已成为他人妇，在M

国丰富的物质诱惑下，她的理想早就败给了现实。不过施望云很快就从这次打击中走出来，开始他的新生活，但物质的贫困和国人在M国地位的低下还是大大超出他的预料，他很快陷入难以支撑的困境中，为了维持生计，娇生惯养的他还背过死尸，可见，身在M国的他真的已经是穷途末路，到最后，施望云已经毫无信心在M国继续生活下去了，他悲观厌世，试图自杀，却又阴差阳错得以回国。

　　小说以朴素的笔法呈现出一条令人绝望的"路"，这条路是对当时日益泛滥的出国梦的回应，是对当时盲目乐观的出国梦的一次降温，就像施望云在回国的飞机上所领悟到的：大概世人眼中里希望的路，实际上是绝望的路。而人们眼前的绝望恰恰是希望。

（崔庆蕾）

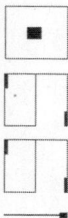

老人角/
/范小青

一

三角井是南方小镇杨湾镇上一个普通的地名。

关于三角井这地方从前是不是有一口水井，这是肯定的。

三角井后来被填了。三角井就不再是一口水井，而是一个地名了，它的意义就像德寿坊、庙堂巷、郎中里这样的名字一样，不过代表着某一条街巷而已。

由于三角井被填没的年代已经比较久远，所以关于填没三角井的原因，在三角井附近一带的居民中，只有三个人能够回忆起来，这三个人的年纪都在七十岁以上。

三个老人讲起三角井被填没的原因，他们说法不能统一，当然也可能根本就没必要统一，关于三角井填没的原因实在并不重要，事实上，作为水井的三角井现在已经不复存在。

三角井的井圈是一个三角形的石圈，这就稍微有一点特殊。一般的井圈有正方形、圆形、六角形、八角形，三角形的井圈并不常见，即使是在杨湾这样河浜纵横、水井遍布的水乡小镇，有三角形井圈的水井也只此一个。

三角井因为被填没而不再是一口水井，但是三角井的井圈却没有丢失，这个凿有佛像的石井圈现在放在陆莘民先生的院子里。

从前陆师母活着的时候，在院子里堆放许多杂物，那个井圈常常被掩盖了，没有人在意。这个井圈除了它的三角形状比较少见，其他好像并没有什么引人注目的价值。陆师母在一年前去世之后，这些杂物仍然堆放在院子里。

属于陆莘民先生的私房总共有三间一院落。在从前讲起来，三间一院落只不过是中层偏下家庭的住宅规模。陆先生的家庭从前是很好的，陆先生的祖父据说是做官的，家里有很大的房子，但是陆家家大业大，小辈子孙很多，仅仅陆莘民这一辈上的男丁，就有十三人。

所以房子分到各人名下，就见数了，在陆莘民这里，有三间院落，也算是不错了。陆莘民和陆师母没有小辈，陆师母在世时，老夫老妻日子总算是舒适安逸的，后来陆师母去世了。

陆先生如果一个人住三间房子，不仅浪费，而且陆先生一个人住也很冷清，所以他要把房子租出去。

杨湾镇上的老汤听说了这件事，他就来找陆先生要求租房。

陆先生和老汤也是熟识的。陆先生认识老汤，是老汤在镇上民政科的时候，那一年陆先生落实政策，有几件事不好落实，求到老汤，老汤帮助陆先生找过不少人，想了不少办法，还是没有办成。陆先生后来也就不再找老汤了。老汤觉得不好交代，专门到陆先生家去了一次，陆先生说，你不要放在心上，我晓得你是尽心尽力的。有这一句话，老汤也就宽心了。

那一天老汤正和陆先生说话，陆师母走进来，脸色很不好看，没头没脑就抱怨陆先生什么。老汤知趣地告辞了，他出了门，听见陆先生说："你不认识了？他是镇上的老汤。"

陆师母说："我知道他是老汤，上次托他的事，托个王伯伯，一点用也没有，你看这个人的样子就不像个有本事的人。"

老汤听了陆师母的话，并不觉得冤枉，他从来是承认自己没有本事的，他只是觉得陆师母这个人和陆先生不大般配，陆先生是很懂礼的。陆先生从前家境很好，从小能够吟诗作画，文章书法也都是很好的。陆先生一生大部分时间不做什么工作，养养鸟，种种花，下下棋，吊吊嗓子，俗称白相人。陆先生最得意的是唱昆曲，自称昆曲票友。

实际上陆先生的水平，还达不到票友的水平，只不过业余哼哼而已，上台演出是不行的。陆先生为人温文儒雅，这和他喜爱昆曲不知是不是有一点关系，或者反过来说，正是因为陆先生为人温文儒雅，才会喜欢上古老而典雅的昆腔。

相比之下，陆师母就显得粗俗了点，当然这是老汤的想法。老汤并不

知道，陆师母原是一个旧学很好的大家闺秀呢。

陆师母粗俗无知也好，知书达理也好，陆师母现在已经去世了，老汤不会记恨什么的，即使陆师母还活在世上，老汤也不会跟她计较的。

老汤跟谁都不计较的。他在杨湾镇上做了几十年的工作，也没有人提拔他做干部。老汤并不计较，几十年他做过好几个科的工作，民政科、文教科、宣传科、计划科，当然老汤都是做助理工作的，成立老干部科的时候，大家又想到了他。

和杨湾相同等级的乡镇，是没有什么老干部科的。但是杨湾有一点特殊，杨湾是一处古地，从前说是人杰地灵，人文荟萃，在杨湾这地方出去当干部的人很多，现在干部老了，离休退休，回家乡居住，家乡的现政府，关心照顾，这是理所当然的事。

但是问题在于老干部科除了一块牌子，其他什么也没有，这一点老汤是明白的，老干部科的负责人是镇上的组织委员兼的，所有具体的事都由老汤做，所以老汤先要找到一块落脚之地。

老汤走进陆先生家的院子，陆先生坐在小竹椅上。

老汤招呼他："陆先生，你早。"

陆先生看看老汤，他有点认不出老汤了，后来看到老汤眯着眼睛笑，才想起来他是老汤。

陆先生说："是老汤，长远不见你了，你好吧。"

老汤说："我来看看房子。"

陆先生说："什么房子？"

老汤说："你的房子呀，你不是要出租吗？是这两间吧。"

陆先生看看老汤："你没有房子住啊？"

老汤说："不是我租，我是帮镇上租，公家租的。"

陆先生不说话。

老汤说："房子倒是蛮合适，不知价钱怎样，虽是公家租，房钱也不能太贵，你说是不是？陆先生，你开价吧，多少钱？"

陆先生又看看老汤，说："租房子，我不晓得，你去找陆慧君，她关照的。"

陆慧君是陆先生的侄女，陆先生老了，由陆慧君来做陆先生的代理人，这也是应该的。老汤走出去的时候，他想陆先生老得真快。

前几年老汤来的时候，陆先生这里还是鸟语花香，现在没有鸟又没有花，这是不是因为陆师母去世了呢。

老汤不知道。

二

几个年轻人跟着老汤拖来一些桌椅板凳，他们放下东西就走了，留下老汤一个人扫地抹灰。

陆先生仍然坐在小竹椅上，看老汤忙得一头汗，陆先生叹口气，说："老汤，你真有力气。"

老汤笑笑，说："我是做惯的。"

陆先生说："你也真是要做。"

老汤说："我不做身上会难过的。"

停顿了一会，陆先生说："听你的口音，不像是这边的人。"

老汤说："我是苏北人。"

陆先生"噢"了一声，过了一会又问："你苏北怎么跑到这边来了。"

老汤说："我是跟部队过来的。"

陆先生说："你是部队的。什么部队？"

老汤说："是解放军部队，我参军的时候，只有十四岁呢，喏，你看我额头上的疤痕，给子弹打的，小命也吓掉了。"

陆先生想了一想，说："你是老革命。"

老汤"嘿嘿"一笑，说："什么老革命呀，我又不识字，不会的。"

陆先生点了点头。

老汤忙了一阵，他要把台子椅子都放好，排好，这是给老革命来搓麻将、打扑克、下棋的，隔壁的小间，准备用来作锻炼身体的地方，现在什么也没有，空空荡荡，只是在周围放了一圈凳子。

老汤做好这些事，走到院子里看见陆先生仍然那样坐着，老汤说："陆先生，听说你唱戏很拿手的。"

陆先生说："长远不唱了，吊不起来了，我来试试看。"

陆先生一边说一边就站起来，清清嗓子，唱道：

……没揣菱花，偷人半面，迤逗的……

这是《牡丹亭》里的句子，清丽婉约，可惜唱了半句就卡住了。

老汤差一点笑起来，他说："陆先生，你中气不足了，我来吊吊看，我是喜欢锡剧的。"

老汤吊了一句："叫嫂嫂呀，磨子推一推呀……"

陆先生很好笑，说："老汤你省省吧，你是公鸡嗓子，不来事的。"

老汤笑着说："我晓得我是公鸡嗓子，不来事，陆先生你是有本事的，你练一练么，往后老干部来活动，大家一起唱唱，也很有意思的。"

陆先生摇摇头说："唱不出味道来了。"

老汤说："你不要泄气呀，人家八十岁学吹打呢，我还想拜你做师傅呢。"

陆先生说："老汤你说笑话了。"

到了下午，杨湾镇上的刘委员和几个干部过来了，带来一块"杨湾镇老干部活动室"的牌子，挂在大门口。

老汤问刘委员："要不要放鞭炮？"

刘委员说："不要，又不是开店，放什么鞭炮。"

老汤也没有说什么。

挂了牌子，几个人就进屋坐下来研究。老汤没有进去参加研究，他看见那些堆放在院子里的杂物，他在想是不是把这些东西清理一下，所以他朝陆先生看看。

陆先生说："这还是她在世的时候弄的，你要清就清一下吧。"

老汤就开始清理这些杂物，他把杂物弄开，就看见了三角井的井圈。老汤并没有很在意，他好像记得什么时候见过这个井圈的，但是现在想不起来了。老汤把井圈挪了一个地方。井圈很重，但老汤是做惯了的，这点分量他不在乎。老汤挪开井圈，发现下面有许多烂虫，这里的人叫西瓜虫的。老汤把虫踩死，把井圈放在一个比较理想的位置上，这时候，刘委员在屋里喊老汤进去。

老汤进去了，一会儿就出来，手里拿着一叠写着墨笔字的纸和一瓶糨糊。他告诉陆先生他要去张贴这张纸，陆先生看看，纸上写着"老干部气功学习班"，"欢迎各界老同志参加"等等。

老汤临出门，说："陆先生，你近水楼台，你也可以参加气功学习班，练练气功，对身体有好处的。"

陆先生说："不想动了。"

老汤一边说："还是动一动的好。"一边走出去。

气功学习班很受欢迎，第二天就有不少人来报名，老汤很高兴，奔前奔后，还叫报名的人回去再动员亲朋好友来参加。

刘委员在一边说："老汤，掌握一点，人太多了一房间挤不下的。"

老汤说："不要紧的，里面挤不下，可以在院子里听。"

刘委员说："离休老干部只有一个人，王主任。"

其他都是一些退休的老工人、老教师，因为告示上写了欢迎各界老同志参加，他们都来报名。刘委员虽然觉得有点本末倒置，喧宾夺主，但是又不能不许人家参加，再说老干部只有一个人，一个人不见得能办一个学习班。

陆先生经过老汤再三动员也报了名。

开学那天，很热闹，不光来学气功的老人很多，三角井一带也有不少人来看热闹。

气功师是通过县体委请来的，大家十分崇敬。老是听说气功很神，都没有亲眼见过。

气功师开始讲课的时候，老汤在外面维持秩序，不让小孩子在门口吵闹。

气功师坐在讲台上，说先发一点功，让大家感受一下，然后再开始讲，也就是让大家看一看他的本事。

他要大家做好准备，说练了功以后，身上可能会有感觉的，痛啦、痒啦、胀啦什么的。

陆先生等了半天，等不到什么感觉，他侧过脸看看旁边的余老师，余老师也朝他看看，余老师也没有感觉。

他们又等了一会，只见气功师入痴入迷，自己却无动于衷。

余老师忍不住对陆先生说："长远不见了，这一腔好吧？"

陆先生说："什么好不好，度度光阴。"

余老师说："还唱唱吗？"

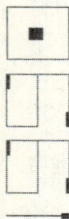

陆先生说："唱不起来了。"

余老师说："棋呢，有没有人来着着棋？"

陆先生说："棋也长远不碰了。"

余老师说："我跟你杀一盘吧。"

陆先生说："走吧。"

两个人穿过学气功的人，走了出来，到陆先生屋里去。

老汤见了他们，连忙跟过来，说："怎么了，不听了？"

陆先生说："碰到老对手，杀一盘。"

老汤说："也好，下棋也是锻炼身体。"

老汤帮他们拿来了棋盘、棋子，就站在一边看他们下。

余老师走一步棋就对老汤看看，再走一步，再看看，老汤不明白为什么。

后来余老师说："我下棋最烦别人在旁边看。"

老汤听了，笑一笑，就走出去了。

老汤在院子里又站了一会，听见陆先生和余老师开始一点声音也没有，只有落子的响声，后来有了叽叽咕咕的声音，好像在争论，再后来声音大起来，好像吵架了。

陆先生说："你赖棋。"

余老师说："你这样走是野路子，不合规范，不算数的。"

陆先生说："什么野路子家路子，赢棋就是对路子，输了就是臭棋。"

余老师说："你是臭棋。"

陆先生说："你臭棋。"

老汤怕他们不高兴，想进去劝一劝。可是再一听，吵闹声又没有了，只有落子声，后来他还听见陆先生哼了一句昆曲，很有点味道的……

三

唐市长是杨湾人。

唐市长到杨湾来，镇上是很重视的，对唐市长的接待是隆重之中又有亲切，唐市长很高兴。

唐市长到杨湾是来视察检查工作的，在谈工作之余，唐市长和杨湾镇领导开玩笑说，叶落归根，我再过一两年要下了，我还是想回杨湾的，你们欢迎不欢迎呀。

杨湾镇的领导说当然欢迎。

唐市长于是郑重其事地询问了一些问题，比如住房、生活水平等，最后镇领导向唐市长汇报杨湾有老干部科，别的乡镇没有的，还有一个老干部活动室，唐市长有兴趣去看一看。

唐市长的小车就开到三角井。

唐市长离开杨湾已经有四十年了，他已记不清这里的原样。他们走进陆莆民先生的院子，唐市长第一眼就看见了那个三角井的井圈。这勾起了唐市长的一段回忆。

唐市长是在杨湾解放那一年参加革命的，当时队伍在县城，他就到县城去了。那时候杨湾虽然解放了，但是并没有太平，因为杨湾临近太湖，土匪很多，所以那时队伍除了打仗，还有剿匪任务。唐市长到县城不久，就参加剿匪小分队，又回到了杨湾。

小分队总共只有七个人，夜里派两个人放哨，土匪总是在夜里来。杨湾水路四通八达，两个哨兵是守不住的，所以小分队就叫杨湾镇的群众准备镗锣，土匪一来，就敲镗锣。

有一夜，锣响起来，来报土匪在三角井一带。小分队立即出动，土匪躲进了三角井一家人家的院子里。小分队和土匪因为人枪相当，就形成了一种里面的不敢出来，外面的不敢进去的局面。

到了半夜，小分队派了两个身材矮小、灵活的战士，摸进院子。

唐市长便是其中之一，可是他们一进院子，就被发现了，子弹飞过来，唐市长因为是新兵，没有经验，不知往哪里躲，和他一起进院子的战士狠狠地推了他一把，唐市长跌在一个井圈背后，子弹打在井圈上，打飞了，唐市长拣回一条命。

现在唐市长回忆起那一段经历，真是感慨万端，杨湾的干部听唐市长说了，也都一一啧嘴。

唐市长俯下身子去看那个三角形的井圈，井圈上果真有一个弹痕。唐市长很激动，说："喏，你们看。"

大家都俯身去看，纷纷感叹。

唐市长叹了一口气，说："可惜救我的那个战友，以后就失去了联系。"

他记得那是一个苏北籍的战士，入伍好几年了，没有当干部，在小分队里也和新兵唐敏泽一样，而且还有不少笑话。唐市长记得那时候自己还有点看不起他呢。

杨湾镇的干部听唐市长的回忆，觉得很有趣，都笑了。有人问："那你后来再也没有见到过他了？"

唐市长说："不知下落了，从前听人说他留在杨湾了。"

大家又问那人叫什么，唐市长怎么也想不起他的姓名来了。唐市长说："我要是记得起他的姓名，我早就找到他了。我们当时的战友，活着的这几年都碰过面了，但是杨湾剿匪小分队的人活下来的，基本上没有了。"

没名没姓，即使在杨湾也不大好找。

唐市长看镇领导有点为难，就说："我也是随便说说的。我想大概是传错了，他不大可能留在杨湾，我记得他是一九四三年的兵，至少该有地市级了。"

当时的院子是不是这个院子，唐市长记不清了，但三角形的井圈他是记得的，因为是三角形，比较少见，所以他记得很清楚。

这时候陆莆民先生走了出来，唐市长一看到陆先生，愣了一会，想起来了，他迎上去对陆先生："陆先生，还认识我吗？"

陆先生看看他，摇摇头。

杨湾镇的领导说："这是唐市长。"

唐市长说："我是唐敏泽，老唐家的老二呀。"

陆先生仍然有些茫然。

唐市长又说："我正在想当年和土匪打仗，有一次土匪是在你这院子里吧。"

陆先生说："是有一次。"

唐市长笑起来，说："那一次陆先生你吓坏了吧。七八个土匪冲进你家里，你怕不怕？"

陆先生说："我没有怕，好像不是他们冲进来的，是我让他们躲进来的。"

杨湾镇的领导说："陆先生，唐市长说的是土匪。"

陆先生看看唐市长，说："我晓得是土匪。"

唐市长笑着说："陆先生你怎么会让土匪躲进你的院子里呢？我记得那时候杨

湾这里的人都怕土匪的，土匪烧杀抢掠……"

陆先生打断唐市长的话，说："可是土匪从来没有抢过我。"

唐市长又笑了，说："陆先生你真会说笑话。"

大家又说笑了一会，唐市长就走了。

唐市长走了以后，老汤来了，刘委员他们几个还在议论，看见老汤，刘委员问他："老汤，你是哪一年当兵的？"

老汤说："我也记不清了，搞不清了，反正我记得还打过日本人，也不知是哪一年。"

刘委员说："人家唐市长，一九四九年才入伍，早就当市长了，你这个人啊。"

老汤"嘿嘿"一笑，说："我不来事的，我不识字，从小没有读过书，我家里很穷。"

刘委员说："唐家那时是杨湾的大地主呢。"

过了几天，镇上给老干部活动室拨了些钱，添置了一些东西，大家晓得这和唐市长的视察是有关系的。

后来陆慧君来找老汤，说要增加房钱。老汤说："这个事不是我做主的，你去跟刘委员说吧。"

陆慧君："我不认识刘委员，我只晓得找你，你去打听打听，这样两大间房子，人家外面的行情市面，你去拎一拎呀。"

老汤说："你的房子租给公家，你也不吃亏的。我们给你们修了围墙，刷了白粉，院子里还种了花，原来是破样子呀。"

陆慧君说："我不要你弄，我只要原来的破样子，你房钱是要加给我的，不然我要收回房子，自己住住。"

老汤说："不能这样的，陆老师你也是做老师的，你也是讲道理的人。"

陆慧君说："你是说我不讲道理是不是？"

老汤说不过陆慧君，陆慧君做老师的，口才很好。

老汤后来找到刘委员，跟他说了。刘委员看了老汤一眼，说："怎么会呢，不是说好价钱的吗？"

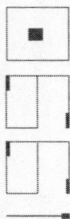

老汤说："我也不明白，怎么又变了。"

刘委员说："不要睬她，我跟你说，这一批机关新房子里，原来没有份的，现在听说打算划两间出来，做老干部活动室。"

老汤听了很高兴。

刘委员又关照说："你先不要讲出去，这种事要等到拿到钥匙才算定了。"

老汤点点头。

在搬进新房子之前，老干部活动室还在陆莆民先生院子里，老汤天天在三角井上班，泡开水，打扫卫生。一日大早老汤走进院子，发现院子里挂了一只鸟笼，陆先生又养鸟了。

老汤走进陆先生的房间，看看陆先生和几个朋友正在谈昆曲。

陆先生说："现在的唱法，路子不正宗了，像唱山歌一样，什么腔调呀……"

朋友们也都应声附和，谈起当年昆剧的盛况。

老汤不懂昆曲，但他在一边听着觉得很有意思，老汤想不久就要从陆先生这里搬走，他有点舍不得。

后来老汤走出来做自己的事，他听见陆先生在屋里唱起来："原来姹紫嫣红开遍，似这般都付与断井颓垣。良辰美景奈何天，赏心乐事谁家院……"

老汤笑了。陆先生唱得真不错，中气很足。老汤挑了一副担子准备去泡开水，刚刚走了两步，就觉得腰里很痛，一时竟直不起腰来。

老汤年纪虽然大了，但腰腿一直很好，现在不知怎么会伤了腰。他放下担子，就近在三角井圈上坐下，这时候老汤想起来，大概是那天挪动三角井圈的时候，吃了重，伤了腰。

原载《人民文学》1990年第7-8期合刊

点评

　　范小青的小说具有强烈的现实指向性，往往直指社会的某一痼疾或某一现象。

　　《老人角》这篇小说则是聚焦老干部群体的退休生活和老年人的精神世

界，通过对陆先生、老汤、唐市长等多名退休老干部或者即将退休的老干部的描写，呈现这一群体的精神风貌。陆先生的爱人离世之后，陆先生的小院顿时空旷起来，于是他决定将多余的房子租出去，杨湾镇新成立了老干部科，他们承租了陆先生的几间房子，把办公地点放在陆先生的小院里，这就使得这个老人角有了些许官方的意味，办事员老汤每天来这里上班，组织老干部集体活动。这个小院成为老人活动的聚集地，还有一层背景是，这个小院里有见证过许多历史时刻的陆先生，陆先生爱好昆曲，有不少志同道合者经常来找他聚聚。另外，小院里还有一个有着传奇故事的三角形石井圈，这个造型比较怪异的石井圈还曾经救过市长的命，所以市长来杨湾镇视察工作的时候见到石井圈感慨万千，四十年光阴倏忽闪过，市长也想落叶归根了，看到这个有着浓厚历史味道的石井圈，市长或许更加坚定了归来的想法。于是在市长考察过后，镇里又出钱"装修"了一下这个老人角。老人角成了退休老干部们的活动室，为老年人提供了一个交流、娱乐的场所，这对于老人们来讲是一个莫大的福音。在人生暮年里，他们需要这样一个安放身心的空间。

（崔庆蕾）

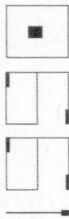

草 荒/

/陈应松

一 牡子的恶念与地膜飘摇

牡子的恶念起于三月八号。

三月八号是妇女节。

三月八号那天牡子之妻打了一天麻将。吃了晚饭又去打，一直打到转钟一点。牡子抱着四岁的小女去喊妻，妻不回，在专心整大和。一个大和十番，三块钱。妻埋着头说："四万吃了。"又对牡子不耐烦地说："你去睡好了。"牡子看着妻从牌桌上下不来，抱着软塌塌的小女骂了声："婊子！"就气冲冲地走了。卓二嫂家打麻将供茶和瓜子。四个披头散发的女人在一盏电压不足的电灯下，像四个邪鬼，呱呱地吃瓜子。牡子只骂了一声，是看了那几个人的面子。牡子觉得妻奇丑无比，虽然他在五年前对她激动过一阵子，舔过她的舌头、胸奶和汗头发，但是妻现在奇丑无比。牡子回家去，看到锅碗朝天，笼里的鸡群因饥渴而嗝逆；小女睡在他的身上，手脚冰凉，牡子腾出一只手去拉房里的电灯。牡子把小女放在床上，替她脱衣的时候闻到了一股怪气味。再看看她的那张小脸，极其陌生和恶心。便想，我他妈替别人带野种，把她吃，把她喝，就像鸡孵鸭蛋一样，我莫非就是这么一个不中用的男人吗？牡子终于横了心，决定杀妻。牡子看到门旮旯有把斧头，又钝又沉，透出野莽的铁气来，放在两双破鞋中间，牡子又想，妻是破鞋。牡子找酒来喝，吃干咸菜。喝到转钟二点的时候，妻还没回来。牡子有些困了，牡子和衣倒在床上，酒精冲得他脑门一跳一跳。牡子吐着酒气，想，杀了她，我去挨枪子儿。我横了，大不了是个死，死算什么呢！牡子带着愤恨进入了寒冷的梦乡。鸡叫了二遍。

鸡叫了三遍。

鸡叫了四遍。

鸡叫了五遍。

牡子醒了。小女也醒了，从被窝里爬出来。浑身冒着酸气，说要屙尿。牡子说："自个滚下去屙！"小女爬起来，头重脚轻地蹬上他的大布鞋子，扶着门框出去在屋檐下蹲着撒尿。黄色的尿液冲得檐沟刷刷直响。天已经亮了，鸡群在笼里拍打着翅膀，想抖掉霉气。而妻还没有回来。小女揉着眼屎，说："肚饿咧，爸。"牡子去放鸡，鸡出来了，喔喔喔地唱着歌，围着他转，看他的手上没米瓢，便一窝蜂钻进屋后的草丛里。牡子对小女说："到你妈那儿去，看她给不给你吃！"

小女撅着屁股跑了。

牡子的老娘上街去卖菜，挑着篮子和油壶，说："牡子，草荒咧，还不下地去。"牡子拿着草绳去撵猪，在塘口站着了。牡子没撵到猪，猪跑下塘口吃泥藻。牡子拿着草绳也不知道自己想捆什么了。牡子心里乱糟糟的，转过头看看老娘。老娘换了个肩，说："青英还没起来？"

"她没睡，她打麻将，打了一夜。"牡子说。

"唔唔。"他老娘说，"豌豆不见啦，要开沟咧，犁了再种。"

他的老娘低着头急匆匆地走了。

牡子突然鼓起眼睛，提高了声音对他老娘的背影说："我要杀了她！"

牡子的老娘听见了，一怔，停下小脚，揪过头来，骂道："清晨八早的，瞎说个鬼！""我真要杀了她！"牡子再一次说。牡子的眼睛很决绝、很凶。

"你莫乱搞，你脾气好点，不争气的！"牡子的老娘又说，"卖消停了就给小女买糖果。""我把她们都杀了！"牡子又说。

牡子想窄了。牡子的老娘觉得好笑，挑着担子走远了。牡子看着老娘一走一颠的可怜样子，拿着空空的一截草绳，自言自语地说："还是要杀。"这下牡子铁了心。

牡子铁了心就轻松了，也不吵早饭吃，空着肚子到湖滩上去。牡子拿一把薅锄和两根绞竿，想打点猪草。牡子一翻过旧堤，迎面就有风吹来，

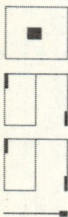

不冷。太阳出来了，异常耀眼。牤子翻过堤之后就拣近路，到自己的田里去。牤子在田里碰见了卓二嫂的男汉。"邱哥。"他说。

他把薅锄和绞竿拿在一个手里，歪着站。

"吃烟吧？"邱哥披着棉袄，坐在田埂上面。邱哥吃着烟，把眼眯起，从两片厚嘴里一条条放出烟雾。"湖草也满荒了，鱼不得动，缠死了。今年的湖也要用'禾大壮'杀。""杀！杀！"牤子说。牤子接过烟，对火，席地而坐，又说："杀了好！""你怎么啦？"邱哥问，"脸又白又紫。"

"蓄咧，蓄白咧。没得吃咧，饿瘪的么。小娘们也不见天日，都蓄咧，蓄白了好杀咧。""你还没醒。"邱哥说。"昨夜睡得好。"

"她们一夜没回咧。"牤子说。

"管它的！又不是偷人没回，你也是！"邱哥劝他道。

"不偷人？不偷人就好了。"

"你看！少为姑娘婆婆们怄气，犯得着！"

邱哥刚才说的是湖荒，邱哥看着田里的草荒说湖荒，而不说眼前。荒草漫坡遍野，被风一直浪到湖边。荒草长到湖边了，湖滩的田全荒了。田中央有几家用竹苗子撑着半圆的地膜棚，种新鲜蔬菜。地膜被冬天的风刮破了，地膜白晃晃地在荒草中迎风飘摇。牤子看着沉默的邱哥，邱哥心很宽，不皱眉、不叹气。邱哥怕卓二嫂，邱哥跪踏板，邱哥还差一点喝了卓二嫂的躁尿。就是这样，邱哥怕卓二嫂，但是邱哥跟卓二嫂和和气气；邱哥爱吃豌豆，卓二嫂便在锅里炒豌豆，炒得很枯，咬起来嘣嘣响。邱哥也可以吃卓二嫂的鸡蛋。卓二嫂总是笑，总是在乡人前骂她的慢性子丈夫。但是走亲戚的时候邱哥就和卓二嫂都穿了新衣裳并排走，邱哥吃烟，卓二嫂挽包袱，两人笑眯眯地往村外走去。"唉——"牤子自个地想。不禁长吁一口。

邱哥慢蔫蔫地用眼角看了他一眼，又去拿手搔脚背上的痒。

"不去对岸搞鱼苗？"邱哥问。

"我搞屁鱼苗。"牤子说。

"今年的农药提价了，先买点趸着。还是'禾大壮'好。"邱哥说。

"我恨我老婆。"牤子说。

"屁恨头！"邱哥说。

"总有一天，我要杀了她。"口气显然有些软了。

邱哥知道他们的事，邱哥劝过，卓二嫂也劝过，不过邱哥不爱管这些事。所以牡子想，跟他讲算白讲了。

"到田里来干什么？"牡子只好问这。

邱哥吐了烟屁股说："要我帮忙打蛋给你的青英她们吃。打就打呗，我反正不吃，我也不打麻将，我就出来了。""这群母狗，她们把你的家里闹得不成样子。"牡子说。

"摸几盘也不算犯什么错误，来了就摸，我那口子图个热闹呗。"

"可不能不顾家咧。"牡子拍拍屁股往田里走去。

邱哥在后头说："给她们烧了八壶水，闹得我一夜也没合眼。"邱哥有点表功的意思。牡子撇下邱哥，钻进荒草里。地膜棚在他的身边飘摇，老化的膜纸像一些破旗，飘得凄凄惶惶。他拿着薅锄和绞竿，想往湖边去。他想起邱哥刚才说的话。岸上水中，都草荒啦。这个不管它，这不关他什么事。但是妻子偷人，不伺候他吃，让他喝冷水、洗衣，还丢下那个野种让他带。小母野种，没个盼头啦，有什么意味咧，活着有个意味！牡子挑了一担猪草，日就上了三竿，牡子饿着肚子把猪草远远地挑回去，走过坑坑洼洼的道。牡子想：杀咧，杀了杀了，一杀百了。

二 病果三两枝

"又想让我跪下吗，又想打我吗？"牡子一进门，妻便先发制人。

牡子喘着粗气，到水缸里找水喝。妻给玩鸡屎的小女揩了鼻涕，拍打一下那张小屁股，说："昨晚你骂得难听了。"

牡子打过妻，后来反被妻打了，手一块青，一块紫。妻一点儿也不怕他，虽然他不笑，铁脸，一身牯牛肉，在家里重重地摔这摔那，可妻不怕他，照样趿拉了破鞋去约山桂、羊嘴娘、叫鸡母和卓二嫂打麻将。况且他还有求于妻，在床上要讨妻的热气。妻不给牡子打酒，牡子喝自己的酒，可牡子离不开妻。妻摸到了牡子的所有弱点，妻不费吹灰之力就把牡子滴溜溜玩于掌心。妻很阴险。午时，牡子吃妻弄的饭。妻连轴转，没有睡觉，精神依然好，一面烧火一面唤猪吃猪食，用蓝罩衫子揩手，在屋场上打小女的屁股，一边骂这骂那，骂得家里很有了生气。牤子吃妻弄的饭时，丈人来了。

丈人在隔壁的三忠桥住。丈人是三忠桥的果农，买了些枣树背来，说：你们也栽些啦。就栽在自留地里，三年就结枣了。八月剥枣，小女就有竿子高了。"牤子说："您吃饭啦！"

丈人说："饭是要吃的。今年你们村草荒呢。"

牤子说："小女，给外爷拿酒杯和筷子来。"

妻说："爹，你们吃，我不吃了，我要睡觉了，我打了一夜麻将。赢不赢，输不输，等于没打。"丈人说："青英呀，费精神，何必咧！床是财神，睡好才成。"丈人又回过头对牤子说："吃啦，吃啦，菜冷了。"牤子就跟丈人喝酒。

丈人抿了一口酒，说："湖里船都划不动了，草荒哩！你们田里也草荒哩，怎么搞的！"牤子红着脸说："鬼晓得，荒就荒去。"

丈人摸着小女的头："该上学前班了。我接过去带，好哦？"

牤子说："看青英的意思。"

丈人说："她护孩子，你也护孩子，我晓得的，生怕我们喂瘦了。"

牤子说："不是这个意思。"

丈人说："人跟牲口一样，吃得睡得，就胖了。"

牤子说："青英管自打麻将。您带过去好了，我懒得给她吃给她洗，我自己都喂不活了。"丈人敲着碗："青英要不得！看你们，看你们，饭都是糊的呢。"

牤子吃了些酒，直打瞌睡。丈人说："到我那边去瞧瞧！还要梨子树吗？去挖点饼肥来肥枣子。天暖了，虫爬出来了。前天惊蛰，虫出洞了。前天听到打雷了吗？"牤子振作精神，拿了布袋子，打着嗝，和丈人一起走出去。

天高云淡，牤子把布袋子缠在一根扁担上。小女没来，所以只有牤子和丈人。丈人一路走一路给牤子递烟。丈人待牤子很好。

丈人欠牤子的，应该还。丈人当初对牤子不好、要打青英的腿，果然打了，牤子看到此情此景，就非要娶青英不可。青英的奶很松弛，被这个那个嘬过；牤子跟丈人顶牛，偏要争个输赢，后来牤子赢了，把青英娶过来了。牤子回礼的时候拖了三坛酒，三坛酒淹得死丈人，丈人就二话不说了。丈人是个嚼筋，一边磕白一边敲腿杆。丈人其实是个很好的人，比牤子自家的爹好。牤子自家的爹有点麻，从不跟他谈心。牤子记着丈人过去跟他的间隙，虽然喜欢嚼筋的丈人，总还是亲不起来。重要的是，丈人养了个婊子女，一朵花，人人掐，妖眼又邪法。牤子自愿找的，却慢慢觉得亏了。牤子想：丈人故意不同意他，就激将，激将了之后让他很英勇地收了这个破烂，然后丈人就三番五次到他家来吃酒，破烂有了家了，他就有女婿和外孙了。有家之后，就是一辈子。猪也得过，狗也得过，铁板钉钉的事，比啥都稳固，丈人就不消操心了。只等着到女婿家吃酒，等着有人喊他外爷；过年的时候就收几瓶酒。安伺两餐火锅，给点压岁钱，一切万事大吉了。"好便宜的事。"牤子想，"养儿养女好便宜，比种梨子划算。不消打农药，不消抗旱，不消怕卖不出。"牤子的舅哥是国家干部，正在疏肃的果园里看天，见牤子来了，含着漱口水漱了漱，吐出来说："小女没来？我跟她买变形金刚了。"

果园起起伏伏，犁出的大块堡子寸草不生，干得像石头。牤子跟舅哥笑了笑，说："我搞饼肥来了。"他的舅哥叫青举，鼓眼睛，说："尽管搞去。"

丈人在垅上放下买来的枣树说："喂，青举，炖了火锅吗？"

青举说："炖是炖了，肉不烂。"

丈人说："毒杀芬、杀虫眯、狄氏剂价格怎样？"青举说："要涨了，要涨了。"

青举帮着他的爹剪树上的毛虫蛹茧袋。青举吭哧地背着梯子，然后爬到苹果树上，剪干崩的茧袋。"估计今年虫灾，不得了，到处草荒咧，牤子，你们村怎样？"青举问。丈人赶紧接着说："他们村王相！"

"呵！"青举感叹道，又说，"牤子，递火我，递火我烧。"

牤子爬了两坎梯子，把一盒火柴给他，就下来了。

青举掏出一个空烟盒，点了烧茧袋。青举往梯子上下了几坎，弓着屁股站稳，像个猴儿似的使劲摇晃着梯子。丈人在另一棵树上说："青举，怎么的啦！"

青举摇一摇，朝下面看一看。说："病果咧！去年的病果，总是摇不下来。"丈人说："摇个毬！挂那里就碍了你的眼！青举，嗌，青举！"

青举仍望着病果，想了想，还是摇："个鬼杂种，剥哩，剥不下来。

病果是虫窝，要灭虫哪！”青举就要牤子捡起一根竹篙子剥。牤子在垅中拿起篙子，像剥鸟那样地剥。三三两两的小病果挂在光秃秃的树上，快成精了，剥不下来，晃晃荡荡的。“算毬算毬！”青举说，“吃炖肉去。”

牤子说："吃过了。"

青举说："还不饿，走试远的路！"

丈人拿着一把稻草，说："青举吃去，牤子栽树。"

青举披着衣吃炖肉去了，牤子接过一把大铲锹，心里说：我是你家长工！丈人给牤子去装饼肥，牤子一个人挖坑。牤子想：把你的女儿埋在这里。牤子想走神了，结果挖了老深。

丈人走过来，看了看，说："打地道战呐！"

牤子只好填上，心想：别人还不是这么挖你女儿的吗！就在这里，在金色的苹果树下，那个流氓就是这样挖你女儿的。

牤子栽了一棵枣树，吃着烟休息。太阳不冷不热，昏昏黄黄地挂在远处的湖岗上，湖岗一逶迤，就把牤子的心带到远处了。过了一会，丈人要他去背饼肥。他背起饼肥，舅子青举才从口袋里掏出一个机器人来，说："差点忘了。"牤子穿过果园，看着沟坎边高低的篱笆。篱笆后头有一座茅山。牤子不走三忠桥，翻过茅山就到了草荒的家。牤子站在茅草中的小路上，背心里拱出几颗汗，牤子便把饼肥卸下来，找了个砂岩打坐。突然，放午学了，一群娃子叽叽喳喳从茅草路上过来，牤子想，我总是遇到仇人么？牤子想，我不能遇到他，遇到他我就掴他两巴掌，打断他的肋骨，那我就要坐牢了。牤子其实很虚弱，牤子从鼻孔里吼了两声。吼出些清鼻涕来，自认晦气，操起饼肥上肩，像个贼往茅山下跑。

三、往事

跑着跑着。牤子骤然想：到时就把小女送到他这里读书吗？

跑着跑着，牤子又想：不送到这里又能送到哪里？送到城里她舅那儿去？牤子捏着小机器人，想：是不可能的。跑着跑着，牤子又想：他是小女的爹，小女的真爹，我戴了绿帽子。哪个都不说小女像我，这便是证据。

这事他舅哥知道，舅哥不说，护着他妹呢。不管怎么说，牤子在她们家，是外人。牤子看着东凹子的土墙学校，想：像个什么呢？污泥巴球场、破铃，就这儿一敲一敲。哪个住人的村窝子有这么嘈嘴的！地膜窗户栏牛都嫌冷，就那么张着喉咙跟那个拿教鞭的流氓读："我爱祖国"、"起得早，做早操，伸伸腿、弯弯腰"、"老狼说。乌鸦太太。您的歌唱得真好听"……

牸子下山的时候遇见了翠凤，翠凤也是这个学校的老师，背着个蛇皮包，牵几个顽童悠悠地走。翠凤是妻的好友。翠凤想教书，妻不想教书，后来妻就不教了，妻反正家里有几个小钱；再说，妻反正被人捉了，妻不在乎，说没事，妻跟翠凤说了声拜拜，就把作业本子一夹，回了。妻回到果农家里，把那些小学生的作业本子扔到厕所里了。翠凤说妻没捉。但是有人却说在窗户里瞄见了，妻跟那个叫正刚的流氓嗑嘴，叽叽地响。后来妻出来，满面红光，胸脯大了一圈，就去上课。破铃已经打了一刻钟，妻班上的顽童们野马无笼头。还在操场上玩泥巴，嘈得别班也不能上课，妻不在乎，光顾了跟那个叫正刚的流氓教师嗑嘴，后来便成了卖苹果的姑娘。翠凤说："牸子，背的米呀！"

牸子说："饼肥。"

翠凤说："青英在家吗？"牸子说："在她妈鬼家。"

翠凤说："她忙么事？"牸子说："忙赌博。"

翠凤说："把小女送学前班算了。"

牸子说："我不管。"

翠凤就很尴尬了，只好说："要青英到我家来玩，她说要画报纸叠钱包的，我跟她弄了，人民画报，铜版纸哪！"牸子犟着脖子在饼肥底下说："我讲便是。"

他们故意不讲，可我晓得。他们把我当茗，他们话中有话。翠凤不是说把小女送学前班算了吗？意思是让小女来见她亲爹，亲爹是教书先生。下学和上学的时候就找个没人的地方。拦住小女，眼泪汪汪地抱着她说：妈还好吗？亲生骨肉不敢认，像电视连续剧了咧！苹果树下，妻像个快活鬼，那时候还没怀上孽种，浑身上下散发着骚气，说："牸子，接起剪子！"妻那时候剪枝打叶。妻取下袖套，一身红，穿松紧鞋，说："县城五一商品大展销，还有怪胎展览咧！"牸子当时没自行车。牸子脸皮薄，想：骑她家的自行车带她，更把他瞧不起，就推辞说："你跟他们看去。"牤子做得很开通的，好像她想怎么便让她怎么，随便跟哪个一起骑去都行。一起说笑。一起过三忠桥，一起上馆子吃猪油锅盔。都行。牤子无所谓，其实牤子心里很苦。牤子便接过妻的剪子剪枝了，牤子看到流氓教师跟妻一块用屁股坐了弹簧垫，在土路上颠簸着骑车往城里去。丈人说："牤子。你不爱逛街。"牤子麻利地剪着丈人的赘枝，笑嘻嘻地说："街都逛烂了。"牤子剪出一头的老汗，等到天黑的时候，丈人说："牤子，天色晚了，回去啦！"牤子说："我跟您把篱笆修修。"丈人很感动，在暮色苍茫中给牤子递绳子。牤子死勒篱笆，勒得又严又密，老鼠都钻不过来了如果不是妻回，牤子还要挑灯夜战的。妻回了。妻当时还不是他的妻，是朋友，是同学。妻放下自行车跑到果园来说："牤子。真好玩。"牤子当时笑笑，就住了手。从篱笆外跳过来，才说："腰都酸了。"从那时候起，牤子就有了一种埋藏已久的揍妻的渴望。牤子娶了妻就是想揍妻的。牤子想：教训教训这种女人。所以牤子铁了心非此妻不娶，所以牤子千难万苦把青英娶了。牤子就是要这个贱货。妻在金色的苹果树下吃苹果。到了十月，妻就想吃酸的了，牤子隐隐约约地看出了妻想吃酸的——那时候，牤子还没跟妻睡，只嗑了嘴，摸了乳。嗑嘴和摸乳是常事，牤子在果园做活，没人的时候，带了两手泥也可以摸妻乳，妻一动不动，吃着苹果，让牤子玩乳。乳不算什么了，后来牤子就跟妻睡，妻也不反对。牤子跟妻睡出味来之后，有一天看着妻爬起来梳头，牤子就激动地说："我们结婚咧？"妻转过头打散了头发说："结就结。"有了这句话，牤子就放心了，想：可以天天跟她睡了，天天整得流汗，几多快活。然而妻的父亲不同意。丈人不同意——丈人说："牤子性直，我青英只怕受不了。"牤子绵羊咪咪般地尊敬丈人，叫啥干啥，丈人还说牤子性直。牤子一口气给丈人挑了三缸水，糊了四面墙，喝酒的时候故意小口抿。坐椅把腿夹着。然而丈人还是说牤子性直。"烈马无好鞍。直人无好妻。"丈人说。丈人总是背着牤子说，牤子帮他干事。他不说，一样给牤子敬烟。火柴放在烟盒上，让牤子自取。妻坐在金色的苹果树下，不表态，让牤子急。牤子急了，就摇果树，用竹竿剥果，剥了一地。妻说："疯了！"牤子说："几个月了？"妻说："反正肚大了。"牤子说："那我走，我到西藏去开餐馆。"妻说：""你逃得脱！你走哪我跟到哪，我生是你的人，死是你的鬼。"牤子感动了，也不管妻初夜流过红没流过红，就抱着嗑嘴摸乳，流出泪来说："青英，我永远是你的。"牤子说这话显得理不直气不壮。牤子其实可以说别的。后来牡子说了，要妻去劝丈人。妻去了，左劝右劝不行。妻就去县城卖苹果牡子拉车，把妻也拉了。妻坐在金色的苹果上。

在城里碰见了流氓教师正刚。流氓教师与妻递了一个情深意长的淡眼色。流氓教师爽快地说："你们卖苹果呀？"妻说："来了？"

流氓教师说："印《小学生作文报》。"

妻说："发行好多？"

流氓教师说："二十万呀！要是公开发行，估计一两百万。著名教育家题字咧！"妻跟流氓教师说那些事，牡子就给人称苹果，讨价还价。牡子把苹果称了，妻过来收钱。牡子一看，流氓教师走了。熙熙的人流，牡子便高声讨价还价，一文钱不抹，买苹果的挑横挑竖，牡子把秤里的苹果往车上一倒，说："买便宜的去！"买苹果的说："买卖不成仁义在。"牡子说："苹果不是大萝卜咧！"妻在一旁说："牡子，你就暴！"牡子说："我就晓得暴！"苹果卖完了，在回家的路上，牡子停下板车，就在车上把妻狠狠地压了一顿。妻很兴奋，不晓得牡子是用仇恨压的，非常满意地哼。牡子提了裤子说："你爹多不同意，我就在他面前上吊！"妻说："我肚里还有货哩！"

牡子说："那就管不得这多了。你再去讨人。"

妻说："我还讨哪个！"

牡子本想说：你去讨那个正刚啦。差一点出口了。牡子马上拦了嘴，心想：这关头，一说酸话，妻就一辈子更瞧不起我了，就会让她再去找正刚。牡子想：我不能酸，我要往耿耿汉子那边靠。对这种女人，谁酸谁靠边去；她把身子给你了，把心给别人了。你跟她酸，她就在床上不跟你流汗，你就倒了死霉。牡子是过来人了，牡子往实处想。

第二天，牡子就找了根牛绳，挂在金色的苹果树上。丈人说：牡子，做什么？"牡子也不说话，便将头颅钻进去。

丈人慌了，喊舅哥，舅哥慌了，喊妻。妻不动，说："随他去。"

舅哥正在看《养鸡新法》，说："青英，你找了个混蛋，你跟正刚不好好的吗？"青英说："他要上吊，你有整！"

舅哥说："恋爱不能靠吓唬。"

青英说："这世上哪有恋爱。"

舅哥说："快些，他真要吊了！"

青英说："拿刀去，拿刀剁绳子。"

舅哥便去拿刀。

丈人在树下作揖道："牯子，牯子，当不得真！"

后来丈人便同意了。

后来用三坛淹得死他们全家的酒，把妻娶了回去。

妻从三忠桥嫁过来。头一天晚上吹熄了灯，牯子就想在大红大绿的被子上干了。牯子过去总是在野地里干，不讲条件，现在见了大红大绿的被子，想干了。妻却不让干，说："天天搞，么味！"妻把他撇在一边，牯子身上凉了，正常了，想：找死！挨揍的坏！你现在是老子的人啦！妻在村里马上就活跃了，在田里薅草唱歌，在湖里砍青唱歌，东家吃点酒糟，西家尝点腌菜，说："不咸不淡。"妻吃吃尝尝，喊婶喊嫂喊大爷，人家说："当过老师的！"妻还叫十五六岁的女伢们买乳罩戴，买尼龙三角裤穿，因此牯子家人来人往。牯子很高兴，一批批说："再来玩啦！"牯子跟着妻在枕头上笑村里的女伢们又黑又蠢，谈这家长那家短。渐渐地，妻肚子大了，妻腆着干部肚在村里走来走去，牯子便找破棉袄夹衣裤拆，准备尿布。牯子去城里搞排骨炖汤。丈人提了苹果来，说多吃水果后代白又胖。牯子一天给鸡把五餐食，催鸡膘，日后好发奶。妻后来生了。妻很满意，丈人和舅哥也很满意，因此牯子也不得不满意。牯子的麻子爹不说话，牯子远嫁的姐姐送了"祝米"，因此牯子无所谓满不满意。妻用嘴喙小女的脸，把奶她吃，奶发出来了，像枪一样往外射，射到牯子嘴上，牯子舔了舔，又甜又咸。牯子去卡小女藕节的腿，很有味，光溜馏的，小女脚乱蹬，哇哇地笑。牯子也跟着笑。后来小女长出轮廓了，牯子看着不像，镜子里照照自己，看看小女，总之不像。越不像越生疑，慢慢地，牯子跟妻睡得没味了，想：我带野种？牯子暗想：总有一天……

四、连狗都不咬他

村里静得像口墓。

牯子没看到人。

牯子到爹的家里去，爹在搓草绳，编粪筐，捡粪蛋用的。

牤子看到爹想捡粪蛋就火了，说："肥草哩！"

爹揪揪嘴，往手心里吐唾沫，没答理他。

"巴草哩！"他又说，"今年村里只有草了！"

爹说："背的么事，饼肥啵？我吃块饼肥。"

爹眼尖，爹牙口也好，就喜欢啃点硬的磨牙齿；爹七十了，耳不聋，眼不花，牙口呱呱叫。

牤子说："又不是59年，吃饼肥！"

爹说："黄豆饼好，黄豆饼香。"

牤子掏出饼肥来要爹吃，爹就吃，龇牙咧嘴咬，咬点末子用手接住，仰首往口里丢去。牤子说："小女没人带，我还不得去地头！"

亲爹爹说："青英吃饭！"

牤子说："她打麻将。"

爹说："你妈和我，不消指望，都有事呢。"

牤子说："她整夜不归。"

爹说："你也是个大丈夫咧，这事有脸跟我讲。"

爹站一边吃饼肥去了。

牤子站着，不再说话，也不坐，也不动，像个憨子。终于说："我杀了她，妈的！""只会赌狠，只会赌狠。男人咧，光骂人！"他爹气愤地说。

"那我就真杀啦！我动刀子！"

"瞎说！"他爹突然说，"骨头长紧些！"

牤子出来，没碰见一个跟他说点话的人。

几个老太太在翻指甲看，苍老的指甲，看去看来还是瘦。

牤子碰见一两个中年人，问他："吃了么？"牤子说："吃了。"都是些懒洋洋的声音。如果谁惹一下就好了，我心焦，牤子想。

牤子走到剃头佬章太炎的家门口，看到了那匹老母狗，往常哈哈地喘气，想吃人的派头。牤子不想走了，让狗咬。狗起先不叫，后来还是不叫，对牤子不屑一顾。牤子想：我不值得咬吗？狗在门槛上哈哈地喘气，完全没有咬的念头。牤子想：这世界怎么啦，连狗都不咬我了！牤子非常沮丧，头火就往上冲，想找块砖头去砸狗，挑起它的仇恨。牦子说找就找，砸在狗腿子上，狗腿子一瘸，又复原了。狗头转过来朝牦子一看，闭闭眼，一副不想计较的胸怀，又将狗头搁在门槛上哈哈地喘气，四个狗腿子不见了，趴地上了。牦子头火直往上冲，心里说：找章太炎去，剃头去，用肥皂擂，看有不有成效。牦子决定剃光头，也剃胡子。

牦子说："章太炎，有空吗？"

章太炎闻声从门里伸出脑壳说："牦子，进来。小心狗。"

牦子把饼肥丢在地上，故意挨着老母狗下脚。

老母狗谦让了一下。牦子说："你家狗也变了性格，像兔儿了呢。"

章太炎举着剃刀说："都是熟人。"

章太炎让牦子坐着，用一块污白布给他勒脖子，边勒边把他的衣领统统塞到污白布底下去。说："上街了？"

牦子说："丈人给的饼肥。"

章太炎扳过牦子的头脸对着光线看了看，说："剃哪样的？"

牦子说："光了算事。"

章太炎于是把他的头脸拉到怀里，嘎喳嘎喳地试了试机械推剪，就开始剃了。章太炎嘎喳嘎喳地推到顶，一甩；又推到顶，一甩，说："没人下地了。"牦子被章太炎卡着头，答道："唔……唔。"

章太炎说："张兵的儿子差点淹死了。"

牦子说："唔……唔。"

章太炎说："天气不对。"

牦子说：唔……唔。"

三把两下，章太炎就把牦子的头发剃没了，要他到厨房去洗头打了肥皂，牦子低头在脸盆里说："我来！刨，使劲刨！"

牦子自己刨着自己的头。刨完了，章太炎给他一揩，说："今年小麦、油菜病虫害都没得。"牦子甩着头，睁开眼睛，跟着章太炎回了原位。

章太炎把剃刀在荡刀布上荡两荡，看看刃口，揪着牦子的嘴皮刮胡子。

牦子被章太炎刮了胡子，头火小了。章太炎又给他掏耳屎。章太炎说："打麻将啦。"牦子说："你莫约我。"

章太炎说："也不差你这条腿。"

牝子说："章太炎，你做你的手艺。"

章太炎说："赢了输了又不与你相干。"

牝子说："你没得地。"

章太炎说："湖滩的地都包了，又能收到什么？哪个现在交钱了？荒哩！荒哩！让它荒、都喂牛算了！"牝子说："你火气倒蛮大！"

章太炎笑着说："我鸡巴火个鬼。田里湖里都荒了，今年春耕不消搞了。你还想施磷酸二氢钾？"牝子说："我是饼肥，施枣树去。"

章太炎说："你是村里最勤快的人。"

牝子很感动，说："章太炎，我老婆一打一夜麻将。我劝你们莫要打了。"章太炎说："我们男人打可以，我老婆不敢打，我老婆打我就打她。"章太炎又说："哪个像你个软脚虾，被老婆狠了。"章太炎举着闪闪发光的剃刀。牝子说："老子杀了她。"

章太炎说："杀她？用细竹条抽她！"

牝子说："你以为我不敢杀？"

章太炎哼了一声，收好剃刀，拍着牝子的肩说："牝子，漂亮了。"

牝子说："刚才我跟你说的真话呢！"

章太炎说："哪个现在还把真话放在嘴头！"

牝子说："那就算了"牝子很失望。牝子想：完了，我找不到说知心话的人了。谁都不把你当真，谁都不管别人的死活。牝子在土墙上密密麻麻的赊账栏里，用章太炎早已准备好的竹片，刻下了"牝子五角正"。翻出衣领，走出门去。牝子顶着光头，心情还是不愉快。

牝子向田里望去，只一会工夫。草似又长高了，连天的芳草，鸦声历历，烟霭缕缕，牝子想：我找草说去。牝子想：可以躲日本鬼子的飞机了牝子想：完了，全荒了。别人怎么办，我就怎么办吗？

五　暮湖里的死菱角

牝子看到一束微光透过水花。断树桩还没有抽芽。

牝子弓身上船，衣被风翻起了。在桨桩里挂起两片老桨。这是牝子爹

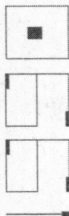

的船，被哪个杂种灌了些水。牡子划了两步，就去舀水。牡子想到湖心里打些新蒿尖给猪吃，自己也吃。牡子喜欢吃蒿尖炒腊肉。

打得多就给猪吃。猪头头臁肥体壮，头头猪能吃会喝，头头该杀。

牡子划到一个湾子里，割，割了半舱，想喊。牡子喉咙痒了。

牡子划不动，草缠桨。湖里没鱼了。有两个人在岸边挖鳝鱼，牡子不敢喊了。牡子说："挖了好多？"

有一个人朝他看了一下，想回答，却又低下头去，脚蹬着锹只管挖。鱼篓在屁股上。另一个人站起来，草帽底下伸出嘴巴说："牡子呀。"牡子不认识草帽，草帽就笑，露出臼齿。

后来牡子认出了那个只顾挖的是流氓教师，冤家路窄了。

牡子扶着桨，手拿镰刀，想怎么办。

流氓教师对他也对草帽子说："我到那头坝子上去挖。"

流氓教师溜了牡子看着流氓教师用套鞋踩着稀泥，故意一步一滑，很可怜的样子。牡子想：有愧咧，躲老子。等仇人走远了，牡子坐上船头。问草帽："他为么事不去教书了？"

草帽翻出臼齿嘻嘻地说："开除了。"

"什么？"牡子说。

"他办个什么作文报，没登记，查封了咧。别人订报的钱他又用了。"

"那就是诈骗。"牡子说。

"也没那么严重。"草帽说。

"那肯定是诈骗犯。"牡子又说，牡子从船头一跃而起。船晃几晃。牡子很高兴。

"罪又不靠你定。"草帽不笑了，很严肃，沉重地去挖鳝鱼。

牡子想划快一些，赶上那个流氓教师，看看他的落拓相。牡子想：能干上一架就好了。牡子越急越划不动，草缠在双桨上。湖荒完了，没得一条好水路，看不到悠悠蓝天，鱼翔浅底，牡子气得要死。牡子划过一个湾，来到一个坝，没了人影。牡子便胆大了，提着镰刀跳上去，站在土坝上。风吹得衣衫飞扬。牡子想：躲哪儿去了？牡子其实厌恶见他，怕看见，又想找。牡子就是这样的矛盾心理。牡子站在土坝上。想：还是划船快些。

牡子又操了桨，在暮色中去追赶流氓教师。

风把死菱角都吹到湾子里来了，沸沸扬扬一层，牡子划着死菱角，心里也长刺。"哦，牡子。"流氓教师藏不住了，拿着板锹对他说。

牡子忽然心凉了，气从身上泄了出来，塌了。

流氓教师数着篓里的鳝鱼，看看他，又看看天，天色已晚，牡子想：该回去了。牡子把镰刀扎在舷缝，说："小心吃了鳝鱼屙血。"

"没出洞的鳝鱼。卖给城里人吃。"流氓教师说。

牡子拼命抽桨，桨辇起了，死菱角朝他的船两边拥。牡子抽桨杀死菱角，杀得水泡一冒一冒，又粘又稠。

我要走，我不走我就要把镰刀甩过去。牡子感到脖筋也扭了，感到流氓教师在笑话他。牡子一抽，就把桨抽顺了。牡子便划。夕阳被湖一口吞去，牡子回过头，看着很小很小的流氓教师，还在俯首挖泥，贴在一个荒坎下。好苍凉。

牡子回去，小女对他说："爸爸，我的机器人被猪吃了。"

牡子说："猪什么都吃。塑料的咧，为么事被猪吃了？"

小女就号陶大哭起来。妻闻声而出，说："是你舅舅买的呢，说吃就吃了，到猪栏玩个鬼去！"牡子说："你就不管管她。你真不想管了！"

妻说："又不是我一个人的女。"

牡子说："是谁的，是谁的！你说，你今天说，究竟是谁的？！"

妻白了脸，说："牡子，又想发神经？"

牡子摔了手上的茶杯，先自心一震，看小女，小女呆了。

"你这破货，你还好意思跟我讲这！"

妻说："你摔，都摔了，我不怕，我比你还会摔！我跟你是亏了！"

牡子说："你亏？你这破货还亏！你丢到大路上也没人要。"牡子拍桌子。妻说："你算老几！"

牡子说："老子杀了你，老子杀了你！"牡子四顾着去找铁器的样子。妻先一步就揪着牡子的衣领了。尖声叫起来："杀呀！你敢杀人，牡子，你有这吃屎的胆！你杀、杀呀！"妻破了喉咙，扯牡子衣服。牡子一掌一推，推倒了妻，妻跪着爬起来，甩头发，暴出牙来说："牡子杀人呀！牛子杀人呀！"妻像猪嚎，小女也像猪嚎。牛子慌了，连连后退，掰妻手，妻不服掰，用膝抵住牛子胯。牛子低声着恶狠狠地说："你放不放！你放不放！"

妻只是喘气，像疯魔，僵在那里了。

然而门外没人进来，隔壁的卓二嫂和邱哥死了吗？都不管别人了，没人劝架了。牛子想收兵，妻不放手。牛子看小女跪在鸡屎里哭，牛子心就软了。然而妻不放手。

天黑了，灶还是冷的咧，桌上没放菜碗与饭，小女没趴他的膝头用小牙齿莴苣，电灯也没开，没关大门，桌下也没鱼刺和饭渣，见了鬼了，这是怎么了咧？劝架的人来就好了，两边一拉，说："两口子吵架，晚上还睡一个枕头。"于是就生点闷气，不就解决了吗？

牛子左等右等无人劝架，想横了，一脚一踢，踢在妻肚上。妻放了手，却哇哇地反扑过来，用手爪刨他的脸、手。

牛子夺路而逃，跑出门，边跑边看。牛子高一脚低一脚，妻并没有追来。妻关了门，拉燃灯，但牛子看不见了，牛子被关在门外了。

牛子想：也好，解决了。牛子摸摸脸，抓伤的地方火辣辣地疼。牛子啐了一口涎水，一个人在村里的黑暗中走，闻不到一点鲜活气息。牛子到爹和老娘家去，找了张床，就躺下了。爹和老娘问他，他不说。牛子很快就睡着了。牛子越不吃，越不洗，就越睡得着。牛子似乎还在船上，死菱角全浮在船边，抬着他，动动荡荡。牛子就在动动荡荡中打起了清冷的鼾声。

六　赶荒草

牛子看见打春兔的人背着猎枪在啄火，他们抽烟时显得很有味道。他们有手茧，有皱纹，枪背在身上，绿色的草舔噬他们的腿。

牛子看到烟朝一边吹去，打猎的人目中无人，淡然地看远方；其中一个说了句什么，然后谁也没笑，就分开了。一步一步地走着野草。谁都没看猎人，只有牛子一人贪婪地看。牛子看到有一个放了空枪，枪口有蓝烟在冒，像嘘气，很美。牛子跟着邱哥，往地膜棚走去。露水贴了腿。死冷。

邱哥没问牛子与妻打架的事。厚嘴唇像槽头肉，松的，看不出牛子的指望来。牛子想找个人诉苦，牛子脸上还有挠伤，一条条，很丑。邱哥什么也没问，钻进剩下竹骨的地膜棚里去。

"哪个还在这里拉的屎。"邱哥站着说，"我的辣椒和西红柿秧秧都完咧！"牤子说："你骂人啦，你骂啦。"邱哥说："我不骂。又不荒我一个人！"

牤子看见卓二嫂也扭着屁股过来了。牤子想挑起一场世界大战。牤子告状说："荒咧，荒咧，瓜秧秧都践踏了。"卓二嫂没领会过来，却说："章太炎那儿有冷烫剂。"

"瓜秧秧全冻死了。"牤子又说。

"什么？"卓二嫂钻进竹骨棚看，也不气愤，说，"老邱，还不下地啦！"邱哥说："怪我！"

卓二嫂说："不下地，钱也没看你赚一个，别人都到城里搞建筑去了。你上次卖猪，赶到哪里去了？嫖亲家母去了。"邱哥红着脸说："我又不天天打麻将。"

卓二嫂扯起一把没膝荒草，说："那就放了你的假，天天嫖亲家母去啦！""草也长得快，今年奇咧，雨水一过是惊蛰，听了几天雷声，草就漫过脚了。"邱哥咬着牙巴骨说。卓二嫂见邱哥没正面回答，掰了根竹骨，说："问你哟！上次卖猪只回来了八十块钱。还有的钱呢，把那个骚女人了？塞她那去啦？！""瞎说！"邱哥尴尬地笑着，看牤子，"输了咧，找我的歪。"

"起码还有一百，哪儿去了？"卓二嫂又掰了根竹骨邱哥说："我不整理了？拆了吗，我拆，我比你还会拆！"

邱哥一脚踩倒几根，哗哗倒，地膜就崩得零零碎碎。

"好咧。我就坐这儿咧！"卓二嫂一屁股下地，大声说，"我哪儿也不去了，我看你拆！拆了卖了嫖亲家母去！"邱哥说："你回家我就补。"

卓二嫂说："我看你拆！"

"你回不回！在这儿扯横。"邱哥笑不是，气不是。

牤子一边说："回了算了，还犟。麦子没得草高。"

"你回呀！"邱哥说。

邱哥便去拉卓二嫂。卓二嫂无端生了些气，进退两难。牪子想到自己，就不劝。邱哥瞪圆了眼睛，说："回呀，让我帮竹骨，今年没米没菜吃咧！"

"我就不走！"

"不走我拖了。"邱哥决定说。

邱哥抓住了卓二嫂膀子，把她大屁股拉离地，可叽的一声又坠下去了。卓二嫂耍赖。邱哥就怒了，依然有笑有气地拖。卓二嫂一把手抓住了立着的竹骨架，邱哥拖不动，还是拖，一拖，竹骨架轰然倒坍了，地膜呼呼地乱飞，温室全卧在荒草中了。

邱哥变了脸，双手拽住卓二嫂，大骂道："婊娘养的，一下田就坏事！"邱哥像拖死猪似的拖，卓二嫂哇啦哇啦地像日本兵叫，屁股与双脚在地上划出一道深槽，草便沿着她与邱哥的方向伏倒。邱哥真拖了，牪子揩鼻涕；一兴奋，鼻涕就哗哗淌了。"我死在这里！我死在这里！都不吃了咧！"卓二嫂还死鸭子嘴硬。

邱哥像头猛兽，说："你去买假农药，你去买高价肥！……滚出去，到地里来也不得让我安静。滚回去，婆娘！"

卓二嫂还是叫："……没有用的，赚不到钱……没有用的……"

邱哥实在拖不动了，东拖一下。西拖一下，压了一片片草和麦子。草和麦子都践踏了。邱哥唤："牪子，帮一下。牪子，站着不动！"

牪子连连流鼻涕，赶上去扯卓二嫂的腿。卓二嫂的腿好粗！牪子扯粗腿后又想：老子管个屁。牪子就撒了手，站在远远的地方，看着邱哥动蛮，一直把卓二嫂拖到荒草尽头。牪子想：要杀人了，真要杀，娘们！牪子垂首而立。赶草荒的人们都在各自的田界里埋头薅草，所以看不出究竟有几个人。牪子数了数，星星点点，也没十个。牪子想：草缝里好静哟，热闹他们都不看了，完了，都一个村里的人呢，婊子养的，真该杀。牪子跟着倒了的草跑，跑到田界上，没人影了。邱哥和卓二嫂的薅锄还丢在田里，在波浪似的草丛间，没人收拾。牪子吃了支烟，起头一看，又只是草，没一个人了。牪子看蓝天。蓝天尽头草像碧火，几只杜鹃鸟"哥哥烧我"地叫，且飞且远。牪子想：我回去吃冷饭。牪子忽然有了点希望，就往村里走。走过老娘家门口，老娘正拾柴，说："又吵了？"牪子看看老娘，老娘像只老绵羊。

老娘说："青英和小女跟我说回三忠桥了。"

牯子心冷到底。"回娘家。"忙子苦涩地想。

"就在这里热饭吃啦，有蒿尖炒腊肉。"老娘说。

牯子看到老娘那目光，就不敢进屋。牯子荷锄走了。牯子回到自己家里，鸡子在饭桌上坐。牯子只好睡觉。听听隔壁邱哥家里，风平浪静。牯子一点希望也没了，牯子只好泥巴裤睡觉。睡了一觉，日头偏西了。牯子提溜桶给猪把食，关了鸡笼，夹着尾巴往三忠桥去。牯子出门时朝黑洞洞的邱哥屋里瞄了一眼，估计都拖累了，也在睡饿肚子觉。自己打死自己埋。往年吵了架，定会灯火辉煌，端茶递水，解劝的人喝着茶，说些双方都入耳的话，解劝的人一走，两口子关上门，扫烟头，倒茶叶，就和好了。书记也不来解劝了，书记当了工头到城里吃馆子去了。书记有钱，带老婆姨妹一起睡。牯子坎坎坷坷走到三忠桥的果园，贴墙一听，妻与小女跟她家的人有说有笑看电视。牯子拍门，门就开了。妻不理他，舅哥青举鼓起眼睛看电视广告。丈人含着烟嘴不拿下，说："牯子，我跟青英说了，要她跟你回。""我不回，谁愿意回谁回。"妻说。

牯子现在的问题是想吃饭，然而他们都不提吃饭的事。舅哥看着牯子，说："电视连续剧《星星知我心》。"丈人说："牯子。不要动手。"

牯子摸着伤脸说："她告状啦。"

丈人说："看完第八集就回去，不回去我赶了。"

妻说："我明日找翠凤拿画报纸去。"

丈人说："明日我帮你拿了送过去。"

牯子坐在一边，守着空肚看连续剧。看到第八集，牯子坐不住了，说："我反正来接了，她们不回我先回了。"牯子站在门槛边，丈人说："那就慢走。牯子，要不要电筒？"

牯子说："有月亮。"

牯子跨出门，肚子一阵咕咕矶叽的蛙鼓，牯子想吃蛙。后来田头果然就传来了蛙声，与牯子的肚子遥相呼应，此起彼伏。

牯子过了三忠桥，想：太可恶了，哪一点像个家，哪一点承认我是她男人！牯子想：活到这个份上，连饭都吃不到妻做的一顿，要她做什么！

牝子站在寂然无声的田野上，觉不到春，想：好憋呵，活跟死有什么两样呢！牝子想：丈人是专业户，嫌我家穷呢，六月不下场雹子，砸死他们，把果树压断，看他们一家还抖个屁！

七　春配的禾场上围一群下流鬼

章太炎牵一头小牛犊往禾场上去，见着牝子说："看牛医去。"

章太炎的牛犊是头牯子，牯子哞哞地叫，还甩尾巴。

章太炎很阴险，跟他牝子的妻一样。章太炎不动声色，拿着刀。要他削光头便削了，也不劝阻。牝子摸摸头，又生出矮发来，扎手，牝子便很恨他。牝子脸上被妻挠的伤也结疤了，疤在仇在，有疤为证，牝子不会咽下这口气的。牝子瞄瞄禾场，有了三三两两几个人。风冷飕飕地吹。

邱哥跶着桐油鞋也出洞了，笑容可掬，手拿一根桑木鼻栓，说："送把章太炎去，到时刮胡子刮净些。"牝子袖着手跟出来，对邱哥的屁股说："配哪家的种？"

"不晓得！"邱哥说，"牛医来了。"

好久没看见上面的干部来了，也没见支农的，也没见医疗队，也没见卖百货的，也没见插队的、驻队的、造反的、讲学讲用的，也没见参观团。反正土路上都走的几个熟人，你见我，我见你，天天见得没意思了。好歹来了个牛医，总算是上面的人，陌生人。牝子不问邱哥和好的事，因为邱哥不问他和没和好。

牛医是个瘪嘴，穿一身白大褂，有血腥。

牛医刚骗了一匹小牯子，手里拿着两个卵蛋玩，血糊汤流。牛医骗了牛卵后就安排张家的牛跟王家的牛配种。两条配种的牛刚吃了些青，肚腹胀大，毛色却没恢复，跟过冬一样，又脏又黄。镇上来的牛医喔喔地唤着，手举棍子，吆公牛爬母牛。两头牛的眼睁着逆来顺受的慈祥目光，公牛不起性，牛医也没法。

一些人或蹲或站，都很着急，但故意很麻木，一副副从土里扒出来的嘴脸；间或谈牛的行情和猪价。下地的薅锄当了凳。章太炎弹着自己的薄耳朵，说："人家是镇上配种站站长哪。有一年我跟他掏过耳屎。"邱哥嘴上栽着烟说："配种站站长又怎样？"

章太炎说："该看好多稀奇！"

邱哥咳了一下，从栽烟的嘴角里射出一泡痰来，说："桑木鼻栓是好鼻栓。"章太炎说："牛都懒了，不想搞了，像苕货！"

邱哥说："人一懒，万物就掉了阳气。"

牤子说："就草没掉气。"

章太炎说："看哪，看哪，爬上去了站长汗都出来了。"

邱哥说："又不是他。"

牤子站在那里想走。牤子想：这些狗日的，下流鬼。把牛喂得像老鼠了，又不耕田，干么这么大兴趣！

牤子没放下薅锄，站在一块土砖上，想：不管人的事，却管牛的事，都想当配种站站长，这些骚牯子。喂了牛就杀，杀了卖钱，都不耕田了，只想吃土豆烧牛肉。

妻是配种站站长，牤子想。妻不下地，万事都了结了，我看别人的牛怀春，又干我屁事！春天是的的确确来了，牤子越来越心虚，没个实处；瞻念前途，不寒而栗。万物都萌动啦，牤子杀妻的心也萌动了。牤子不看牛配种。一看，就无端想起妻与流氓教师的丑事，想起在自己身边活蹦乱跳的野种小女，小妖精，结的恶果，像丈人果园剥不下的病果。牤子想：这世上独独我倒霉。牤子走时，章太炎在后头呱呱地说："……来指导春配的，拿着介绍信哪。张家割肉打酒去了。"另一个人夸奖说："不简单。不简单，这是瞧得起咱们……"

牤子又走在漫天的荒草中。荒草中露出了黄菜花。没有太阳。

走着走着，牤子在远处的草垅中看到了一团红红的火苗，一闪。就不见了。狐狸咧，婊子养的，吓我一跳！

牤子咽了下干喉咙，四野看看，没人。那边禾场隐隐地传来看春配的声音，也很渺茫。多好的田土，像荒郊野地了。狐狸就是坟里的女鬼咧。这一片湖滩湖岗子，往常有说有笑，有男有女，现在藏红狐狸了。牤子就这么想，没在意。牤子有些害怕，就急急忙忙趟出荒草，回家里去，哪知道。家里大事不好！

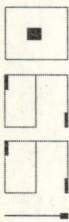

八　牝子看着这团滚成泥形的怪物

配种的人收了手。配种站站长到张家吃酒去了。用牛卵子下酒。

经过剃头佬章太炎的家，章太炎的小牛犊套上了邱哥的桑木鼻栓。章太炎找他要剃头钱，他就给了。章太炎说："真不好意思，乡里乡亲。"

牝子说："该账的还钱。"

这是牝子见了狐狸后回到人间来碰到的第一个活人。虽说找他讨账，但有人间气息，牝子感到很温暖，就把买烟的钱给他了。章太炎要给他免费刮胡子，他说该回了。不回那个鬼妻又把冷饭他吃。牝子就回了。

妻拿着筛子盯他看。他莫名其妙。他很新鲜妻从来不盯着他看的；他于是看看自己。四个口袋空瘪瘪的。有什么看头！妻说："小女咧？"牝子说："我下地薅麦子去了，我哪知道。"

妻说："你不开玩笑呀！"

牝子说：'哪个跟你开玩笑。"

妻说："小女不见了。"

牝子说："她又没跟着我。"

妻说："她去找你了。"

牝子说："我在禾场那儿好一会。"妻说："那好，那好。"

牝子放下锄，就想端碗吃饭。妻夺过碗，放进碗柜里，说："先把小女找回来。"牝子无法，只好到老娘家去找。

"怎么，小女不见了？"老娘放下红筷子说。麻爹在猪圈和砖缝里找。老娘看着黑漆漆的门外，对青英说："怕不是她舅和外公领去了吧了？"妻说："不可能。"

妻又说："先到三忠桥去！"

牝子与妻同行，寂寂无声地往果农家中赶。果农听说，暴跳如雷："把娃儿丢了？见你妈的鬼！"鼓眼睛的舅哥说："怎么带的娃子！还不快去找，说不定淹在哪口塘里了。也说不定被人贩子骗走了——现在卖娃子的多，把几颗糖她吃，就哄走了咧。"妻白惨惨的脸，看地下。舅哥披了衣服，说："你们先去。我就来。"

牝子与妻拔腿往回跑，走得土路灰尘扑扑。

牦子到家了，老娘和麻脸爹等在门口，电筒晃晃说："没找到？"

牦子不回话。一会，就对爹娘说："我们分头去找。"

爹娘在一路，牦子与妻在一路，找水塘和人家。

一家一家地问："见着我家小女了吗？"、"见着我家小女了吗？"

都答："没呀！"

牦子与妻便喊："小女……，小女。回来呀……"到处喊："小女，回来呀……"牦子用电筒照水塘，一个个水塘照遍了，不见有人影。牦子扒枯蒲。细细看。自言自语地说："沉了？"妻的声音就有点颤抖了，喊："小女，小女，你在哪里……"

一直寻到湖边，湖无光，湖不拍浪，冷冷清清的。像苦海。牦子的电筒照一个个湾子和滩渚，又照一蓬蓬荆棘，对着湖上唤："小女……，小女……"湖上有凄切的回音："小女……小女……"回音尽了，又空远。电光扫射，划破一条条黑夜。有三两只蛙呱呱地叫，又神秘又恐怖。

妻走累了，要死不活地坐在湖边，像水妖，不唤了，彻底失望了，牦子站在一高一低的地方，左看右看。

牦子问："你干什么去了！"

妻说："我没干什么。"

"打麻将。"

"我只看了两圈。"

牦子突然像一头野兽。抓住妻的肩衣，大声哭吼起来："你把她弄哪儿了！你把她弄哪儿了！"妻惊呆了，妻不还手，手抓泥，喔喔喔地只管哭，牦子摇撼着妻，牙咬得崩蹦响。"你还我小女！还我来！"

牦子的哭吼在湖边异常苍凉。后来水起浪涛，风吹岸树：牦子声嘶力竭地在黑夜中，像抛失了幼患的老。牦子不知道要对小女负什么责任，牦子感到失去了一切。牦子从小带了有异味的野种，牦子拍小女的屁股蛋睡觉。拍了四岁小女喊他爸，他给小女搓泥球。牦子看小女笑，给她捉虱，给她铲路上的屎丢到粪池去。小女没了，牦子疯了牦子的血性激发起了，发誓要找到小女；牦子一发了血性才有智慧。陡然问："小女穿的什么衣服？""红春装……"

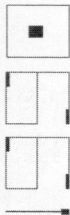

牤子听到之后，就有一股柔情的暖流冲击心窝，丢下软了的妻一个人向坎上爬去。扫着电筒跑向茫茫的荒草"小女……小女……"

湖滩洼地，湖岗高处，连绵起伏。牤子跑，唤，大滴大滴的泪珠滚落下来。牤子飞跑，荒草涌来又纷纷闪过，无边无际，无尽无头。荒草中跑着牤子，一头什么也不顾了的野兽。牤子闻得到小女的体味，看见她摇摇摆摆朝他扑来，喊他爸，嘴甜甜的。就只差甜甜的声音，牤子在这世上就这点盼头。"小女……小女……爸在这里！答应我呀……"

牤子摔了几跤。牤子的脚崴了。牤子不知道坎坷，在掩盖了土地和麦子的荒垅中寻找他所有的希望。红狐狸、火苗、女鬼，就是他目前的一切，他的生命，他的寄托。他不怕荒芜了，一个个地膜蒙的竹骨温室七歪八倒，一座座死城，迷失了一个红衣女孩。红衣女孩是去寻他的。寻牤子，爸。牤子的忏悔变成了爱，牤子一下子就原谅了一切；原谅了罪恶、欺骗、道德的沦丧和侮辱。"小女，爸在这里……"牤子且跑且蹾，且跪且爬。

他的声音突然凝固了，他的电筒僵在一个地方。他站住，两眼圆瞪。

他看见了蜷在沟垅中的小女！

像接近一种幻觉，一种并不存在的物体，他一步一步地挪了过去，脚有千斤沉。她困了，细黄的头发半拂小脸。她找不到家了。她的身上又是土又是稀泥。牤子看着这团滚成泥形的怪物，感到她离他非常遥远。这不是他的一滴血，一泡尿，这是一个什么东西呢？

牤子的电筒死死地照着她。

牤子兀然觉得浑身乏力，骨头彻底散架了，像竹骨地膜棚，悄悄地坍了。风呜呜呜地吹来，赶着草，唱着远古的死歌。

风抒发着牤子的悲怆。

牤子突然放声大哭。牤子俯下身，抱起这个怪物，抱起尚有微温的小女，用自己心窝的暖气偎她，紧紧地抱着，生怕谁把她夺跑了。牤子开始走路。牤子把她放在肩头，背着她，弓着腰，头触荒草，悲切地哭。牤子一步一步，稳稳地走着，向有几星灯火的村子走去。走出荒草……

点评

农村娃牦子的日子就像村头湖里和田里的景象，荒草丛生。媳妇青英迷上了打麻将，常常整晚整晚的打，不归家，也不管自己的娃，更不用说管牦子的一日三餐了，这让牦子动了杀机。

但打麻将仅仅是一个导火索，深层的原因在于青英在生活作风方面的问题，青英不仅不顾家，还是个水性杨花的风流女子，早在跟牦子结婚之前，她跟小学教师正刚的风流韵事就被传得沸沸扬扬，就连眼前的孩子，牦子都怀疑不是自己亲生的。这些陈年老酒般的往事才是让牦子动了杀机的根本原因。牦子在清冷的家里坐不住，漫无目的地游逛在野地里，湖水上，牦子的愤怒无可排泄，他试图跟自己的父母、岳父母、邻居邱哥、剃头匠章太炎倾诉自己的苦闷和已经抱定的杀人决心，但是没人能理解他，还把他要杀人的念头当成笑话，苦闷的牦子无路可走，准备实施他的计划。但小女丢失的惊魂事件瓦解了他所有的罪恶念想，尽管他一直怀疑孩子不是自己亲生的，但一场惊魂让他知晓了孩子和家庭在他生活中的分量。

小说细腻而生动地展现了牦子的一腔哀怨在内心左奔右突的痛苦情状，也真实地描绘了人性复归的转变过程，从魔到人，或许只需要经历一次短暂的失去。

（崔庆蕾）

无灯的元宵/

/晓 苏

正月十四一清早，龙儿就搬了一把椅子坐在门口土场上看书。正月十五学校举行数学大赛，他的老爹龙大蛟要他夺第一。

龙儿这时听见门板响了一下。龙儿抬头看，是他爹龙大蛟起床出门来。龙儿看见他一边系裤子一边朝屋后竹园里跑，手里拿着把镰刀。

龙儿就看不进书了。他不知道龙大蛟今儿为啥起这么早。爹平时总要睡到日头升起两竿高了才起床哩。他想不出龙大蛟拿镰刀去竹园干啥。

隔壁的雀雀也起床了。龙儿看见雀雀坐在自家的门槛上。雀雀也在看书。雀雀与龙儿是同班同学。

雀雀的爹盛八米在他家门口劈柴。雀雀放下书跑去抱柴。可盛八米不让，盛八米说雀雀你住手，你给我看书。你要夺第一。雀雀回到门槛上拾起了那本书。

龙儿又开始看书。盛八米也要雀雀夺第一哩，龙儿想。

龙大蛟从竹园回来了。手里拖了三根竹子，三根竹子又粗又长。

这油菜坡过元宵节时家家户户门口挂灯笼，困难的人家挂一个，快活的人家挂两个、三个……

"龙儿，我要编三个灯笼哩。"龙大蛟突然说。

"编三个灯笼做啥？"龙儿问。

"你明日夺了第一，我送你一个灯笼。"

"要是夺不到呢？"

"怎么能夺不到？要知道你是龙大蛟的儿子。夺得到要夺，夺不到也要夺。我龙大蛟在油菜坡哪一项不是第一？"

龙大蛟一边说一边破竹子。龙儿觉得破竹子的声音很像放鞭炮，龙儿于是就想起了正月初一放鞭炮的情景。

正月初一天不亮，龙大蛟就把一家人从被窝里喊出来。龙大蛟站在门口正中央，他站得很威武很雄壮。龙儿和妈站在龙大蛟两旁。龙大蛟手举一根长竹竿，鞭炮缠在竹竿上很像一条蛇。隔壁的门口这时有了动静，雀雀他们也要放鞭炮了。龙儿发现龙大蛟陡然有些紧张。"龙儿，点火！"龙大蛟说。

龙儿赶快划了一根火柴。可是风很大，火柴被吹熄了。

"龙儿，龙儿，快点，快点。"

龙儿又划了一根火柴，终于把鞭炮点燃了。龙家的鞭炮是油菜坡第一个放响的。龙家的鞭炮刚一响，雀雀家的鞭炮就响起来，接着村里到处都响起了鞭炮声。

"差一点儿落后了，落后了多丑！"龙大蛟说。

龙大蛟说这话时很得意，把竹竿举得更高了。他仰头望着鞭炮，独自笑着，龙儿觉得他爹笑得如鞭炮火花那么灿烂。

竹竿上的三千响鞭炮不剩几个了，雀雀家的鞭炮还在啪啪地响着。龙大蛟就急忙朝龙儿挥了下手："赶快把那挂鞭炮拿出来。"

第二挂鞭炮刚响了一会儿，雀雀家的鞭炮就停了，以至油菜坡四处的鞭炮声都已平息，只有龙儿家的鞭炮还在炸。龙儿突然感到耳朵被炸聋了，火药熏得他鼻孔很难受。龙大蛟却无比兴奋。他一直没有停止笑。龙儿发现龙大蛟的牙齿越错越开，像牛吃草一样。

"村长。"

雀雀的爹盛八米喊龙大蛟。

"新年好，八米。"

"你的鞭炮真多。年年第一！"

"嗯呵。"

"你到底是村长。"

天空还黑乎乎的。龙大蛟与盛八米在黑暗中对话。龙儿想龙大蛟肯定在暗暗地笑，却想不出盛八米这时是啥样子。

龙儿吃了早饭又到门口土场上看书。龙大蛟在土场上编灯笼。屁股高高地撅着。

盛八米转身走了。龙儿的眼睛跟着盛八米的背影走了很远。龙儿看见雀雀又在他家的门槛上看书。

龙大蛟发现龙儿的眼睛四处转动，他就瞪了龙儿一眼。

"看你的书吧。"

龙大蛟咬牙切齿地说着。龙儿还看见雪片似的吐沫花从龙大蛟嘴里飞出来。

龙儿越来越看不进书，他忽然觉得龙大蛟撅屁股的样子很讨厌。

土场上的鞭炮屑还没有扫。龙大蛟不让扫。龙大蛟说"鞭叶"铺在土场上很好看。可龙儿这时发现鞭叶很像打了霜的柿子树叶。

"他本来只买了三千响鞭炮。"龙儿想。

龙儿陡然就想起了三十晚上的事。三十晚上，龙儿在雀雀家玩到很晚才回来。龙儿回到屋里，龙大蛟正坐在火坑边上烤鞭炮。

"雀雀他爹也在烤鞭炮哩。"龙儿说。

"盛八米买了多少鞭炮？"龙大蛟突然问。

"三千响。"

龙大蛟猛地站起来，就像是被蜂子咬了一口似的不自在。

"盛八米他有三千响？"

龙大蛟一边说一边扯鼻毛，扯了鼻毛朝火坑里扔。

"盛八米也买了三千。"龙大蛟喃喃自语。

说着，从墙壁上扯下了黄大衣。

"到哪儿去？'龙儿的妈问。

"去合作社。"

龙大蛟说着就跨出了门。龙儿看见门外黑得像吊锅，寒风刮得呼呼喊。龙儿听见寒风像疯狗那么喊着。

下半夜龙大蛟才回家。龙儿和妈已睡了。龙儿看见龙大蛟怀里揣着一盘鞭炮。寒风把龙大蛟的脸吹得惨白惨白的，却还哼着快活的小调调。

龙儿觉得龙大蛟是个怪东西。

雀雀这时走到龙儿身边来了。龙儿看见雀雀手里拿着书。

"龙儿，我问你一道题。"

雀雀的成绩没有龙儿好。龙儿总是第一名。

龙儿一看那道题就很眼熟。他前几天做过这道题，这是一道很难的题。

"这道题只能用勾股定理才能证出来。"龙儿说。

雀雀思考了一会儿终于懂了，很感激龙儿。

"还有不懂的吗？"龙儿问。

这时，龙大蛟在堂屋里喊了一声："龙儿，你进来。"

龙儿便走进了堂屋。

"喊我做啥？"

"你不要帮雀雀做题。"龙大蛟小声说。

"为啥？"

"你要夺第一。你这个傻瓜！"

龙大蛟糊皮纸也撅着屁股。龙儿不知道龙大蛟为啥总这么把屁股高高地撅着。

龙儿独自坐在木椅上。他没有看书。他把书紧紧地合着。他老想着龙大蛟刚才对他说的话。龙大蛟不让他帮雀雀做题。龙大蛟真是个怪东西。陡然，龙儿似乎懂得了许多问题。难怪龙大蛟半夜三更要去合作社买鞭炮呢。难怪他正月初一要第一个放鞭炮呢。原来……龙儿走到了雀雀家门口。

"雀雀，我有句话跟你说。"

"啥话？"

"你明日一定要夺第一。"

"我？"

"对，你一定要夺第一！"

龙儿说完就转身往回走。他转身时看见了盛八米。他看见盛八米在屋旁边破竹子。他想盛八米可能是自己要学编灯笼。

龙大蛟已经糊好了两个灯笼。龙儿进到堂屋时，他正在开始糊第三个，依然把屁股高高地撅着。

"爹。"

"你不看书,跑进来干啥?"

"我说你只糊两个灯笼就够了。"

"为啥?"

"我想我明日夺不到第一。"

"胡说!龙儿你胡说。"

"不是胡说,我有预感。"

"预感个屁!夺得到要夺,夺不到也要夺!"

"夺不到怎么夺?"

"你要知道你是龙大蛟的儿子。"

"龙大蛟的儿子又怎么样?"

"龙大蛟是村长。一村之长!"

龙大蛟像是在跟龙儿吵架。龙儿感到他就像一头老虎。

正月十五元宵节这天,龙儿到学校去了。

午饭过后,龙大蛟就巴起眼睛盼龙儿。他盼龙儿抱一块奖匾回来。他知道学校比赛是当场发奖。他坚信他的儿子要夺第一名。

傍晚,龙大蛟看见村口出现了两个黑点。他断定是龙儿和雀雀。

龙大蛟站在土场石碾上把脖子伸得酸疼的时候,他终于看清了龙儿和雀雀。可是龙大蛟一看见龙儿和雀雀就扑通一声从石坡上蹦下来了,因为他看见龙儿手里空空如也,而雀雀手里却抱着一块闪光的匾。

夜幕在油菜坡隆重地展开了,家家户户就挂上了红彤彤的灯笼,油菜坡霎时变成了灯的世界。

然而,龙家的门口却一片漆黑。龙大蛟睡在床上,三个新编的灯笼还放在堂屋里没上蜡烛。

"我们也该挂灯笼了。"龙儿的妈说。

"挂个屁!"龙大蛟陡然这么骂了一句。

"别家都挂了哩。"

"老子这一回不挂!"

"怎么啦？"

"龙儿这老鼠日的丢了老子的脸！"龙大蛟说到这里，猛然翻了一个身。他把脸翻到墙壁那边去了。

"龙儿不是我龙大蛟的种！"龙大蛟又骂了一句。

龙儿没有在意龙大蛟的话。他像鸡一样快活地跑到了门口土场上。他看见雀雀门口挂着两个灯笼，盛八米和雀雀正站在灯笼下笑。龙儿觉得盛八米和雀雀笑得很好看。"幸亏雀雀昨天问了那道题。"龙儿突然想起了试卷，试卷中正好出了那道只能用勾股定理才能证出来的题。可龙儿没有做这道题。龙儿不想夺第一，为什么？他也说不清。反正，这个元宵节，龙儿家的门口是不会挂灯笼的了。

原载《山花》1990年第10期

点评

　　油菜坡之于晓苏，就像湘西之于沈从文、高密东北乡之于莫言、香椿树街之于苏童，是一个意义复杂的王国和世界。晓苏的早期小说很多都从此地生发、成长，又以自身独特的意义丰富了这个王国的内涵和面貌。

　　《无灯的元宵》塑造了村长龙大蛟这样一个人物，作为一村之长，龙大蛟有一种盛气凌人的傲气，他十分要强，有时甚至不讲道理，连放鞭炮都要争第一。具体到孩子的教育上，他同样是那套要强的理论，无论如何，龙儿都必须考第一，在龙大蛟身上，我们看到乡野民间的一种剽悍之气，同时也看到一种鲁莽之气。与之相反的是以龙儿为代表的新一代人，龙儿并没有受到父亲的影响，对于"第一"看得并不重，甚至为了成全邻居雀雀一家，他故意让出了第一，这样的举动给了龙大蛟重重的一击，在正月十五元宵节的晚上，当家家户户都亮起红灯笼的时候，龙儿家准备点亮的三盏灯笼还都躺在地上，因为自觉失了面子的龙大蛟正躺在床上生闷气。龙儿的举动固然伤了父亲的心，但是也给龙大蛟提供了一个自我反省的机会，争强好胜固然是一件好事，但是把它绝对化、极端化也就失去了意义和乐趣。

　　无灯的元宵节虽不喜庆，却散发着浓浓的人情味。

（崔庆蕾）

出民工/

/林和平

——谨以此篇故事，献给我思念的朋友。

　　汽车将我们卸在吐牛河畔的时候，已近黄昏。雾岚在河面上幽幽浮动，四周群山呈现铁色。大伙儿攀着车帮往下爬，蹦到河滩上，羊群般散开了。立刻响应号召似的，全体叉开腿撒尿，响声哗哗赛过吐牛河的流淌声。一只苍鹰低空盘旋。老麻头说："妈的，可倒好，一个母的也没有！"于是大伙儿四下张望。远近无人踪，更别说女的。两边群山陡峭，连绵逶迤。我知道当地人称这样的峡谷，叫沟。吐牛河就是从沟里蜿蜒流出，像条白色的布带，极目纵深，缥缥缈缈。附近的几个村子，居民早已迁走，房屋空荡弃于山坡下，于黄昏中，无鸡鸣亦无犬吠，死寂。指挥部派来接我们的人，往上游指："大坝就在那里砌！"众人皆扭头看。那里是沟口，两边山岩对峙，相距不过几百米。我们呆望着，幻想未来大坝的形象。连长突然大吼："集合。"我们站队。连长接着喊了立正，向右看齐，向前看。连长的口令，在深深峡谷边缘格外嘹亮、威武。长河落日，暮色苍茫，我们迈着很不整齐的步伐，向民工棚走去。

　　民工的编制与军队相同，指挥部亦称团部。最实质性的，是连级编制。以公社为单位，称连。我们连有民工183人，连长姓许，大伙儿称他许连长，背后称他许大胡子，知道他名字的人，不多，只知道他是我们公社许家大队的民兵连长。据老麻头说，此人参加过抗美援朝战争，曾和美国鬼子拼过刺刀，一口气捅倒过三个鬼子。兔崽子说："怪不得，我瞅他眼睛总是杀气腾腾的！"许连长在队伍前面讲话，很简练："我今年五十二岁了。我像你们这么大年龄的时候，今儿个活着，明儿个就不知道脑袋还能不能长在脖子上了！可是为了革命，我没眨过眼睛！领导上派我领你们出民工，多余的话我就不啰嗦了，谁要是不好好干……王八犊子！"他双拳空握，肩微端，腿并拢，两脚呈八字形，威风凛凛。尤其是他骂出的"王八犊子"那句话，可谓掷地千钧，令人心悸。在过去和后来的许多年中，我从未听过有谁骂人能如此震撼人心，气壮山河。队伍鸦雀无声。他倒也民主，常把连里的事情，在队伍前讲来，征求大家意见。刚进工地，指挥部安排我们连住百姓弃下的民房。他集合了队伍，对大伙儿说："我看咱们就住工棚吧，把民房让给兄弟连队，怎么样啊？"无人答话。他的目光在众人脸上扫过，说："没有意见啊？没有意见，这事就这么定了！"我们连就住了工棚。指挥部的大喇叭，一天三遍表扬我们，说我们连风格高，有为人民服务的思想。那喇叭安置在工地附近的山头上，响起来的时候，山谷回音，几里路外听得清楚。全团三十多个连，第一个受表扬的，就是我们连。干活时，铁盛子瞅着山上的喇叭，骂："摊上这样的连长，倒八辈子血霉了！"铁盛子平时言寡，可全连第一个骂连长的，却是他。当天晚上，连长集合了队伍，阴沉着脸，大声喝："铁盛子！"铁盛子答："到！"连长又喝："出列！"铁盛子出列，站到队伍前面。连长瞅着他，他也瞅着连长。连长突问："铁盛子，你今天骂我什么了？"铁盛子想了想，说："我骂摊上你这样的连长，倒八辈子血霉了！"连长的脸更阴沉了。众人屏声敛气，瞅着他。连长走到铁盛子跟前，站住了，突然拍下铁盛子的肩膀："行，敢作敢当，有种！"又走回队伍的前面，看着大伙儿："不过我今儿个把话说在头喽，往后谁再骂我，就当我面骂。要是背后骂……王八犊子！解散！"大伙儿私下猜，是谁向连长打的小报告呢？老麻头诡谲地眯了眯眼，说："还用猜？我一琢磨就知道是谁。"铁盛子说："能有谁，准是兔崽子！"兔崽子在对面铺上打扑克，听见了，回过头说："不假，是我！连长让房子，图什么，还不是为了咱们连的荣誉？"众皆无语。

　　劳动是极艰苦的，我在青年点报名出民工时，同学们劝过我，说那活太累，吃不消。尽管我思想上有准备，但仍未料到会这般艰苦。整个工地，难见机械的影子。几乎所有的工程，均是民工们用血肉之躯完成的。许多年后我站在大坝下，仰面而视，却不敢相信，这巍巍矗立的大坝，竟是千千万万个民工用肩头扛起来的。谁会知道，这坝体中有我抬过的石头呢？……那时我们连的任务是往坝上运石头，石头是从附近山岩上崩炸下来的，有专门负责放炮炸石的民工。每日里，满山满谷回荡着叮叮当当的锤音，那是民工们在凿炮眼。锤声落下时，便有人在半山腰挥摆手旗，高喊："放炮喽！"霎时山上人影消匿，天地寂静。少顷，远远地看，山岩上相继有根根尖柱爆出，乱石飞溅，接着便有隆隆的声音传入，如雷鸣，滚滚而来，又滚滚而去，山摇地动。峡谷硝烟弥漫，不亚于大战役的气势。硝烟散尽了，我们便爬上半山腰，将卡在半山的石头，用撬棍或用手搬，推至谷底。然后，我们再将躺在谷底的石头，用铁丝箍套住，抬起，运到坝上。坝上的民工，分工不同，有灌浆的，有捣固的，有运送泥浆的，十分忙碌。站在山头俯视，谷底民工如黑黑的蚁阵，在有秩序地川流，涌动，永不知疲倦。

垒坝基的石头，是要求重量的。低于五百公斤，不准上坝。我们抬石，六人一组。先用铁丝箍将石头套紧，插入扁担，然后一起蹲下，一人吼："起！"众遂吼："起！"于是一起用力，一起挺身，不敢有半点马虎，更不敢耍滑偷懒。在喊"起"的同时，倘有谁胆敢不拼尽吃奶的力气奋而挣起，稍晚一点，五百公斤的重量将全部倾斜到他身上，将其压成肉泥烂酱。人在许多情况下，是自私的，但在那一刻，容不得半点杂念，你得使出全部的力气，同集体保持一致性。我们脖上青筋凸暴，鼓着带血丝的眼球，一次次用喑哑的喉咙发疯地吼着"起"，两眼冒金星，一次次脚步踉跄地将巨石抬到坝上。回返的路上，我浑身绵软，机械地挪动着脚步，无欲无念，能够记住的，仅是下一次的奋力挣起。在那以后的许多年中，抬石的情节，一直不能在我脑中泯灭。它所给予我的启示，常常令我激动不已。

那时我常常感觉坚持不住了。于是我不由得不佩服铁盛子一伙人，尤其铁盛子。我至今持有怀疑，铁盛子的身体机能是否与常人相同。他的精力和体力，似乎不是属于他的，而是上天储存在他体内的，供他随便消耗，无尽无休，所以他极其奢侈。在山腰向下推石，别人用撬棍，他不，用手掀。蹲到巨石跟前，两手抠进底缝，胸与脸贴到石上，断喝一声，猛地一掀，就将巨石掀翻，一路尘烟，滚到谷底。他常喜欢将许多块石头，均"调教"到即将滚坡的程度，然后依次去掀，巨石便一块接一块蹦跳着

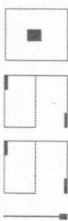

向谷底滚去，轰隆隆碎石迸溅，尘土飞扬，一路呼啸而下。他便紧跟着飞跑下山，勇猛地穿过烟尘，边跑，敞开喉咙喊叫："敖——嗷！"滚动的巨石，仿佛一群在他轰赶之下的野牛，惊慌失措，其场面令人惊呆。抬石，他常常一人肩担两根扁担，左肩一根，右肩一根，喊一声起，就利索地挺直了身子，面不改色，眉不见皱一下。向前走时，每一步都落得稳健、扎实。有一次休息，我问："铁盛子，你累不累？"他蹲在地上卷烟，说："其实力气这东西，越使越多。"我说："可不都像你，有的人有力气也不舍得使。"他说："那他傻。你舍得使，大伙儿看见了；你不舍得使，大伙也看见了。你使了，不见少；不使，也攒不下，反倒落个坏名声，奸！"我说："那你这么干，别人还说你傻呢！"他说："我这叫傻？我这叫忠厚，叫仁义！"想了想，又说："咱除了有点力气，还有什么？……没有了。咱要不舍得使，在别人眼里，你还有什么用？"

铁盛子能干，亦能吃。他饭量大得惊人。我们伙食很单调，一天三顿贴饼子、菜汤——萝卜汤或白菜汤，偶尔放几片豆腐干。除星期天能吃顿大米饭或馒头，几乎天天如是。因为人多，亦因锅小，贴出的饼子个头奇大，包上婴儿毯子让妇女抱在怀中，上汽车会有让座的。这样的饼子，铁盛子一顿能吃俩。民工粮食定量高，每人每月100斤。吃不了的，可以换成粮票，捎回家去。那时我们都很能吃，一顿至少吃掉五两粮，尽管这样，每月60斤粮足够了。唯铁盛子拮据，倘他放开肚量吃，足可吃掉全部定量。可他舍不得，那时农民口粮低，每人每年三四百斤。他家兄妹四人，父多病常年卧床，口粮自然是不够吃的。所以他勒肚皮，将省下的粮食捎回去，补贴家用。每逢开饭，铁盛子总是最后一个来吃。老麻头把别人吃剩的饼子头，或是贴糊了的饼嘎，给他攒着，放在一个小盆中。他帮老麻头拎完了水，或劈完了柴火，才走进食堂，也无言语，端起小盆，舀半勺子菜汤，将饼头或糊嘎泡了，蹲到了灶边。先是慢慢喝汤，吱吱的声音很响。喝干了，老麻头就再为他添上半勺。二次喝干的时候，才捞里面干的吃。细细地嚼，慢慢地咽，似乎在努力地延长进食的幸福感。神情肃穆、庄重，目光深沉，似有所思。灶中的火在他脸上明暗着。那副虔诚的神情，许多年后我回忆起来，仍然感动。老麻头说："铁盛子是天养活的。"我不明白，老麻头解释说："他吃什么都香，吃什么都有劲。像山上的青桐柳，没人莳弄，长得又粗又壮。"兔崽子颇不以为然。兔崽子说："像什么青桐柳，像猪，呱呱呱，一顿一盆！"铁盛子听见了。铁盛子无语。早操结束的时候，铁盛子举手："报告！"连长问："什么事？"铁盛子说："徐龙和骂我。"连长问："骂你什么了？"铁盛子说："……骂我像猪，一顿吃一盆。"连长喊："徐龙和！"兔崽子答："到！""出列！"兔崽子走出队列。连长问："你是骂他了吗？"兔崽子说："我不是骂他，我就是想说他能吃。"连长勃然："王八犊子！能吃怎么了吗？能吃犯法吗？能吃丢人吗？你光看见他能吃了，你怎么没看见他能干。王八犊子！……你给我向他赔礼道歉！"兔崽子转过身，瞅着铁盛子说："铁盛子，我错了，我不是人！……"铁盛子说："我拣饭底，是丢人，以后我改！"

再开饭时，铁盛子早早就到食堂，买一个饼子，打一钵汤，端到外面去，蹲到角落里吃。吃完抹抹嘴，赶紧低头离开。大伙儿都埋怨兔崽子，说这样下去，铁盛子非饿出毛病不可。兔崽子扇着自己嘴巴，说："这个事就他妈怨我，怨我嘴贱！"中午开饭，兔崽子掰了一半饼子，送给铁盛子："我吃不了，你替我吃一半吧！"许多人都掰下一块饼子，送去。铁盛子的脸腾地红了，像蒙受了奇耻大辱："这叫干什么呀，寒碜人哪！"怒冲冲离去。老麻头直晃脑袋："唉唉，这是个要脸面的人呀！"

民工不仅编制与军队相同，除劳动外，其他活动也与军队相差无几。早晚两遍出操。推土机在被遗弃了的河边良田上，推出片广阔的场子，场子一端，筑有高台。每天清晨和黄昏，各连便把队伍拉到这里，进行队列训练。几十支队伍，纵横交错，口令此起彼伏，脚步震得大地摇动，场面可观。逢这时，指挥部的领导背着手，站在台上观看，不时指手画脚，评论哪个队伍走得整齐，哪个队伍气势雄壮，然后选出优胜者，为全团民工表演。每次均少不了我们连。连长一声吼："齐步——走！"我们立刻抖擞精神，昂首挺胸，步伐齐刷刷走向表演区。连长声宏如钟："一、二、三——四！"我们随吼："一、二、三——四！"山谷回应，万峰齐鸣。我们高唱："向前向前向前！我们的队伍向太阳，脚踏着祖国的大地，背负着民族的希望！……"吼干了唾沫，吼咸了嗓子，吼得浑身热血沸腾。全体民工掌声如潮。我们兴奋得脑皮酥麻，头涨如斗，眼眶便热热地潮了，感到无比的神圣自豪，无比的高尚，不知道世界上还有什么比这更有意义、更壮丽的了。我们连如此训练有素，和连长曾经当过兵不无关

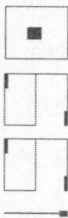

系。连长当兵，尽管是二十多年前的事情了，可兵的痕迹，在他的身上依旧鲜明，一举一动，均带行伍架势。走路雄赳赳，气昂昂，目不斜视。吃饭时一言不发，速度快，却不狼吞虎咽。连上厕所都有规律，每天清晨五点左右，准时蹲茅房。至于他的行李，历来不像我们那样，随便一推，病狗似的蜷在铺上，而是四四方方，有棱有角。他要求我们效仿。大家很是努力了一番，却无法达到他那标准。尽管如此，指挥部下来检查，我们连的内务在全团仍属一流的。加之在劳动、军训各方面均属一流，团里"先进连队"的流动红旗，便堂而皇之地挂在了我们连的工棚里。连长很高兴，大家亦很高兴。连长对大家说："人活在世上，得要强！不是有句俗话吗，宁肯叫身子受苦，不能让脸上无光！你们说我说的对不对？"大家一齐答，"对！"连长很满意，觉得自己讲出了真理。

连长喜欢弹琴。那种琴，如今罕见了。琴呈长方形，酷似木匣，上面拴有四根弦。弹时，放在铺上或桌上均可，右手弹，左手摁。摁在一个个的小钮上，钮上标有表示音符的数码。这种琴名曰"大众琴"，俗称"大头琴"，据说是从日本传进来的，原名叫"大正琴"。很简单，对照谱子，谁都可以弹出歌来。用连长的话讲，拴块饼子狗都会弹。然而弹得好，并非容易。它首先需要左右手的熟练配合。更重要的是，拨弦和摁钮，要根据乐曲的节奏、情绪，或轻或重、或急或缓，这种分寸的掌握，非一日之功而可达。连长琴技纯熟，他喜欢弹《志愿军进行曲》，弹《我是一个兵》，弹《打靶歌》，还有我挺熟悉的，但却不知道名字的歌。如"嘿啦啦啦，嘿啦啦啦，天空出彩霞呀，地上开红花……"等等，边弹边唱。弹进行曲，如金石相击，铿锵有力，弹抒情曲，如淙淙流水，赏心悦耳。他那双满是老茧的、粗壮的手指竟能弹奏出那样美妙的乐曲，实在令人惊叹。逢那时，他目透异光，两颊红亮，仿佛寻到了过去岁月的精蕴，而欣喜生命存在的意义。他所表现出的那种情绪，在乐曲的伴奏下，很是感染人的，常常将我们吸引了，一个个呆呆的，凝神沉思，回忆着，或幻想着，心里充满了苦涩的沉重及沉重中的浪漫，就觉得生命充满了内容。于是这时，我们大家共同产生了一个不解之谜：连长既然经历不凡、功勋卓著，为什么至今仍是一农夫呢？……老麻头到工地送饭，被围住，众人向他提问。因为老麻头和许连长，同来自一个大队。老麻头却连连晃头："不知道，不知道！许连长的事，我一点不知道。"然后挑着菜桶，赶紧走了。如此，连长就显得更为神秘了。但我猜，在连长的生活中，肯定有段不寻常的经历。

雨季到了，工程紧张起来。指挥部提出口号：大战15天，基础工程提前完。我们晚间开始加班，名曰"夜战"。工地灯火辉煌，亮如白昼。大喇叭嘹亮地播放着样板戏的唱腔："穿林海，跨雪原，气冲霄汉……"我们干劲十足。但是工地上的灯一灭，喇叭一停，队伍收工往回走，大伙儿便困乏不堪，常常走在队伍中就打起了瞌睡。有时头一颠，碰到了前面扛锹人的锹尖，脑门立刻呈现出一道月牙形的伤痕，渗出鲜血，疼痛难忍。回到工棚，有时连衣服也不脱，往铺上一倒，便酣然入睡，一觉天亮。阴雨连绵，工棚的顶盖是用包米秆子苫的，许多处漏雨。工棚潮湿阴暗，一股霉味。混合了男人们的臭脚味、汗酸味和其他莫名其妙的气味，闻之终生难忘。我们的行李潮了，发卤。躺上去，像躺在被雨浇过的棉花上，又湿又蒸，极不舒服。兔崽子睡在我旁边，夜里常丝丝地抽气，摆弄出窸窸窣窣的纸响。我问："你干什么。"他说："没事。"后来我们一起上厕所，他蹲在那里面目痛苦万状，我才发现，他犯了痔疮。他说："妈的，遭老罪了。"走路两腿一撇一撇，像企鹅。我说："你该请病假。"他说："拉倒吧。"照样和我们一起抬石。我去找连长。连长在编抬石用的铁丝箍。我说："连长，和你反映个情况。"连长说："说吧。"我说："兔崽子的痔疮犯了，好几天了，疼得要命。"连长说："他怎么不吱声？"我说："谁知道。"连长扔了手中的活，走进抬石的人群中，拦住了兔崽子，说："你不要命了！"兔崽子看看我，又看看连长："没事呀！"连长冷下脸子："什么没事，你回去给我歇着。"夺掉兔崽子手中的扁担。兔崽子说："好吧，我回去歇着。"兔崽子走出人群。可是他没有回工棚，他拣了连长的活，编铁丝箍。那活一般人干不了，可兔崽子手巧，编得很像样，比连长编的不差上下。他用手拧铁丝，每拧一下，嘴角也跟着拧一下，那动作，完全是过于认真，下意识表现出来的。他的目光由于聚精会神而变得纯净、热情了。许多年以后，我看见一个画家作画，表现出的那份神情，竟和兔崽子拧铁丝的神情，没甚区别。这个发现，使我很不平静地萌生了许多想法。

当晚，连长在全体民工面前，表扬了兔崽子。兔崽子脸红了，很羞愧的样子。接着我写了篇报道，交给了指挥部广播站，那篇报道的题目

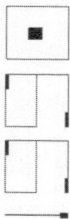

叫《赞革命的硬骨头精神》。工地的十几个大喇叭，一天播了三遍。每次播完，结束语的最后几个字，在山谷中回荡不迭："徐龙和这种一不怕苦二不怕死的革命精神，值得我们全体民工学习、学习、学习……"

黄昏时我们蹲在院里吃饭。夕阳殷红。兔崽子端着饼子和菜，走到我跟前，蹲下。我冲他点点头，等他说话。我想他应该感谢我。他瞅了我一眼，问："吃得挺香呀？"我说："挺香！"他说："挺香就多吃点！"拣了块土块，一甩手，扔在我的钵子里，溅我一脸菜汤。我惊疑："你干什么？！"他冷笑笑："你小子，想写稿出名，也用不着编排我，净扯淡！"转身走了。我气愤至极，将菜汤泼掉，骂："你他妈混蛋！"铁盛子过来拦我，说："这事不怨他。"我说："不怨他还怨我吗？我怎么惹他了！"铁盛子说："这你就不懂了。谁不愿叫人夸，可夸大发劲，就夸假了，那不等于羞躁人吗？"我哑然，没想到事情会有这一层。我说："可我是一片好心呢！"铁盛子说："好心不一定能办好事。"我不知该说什么了，却不肯认理："徐龙和他不是人，好赖不知！"一连许多天，我不和兔崽子说话。

那篇报道播送后，指挥部对兔崽子的事迹很感兴趣，指名让他在团里讲。连长怕兔崽子讲不好，让我给他写讲用材料。我说："我不给他写！"连长说："不许讲价钱！"无奈，我只好写。花费了一天多的时间，写了三十多页稿纸。兔崽子看了，对连长说："我不讲！"连长说："你为什么不讲？"兔崽子说："反正我就是不讲！"连长火了："这是政治任务！"兔崽子说："那好，我讲坏了，你别怪我！"那天傍晚，全团民工坐在操场上，等着兔崽子上台讲。掌声中，兔崽子走上去。我为他写的那份材料，卷着的，握在手里，他没展开，也没坐下。麦克风不灵，他的嘴离得又远，说了几句话，呜噜呜噜谁也没听清。指挥部领导走上台，把麦克风往他跟前扯了扯，这次听清了。他说："我讲不出什么道道来，领导硬叫我讲，我就讲点真格的。我有私心！大伙儿都知道，俺们连，有个叫铁盛子的，干活劲大，也卖力，大伙儿都服，我也服！可我听说，秋天征兵，一个连队只给一个名额，我怕评不上，叫铁盛子把名额占去了。你们不知道，我做梦都想当兵呀！就这么着，我就想表现积极点，赶上铁盛子。就是这么回事，我讲完了！"鞠躬，走下台去。全场皆惊。按惯例，这样的讲话至少需要两小时。人们面面相觑。指挥部的领导也愣了，商量了下，一个领导走上台，低下头，嘴紧贴着麦克风说："徐龙和同志的讲话很简练，实事求是，不唱高调，值得我们大家学习！"全场掌声雷动。兔崽子却低下头，吃吃哭，从操场回到工棚，一直不停。连长说："行了，指挥部领导都表扬你了，还哭什么！"兔崽子哇地大哭，说："这回我算别想当兵了！"转过身指着我，骂："你大爷，这事就怨你！"我也火了："你怨我干什么！你当不当兵，关我屁事！"连长过来斥责："徐龙和，你嘴巴干净点！这事和人家有什么关系？你狗尿苔扶不上金銮殿！"兔崽子不再吭声，只一挺一挺抽噎。我理直气壮，不再理睬他，躺下了。可是我没想到，后来兔崽子和铁盛子的悲惨结局，与我却有着直接的关系。为此，我终生忏悔不已，每次想起，心便十分不安……

　　我们连，在工地上是有名的硬骨头连，任何事情，难不倒我们。唯独赛诗，着实难住了大家。那时学小靳庄，人人都是诗人了，天天劳动休息时，举行赛诗会，将自己作的诗，朗诵出来，互相比赛，选拔出优胜者参加全团赛诗。连长说："我们连，别的活动都不熊，作诗这个事，也不能落后了，都给我下点力，作不出诗，不准睡觉！"大家不敢马虎。晚间躺在铺上，两眼望棚，挖空心思地想诗。外面下着雨。雨声淅沥，烦扰人心。老麻头抽着烟袋，唉声叹气，却突然一拍大腿，坐起："想出诗了！"大伙儿问："什么诗，快念给俺们听听！"老麻头把烟袋磕了，思忖些许，有板有眼地吟道："酒是穿肠毒药，色是刮骨钢刀，气是下山猛虎，财是惹祸根苗！"大伙儿都乐了："扯，这叫什么诗呀！"有人问："这么说，你说的那四样，都不好，都要不得了？"老麻头抠着脚丫，哲人般拉长了语调："这四样嘛，要得，又要不得。"人问："怎么叫要得，又要不得呢？"老麻头说："刚才的那套喀，就是要不得，可还有一套喀，说的是要得。"想想，又吟道："无酒不成礼仪，无色世界人稀，无财不成富贵，无气甘受人欺。"人又问："你说了半天，到底是要好，还是不要好呢？"老麻头说："关键要掌握住度！万事，都有个度，过了，就不好；不够呢，也不好。"一屋的人都点头，然而在表示明白了的同时，神情却分明惘然着。屋内安静。外面檐雨滴答，远处吐牛河的流水声格外清晰。偶有夜鸟的鸣叫声传入，悠长而孤独。兔崽子突然插

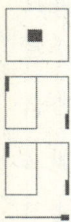

嘴道："哎，老麻头，你说人活着，到底图个什么呢？"众人都扭了脸，去瞅老麻头，等他回答，都觉得这个问题至关重要。老麻头继续抠脚，很舒服地筋着脸皮，说："图什么？图个意思呀！不常听有人这样问吗，有没有意思呀？有意思的事，谁都爱干，没意的事，谁都不爱干。所以呢，人活着，就是活个意思。"兔崽子又问："你说的这个意思，到底指的什么呀？"老麻头说："这可不好讲喽！我觉得有意思的事，你可能觉得没意思，你觉得有意思的事，别人可能又觉得没意思。到底什么是有意思，全靠自个儿去品喽！"众人默默听着。连长一直坐在铺上抽烟，这时插嘴道："老麻头，你这话有点道理。其实咱们这些人，干的净是别人觉得没意思、不爱干的事。都不爱干，咱们干了，咱们觉得没意思吗？人和人呀，不一样……"外面夜雨籁籁，其声广而深，覆盖天地。连长停了会儿，说："别闲扯了，赶紧想正经事吧！"大伙儿便又翻过身来，望棚，想诗。

第二天在工地上，铁盛子来找我，很激动，说："秀才，我想出诗了！"我说："快说说！"那时我们在山腰推石头，整个工地呈在我们脚下。民工往来穿梭，一片繁忙。铁盛子仰脸瞅天。天空白云悠悠，周围的山岩在阳光的照射下，面孔严肃。少顷，铁盛子背道："我们扛石头，我们修大坝，我们出大力，我们流大汗；我们弓着腰咬着牙，我们紧闭着嘴巴。等到大坝修成了，那就是我们要说的话！"我为他鼓掌，说："精彩，精彩！"他说："真的，你不熊我？"我说："熊你我不是人！"他使劲捏了捏我胳膊，转身走了，去推石。浑身肌肉一棱棱凸起，头红脸涨。休息时，连里赛诗。大家散坐在石头上，听别人念诗，很认真。铁盛子站起来，把他的诗朗诵了一遍。他底气足，声音极为宏阔，其势气贯长虹。大家为他鼓掌，他自己也鼓，眼眶潮润了，激动得整整一天几乎没讲话，总怔怔的，神思恍惚。赛诗会上，连长最后一个站起念诗。一群水鸭子盘旋着，落到上游水面上，溅起无声的水花。他目光眺向那里，念道："修坝必有难，难中必有苦，苦中必有甜！"大家要鼓掌，被他止住。他问："你们品出甜来了吗？品出来了吗？"众人怔怔。他摇摇头："能从苦中品出甜来，不容易……"众人仍怔怔，不完全懂得他的意思。当时我也不懂，因为当时我不了解连长。后来我懂了，但是，却不仅仅是因为后来我了解了连长。

世上许多事情，是没法搞得泾渭分明的。

连长的秘密，意外地被我发现了。这意外的发现，着实让我吃了一惊，对我也是个不小的打击。当时我不能理解，连长会做出那样一种选择。好多年我都在想，连长的那种选择，对他来说，合理还是不合理呢？直到我自以为懂得了男人和女人的时候，我才渐渐想明白了。

那些天总是下雨，到处泥泞不堪，到处湿湿的。我的肚子坏了，需要不断地匆忙逃离人群，找地方蹲下。那时工地的厕所很简陋，用几领席子一围，大家就进去方便。时间一长，肮脏不堪，难以落脚，就都不愿往里进了。工地性别单调，互相间也无可避讳，故那些厕所就彻底名存实亡了。说不避讳，准确讲是指解小手。至于需要蹲下解手的时候，无论如何，也应该找个隐蔽点的地方，否则被人瞅见，总是难堪。

我记得，大概是下午两点钟左右，我又一次逃离人群，在山坡一处灌木丛后蹲下。当时天下着牛毛细雨，雾罩峰峦。在我隐身的那片灌木丛边上，从山脚向上，伸延着一条蛇曲的小路，穿过山梁，直通一架大山的背后。就在我刚刚蹲下不久，我发现一个四十多岁的妇女，沿山路而上，傍着我隐身的灌木丛走过。我低头缩脑，大气不敢出，怕露了丑相。那女人过去不到两分钟，山路上又出现一人。我透过树棵的间隙一瞄，竟是连长！连长一路走来，不时抬头张望，尾随那女人向山上盘去。我很吃惊，也很纳闷，就赶紧将自己的事情做利索了，跟了上去。

山路盘旋而上，通过一片松林。地上的松针被雨水泡过，渲软滑腻，散发着浓烈的松脂气味。当我走去松林的时候，发现连长的身影不见了。我四处撒眸，看见山路在松林中分了叉，有一条不再盘旋，而笔直通向山梁那边。连长沿着这条山路，已经翻过了山梁，身子渐渐矮在那边，最后头也沉降到山梁那端。我紧追几步，追到山梁上。往下瞅，下面沟深坡陡，林深草密。天上飘着的牛毛细雨，像刚刚浇灭一场大火，浓雾从沟底残烟般滚滚升腾，使沟壑充满了原始般的神秘。连长的身影，又消逝在我视野之内。我正寻找，忽听有人说话。扭头看，在我左边很近的地方，有棵很古老的野核桃树。树冠篷盖如伞，连长和那女人，就站在树下。我慌忙蹲矮，隐到一块山岩背后，悄悄露出眼睛，窥向那边。

我看见连长在发火，他的脸子冷冷的，对那女人说："谁叫你来的？

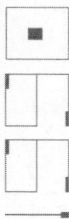

你来干什么？这要叫人看见，影响多不好！"那女人嘤嘤哭，很委屈："人家大老远的，扑来了，你一句疼人的话没有，还和人家发火……"连长说："这是什么地方？你当这是咱们许家堡子吗？连里的民工要是知道了咱俩的事，以后谁还听我的了？你回去吧，赶紧回去！"女人紧紧拽住连长的胳膊："我不走，就不走！"连长吼起来："你怎么这么不懂事儿呀！"猛地一推，将女人推倒在地，顺着山坡滚下去。连长愣住，一边追赶着，喊："梅丫！梅丫！……"滚着的时候，女人抓住了山草，身子便横在了坡上，掩面而泣。连长俯下身，将女人揽在怀里，一声声唤："梅丫，梅丫……"很伤心了。女人说："俺赶了两天的路，好不容易才打听到这地方……"女人搂住了连长的脖子，不一会儿两人便磁石般吸在了一起……

那年刚刚二十岁的我，在深山野谷看到的这一幕，对我后来的影响深不可言。这致使我为了一种追求多年陷入不安与烦恼之中，无法解脱。在一次次的丧失后，我才懂得了生命渴望所带给人的欢欣及无穷的痛苦，是多么的必要。

当一切都平静下来后，两个人闭着眼睛，仿佛要把刚才发生的一切，都储存到心里边，在未来漫长的岁月中，细细地品味。

我悄然地离去……

整整一天神情恍惚，不敢与连长照面。

傍晚时，老麻头在食堂刷碗，我溜进去。见左右无人，说："老麻头，我问你点事儿。"老麻头见我神秘的样子，就把脸凑了过来，问："什么事呀？"我咬着他的耳朵，把白天看到的事情，简略地说了。老麻头惊慌失措，把我拉到灶前蹲下，叮嘱："别往外讲，千万别往外讲呀！"我奇怪："为什么？"老麻头说："这要是叫大伙儿知道了，他还怎么当这个连长呀！"我问："那女人不是连长的媳妇吗？"老麻头摇头，叹气，点着了烟袋吱吱抽。灶火闪烁，映照他的麻脸。说："那女人，叫梅丫，年轻时就和连长定了亲。可连长上朝鲜打仗，那年冬天，叫美国兵给抓去了，押了一年多，都寻思他死了……梅丫就嫁了人。后来连长回来了，见梅丫嫁了人，就再不肯找女人了，帮梅丫家，拉帮套……"

我大吃一惊。因为我懂得"拉帮套"的意思，那就是两个男人一个老婆。这对我打击太大了。我知道，在辽东山区，只有娶不到媳妇的赖汉子，才肯做这种事情。我不明白连长为什么这样选择？难道梅丫就那么可爱吗？难道天下就没有比梅丫更好的女人了吗？当时，我百思不得其解。那天晚间，连长又弹琴了。他弹了首我陌生的曲子，曲调委婉苍凉，如泣如诉，仿佛在讲述一种亘古绵长的思念与寻觅，却又极含蓄、隐晦。他脸膛肃穆，目光深邃，眉头微蹙，嘴巴紧紧闭着。我忽然觉得，连长是懂得自己的，可无论是谁，也别想从他那紧闭的嘴巴中，听到他对自己的解释。而他留给我的困惑，整整让我悟了十多年。为此我感激连长。1988年，他因尿毒症猝然长逝，当时我不知道消息。那年冬天，我的一个朋友不幸夭折。我去送葬，在骨灰堂里，我看到了连长的骨灰盒。那上面的照片和我印象中的他，没甚区别。目光深邃，嘴巴紧闭，坦然地看着这个世界，似乎对自己的一生，很满意。我为他鞠了三躬，两滴凉泪滚到腮上。

雨季即将远离辽东山区，大坝基础工程已全部结束。就在这时，我们连出现了两件事：铁盛子死了，兔崽子疯了。

不曾料到，兔崽子极其固执。上次那件事情过后，任谁与他解释，均徒劳。他咬准了死理，说他当兵无望了。老麻头说："我看领导对你印象不赖嘛！"他说："我三岁两岁小孩子呀，好赖话听不出，好赖脸看不出！"连长背后说："兔崽子挺乖巧，上回讲用的事，指挥部领导对他是不满意的。"连长这样一说，我觉得我有些对不住兔崽子，如果我不写那篇报道，团里不会让他讲用，也就不能给他带来这么大的烦恼。我想找兔崽子解释，可就在这时，连里发生了一桩意料不到的事情。

指挥部食堂被盗。小偷是撬开后窗跳进屋的，后窗的玻璃碎了半块，屋后的黄泥地上，印着一只塑料凉鞋的鞋印。据刚刚调到指挥部食堂做饭的老麻头讲，头天半夜，他听到后窗哗啦一声响，以为是野猫捣乱，就没在意，"我要是知道进小偷了，我就砸断他的腿！"老麻头说。经指挥部专政执勤小分队现场勘察，发现只丢了头天晚上改膳剩的十五个大馒头，没甚严重，事情也就不了了之了。可是中午放工，我们刚刚回到工棚，专政小分队的人凶神恶煞地闯进来，直奔铁盛子的铺位，伸手去拽铁盛子的行李，滚出十几个大馒头。大家惊呆了。铁盛子的脸煞白煞白。

这件事情一经传出，我们连的声誉大损。指挥部念铁盛子一贯表现良好，又是初犯，只将他的照片从团先进民兵表彰栏上摘除了，没给别的处

分。连长中午没吃饭。大吼："集合！"我们站了队。大家眼睛直视前方，不喘大气。连长喊："铁盛子！"铁盛子没有答到，就走出了队列，站到了前面，又转过身，面对大家。连长气喘如牛，双拳紧握，眼珠子喷火般瞅着铁盛子。我们大家都很紧张，不知道连长会怎样处罚铁盛子。然而连长在长喘一阵之后，只痛心疾首地喊了声："铁盛子你呀！"眼眶倏地红了，手一挥："解散！"

铁盛子变成了哑人。一连几天，不见他说话，光论劳动、休息还是吃饭，总是一个人远离大家，怔怔地发呆。脸色不再煞白，发青、发暗。劳动时偶尔抬头向远方眺望，目光孤独。大家很心疼他，但这样的事，不好劝，也无法给他说些宽慰的话。老麻头频频回连里，来找铁盛子。每次两个人都站到僻静处说话。只见老麻头不断地说，而铁盛子只不断地晃头，老麻头一次次灰心丧气地离去，都不知道他俩说话的内容。

铁盛子出事的时候，大约是那天上午十点左右。同往常一样，山上的炮烟散尽，我们上去推石头。一切毫无预兆。太阳鲜红，库中水面波光粼粼，四周一座座山峰岿然不动。铁盛子一个人，在我们右边的山坡上干活。我们大家都注意到了，他又是那样，把一块块巨石"调教"到即将滚坡的程度，然后挺直了腰，深深吸口气，开始往谷底掀石。我们都停了手中的活，看着。铁盛子身上的肌肉块鼓鼓凸起，充满生机。巨石被他掀滚，一块，两块，三块……霎时，轰隆隆如万马奔腾，尘烟浩荡，弥彰了整趟沟谷，其势令人叹为观止。然而就在这时，我们发现铁盛子不见了。他的身影几乎在转眼间消逝的。可是石头并未掀完，他不可能跑下山去。我们很惊奇，用目光四下寻找。这时有人喊："在那了！"众寻声望去，顿时惊呆，我们看见铁盛子的身体在沟谷滚滚翻腾的尘烟雾浪之上，横空出世，海豚般地跃了起来，划出极其优美的抛物线，反复两次。我们忘掉了一切，全部冻鱼似的目瞪口呆，仿佛被铁盛子那优美的动作感动了，半天缓不过神志。连长一声咆哮："铁盛子！"疯了般冲下山。我们这才如梦初醒，向谷底涌去。

尘烟散尽了，乾坤复又朗朗。工地间休的时间到了，一切喧闹声都停止了，天地显得极其安静。我们肃穆地站成了圈，看着躺在石堆上的铁盛子。奇怪的是，铁盛子的身体并未受到多么严重的损伤，只是七窍渗出了鲜血，脸煞白煞白，像那天站在队伍前面的颜色。神态却极其平静、安详，头歪在一边，睡着了似的。那是我平生第一次这么真切地面对死亡，竟毫无半点恐惧之感。面对铁盛子的尸体，我的脑子变得异乎寻常的冷静。我很笨拙地想着：一分钟前，铁盛子还和我们共同活在这个世界上，但是世界并没有因为他一分钟后的消逝，而有丝毫的改变，哪怕阳光稍微黯淡一点也好。生命渺小吗？……然而正是这样一个个小的生命组成的人类，却让世界俯首帖耳地接受它的改造与管辖！生命伟大吗？……铁盛子就这样默默离去了，他为这个世界留下许多许多，可他能带走什么呢？生命高尚吗？……许多年后，一次朋友相聚，大家要我表演节目，我满怀激情地朗诵了铁盛子当年做的诗："我们扛石头，我们修大坝；我们出大力，我们流大汗；我们弓着腰咬着牙；我们紧闭着嘴巴。等到大坝修成了，那就是我们要说的话！"朋友们哄地笑了，以为我幽默。我伤心了好一阵。但我不怪朋友们，因为他们不懂得铁盛子，也不懂得出民工的生活。

大约在铁盛子出事后的十几分钟，老麻头跌跌撞撞跑来了。他扒开人群，一下扑到铁盛子的尸体上，号陶起来："铁盛子呀，是我害了你，是我害了你呀！……我要不是给你那几个馒头，你哪能死得这样惨呀！……"大家全愣了，不懂老麻头话里的意思。连长揪起老麻头，问："那馒头到底是怎么回事？"老麻头将脑袋晃得一塌糊涂："那馒头不是铁盛子偷的，是我给他的呀！……"大家无比震惊。老麻头说，铁盛子父亲病重，来信叫他回去，老麻头便把食堂的馒头偷偷送给了他，怕管理员追查不好交代，就做了食堂被窃的假现场。连长揪着老麻头的领子摇："你怎么不早说啊！"老麻头说："铁盛子他不准我说呀，他说，反正也赖他了，就仅他一个人寒碜吧！……"连长大骂："王八犊子！"将老麻头推倒在地，抱起铁盛子，泪珠滚落："铁盛子，你怎么不早说呢？……你这孩子呀，不是没有话呀，就是不爱说，小小的年纪，憋了一肚子的话，就这么去了！……"

就在铁盛子出事的那天夜间，兔崽子疯了。

后来我们回忆，铁盛子出事以后，兔崽子站在人群中看了一会儿，就扭头走了，再没露面。傍晚我们回工棚，进屋的时候，他一下从铺上坐起来，惊虚虚看大家，面色青黄。晚饭他没有吃，一个人仰躺在长长的大铺上，闭着眼睛，两手放在胸前，眉头紧蹙，像在忍受一种病痛的

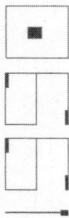

煎熬，又像伤心地回忆着什么。后来我想，那时如果有人去和他说话，问问他为什么不吃饭，或者谈点别的什么话题，也许他不会疯。但那时，大家的情绪很丧气，不可能有人和他说话。后来天就黑了，并且阴了，工棚内失去了往日的喧闹，大家默默地洗漱，默默地铺放行李，躺下了。连长伸手拽灭了电灯。兔崽子就一直那样躺着，头朝里，没有脱鞋，也没有脱衣服。时间在黑暗中流逝着，过许久了，凭我的感觉，大部分人好像还都没有入睡。外面下起了雨。开始几个大雨点啪啪打在工棚盖上，转瞬便大雨如注，哗哗的声音在黑暗中肆虐，遮天盖地。工棚内反而显得异常安静。就在这时，兔崽子突然挺起身子，声嘶力竭嚎叫道："不是我呀，不是我！……"吓了大家一跳。连长拽亮电灯，支着膀子扭头朝这边看，喝道："兔崽子，你嚎什么！"兔崽子甩着双腿，两手握拳，啪啪捶打床铺，继续嚎叫："不是我，不是我，不是我呀！……"大家纷纷坐起，瞅着他。兔崽子突然跳下地，奔向房门。用力一撞，将门撞开，一头钻进漆黑的雨夜，一路嚎叫着："不是我呀，不是我呀！……"渐渐远去。连长愣了片刻，一掀毯子跳到地上，冲大家挥手："起来，都起来！"我们慌乱地穿上衣服，跟着连长跑到门外。外面暴雨长鞭似的抽打大地，一道蓝光闪过，照亮地上无数优美的水泡。群山在雨雾中沉默，仿佛充满无穷的奥秘。连长说："分开去找！"大家便四散跑进雨中。顷刻，呼唤兔崽子的喊声，便在峡谷中此起彼伏，震荡峰巅："徐龙和！徐龙和！徐龙和……"雨夜中，每一声喊破喉咙的呼唤，都带着真挚的焦灼与希翼，带着对生命深切的肯定，回荡在千峰万壑之间，仿佛永远不会消失……

我们几乎找了一夜，没有找到兔崽子。傍天亮时，我们回到工棚，却发现兔崽子已经回来了。他衣服破烂，浑身沾满泥浆，脸上布有许多伤痕，坐在地上，正撕自己的褥单，一条条挂在脖子上，语无伦次地说着一些话："领导说我讲话讲得好，嘻嘻嘻……我不讲，就是不讲……咱们连，是先进连，谁不服？……"我们大家看着他，无语。

天亮的时候，雨渐稀薄。群山的轮廓影影绰绰。指挥部来了辆吉普车，将兔崽子拉走了。临上车时，兔崽子不再哭，也不再闹，他抓住连长的手，很认真地说："连长，我不想当兵了，叫铁盛子去当吧，真的呀……"吉普车沿着河边的路，颠跳着驶出峡谷，消逝在苍茫的烟雨之中……我们大家站在那里望。

那天上午，雨一直下个不停，我们没有上工。头天晚上折腾一宿，大家都躺在铺上睡觉。连长盘腿坐在自己的铺位上抽烟，一根接着一根。后来把烟掐了，摆上了琴，弹奏起来。连长弹的曲调，我从未听过，也不知道它的名字，但奇怪的是，我对它似乎十分熟悉。蒙蒙胧胧觉得许多年以前，我便将这乐曲的旋律记在心里了，而今连长弹奏出来，不过是为了加深我的记忆。它委婉哀凉，又激越昂扬，忽而如奶奶在讲述古老的故事，语调平缓深沉，引人冥想；忽而如山谷中愤怒的夜风，扫荡森林沟壑，发泄压抑的激情和力量；忽而如奋然疾驰的犍牛，终于寻着了累倒于途中的父亲，仰天而啸，长歌当哭。继而接替了父亲的辕套，拉起那辆沉重的车子，用着原始的力与坚韧，去跋涉漫漫的征途……

那年初冬，县文化馆调我去搞剧本创作，我就离开了民工连。出民工的生活，就那样结束了。随着岁月的流逝，随着年龄的增长，在经历了许多事情以后，我的心渐渐有些麻木，唯出民工的那段生活，每次回忆起，便坐立不安，夜不能寐……

县水利志记载：吐牛河水库坝高四十五点六米，长三百三十九米，宽十二米。蓄水量一点八六亿立方米。年发电量八百八十万度，灌溉良田五十一万亩。年产鱼八十万斤。

关于我小说中写的那一切，均无记载。

原载《人民文学》1990年第10期

点评

在市场化程度并不高的1980年代，集体劳动是一种常见的推动工程建设的方式，比如开山、挖河、筑坝，这样改造自然的大工程需要大量的人力，于是出民工便成了一种常见的任务。

这篇小说即是以一次出民工的经历为主要故事线索，当然，小说的重点并不在于描述劳作的内容和艰辛，而是对民工们精神面貌的呈

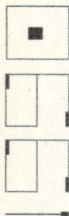

现，所有这些都是水利志上的庞杂数字所无法表现的。出民工的生活是极其艰苦的，劳动难度和强度均极大，颇有一些战天斗地的意味。大家都用坚强的意志"挺"了过来，一旦适应了那种劳动节奏和强度，也便觉得不那么艰难了。在"我"们这个连队里，有一个有着辉煌战斗经历的老兵许连长，许连长的军人风貌深刻地影响了每个成员，大家很有纪律性和牺牲精神，斗志昂扬，整个连队频频获得表扬；连队还有力大无穷、能吃苦肯下力的铁盛子，他健壮的身躯成为工地的一道耀眼的风景；也有敏感脆弱的兔崽子，极度敏感的他最后疯掉了。

这是一个团结战斗的集体，是一群有着极强战斗力的斗士，尽管各自的命运在日后的生活中有了很大的差异，但这幅感天动地的劳动场景为历史留下了一幅投影，那巍然屹立的大坝，长期流淌着造福子孙万代的哗哗水声。

（崔庆蕾）

黄花闺女池塘/

/刘绍棠

一

京剧舞台上，坤伶扮女人，反倒演不过男旦。男旦以假乱真，竟比本身就是女人的坤伶更能表现女性特色。

何以如此？一是用心，二是用功。

男人本是雄性，即便是个细皮嫩肉的小白脸儿，各方面跟真正的女性差异也很大。然而，他在舞台上演女人，首先要像女人，要经得住台下男观众和女观众从不同角度的观察、挑剔和认可。因而，光是形似一个或某几个女人是不够的，还必须集众家之长于一身。这就需要用心观摩和用功模仿最富于女性特征的形态与神态，在风采和魅力上比女人更女人，遂使真正的女人相形见绌，黯然失色。

文坛上，也有类似现象：当今以京味小说鸣世的几位作家，都不是北京人。而我这个北京伏地娃娃竟成了"老外"，正宗本工反倒像个唱票的。

我在北京出生、上学、工作、划右、劳改、复出、病倒……五十多年没有动过窝儿，可算是"真正老王麻子"牌的北京人。这五十多年时光，我一半时间住在乡下——京门脸子，一半时间住在市内——城圈里头。头一趟从乡下进入市内，是四十七年前我七岁的时候，那一年北京正吃混合面。

1942年秋季，八路军来到我的家乡北运河东岸。开头，白天是日伪军的地盘，黑夜是八路军的天下。到1943年春，日伪军便全部撤退到北运河

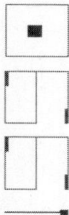

西岸，在京津公路上构筑炮楼，与八路军隔河而治。但是，日寇不甘心失败而垂死挣扎，每个月都兵分几路，从北运河西岸到北运河东岸烧杀抢掠。我是家里的娇哥儿，念书的小学又散了摊子，便被送到在北京城内做生意的父亲身边。

当时我父亲是个经营布匹的领东掌柜，只做内局生意。也就是不挂招牌，没有门面，只批发而不零售。这个内局设在前门外玄女庙胡同的一座民宅内。玄女庙胡同小而且弯，弯而且窄，很不起眼儿，但占地利。它南临珠市口，北靠鲜鱼口，出胡同过马路，对面便是大栅栏，正是商业中心的寸金之地。而且，闹中取静，别有洞天。

这是个小四合院，北房三间，南房三间，东西厢房各两间。我父亲领东的内局，租赁了南北六间房。房东住东厢房，是个未老先衰的女人，一天到晚赖在床上吸鸦片烟。首如飞蓬，面如灰土，声音喑哑，满嘴黑牙，衣衫不整却是红袄绿裤，三分像人七分像鬼。我最怕她龇牙一乐，令人浑身起鸡皮疙瘩，根根汗毛倒竖。

她原是一位南方富商的外室。

那位南方富商，每年都到北京做两回买卖，每一趟要在北京住上一两个月。住旅馆饭馆花钱多，嫖妓宿娼得不到真情实感，不如找个贫寒人家女子，省钱而又能享受家庭温暖。包占的女子一身不二，不会染上花柳梅毒。

外室的身份比姨太太还低下，见不得人，上不了台面。

女房东的爹是个破落户，嗜赌如命输得精光，把女儿押了注。骰子掷亮了点儿，南方富商没有破费分文，把他的女儿赢到了手。南方富商还算怜香惜玉，给这个外室买下这座小四合院。女房东也曾插金戴银，穿绸裹缎，鸡鸭鱼肉，呼奴唤婢，享乐了几年。不料卢沟桥一声炮响，南北交通阻隔，那位富商一去不回，女房东只得靠出租房屋吃瓦片子（房租）活命。

抑郁寡欢，苦闷无聊，女房东便以吸食鸦片烟解闷儿。几年工夫，花容月貌委靡凋残，三十出头便早衰得像五十多岁，一口糯米白牙被烟熏黑，好似油漆墨染，丰腴的体态也一变而骨瘦如柴。

每天吃过早饭，我父亲和跑外的伙计便分头外出，招揽生意。柜上只留下账房先生和打杂跑腿的小徒弟，我跟他们无话可说，自己又无事可做，感到非常冷清寂寞，常常坐在台阶上手托着腮，呆望着女房东窗外的花草发愣。

女房东拉开窗帘，点手叫我到她屋里去玩。我不爱看她的黑牙，更怕闻她屋里的鸦片烟味。但是，她三请四叫，我只得硬着头皮捏着鼻子而入其门。

其实，我到女房东屋里去，也并不是完全被动。这个烟鬼女人的幽室，古怪离奇，对我自有一股莫名其妙的吸引力。

两间房隔成里外间，紫檀的雕花隔扇，挂着湘绣门帘，里间有花梨木的合欢床，红木的梳妆台。我只进过里间一两回，觉得很像《西游记》里蜘蛛精的盘丝洞。她的外间虽然也气味难闻，但是养着花、鸟、虫、鱼，使我能忍耐逗留。花是一盆文竹，一盆吊兰，鸟是铜丝笼里的一对鹦鹉，虫是竹篾笼里的蛐蛐儿，鱼是蓝花瓷缸里的几条金身凤尾。这些花、鸟、虫、鱼引起我的乡思，想念家乡那些天上飞的，地上蹦的，水里亮的，豆棵里叫的，撒欢野味的花儿、鸟儿、虫儿、鱼儿。

最令人纳闷的是女房东的这些心爱玩意儿，也有烟瘾。

只有女房东抱起烟枪，烧着了烟泡儿，喷云吐雾，弥漫全屋时，花草才挺直了腰，昂起了头，鹦鹉才欢啼跳跃，蛐蛐儿才清脆地叫个不停，鱼儿才上下左右游动。这股烟劲儿一过去，花草打了蔫，鹦鹉睡了觉，蛐蛐儿变成了哑巴，鱼儿半死不活，连墙上的苍蝇也懒得飞起来。

女房东最爱向我炫耀她扮演四大美人的古装照片和模仿四大名旦的戏装照片。四大美人是西施、赵飞燕、貂蝉、杨贵妃。她身穿古装，那位南方富商却是长袍马褂或西装革履，两人勾肩搭背合影，奇形怪状，不伦不类。戏装照片她模仿的是梅兰芳的《洛神》、程砚秋的《哭家》、荀慧生的《红娘》和尚小云的《出塞》，眉眼发呆，表情造作，没有一点神采和灵气儿。

我最欣赏她那张小家碧玉处女照，神态娇嗔，喜眉笑眼，梳一条大辫子，穿一件印花布褂子，像一枝带着朝露的鲜花，清香四溢，沁人心脾。我把照片上的少女跟眼前这个女烟鬼两相对照，远瞧近看也找不到一星半点儿共同之处。

我一片童真，不会心口不一，便小胡同赶猪直来直去地说："照片这个姑娘，倒像您那个使唤丫头。"

"她也配！"女房东啐了一口，却又一声哀叹，"人无十年少，花无百日红，我人老珠黄不中看了。"

这个时候，我心里又有点可怜她。然而，虽有恻隐之心但是眼里不揉沙子；我还是爱看那个使唤丫头，而且目不转睛，不愿在这个烟鬼女人身上停留我的目光。

二

女房东虽已穷愁潦倒，却是瘦驴不倒架子，还雇着一个从早到晚服侍她的使唤丫头。这个使唤丫头姓金，小名褥子，住在小四合院的对门。

金褥子的娘生她是难产，折腾了三天三夜，人困马乏在热炕头上睡着了，梦见一个光屁股的婴儿，躺在麦秸垫子上，好像是三伏天却天降大雪，一惊之下醒来，女儿呱呱坠地。身下的麦秸垫子是铺金，身上的白雪是盖银，便给女儿起名金褥子。金褥子的爹，街面上人称打鼓儿的老金，每天短衣襟小打扮，肩头却搭着一件油渍麻花的打补丁长衫，敲打小鼓儿走街串巷收买破烂。打鼓儿的虽发不了财，但是有眼力而又走时运，碰上几宗巧货，也能赚不少钱，养家糊口不犯愁。打鼓儿的老金本是行家里手，财路挺宽，怎奈他又是个馋痨酒篓，挣多少都酒肉穿肠过了。十八岁的金褥子为了挣出自己的一口饭，不得不到女房东家当使唤丫头。

她一大早就蹲在小四合院门外，等候内局扫院子的小徒弟打开街门。她嗞溜闪身而入，便在女房东窗外站班。

"褥子来了吗？"女房东早已醒来，不出被窝先抽一个烟泡儿，伸个懒腰沙哑着嗓子，在床上问道。

"早就侍候着哪！"金褥子儿答应得清脆悦耳，像春三月白云中的鸽哨。

于是，金褥子走进屋去，把女房东从被窝里轻轻抱起，靠在自己胸前，然后一件一件给她穿罗衫、绸裤、丝袜、绣鞋，又侍候她漱口洗脸，梳妆打扮。金褥子手脚不停闲，直到大晚老黑，给女房东擦净身子洗了脚，上床捶腰砸腿哄得酣睡，才能回家。一日三餐，吃的都是女房东的残汤剩饭。我一想到金褥子要吃女房东那黑牙咬过的饽饽，就忍不住一阵阵反胃，心里难受而又愤愤不平。

我只盼快到礼拜六晚上，谷秸大哥来到小四合院，金褥子那整天喝苦水的嘴，才有人喂一口枣花蜜。

谷秸是我的本村乡亲，在北京市立男二中念书。

鱼菱村南，有一口池塘，远看圆中有方，近看方中有圆，很像一个砚台。北岸有一座雕花青砖砌成的小庙，供奉的是北运河河神爷的黄花妃子，所以又叫黄花妃子庙。年月一多叫走了嘴，黄花妃子庙便成了黄花闺女庙。相传，北运河的河神爷每年春、夏、秋三季出巡，给他管辖的二百八十里水域送雨。这位河神爷的老爹，便是战国时代的西门豹曾与之对抗的河伯。有其父必有其子，北运河的这位河神爷也好色成性，出巡每到一处，都要游龙戏凤打野食，拈个花惹个草儿。河神爷一日路过这口池塘，看见一个身穿杏黄衫子的少女，正在水边洗绣花兜肚，不禁为之心动。河神爷眼毒，一眼就识破这个少女的原身是一条黄花雌鱼，便一爪把她抓在手中，揽在怀里，沉入水下入了洞房。从此，河神爷每年驾临这口池塘一趟，跟黄花妃子欢度一夜。黄花妃子一年三百五十九天守空房，患上了弗洛伊德学说中的性压抑症，便在鱼菱村人身上发泄出气。每年立夏以后，鱼菱村的大小伙子们到池塘凫水，至少也要淹死仨俩的，四五天才漂上尸首。原来是充当黄花妃子的面首，缓解了黄花妃子的性饥渴，才被放回。村人大惧，求神问卜，又重金礼聘能工巧匠，精雕细刻青砖，在北岸砌起一座高二尺、宽尺半的小庙，正中彩画黄花妃子神像，两厢站立四名虾兵蟹将，名为护卫，实为看守，防止她不守妇道，给河神爷戴绿帽子而又祸害村人。

这口池塘三个姓，我家、谷家和高家，东西三十丈，南北十丈多，占地五六亩。我家住南岸，谷家住西岸，高家住东岸，有如魏、蜀、吴三分天下。

谷家世代单传，都是念书人。谷秸的父亲是个小学教员，丧妻之后便把儿子带在身边上学。谷秸念完了小学升中学，考上了北京市立男二中。他父亲望子成龙，不惜血本，把几亩地卖给了高家，卖地的钱在我父亲领东的内局入了股，红利可供儿子念书的花销。

谷秸原名保邻，是他父亲给起的名字。民谚："好汉保三村，好狗护三邻。"古人有云："不能为良相，但得为良医。"谷秸的父亲希望自己的儿子当不了好汉也要当一条好狗。谷保邻又字吉和，拆大改小拼成个秸字，进京上学因以为名。

北京市立男二中只有男学生，也没有女教员，校规森严，像座古刹。住宿生每周放假一天，礼拜六下午就可离校。谷秸不坐叮当车，全靠两条腿，从东四牌楼走到前门外，在我父亲领东的内局住一夜。他每周准时正点到来，有三个目的，一个是吃两顿好饭，见一见荤腥儿；一个是这座小四合院有个住户，在鲜鱼口内的华乐戏院卖票，每天都带回几张后排角落的戏票送人，谷秸是个戏迷，跟此人交上了朋友，此人每个礼拜六都给谷秸留一张。礼拜六夜场都是好角儿登台，贴出的戏码也硬。谷秸虽然坐在后排角落看不清晰，却也大饱了耳福；一个是跟金褥子亲热亲热。谷秸的生活圈子很小，眼界也就很窄，看了才子佳人戏，不能不产生"关关雎鸠，在河之洲"的联想。才子是自己，佳人是哪位？马上跳进脑海、映入眼帘的便是金褥子。

金褥子粗手大脚，目不识丁，跟窈窕淑女沾不上边。但是她宽肩、蜂腰、肥臀，脚脯子高而衫子瘦，不能不令人瞩目。她弯眉吊眼角，高颧骨薄嘴唇，本是一副穷相，然而人面桃花，口如咧嘴石榴，又秀色可餐，风韵迷人。谷秸和金褥子眉目传情了一些日子，便渐渐动手动脚起来。有一回，两人正在影壁后面的灯影里亲嘴儿，被我看个正着，我大惊小怪叫道："谷大哥，你怎么咬人？"金褥子慌忙从谷秸的怀抱中挣脱出来，仓皇逃窜。

谷秸望着金褥子的背影怅然若失，舌舔嘴唇，很不满足。

"你这个井底之蛙，少见多怪！"谷秸怒形于色，"一犬吠影，惊飞彩蝶。"

我听他咬文嚼字，只觉得很像戏台上的小生念白，便嬉笑道："你是不是教金褥子唱《拾玉镯》？"

"然也。"谷秸转怒为喜。

我怕他是逢场作戏，急忙点醒他："傅朋后来娶孙玉姣当媳妇了。"

谷秸满脸正色，说："我也要把金褥子娶回鱼菱村。"

"可不能接演《豆汁记》呀！"我还不大放心。

"兄弟，大哥不是薄情郎。"谷秸见天色不早，跟我挥手而别，急回学校报到。

三

日本鬼子的武运并不长久，从硬逼着北京人吃混合面那天起，就头朝下走了背字儿。眼看着气数一年不如一年，一月不如一月，一天不如一天，一会儿不如一会儿，一阵不如一阵儿。鬼子临死还要拉北京人垫背，大大减少了混合面的配给，却又瞬息万变地涨价。街有饿殍，路有倒卧。打鼓儿的老金空了三天肚子，灌下两瓶烧酒，醉倒饿死在便宜坊烤鸭店门前。巡警拿块席头一卷，埋在了城南陶然亭的乱葬岗子，坟坑太浅，黄土都遮不住脸。

女房东也讲不起排场，把金褥子解雇。穷途末路，身陷绝境，只有依靠谷秸搭救她了。

谁都愿意花常好月常圆，千里共婵娟，可惜，此事古难全。

一个星期日的清晨大早，金褥子在小四合院门外站立多时，小徒弟刚拉开街门的门闩，她就破门而入，抢步跨进来。

"谷先生醒了吗？"金褥子顾不得口羞，心急气喘地问道。

小徒弟左瞧瞧右看看，才掩上街门，压低嗓子，说："谷先生……犯了案，逃回……老家了。"

北京市立男二中有个日本教官，野蛮粗暴，专横霸道，学生有一半以上挨过他的打，老师有二分之一挨过他的骂。这一天的日语课上，他不但大骂谷秸"巴格牙鲁"，而且抬掌直劈谷秸脖颈，叫嚷"死啦死啦的！"谷秸忍无可忍，从课桌里拿出裁纸的折刀，直刺日本教官的胸窝。他见日本教官杀猪般在血泊中滚叫，便一刻也不敢停留，跳窗逃回老家。

金褥子叫了声天，说："活要见人，死要见尸，我找他去！"

这时，我父亲也起了床，走出屋来，说："金姑娘，今儿初一，高留住要给我送粮，你就搭坐他的骡驮子，到鱼菱村去找谷秸。"

这个小四合院家家吃混合面，只有我父亲和他领东的内局吃的是净米纯粮。

北运河东岸建立了民主政府，实行二五减租，年年谷秀双穗，穗如凤尾，地里插根筷子都能开花结果。鱼菱村是个米粮仓，我父亲和他领东的内局也就饿不了肚子受不着罪。

每月赶着骡驮子送粮来的人，是住在黄花围女池塘东岸的高留住。

高留住喜欢穿一身紫花布裤褂，戴一顶麦编尖顶草帽子，走路不声不响，坐下不抬眼皮，却是哑巴吃饺子心里有数。他半夜从鱼菱村起身，一副驮子两只筐，每只筐里装一石小米，到我父亲领东的内局正好吃早饭。吃过饭睡个大觉，醒来又填一回肚子，就赶在关城门前出去。他往返都走夜路，为的是避免在路上碰见日伪军的哨卡和巡逻队。

金褥子坐在高留住的骡背上，心情有如孟姜女千里寻夫。高留住却是一张冷脸子，从面皮上看不出喜怒哀乐，金褥子心中暗骂他比石头人多一口气。出了城天就大黑，高留住把骡子赶进青纱帐，不走大路走小道。晚风吹得高粱叶子沙沙响，金褥子抬头只见星星鬼眨眼，月牙弯弯像悬在头上的一把刀。她一阵阵心惊肉跳，冷汗从脊梁上淌下来，湿透了裤腰，顺腿而下。

"大哥，快到了吗？"她哆里哆嗦问道。

"闭嘴！"高留住粗声恶气，一脸凶相，"鬼子地面，不许出声。"

金褥子只得把眼泪咽进肚子里，牙咬紧嘴唇。是福不是祸，是祸躲不过，死活听天由命了。

一路上，深夜犬吠，吠音如豹；炮楼洞眼，常打冷枪，枪声震耳，划破夜空。金褥子吓得趴在骡背上捂住耳朵，欲哭无泪，追悔莫及。

水声哗哗，河风阵阵，昏昏迷迷中好像坐上小船。忽然，小船打了个旋转，她失足落水，一声惊叫睁开双眼，只见满河闪烁月影星光，骡子漂行水中，水齐了她的胸。

"救……命！"她两手乱抓着叫起来。

"坐稳！没有过不了的鬼门关。"身后，高留住揪着骡子尾巴，哈哈大笑。

"轻声！"她反倒百倍小心了。

"已经到了八路地面，你该笑就笑，想哭就哭吧！"高留住解下盘在头上的鞭子，抽了个声传十里的响鞭。

骡子上了岸，金褥子像一只落汤鸡，凉风一吹连打寒战，上牙磕得下牙咯咯响。

"大哥，哪儿是谷秸家？"金褥子恨不能一步扑进谷秸怀里。

"前边就是鱼菱村。"高留住的口气又不冷不热起来，"只是你想见的那个人，见不着了。"

"谷秸他……"

"找他爹去了。"

"他爹在哪儿？"

"在山里的八路小学教书。"

"你怎不早说？"

"说破你就不出城了。"

"你拐骗良家妇女！"

"难道你想在城里等着饿死？"

两人拌着嘴，从河边上了河堤。

"谷秸不在家，我睁眼一团黑，到鱼菱村投奔谁？"金褥子在骡背上抹起眼泪。

"这两年我家的日子好过，饭桌上不怕多双筷子。"高留住嘿嘿笑道，"棒子渣粥管你够，豆馅团子你敞口吃。"

"黄鼠狼给鸡拜年！"黑夜中，金褥子脸色惨白。

"狗咬吕洞宾！"高留住鼻孔里喷出的热气，烫金褥子的后背。

骡子走到池塘西岸，月光下只见有一座柳条篱笆小院，满院子半人高的苍耳秧子和蒺藜狗子，三间泥棚寒舍坍倒了两面山墙，窗口像两个黑咕隆咚大窟窿。

"下来吧！"高留住抓住骡子的笼头，骡子四脚立定。

"这是……哪儿？"

"你的婆家！"

突然，一只夜宿荒宅的野兔受到惊吓，钻出卯篱裂缝，夺路而逃。金褥子惊叫哎呀，滚下骡背，高留住抢上一步，张开双手把她抱住。

"到你家……歇歇脚吧！"金褥子哼哼唧唧，有气无力。

"不是一家人，不进一家门。"高留住心中欢喜口气冷，"你迈进我家门槛就拔不出腿，跳进大河也洗不清了。"

金褥子已经山穷水尽没有退路可走，高家又不是火坑，跳下去或许死里逃生，也就半推半就了。

连吃了三天饱饭，金褥子便开了脸，剪下辫子梳圆髻，地地道道是个小媳妇了。

四

市井女子并不比柴火妞子娇贵多少，金褥子嫁给高留住没有几个月，就入乡随俗。入木三分的明眼人也分不出她是进口货，还是土产品。

　　婚后，金褥子跟着送粮的高留住回过一趟玄女庙胡同。她走东家串西家，好比一个活广告：嫁到乡下吃饱饭。十多个玄女庙胡同的市井女子，被金褥子带回鱼菱村。几年后，北运河东岸土改，金褥子又回过玄女庙胡同一趟，又到过去的左邻右舍转了转。嫁到乡下去，每人三亩地，一阵风吹进玄女庙胡同的穷门小户，"地心引力"的作用更大，玄女庙胡同市井女子嫁到鱼菱村的又有十多人。

　　二三十个市井女子改变不了鱼菱村的村风民俗，却也带给鱼菱村两大文明习惯，一是爱干净，二是好打扮。

　　爱干净表现在清早起来刷牙上。鱼菱村男女老少千百年来不刷牙，艳如桃李的大姑娘小媳妇，明眸而不皓齿，张嘴满口黄牙板子，大煞风景，美中不足。金褥子来到鱼菱村，随身携带牙粉口袋牙刷子，清早开门头件事，就是把牙刷得满嘴吐白泡。高留住讥讽她是淘茅厕，她也不争不吵，只是嫌高留住嘴臭，不许高留住跟她亲嘴咂舌。高留住很想跟金褥子做个吕字，也就"淘起了茅厕"。好打扮反映在衫子、褂子、小袄的腰根上，鱼菱村女人穿衣裳，千百年来都是上下一般粗，不掐腰，不抱身。金褥子和那些市井女子，件件衣裳都有腰根，穿起来胸高腰细，像个挂秧葫芦，十分惹眼好看。

　　金褥子两年一胎，三胎正赶上北京和平解放那一年。这女人生一回孩子便俊俏一倍，桃花脸鲜艳夺目，石榴嘴湿润红嫩，腰不见粗而胸脯子更高。这一年我已在北京市立男二中上学，暑假正是农家的挂锄时节，我回到鱼菱村，刚到黄花闺女池塘，就见金褥子在水边洗衣裳。我喊她留住嫂子，她不愿意，偏要我叫她褥子大姐，我也就随风转舵，赶忙改口。

　　我下午到家，上炕歇息，一觉睡到太阳压山。

　　傍晚的鱼菱村，家家户户的烟囱好像一声令下齐步走，眨眼之间咕嘟咕嘟冒炊烟，争先恐后，直上直下，像在天地间倒挂一匹匹白布单子。但是，炊烟一过树梢，便四处飘散开来，笼罩了长堤，弥漫了大河，合围了田野，串进了地垄。炊烟被豆丛草棵撕扯成一缕缕一片片，运河滩被包围在香甜的饭香和辛辣的烟味里。

　　我走出柴门，只见西山落日红又圆，东南月上柳梢像小船。我在画中，画在我眼，黄花闺女池塘令人心醉神迷。东岸，金褥子向我连连招手，笑嘻嘻喊道："接风的饺子送行的面，今晚上我管你饭。"

　　好吃不如饺子，恭敬不如从命，我招之即来。

天已大黑，金褥子还舍不得点灯，满灶膛的柴火点着了火，火光照得半屋子明半屋子暗。金褥子叫我坐在门槛上，跟她贫嘴。

"真的有秧不愁长。"她直勾勾地盯着我不转眼珠儿."兄弟，你个子高了。"

我躲闪她那火辣辣的目光，嘿嘿一乐，说："豆芽儿菜，细长。"

"你这个模样儿，叫我想起一个人。"金褥子掀开锅盖，把饺子一个个下到开水锅里。火光、热气、身影，声音迷离徜徉。

"你想起谁？"我一时摸不着头脑。

"他……"金褥子还是不捅破这层窗户纸。

"他是谁？"我仍然猜不出这个哑谜。

金褥子又给灶膛添上一把柴火，盖上锅盖，背过脸去，说："你的个子快赶上当年的谷秸，行动坐卧也越来越像当年的谷秸，看见葫芦想起了瓢。"

"我跟谷秸大哥是一个师父传授。眼下我念书的学校，当年谷大哥也在那里坐科。"

"你知道他的下落吗？"

"他在军管会工作，天天带着几个人遛大街，整顿市容。"

"多大的官？"

"遛大街的头儿，够不上品。"

金褥子双手抱着膝头，沉吟了半晌，说："兄弟，你哪天回北京，我跟你搭伴，进城看看。"

这个有夫之妇，竟想扮演潘氏姐妹（金莲、巧云)，我忍不住大叫起来："你是有主儿的人啦！"

"我进城是为了寻找我娘！"金褥子急赤白脸，"前年土改，我顶着雷进城，本想接她到鱼菱村吃口饱饭，谁想她不知搬到哪儿去了，这两年我老是放心不下。"

"顺便也可以找一找谷秸大哥。"我又心软了，"他一走六年多，理当衣锦还乡回村看看，挂锄时节正该歇伏。"

金褥子从鼻孔里哼了一声，站起身揭锅捞饺子，跟我不过话了。

我装满一肚子饺子回家，爬上炕倒头便睡，鼾声响如旱天雷，整夜回响在黄花闺女池塘上。我哪里知道金褥子这一夜的煎熬难过，睡不着觉在炕上翻饼，鸡一叫就离家出走，不知去向。

睡到傍晌我才起炕，跳下炕跑出柴门，到黄花闺女池塘凫水。三圈两转我凫到东岸下，只见高留住正在冷灶上烧火，青柴没有干透，光冒烟不起火苗子，高留住撅着屁股趴在灶膛口，呼哧呼哧大口吹气，呛得一阵阵咳嗽。

"留住大哥，当上大脚老妈儿啦？"我踩着水问道。

高留住转过熏黑的脸，瓮声丧气地骂金褥子："那娘儿们不是鬼迷心窍就是中了邪，头遍鸡叫穿衣下炕出了门，我只当是到院外倒她肚子里的泔水，谁知她一走就像肉包子打狗，到这个时候还不照面。"

我似有所悟，满脸三年早知道的神气，说："十有八九，八九不离十，她是进城寻她娘去了。"

"我那个丈母娘，早就找到啦！"高留住哼道，"前年土改，她下乡嫁到京北，四十八还结个晚瓜，给我养了个小舅子。"

"那就是……"我没敢说出"找谷秸去了"，便急忙扎了个猛子，水遁而去。

溜溜一天，高留住当爹又当娘，没有摘奶的小三哭得声嘶力竭要断气，急得他全身起满痱毒，生出一嘴玉米珠子大小的口疮。

我的起急，也不在高留住以下。入夜，高留住在东岸转磨，我在南岸绕影壁，活像两头蒙住眼罩的撅嘴骡子，拉着碾子轧麦场。

三更时分，金褥子回来了。我跟高留住都没想到，她带回了那个烟鬼女房东。

五

金褥子出城下嫁鱼菱村，不多不少三年整。我父亲领东的内局关了张，到东城的一家纽扣商行帮账（助理会计），我也就斗转星移来到东城上学。我考上北京市立男二中时，搬出玄女庙胡同的小四合院已经两年三个月了。

我虽年幼，却很念旧。虽然我念书的学校跟玄女庙胡同相距甚远，我还是坐上叮当车来到前门外重游旧地。

然而，我敲开小四合院的两扇街门，看见的却是一张生脸儿。开门的女人浓妆艳抹，花枝招展，妖冶风骚。我向她打听女房东，她勃然变色，怦的一声将街门紧闭，叫我碰了一鼻子灰。

我从这条胡同的一位老住户那里知道，两年前那个南方富商又来北京做买卖，出现在玄女庙胡同。这座小四合院的房契上，产权人的名字写的是富商自己。富商见女房东色相已衰，便收回房产赶走了她，另找了个外室，仍然藏娇于此。这个新收的外室便是刚才给我以闭门羹的女人。

我父亲给人家帮账，收入上比当领东掌柜大为减少，我念书全靠勤工俭学。经人介绍作保，交了押金，我投在报把头门下，当上一名报童。数九隆冬刀子风，我凌晨三点下了报，便九城奔走叫卖。穿大街过小巷，每遇到路边躺着冻饿而死的倒卧，我都要走过去看一看，看看是不是女房东的尸首。

想不到她竟活下来，而且被金褥子带回鱼菱村。

原来，她流落街头，白天沿街行乞，夜晚在鸡毛小店栖身。命中该有救星，活到了解放后，被谷秸整容队送进游民收容所，戒了毒，治了病，身子胖起来，脸蛋也有了血色，像一只生锈的铜壶又被擦得锃亮。她才三十九岁，过去的娇媚依稀可见，每天拼命刷牙，牙齿一白更为增色。收容所常开政治报告会，有一回她认出作报告的是谷秸，从此更加严格律己，为身为顶头首长的老相识争光。谷秸大悦，也千方百计树立她当典型。收容所的游民受训完毕，就要被动员到京郊的荒地开垦稻田。女房东虽然说不上"士为知己者用"，但是谷秸的动员报告话音刚落，她就高举双手，当场头一个报了名。报名之后领取一笔生活补助，到街上买些女人的日用品，巧遇在街上拦人打听谷秸的金褥子。

女房东花光这笔生活补助费，请金褥子吃了两盘子锅贴，便不辞而别，跟着金褥子私奔了。金褥子拐走了谷秸的典型，哪里还敢跟谷秸见面？

女房东心甘情愿跟随金褥子到鱼菱村来，是因为金褥子应许给她找个称心如意的男人。

这个男人便是鱼菱村旱船班子领作的，一个年过四十还没有娶妻，整天在娘儿们堆里出来进去的家伙。他家的祖产，不够个地主也够富农，传到他手里，几年花个寸草不剩，土改竟被划为贫农，可算是歪打正着。他分得两间房四亩地，自己却不耕种，租给了高留住，秋后对半分粮。平时，他挑着货郎担，摇着拨浪鼓，专卖女人的脂粉、针线、花袜、洋胰子，也是赔本赚吆喝。他最上心的是跑旱船，出风头。走起会来，他像狂蜂浪蝶满场飞，不少轻浮娘儿们为了看他，眼珠瞪出眼眶子，不住手揉眼睛才没掉下来。

旱船班子十几名演员，有男无女；领作的男扮女装，演的是驾船摇橹的船娘。我是领作亲传弟子，扮演拉船的纤女——纤女共有四人，我是其中之一。有人考证，旱船虽是地上行舟，却是扮演隋炀帝乘龙舟、下运河、游扬州的故事。

鱼菱村跑旱船，全年两起。一回是正月新春到关帝庙进香，一回是挂锄时节到河边祭河神。

领作的跟女房东相见恨晚，"孤王酒醉桃花宫……"领作的沉溺酒色，忘了安排旱船班子准时登场。

我趁机篡位，挂头牌挑班。男的演男的，女的演女的，我的这项改良虽然算不上出奇制胜，却也在运河滩引起轰动。

金褥子起带头作用，抛头露面扮演船娘；我从京剧雉尾小生身上偷艺，扮演调戏船娘的花花公子。

胭脂红粉上了脸，簪钗珠翠仁了头，彩衣彩裤上了身，金褥子摇身一变换了个人，鱼菱村男女老少都说她像黄花妃子投胎转世。不但我目瞪口呆，连高留住都直了眼。

锣鼓一响上了场，金褥子就像跳大神的被黄鼠狼附了体，手舞足蹈，眉飞眼动，虽没有领作的真功夫，满身的花活儿却逗弄得观众一声接一声喊好，黄口小儿都喊哑了嗓子。我跟她配戏，也不甘示弱，一会儿使出三姓家奴吕布的身段，一会儿是顾曲周郎的儒雅，一会儿又是马前先锋罗成的雄姿勃勃，跟金褥子争个高低，分个上下。气得站在人前背后偷看的高留住，脸色一阵紫一阵青，身上出汗散发着腌酸菜气味。

忽然，金褥子好像中了暑，又像被寒霜打蔫，慌手忙脚，目光散乱，三魂出窍走了神儿。我急忙一挥手中泥金扇，命令文武场停锣煞鼓。金褥子扔下旱船，没有卸妆就奔家跑。

我收拾了残局，才离开旱船班子。

出村走在到黄花闺女池塘的小路上，冷不防从路边的柳丛中跳出了高留住，吓得我一连倒退几步。

"兄弟，救我！……"他哭眉泪眼，满面愁容。

我只当他看金褥子跑旱船走红，打翻了醋缸，便铁青起脸，怒喝道："你想扯褥子大姐的后腿吗？"

"本主儿来了，本主儿来啦！"高留住双手抱头蹲在地上，"谷秸……找我报夺妻之仇，我不敢见他，有家难回。"

我扔下高留住，跑到黄花闺女池塘，只见身穿军管会粗布制服的谷秸，在他家的废墟四外转来转去。

"大哥！"我一步三跳扑过去。

"兄弟！"谷秸张开双臂迎上来，"我就是为了跟你见个面，才磨蹭着没走。"

"那就多住几天。"

"我回村是因公出差找个人，不是休假。"

"找谁？金褥子……"

"女房东。"

"你反倒挂念这个烟鬼？"

"她是我管辖的游民收容所学员，我应该亲眼看到她有个好下场，才放心。"

"你怎么知道她嫁到鱼菱村？"

"昨天我收到她托人写的一封信。"

"见着金褥子了吗？"

"我刚才一直看她跑旱船，鱼菱村的水土把她养得比过去更好看了。"

"怪不得她忽然慌神走板哩！原来是看见了你，跟你对了眼。"

"城里见！"谷秸转身推车，"明天上午还有个会。"

我抓住车把，说："你得见一见金褥子，叙一叙旧，才不枉久别重逢一场。"

"对了眼还不算见过吗？何必多此一举。"他凄然一笑，"不要惹得金褥子心酸，更不要搅得高留住心烦。"

我听他说得占理，相约等我过完暑假，到北京再见，便撒手放行。

他骑上车走出不远，突然，紧急刹车，翻身落地。我追过去一看，才知道是女房东横躺路面，挡住了自行车的前轱辘。

六

过多少年我都忘不了金褥子家那顿酒饭。

金褥子杀了一只鸡，炸了一锅油豆腐，从篱笆上摘下一篮豆角，从小菜园又摘来顶花的黄瓜。手艺高明的女房东上灶掌勺，炒了一桌子菜，饭桌摆放在炕面，当中一锡壶酒。

"刘大公子，咱们走吧！"女房东朝我挤眉弄眼努嘴儿，见我一点不识相，便动手扯我的胳臂。

"他不能走！"谷秸慌忙抓住我的膀子。

谷秸前来赴宴就有言在先，叫我陪王伴驾不离左右。

金褥子也只得留下女房东，说："没有您陪客，不咸不淡没滋味儿。"

女房东嘴馋而又好酒贪杯，金褥子开口挽留她，她正得就坡下驴。金褥子给她满上一盅又一盅，她呲一口酒扒一口菜，半锡壶酒入肚便溜了桌。金褥子把她像一袋麦子扛走。

金褥子扛着女房东出去，谷秸忙咬我的耳朵，说："看见了吧？你可要少饮。"

我恍然大悟："她是想把碍眼的人都灌醉，淘干了水塘捉的是你。"

金褥子去而复返。在金褥子死说活劝下，我虽然步步设防，也被迫喝了三盅。三分酒醉七分做戏，我歪倒在墙角落，虽然睁不开眼皮，耳朵却没有失聪。

"谷秸，你有家眷了吧？"金褥子给谷秸的碗里夹了一条鸡大腿，颤声问道。

"匈奴未灭，何以家为？"谷秸当了几年八路，仍然书生气十足，"现在国家百废待兴，还顾不上个人小事。"

金褥子哭了，说："你等着我，我没等着你，骂我水性杨花吧！"

"男大当婚，女大当嫁，我不怪你。"谷秸心平气和，"民主政府有规定，已婚夫妻三年音讯皆无，也可以男婚女嫁悉听尊便。"

"我忘不了你过去待我的情意。"

"那是才子佳人旧思想，不必看重。"

"我跟高留住睡在一条炕上，心里想着的是你。"

"多谢！今后可不要一心二用了。"

"好个酒色不沾的大侄子！"窗外，女房东的新郎、旱船班子领作的，高声叫好，"正牌八路，十分成色，一点不缺斤短两。"

他推门走进来，身后跟随着高留住，两人在窗根下偷听多时了。

吃过酒饭，谷秸看了一下手表，已经深夜十二点，他要连夜赶回城里，明天早八点的大会才不会迟到。

女房东已被领作的背走，谷秸叮嘱金褥子道："新社会将鬼变成人，女房东就是一例，有劳你替我在她身上操心了。"

金褥子含泪点着头，说："有我吃的，她就饿不着，你把心放进肚子里！"

当着高留住的面，谷秸又说："你们两口子，要举案齐眉，相敬如宾。"

"走你的吧！你就甭牵挂我了。"金褥子强忍着泪水，把谷秸推出门外，"难得有谁活上三万六千天，阖眼就是一辈子。"

我送谷秸到桥头，他推着自行车一步一回头，恋恋不舍。我早已犯困，催他上路，他猛跺一脚，起身上车，头也不回而去。

一去三十几年没有重返鱼菱村，其中二十二年是因为划了右，无颜见鱼菱村父老，更没脸再见金褥子。金褥子后来又连生三子，生一胎脸上多几道皱纹，日子又过得锅里缺米灶下少柴，三十老得像四十，四十老得像半百，进城怕被人当成叫花子，想到城圈儿里看看就犯怵。这几年过上好日子，承包了黄花闺女塘，又忙得分不开身。做梦也只是旧景重现，而且一年比一年少。一个走不出城圈儿，一个离不开京门脸子，竟三十几年难相见。

谷秸已是花甲之年，打报告离休，当场即照准。离休干部有的学书画，但是他的字写得能将颜、柳、欧、苏化为一体，作画能将花猫放大变成虎，一只葫芦破成两个瓢。上不上下不下，老年大学不收他。

离休干部也有的练气功，他偏跟气功格格不入，像榆木疙瘩不导电。想跟我学写乡土小说，这两年进口货和仿洋牌吃香，土特产行情大跌，他

又不愿做无效劳动。

恰巧，有人送我一套上等渔具，我便借花献佛转赠给他。

京郊有很多养鱼池，不少养鱼池被辟为官钓塘，专供有权势的高官假日垂钓。于是，以鱼为诱饵，换来紧俏物资供应的批件，所以，官钓塘又名钓官塘。谷秸没有权势，也不够级别，官钓塘哪有他的席位？只能扛着渔竿寻寻觅觅，找个窑坑水洼子坐下来，钓几条草生儿，聊胜于无，自我安慰而已。

高不成低不就，谷秸想起了黄花闺女池塘。可不知道黄花闺女池塘已被金褥子承包，养鱼种藕放鸭子。他骑着那辆三十年一贯制的自行车，吱咯乱响，星夜动身，到北运河边，太阳还没有拱嘴儿。

肚子饿了。大桥头公路边，有个小饭铺亮着灯。

叫开了门，开饭铺的是老两口子：男的跑堂，女的掌灶。

一碗绿豆稀饭，两个细箩白面馒头，一盘凉拌黄瓜，一盘热炒鸡蛋，一碟卤煮花生，一碟香油臭豆腐。吃完一算账，没零没整儿二十元！谷秸出门，身上从不带着十元以上现金，以免被扒手偷走而感到肉疼。但是，不交足饭钱脱不了身，他只得把手表押给掌柜的。

一传一递之间，他认出了老头儿是旱船班子领作的，老太太正是女房东。他没有点破，走出饭铺不免一阵凄凉。处处向钱看，难道乡情也变得薄如纸？

谷秸跟金褥子在黄花闺女池塘的见面，他一直守口如瓶，详情细节我都不得而知。不过，从此他每个星期跑一趟鱼菱村，每趟都满载而归，带回一网兜子草鱼、青鱼、鲶鱼、白鲢子，打电话叫我到他家吃全鱼席。有时他一不留神走了嘴，三言两语藏头露尾，我虽不敏，也猜出这些美味来自何处了。

这一天我又到他家吃鱼，穿堂过室如入无人之境。来到桌旁坐定，挽起袖口刚要动箸，谷秸劈手把我的筷子抢走，黑沉着脸子欲言又止，一副心烦意乱景象。

"插足了，是不是？"我低声嬉笑着问道。

"本人早已不惑知命，没有这个雅兴了。"谷秸鬼鬼祟祟，颇像做贼心虚，"兄弟，你台面大，眼皮子杂，能帮我买三千米平价铁蒺藜网吗？"

"想当官倒呀？"

"为了投桃报李。"

"此话怎讲？"

"我不能白拿金褥子的鱼!"谷秸一拍桌子,紫了脸红了眼,大嚷大叫,"你也不能白吃我的鱼!"

金褥子想买铁蒺藜网,是要把黄花闺女池塘圈起来,成为铁打江山自家天下。

谷秸拿人家手软,我吃人家嘴短,敢不俯首帖耳,供人驱使?

金褥子,真有你的!你不但放长线钓大鱼,而且一箭双雕,一石二鸟,一条线拴俩蚂蚱。

原载《人民文学》1990年第7-8期合刊

点评

生逢乱世,一切都变得脆弱、易夭折,生命如此,情爱亦如此。小说以谷秸和金褥子的感情、命运为线索,勾勒出动荡时代下的一出人生悲喜剧。

金褥子出身寒微,早年为了生计便给人做了使唤丫鬟。遇见谷秸是她一生中最明亮的事情,这个识文断字的学生不仅带给了她爱情,也带给了她追求美好生活的动力。但时局动荡,一切都充满着变数,走投无路的金褥子只好委身于高留住,在鱼菱村住了下来。金褥子命运至此,看似充满偶然,实则必然,冥冥之中牵引她命运的是她曾经的恋人谷秸。从小说整体来看,离开城市来到乡村并不是一件坏事,在土肥粮丰的鱼菱村,金褥子的生活是安宁的,虽然谷秸一直住在她的心里让她精神上并不满足,但是现实的生活算得上是和谐安宁。相反,逃走的谷秸像一条步入狂风暴雨的小船,在时代的波涛里起起伏伏,他有过衣锦还乡的高光时刻,也有失势沉默的三十年。两个曾经相恋的人多年以后再相见,美好的回忆早已远隔万水千山。出身城市的金褥子在鱼菱村过了安逸的一生,出身乡村的谷秸却在城市里飘荡了一生,他们的爱情悲剧和沧桑命运,彰显了个体生命在历史大潮中的孱弱和微不足道。

(崔庆蕾)

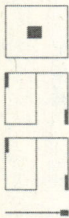

小学老师/

/李森祥

算盘

陈老师个子很高。他常穿一件灰布中山装，两肩膀瘦塌塌的，背脊骨却像竹竿一般直。

他讲课时，一只手搭在课桌上，另一只手的指缝里，就夹住一颗粉笔。他的手掌片开后，奇大，白白的，筋凸出来，薄薄的像菜刀。一课结束时，他粉笔一丢，两手掌合住，相互擦一擦，沙沙的。那声音很像剃头师在刮布上刮剃刀。

我入学前，常牵着爷爷为生产队放的牛，到学校门口的空地上去松蹄。到教室的门边，我对着牛屁股踢一脚，喊：陈算盘！待陈老师探头探脑往外看时，我和牛已经隐到人家屋舍的角落里。

陈算盘是老师的绰号，村里人背后都这么叫他。他的真名，却很少有人知道。我八岁时，爷爷说：你也该到陈算盘手下去学几年了，拨得活一块算盘，好管今后一辈子。

这陈老师是块活算盘，经他手教出来的学生，个个算盘珠上走得了马。的的得得，的的的得得得，珠子炒黄豆一般响成一气。学生家长听了，笑眯眯的，说：他娘的，光听这声响，心里就怪味道的。

教室是祠堂改的。先前叫王家祠堂。过去王家发过一阵子，是大户。快解放时，王家败了，这祠堂归公家所有，开过大会，办过大食堂，住过工作队。六四年立小学，祠堂空着，队干部说：现成的，摆几张桌子，比镇子里的学堂都好。

我去读书时，祠堂里开了三个年级。一年级十六人，三年级七人。三个年级摆在三根母猪腰一样粗的祠柱间垅里，老师站在中间，被祠柱比着，他就显得更细。他脸上紧绷绷的，给一年级上拼音课，他喊：啊——，十六个学生就啊——，参差不齐的发声，在祠堂的梁柱上缠来绕去。不知是燕子还是麻雀，在声音的空隙中穿进穿出。

其他的两个年级就自学。

下课后，老师要到房间里去略微休息一会，祠堂有阁楼，老师的房间就做在阁楼里。他爬楼梯时，很吃力的样子。咯——咚，咯——咚，好一会，才看得到他的头快碰住楼梯顶部的一根横梁。老师举起一只手，掌片子在横梁上挡一下，然后头再移进横梁里去。我弄不懂，老师为什么不弯一下腰，非用一个比较吃力的动作。

上课时，老师不敲钟不吹哨。他的头又从横梁内移出来，脚就从楼梯上下来，咕咚声比上楼时响，弄得祠堂里回声很大，学生们远远就听见了。到他下最后一级楼梯，我们已经坐好。

哭虫欺我是新生，将一条蚯蚓灌进我的领口里。蚯蚓在我背脊上蠕动，滑腻腻痒酥酥的。不敢叫喊，就拱背，想赶蚯蚓爬出来。结果我越拱，蚯蚓蠕动得越乱。我终于忍不住，委屈的泪水就出来了。老师正讲着课，忽然对我瞟一眼。他捡过一颗粉笔头，薄大的手片子一晃，粉笔头划出一条白线，朝我这方向飞来。我心里很紧张，却没料到粉笔头正好弹在哭虫的额头上。哭虫的额顶，就有一颗黄豆大的白粉点。

哭虫挨了弹，就接了命令似的，很老实地到我背上拤蚯蚓。他像泥鳅一般，用三只手指头一钳，我背上疼了一下，蚯蚓被他拤牢，我背上的一条瘦筋，也差点被他拤掉。哭虫把蚯蚓放进袋里。他是不敢丢掉的，要带回家给家长看。哭虫无父母，只有姐夫、姐姐，但也少不得挨一顿骂。

这是老师数年做出的规矩。父母以及大人们，想晓得孩子这一天是否好好读书，见有白粉点，就晓得个大概了。然后就喝一声：如实讲来。有谁想耍滑头，将额上的白粉点偷擦掉，那是白费心思。老师总能晓得。第二日上课时，再弹一颗，比先前一颗重。如此一二三，一颗更比一颗重。到了第三颗，石击一般，学生就吃不住了。

老师弹粉笔头，得力于他打算盘。那些算盘珠子，被他左右开弓的两只手弹开拨拢，噼噼啪啪的，他眼睛都不大要看，你不知他的几只手指怎

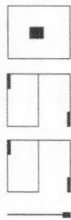

么颤一颤，粉笔头已经到人的额上了。

我爷爷得知哭虫欺侮我的事，说：陈算盘这个人算得是个讲公道的好老师。他就包了二两好烟丝，让我拿给老师。老师看了烟丝说：这烟丝蜡黄，哪里买的？我说：爷爷种的！老师就赞许地点点头，用手指撮出一小撮，将其余的烟丝包包好，递给我，说：告诉你爷爷，我心领了。

老师是不抽烟的，那一小撮烟丝他带给堂客品尝。

老师的家在樟潭镇上。学校离镇有近二十华里，他隔一个月的星期六下午，拎一只席草打的草包，背脊骨笔直，脚步轻飘飘的，步行回镇上去。那草包里装的，八九不离十是烟丝。

老师的堂客烟瘾蛮大，专抽旱烟。她隔一个月到学校来一趟。老师逢双月回去，她赶单月来。来了，除去抽烟就是洗衣服或拆洗被褥。她拎一篮脏衣脏被，向村里人借一块搓衣板，到溪里去洗。洗溪水是舍近求远，村里的堂客，就在村内村边的水塘里洗。老师的堂客说那塘里剖鱼杀鸡，刷粪桶洗脚，再脏不过，哪有溪水好呢？村里的堂客听了，不服气，斜着嘴说：什么溪水好呀，那里冷清，两口子好亲热，肉麻死了。

每次洗衣，老师都陪着去。堂客不叫老师动手。她坐在溪边的一块青麻石上，把两只脚从布鞋里抽出来，扒掉袜子，是双很白的小脚，只是皮有些皱。她把脚浸在水里，搓衣板戳在腿叉子下，将打了肥皂的衣服按在搓衣板上呼哧呼哧搓。

老师就坐在旁边，很呆的样子。怀里抱住的，是一杆比教鞭还长的烟枪。烟枪上的烟袋在他胸前有一下没一下地晃。堂客说：你累了就站起来走一走。他就站起来走一走。走三五步，又返回头，原地坐下，不动。

衣服洗好了，堂客将脚从冰冷的溪水里拢出来。脚已经泡涨了，肉鼓鼓的，老师看着很丰满。堂客说：那么红嘟嘟的，难看死了。老师说：哪里话呢？好看的。老师就将堂客的脚抱起来，塞进怀里焐。堂客说：都麻木了。老师说：焐一焐就不麻了。

就那般焐着。堂客的两腮也红红的。她掏出一个纸媒头，火柴点着，将烟枪横在两人中间，捻出一颗壮壮的烟丝豆，闷进烟盏里，纸媒火一戳，噌噌几声，烟雾就在堂客的嘴上和老师的头顶缠绕如丝。

老师自己不开伙食。不知怎么的，一些日子后其他学生家长就有闲话。老师就改为轮伙，一个学生家一天。村里人都对轮伙有兴趣。有驻队干部，农业技术员以及来往过客，都吃轮伙。老师轮伙有个规矩，办伙的人家桌子上不能有鱼肉，他说肠胃不好，鱼肉容易闹肚子。不上鱼肉，光萝卜青菜的，一般人家又过意不去。有学生家长再三和他说，他松了口，说是一定要添菜，一碗豆腐足矣。就一碗豆腐。村巷里也有豆腐担来叫卖，剖一碗四分。这样，就常可以看到，那曲里拐弯的巷弄中，堂客手上托一碗抖抖颤颤的嫩白豆腐，有人碰见了，打个招呼，问：某某娘，剖豆腐啦？某某娘就嚷：是喽，今朝轮老师的伙。

老师吃饭时，自带一只搪瓷面盆碗。吃完一天，晚饭碗一歇下，他就掏出一只老式的牛皮票夹，点出粮票钞票，用一只菜碗底压在桌子上。然后打招呼说：辛苦你们了。学生家长客气说：交什么伙食费？老师回话：规矩，规矩。

这样说着，堂客们已经将他的面盆碗刷过揩净，递到老师手里。他将面盆碗夹在咯吱窝里，脊背直溜溜地消失在昏暗的油灯影里。只有他很齐整的脚步声，像竹竿拖在鹅卵石路上，串着，啪得啪得地远去。

老师夹一只碗到人家里吃饭，久了，就有人说闲话，是嫌不干净么？还是怕吃不饱？

他夹碗前真有一次吃不饱。一位很钻骨小气的家长，用小碗给他吃饭。他吃了第一碗，欲盛第二碗时，那家长正好用木饭勺在饭桶的内壁上刮，咕咕的声音，那意思是说：饭桶已经见底了。老师会意，不再吃。那就得饿肚子。饿肚子的事他是不干的，付了搭伙费呢。于是，他干脆自己带碗，碗大，一盛大半碗，正好吃饱。

有个别家长说：什么搭伙费，那几张小角票，塞屁眼都不够。这话老师听到了，他就笑笑。他在祠堂后背挖了一只小茅坑，埋一只能装两桶粪的旧水缸。水缸是原先杂货店的废品。四根竹竿撑起几片挡风遮雨的草帘。老师就蹲在这小茅坑上方便，一天一次。有时，一些什么动物也图稀罕去方便。老师方便时，两脚尖踮得很高，他的背脊仍旧不弯，那样蹲法就很吃力。后来，他在缸边打了一根硬木桩，两手抓住木桩时，重心就稳，这样也就方便了。天长日久，那木桩沾满了粉笔末，风吹雨淋，就结

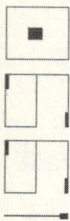

成许多龟裂的小白块。

老师的茅坑我们不大去光顾。有屎憋也要憋回家里。这是爷们父亲们暗地里再三关照的。有尿可以随便。肥屎不肥尿么。我们通常在祠堂的另一个角落里，对着桑树野花杂草，将白晃晃黄交交的液体乱便一气。

那缸里的东西就是老师的。他不准别人随便去挑。他心里排好一个次序，半月一通，由学生家长去掏"宝"。一掏两个大半桶。这样子学生家长就会认为：轮老师的伙也不大会吃亏。

我爷爷将两大半桶粪挑回自家菜畦上，就笑眯眯地说过：这算盘，肚子里的货色真不少。

有一天，老师很认真地要我们这个年级的同学，上他住的阁楼里去看看。我们心里一下子兴奋起来，这就是说：老师要教我们珠算课了。按老师的惯例，开教那个年级的珠算，就让上他阁楼里走一趟。这已经成了他的一种固定仪式。

以往，我们是不敢上老式的阁楼，他和我们保持着这一段距离。阁楼在我们心目中就显得神秘。

我们排着队，很小心很紧张地往楼梯上迈步。步子迈得很慢。我脚底心软绵绵的，好像踩着的不是楼梯板，而是踩在老师的身上。

进了阁楼，我的好奇心一下子没有了。我觉得阁楼和我家的房子没多少区别，只是东西摆得比我家的整齐。被子叠成豆腐干一样，放在床的一角。床上挂着一顶棉纱帐，帐顶布有些黄。床下摆着两双布鞋，一双有泥，一双很干净。床旁一张条桌，一张有些发红的旧藤椅。条桌上是一盏煤油灯，灯罩的顶部很黑。在阁楼的另一只角，还摆着两只箱子，一只樟木板的，镶着全副的铜铰链铜包角，包角上绿生生的，发着铜锈。另一只箱子很简易，是普通的木板钉的。

老师让我们轮流在他的藤椅上坐一下，藤椅会吱咯吱咯叫。我坐着时，觉得瘦垮垮的屁股裂作无数小块了，网眼一般张开来，心里痒丝丝地有什么东西往上拱，我的身子、脑袋差不多在这一瞬间被拱大。一个同学推了我一下，我连忙站起来，才觉得我又变小了。

我们都坐过藤椅后，老师就打开了樟木箱。老师顿了一下，樟木箱内掀出一股陈年瘴气，在小阁楼内左右弥漫。这有些辣有些绵醉的气息渗得我的鼻子忽大忽小的，我拼命熬着，才没打出喷嚏来。

这时，老师搬出来一样物件，他双手托住的样子，很重。他小心地将物件平放在条桌上，解开包住的布，是一块算盘。老师对我们招招手，很慎重地说：你们来摸摸！我们就过去摸摸，一摸我就瞪大了眼睛，原来是块石算盘。它不光算珠是石的，连排档、盘框也是石的。这是一块雕出来的石算盘。它能算么？能算。老师看着我们全摸过后，将左手按在算盘上，大拇指一勾，咯得数声脆响，打出一排珠子，是一、二、三、四、五、六、七、八、九。老师说：你们看住了。只见他薄大的手掌一翻一悠，手指啪啪一串头弹开，一瞬时，一种盐锅里爆黄豆的声音炸出来，一串串地在我们耳边滚。一会工夫，声音没了，算盘上的一至九珠子就调了个头，成了九、八、七、六、五、四、三、二、一。

我们十三个同学都炸着嘴，耳朵鸟翅般弹得笔挺。老师说：别小看这么打一遍石算盘，哪天你们能够像我刚才这般不歇力地打一遍，那就可以在滚了的油锅里用手指弹出一颗花生米来。

经老师这么一说，我们就更加惊呆了。我心里想，到哪一天我才能学到这一手绝技呢？老师的话是真的，他手指尖上的老茧，比我爷爷指根的老茧厚。

祠堂里，石算盘声音响过的第二日，十三块木算盘的珠子就在课桌上滚来滚去。一块特制的大算盘挂在黑板上，这是老师自己动手做的。黄杨木的珠子，足有碗底那么大。珠杆上扎着鸡毛，用来固定珠子。他用左手去推珠子时，脚尖踮起来。他规定我们，也一律用左手拨珠子。他说：右手是握笔的，怎么能打算盘呢？左手打出来，右手记，这才正，这样，我们那一带打算盘的，只要看他开哪只手，看到开右手的，就有人说这是野路子，不正宗的。

老师教我们珠算，几乎是突击性的，天天学。那些天，村庄里能听到东一片西一片的算盘声。晚上的时候，这声音伴了多少爷们父亲们进入梦乡呢……

那些天，老师的心情就显得很轻松。走路时就更加不紧不慢，他那一种楼梯上爬下爬上的姿势，也做得更加稳重。他长年累月穿布鞋。他平日里穿旧布鞋，这些日子里就穿新布鞋。新布鞋鞋底硬，声音就响一些。他啪嗒啪嗒地走进学生家去吃饭，学生家长就迎住，说一声老师辛苦了！他就说应该的，应该的。老师觉得有了一种安慰，很知足的样子。

老师教了加减乘除之后，说这是基本功。能否把一只算盘打精，就要学会另一招，破头算。原来这算盘的算法都从尾数算起，破头算却是从头数算。老师认为：破头算不仅好算，而且算速快，差错少。如果需要，可以边算边报出答数。我们学会之后，一比较，果然好。

到此为止，我们的珠算课就结束了。老师说：想把算盘打得精打得神，就看你们自己。俗话说：师傅领进门，修行在自身。有没有出息，就看你们今后多练多想多总结经验。

接着就将放寒假。放寒假是过年，年前家家户户总有些猪呀鸡呀的要卖，又有些账什么的需清一清，干干净净地过年么。这么一来，就用得着算盘。我们就在家庭里发挥了作用。我爷爷只要往上横桌旁一坐，就叫我：拿算盘来。然后他报数，我算。一算对，他就说：这三年书没白读。有一天，爷爷卖了一只鸡，明明他心算算对了，仍要我用算盘再算一遍，算盘珠子响几下，他好像才心安理得。

过年时，老师回镇上去。寒假结束后，正是农历正月的上旬。老师提早两天到校，堂客也带来。他带着堂客，挨家挨户的，到学生家拜年。老师对家长说：过年好！他堂客也说：过年好！家长们就倒茶，拿年货出来吃。老师不吃点心，喝一口茶，问学生：这些天做作业了吗？家长就抢着说：作业好像做了，就是算盘打得少。老师就摇摇头说：算盘要经常打打。老师的堂客不管老师，一旁和家长们换着烟抽，一边说：王老五的烟呛得好，有香头，不辣，却煞瘾。

老师就咳一下，是被烟雾呛的。老师咳起来时，那始终挺着的脊背就弯了弯。

他们临走时，家长就包上点烟丝或者是年糕什么的，说：一点点东西，用不着客气的。

老师说：你们太客气了，怎么好意思呢？

老师和堂客再走另一家。

他们走了后，家长的堂客有意看一眼桌子，桌子上空空的。堂客就说：这夫妻俩也有意思，哪有年头里走人家空了手的。男的说：许是他们镇上人不兴这。再说人家是老师，家家走，那得带多少东西？

那也是，话说回来，这人终归有算盘。

本来就是算盘么，陈算盘这名字也不好白叫的。

堂客又说：要是我们这儿子大起来，也像他这么有算盘就好了。

男的说：这就难断定了。

玉牙

薛老师是从县城里下来的。

她来接陈老师的班。

来的那天，很多人都跑去看。一会工夫村里人就晓得了，新来的老师很年轻、很漂亮。

她就站在祠堂的门口，祠堂的门墙是青石板砌的，青石板上雕着龙，都粗粗糙糙。那龙都张牙舞爪的。门衬着她，她就像画上的人一样。她很白，面粉捏出来一样。她的脚边摆着两只奇大的旅行袋，她的手里拎着一只鱼网袋，袋内吊着一只花脸盆，脸盆里牙膏牙刷，瓶瓶罐罐的。她有两条大辫子，很油黑地服在木姥姥细的腰眼里。村里的年轻女人，这般粗长的辫子也是有的，可她们的辫子像锄头柄一般木呆呆的。老师的辫子像两根乌梢蛇，下死眼看，会觉得它随时都在颤。

哭虫还是我的同学。不知道他为什么叫哭虫，他在我们心目中有地位，就因为我们从没见他哭过。哭虫大我五岁，他个子又竹笋般拢得快，做很多事时，他差不多都是领头的。这时，哭虫就跑上去拎那两只大旅行袋。老师说：谢谢！然后就笑一笑，辫子就甩一甩。

我们都觉得很好笑。背着老师时，就弄些棕榈树叶打成和老师差不多长的辫，披在头上，一甩一甩的，嘴里女声女气地：谢谢，谢谢。

薛老师住在陈老师住过的阁楼里。下课或者放学，她见我们对那楼梯上探头探脑的，就让我们上阁楼去玩。

这样，那楼梯早中晚都要响许多次。楼梯上声响的节奏就没有陈老师在时那般规律。

阁楼里早已经换了一个样子。原先糟黑的板壁上糊着白纸，桌子、床架什么的，都洗过见过大太阳。窗子上吊着一块花布。窗门是木板的，关窗时，从外面就看不见那花布，开窗时，花布就探头探脑地往窗外面去。

远远地望过去，那厚实、黑沉、古板的祠堂高墙上，开出来一片花似的。

薛老师自己做饭吃。她有一只很小的煤油炉，一只小铁锅。很好玩的是一把小锅铲，只有小孩子掌那么一点，猫舌头一般，在薛老师手里探进探出的，很机灵，很活泼。薛老师常买鸡吃，不敢杀，由哭虫动手。通常由薛老师捉住鸡的两腿，哭虫把刀叼在嘴上，把鸡翅膀和鸡脖死捏在左手里，右手一根根很耐心地拔鸡颈上的细毛，拔出可以下刀的一片，哭虫放了刀，嘴对着鸡颈，啵，猛吹一口，细羽就蓬飞起来，点点片片，不是沾在哭虫的短眉毛上，就是歇脚在薛老师很光亮的刘海上。当鸡的鲜血像尿般喷射出来时，鸡就猛烈地挣扎几下，两腿乱蹬，薛老师两只抓鸡腿的手就前前后后地摆动。有星星点点的血溅在哭虫和薛老师的手上，哭虫手上的血是紫黑色的，薛老师手上的血点鲜红如花瓣。褪下来的鸡毛薛老师不要，几个女同学挑拣出一些好毛，扎成毽子，下课后踢，一、二、三，鸡毛毽子翻着花跟头。几个月下来，那些女同学的毽子就踢得很好了，从原来只能踢三五下，一直到踢一两百下。

薛老师高兴的时候，就喜欢摸我们的头，很甜地微笑着，露出一排雪白的牙齿。她的手暖烘烘软绵绵的。哭虫的头薛老师从来不摸。哭虫站条直，差不多有薛老师高。哭虫很想让薛老师摸他的头，他把头发剃得精光，脑壳像个青皮鸭蛋，青筋乱爬。有一天，哭虫站在薛老师面前，歪着脑袋，很痛苦的样子。老师问：你怎么了？哭虫哭着说：不知怎么了，头疼，摆不正。老师说：我看看。老师在他白脑壳黑脖子上左右瞄瞄，说：没什么嘛！哭虫就哎哟哎哟地叫。老师就伸出手来，停了停，往他脖子上一摸，又用另一手扳他头。一扳，哭虫大概觉得痒，就嘻哈笑出来。那副歪着脖子斜咧嘴的样子，像个吃了偏食的傻鹅。

薛老师从不到陈老师挖的茅坑上去方便。那茅坑依然在，我们男生偶尔去用用，偷偷摸摸的，生怕自家长辈看见。茅坑旁已经长满脚踝子深的臭草。常有些老年人，拔了臭草，带回家去熏蚊子。我们学陈老师的样子，蹲在缸沿，挺着脊背，两手抓住木桩。木桩的根部，滋生着一排黑油油的野木耳，很肥。薛老师使用一只上了油漆的木桶，像猪草篮那么大，可以手拎，薛老师天天清早倒马桶，在村口的塘里刷，忽喳忽喳的。拎回学校，就放在祠堂朝阳的地方晒一个白天，晚上拎马桶上楼。

有一天夜里，薛老师坐马桶，忽听得马桶里有怪响，她吓得大喊大叫。第二天才知道，那里面养着几条活泥鳅。

泥鳅是哭虫偷偷放进去的。这事薛老师后来知道了，是一个女生告诉她的。薛老师对哭虫就有戒心。

薛老师上课，和陈老师不一样。她对女生很文气。她发现不听课或做小动作的学生，只是让站起来，或者到黑板的旁边去罚站。站一站，不用听课，对我们是无妨的。薛老师让站，我们就装出很老实的样子，乖乖地站。哭虫晓得薛老师对他有戒心，很不服气。薛老师正上着课，他站起来，将食指当枪管，拇指作瞄准器，对着祠堂的柱子一甩胳膊，啪，嗒嗒，声音就从他的后身滚出来。学生们哄堂大笑。薛老师也熬不住笑，将手掩在鼻子下，肩膀一抖一抖的。一会工夫，薛!师不笑了，脸色很白，她要哭虫到黑板旁去面壁思过。哭虫坐着，很自信的样子。薛老师叫他不动，火了，就过去拉他，拉胳膊，他胳膊灵活得像泥鳅，东一甩西一甩的，薛老师眼花缭乱，她的脸就由白到红，并呼哧呼哧喘粗气。薛老师气得猛甩了一下头，甩不动。她的辫子不知什么时候到了哭虫手里，哭虫正搓过来揉过去地玩。

晚上的时候，薛老师就到哭虫家，搞家访。哭虫的姐夫村里人叫小泥滚子，很闷，说不出话。哭虫的姐姐嘴头倒是刀子一般，很尖，她有个绰号：白雪瓜！白雪瓜做姑娘时讨饭，讨到这村里，被小泥滚子留住了。天闷热时，她光着膀子睡觉。小泥滚子和人说到他堂客时，就两句话：我们家饭好，不到一年就把她撑圆了。村里人就说：你们家水也好，不到一年就把她滋白了。小泥滚子就很得逗地闷笑着。这样，就有人送了个白雪瓜的绰号。其实白雪瓜不白，只是矮胖。过了两年，她把弟弟带出来，说是：我前世欠了你的，你去读书吧！哭虫就糊里糊涂地读书。

白雪瓜对薛老师说：你晓得的，我难为死了。让他读书，他不争气。不让他读书，村里人会说我做姐佬的狠心。我要管他，他站起来比我高，哪里打得过他。

薛老师想一想，倒也是的。就回去了。

我家和哭虫家离得不远，去上学时，一般都同行。穿过好几条弄堂，翻一条渠道。渠道边有一栋谁家新造的屋，屋顶刚盖下来，门窗没安。屋

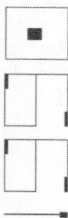

主人收了轮盘花籽，把轮盘花秆堆在新屋里。花秆柔软透气。哭虫领着我以及后来的几个同学，在花秆堆里玩。把花秆堆筑成碉堡或战壕，分别伏在各自的工事内，用嘴对射一阵。射过了，炸碉堡或炸战壕。抱大捧的花秆，冲上去，堵住堡顶或枪眼。人家的工事刚炸掉，自己的老窝也被人端了，没有工事，就混战，弄不清是花秆还是人，扑上去，压住。你压我，我压你，花秆一团团满屋子飘飞。倏忽间，人都不见了。人在哪？都拱在花秆内。大堆的花秆里，时不时会冒出一颗热气腾腾似刚煮过的人头。

我们这么玩，就玩出瘾来，把上课的事有意无意地忘记了。薛老师见缺课的学生多，就顺藤摸瓜，摸到这新屋来。她摸来的时候，我没看见，那会我正被人闷压在花秆里。薛老师就爬到花秆堆上来，泥地里扒番薯一般，把我先扒了出来。正在这时，我被人撞了一下，摔倒了。薛老师也摔倒了，满头脸的花秆草衣，她身上压着一个人，那人一只很活泛的手，甩着花秆，唧唧喳喳的，似蛇一般，在薛老师的身上游来爬去。

我先是呆了一会，清醒过来后，就去拖薛老师身上的人，他太长太大，我拖不动，情急之中，就搔他痒。他嘻嘻笑出声来，滚翻在花秆上。

滚着的人是哭虫。这时薛老师已经站起来，一脸羞涩。我们都呆立着，不知怎么好。哭虫滚了一下，上身刚支立起来，只见薛老师的乌梢辫子似牛尾扫牛屁股般，抡了个半圆，"啪"一声脆响，薛老师的一只巴掌就飞在哭虫的脸上。

哭虫先是怔了一下，然后伸手摸了摸脸。薛老师就转身走了。哭虫说：没事，蚊子咬一样。薛老师大概听到哭虫的话了，又转回身，站在新屋的门槛外，两眼死死地盯住我们。一会，她声音很低沉地说：上学去。然后她真的走了。

我们几个人相互看了看，眼神都木愣愣的。没招呼，就一个跟一个地到祠堂去。

哭虫的姐不知从谁嘴里得知哭虫挨耳光的事。哭虫回家吃晚饭时，白雪瓜问：老师打你了？

哭虫咽进一大口唾沫，说：不要你管。

白雪瓜骂：没用的东西，挨耳光了还硬什么嘴。

哭虫只顾吃饭。

白雪瓜很气愤，说：这东西也是的，那里不好打，偏打耳光，这往后让你咋做人？找个机会我给你打回来。

哭虫说：我说过了，不要你管。

白雪瓜很惊讶。第二天她就截住我问：我家哭虫是想上老师啦？我说：不知道。她说：一定是的，这个狐狸精，要害死人的。

薛老师就下决心，要把学校整顿一下，她发誓说，不把哭虫改好，她就不当老师了。

她首先找哭虫谈心，她平日里找学生谈话都在阁楼里，这次她选在课堂上。放学后，她把我也留下来，我和哭虫就绷着脸，坐在自己的位子上。老师在哭虫的对面坐下来，望一望哭虫，说：你姐姐多么不易。

哭虫说：她活该的。

老师说：你这话就不对了，你姐为你操这么大心。

哭虫说：我又没让她操。

老师就叹了口气，并咬了咬下唇，说：还记着我打你的事？

哭虫就低了一会头，然后嘻一下笑出来。

她见哭虫笑了，就说：那好，你们回去吧，以后好好读书。

我和哭虫就回家了。

这之后，哭虫就本分一些。老师觉得很满意，有一次，哭虫做了一件好事，老师一高兴，就伸出很白嫩的手，想在哭虫头上摸一下。她没提防，哭虫把头歪一歪，就摸了个空。

薛老师又买了一只鸡，要哭虫帮她杀。哭虫仍旧是嘴里叼着刀，卷着两袖，猛拔鸡脖上的毛。鸡的两条腿是薛老师抓住的。当哭虫在鸡脖上横着抹刀时，鸡的两腿一痉挛，尾部就挤出一些屎来。薛老师怕鸡屎，让一让，两手就松掉了。鸡的两腿就乱抓乱蹬，哭虫没提防，鸡脖也从他手里滑掉了。那鸡就直挺着脖子，红色的小血栓，一长一短地溅出来，摇摇摆摆往一条小弄堂里拱进去。

哭虫去追，追了好长一截路，鸡就自动倒下了。哭虫抓住鸡的两腿，拎回来，倒挂着的鸡脖这时软绵绵的。哭虫看见薛老师坐在祠堂的石阶上，脸色铁白的，很难看。

哭虫问：你怎么啦？

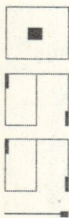

老师摇摇头，很无力的样子，表示没什么。

这年的冬天，老师结婚，她给每个同学发几颗糖。她和我们说到她男人时，她叫他爱人。爱人长爱人短的。她爱人是城里人。这之后，爱人经常来。一般都不是星期天，来去时两头都见黑。晚上来，一大早走。

后来，薛老师给我们上课，我们总觉得她的声音不如以前好听了，没有整洁感，像一只喷着杂音的有线小广播。同学们老是捂着嘴笑。我很诧异，仔细看了看她，发现她的一颗门牙不见了。

她摔过一跤。她在一条田野的小路上走时，有一只脚突然陷了一下，人就摔趴下了。她踩中一只"恶坑"，是有人事先挖好，并做了伪装。这种"恶坑"我熟悉，哭虫以前经常领我们挖，也经常有人陷下去。

少掉一颗门牙，薛老师就觉得吃东西不方便，难看。她就到城里去补。补回来时，那颗补的牙就很显眼，玉色的。大概补牙不舒适的原因，薛老师的上嘴唇就常常要瘪一瘪。

后来，我们又觉得薛老师胖起来，胖得很快。再后来，薛老师就回城养孩子去了。

有人说：她养好孩子，就不再教书了。

哭虫仍经常和我们在一起玩。他弄一片玉色的小花瓣，放在指头尖上揉一揉，贴在一颗门牙上，他的一颗门牙就是玉色的，然后他也瘪着嘴，将肚子挺一挺，嘴里发出丝丝的声音，女声女气地说：我爱人，我爱人！

字墨

祠堂门挂着老式铜锁，风吹得到，雨也淋得着，就是无人拿了钥匙去开锁。据村里管些事的人说：上面派不出老师，派得出也无人敢来。

无书可读，总不能闲着，父亲要我去生产队牵头牛放放。我站在队长面前，队长一按我头顶，说："还够不着牛屁股，弄头黄牛放放还差不多。"

我就放黄牛。

我们南方的黄牛个小，牛劲也小，以雌的牛为最多。耕大水田不行，只能耕地。黄牛腿短蹄细，走出来的犁路倒是笔直。

地在先坑里。一大早，我把黄牛牵出栏，迷迷糊糊地朝先坑走去。到了，挑一块有草的地方，牛吃草，我到露水很深的草丛里去逮小雀子。小雀子还在打瞌睡，这正是我逮它们的最好时机。

到太阳两三竹竿高时，地瓜稀粥在掌犁人的肚子里晃荡着，远远地朝先坑走来。一张大条锄，锄柄穿在一张犁的弓里，牛扼以及拉犁用的铁链子串在锄板上。掌犁人醉汉一般，哼哼唧唧的声音就窜进我和黄牛的耳鼓里来。

掌犁人放下犁，将犁尾高高翘起，犁头插进沙土。在清凉而有薄雾的田野里，远远望那犁，十分古朴。

掌犁姓吴，村里人碰上他了，先点个头，唤秀才！秀才就是他绰号，真名好像叫亚俊。很洋派的名字，村里人总不容易上口。

秀才中等个子，一眼看上去不觉得胖。秀才下了水，能露出一身肉疙瘩，活似一条黑鱼。我爷爷说他杀坯一样，意思是结实强壮。

秀才照老例先坐在锄柄上歇一息。他坐着时，不吸烟，两管眼珠，总盯住什么看。一看好一会，很难弄清他看一样什么东西。看呆住了，就弄个手指头在沙地上东划西戳的。靠近了去看，他划出的是好几个福字。

他的字笔画很粗，很方正，看上去胀鼓鼓。连村里不识字的人都能分辨出他的字。看见谁家箩筐等农具上号的字，就说：你这字有墨，秀才写的。

的确是秀才写的。秀才的字是有名声的。爷爷说我们村里就这一手好字墨，指的就是吴秀才。到秀才那里讨点字墨去。村里人家，添置晒箪、水桶、稻方、箩筐什么的，就请秀才号字。秀才怀里揣块砚台，手里捏一管笔，走到人家里，不客套，问：号哪？答：板凳，粪桶。秀才不仅字号得黑，也不计较什么物件上号。什么物件都可以，只要主人需要。

秀才就摆开砚台，到泡给他喝的茶杯里蘸出一点水来，磨墨。墨黑不黑？他用小指甲勾出一点，点在掌心里，放亮处照一照，不黑，再磨。满意了，就动手号。衣袖挽起来，呸，在手心里吐口唾沫，捏死笔，仿佛笔尖上垂有百斤力。然后问主人一声：新还是古？主人回答：古好！秀才就号古。新和古是秀才的专用语，即号新字还是老字。

几样物件号好了，秀才问：还有要号的么？主人就再去找，翻墙角腾物件，什么竹篮、谷柜、粪勺子，只要没号过，都号。

一号半天。吃饭时，主人家请秀才吃饭，秀才也不客气，留下喝酒。酒一般都是自酿的多，糯米水酒。秀才品酒功夫也属上乘，都要问问他，我这成头足没？还差点，也就七八厘吧。

主人劝酒，说：反正成头不够足，力道小，多喝一碗。秀才就多喝。三四碗酒落肚，不大响的秀才话才多起来。秀才说一餐话，口水能接三碗，哗哗叭叭的，下小雨一样。

秀才说：我娘这人，讲起来也是世上难猜。她自家钵头大的字不识一个，吃食、做活都苦死，却晓得发了疯般朝我肚子里灌墨水。灌得我初中毕业时，字墨一肚皮。你们访访看，这方圆几十里地，像我这把年纪的，有初中毕业的么？没有。

秀才接着叹口气。说：话又说回来，有这一肚子墨晃晃荡荡的，啥用？抵不得饭，抵不得粥，难受，一点点用也没。

主人家就说：话也不好这么说，这村里村外，肩上挑的，梁上挂的，墙旮里摆的，跌来撞去，哪样物件上没你肚里倒出的墨。咱们庄户人家，虽少传世的东西，可有这些字墨满天飞，这一世人也做得满满的了。

这么说着话，秀才就容易喝醉。醉了时，人家要送他，他死也不肯。独自强撑着，跌跌撞撞回家去。路上有人撞见，说：秀才，别吐哇！

秀才醉眼蒙胧，舌根成板，一扇一扇的，说：吐——吐些——啥，吐——墨——笑、笑——死——人——啦。

第二日，秀才老婆抱一脚盆被子、枕头去水塘边洗，有人故意问：被子上染墨水啦？

秀才老婆就愤愤地说：染墨水？还染猪水呢！

这就给人落下了话柄。秀才脸色发白，还在头晕肚子胀时，有人故意摸他肚子，说：这里面装的到底是墨还是猪水？

秀才凄然一笑，说：从古至今，你见过几个识字的女客？没文化人的话，计较得么？

秀才写得一手好毛笔字，又肯帮人忙，开得玩笑，在村里人缘就好。队长又考虑到他一肚子的墨，派活时，就派些轻松的给他。犁地虽然是一门技术活，但比起割稻、打稻方、施粪、上农药等农活，要轻巧许多。而且犁地还有些个人的小好处。犁花生地、番薯地什么的，可以捡到落花生以及泥地瓜。犁杂草地，可以带只簸箕，将被犁甩翻了根的巴根草、玉竹草捡起来，带回家，晒干，当柴烧。

我第一次牵了牛给秀才时，犁的就是番薯地。番薯地里也有玩耍着的孩子，他们一边玩着，一边眼睛尖溜溜的，朝犁尖头上看。有圆滚滚的红泥蛋出来，就一扑而上，谁抢到手归谁。秀才见此情景，就让我跟在他身后，只要看到他用脚死劲踩一下，就表明有名堂，我就扑上去，扒他的脚后跟。这一招，其他的孩子就不敢用了。扒在秀才脚后跟上，他就尖着嗓子喊：哎哟，我脚后跟都扒掉了。这样，半天下来，我扒了半篮子番薯。将瓜篮悠在黄牛背上，我在前牵牛，秀才背着犁在后面，很得意的样子，直着喉咙唱：

青油灯草白白的心哟——

秀才灯下学孔明；

小娇娘暖了热烘烘一个被，

问呆子，今晚还摆哪门子阵。

番薯一人一半，秀才说：看不出，你个子矮，灵活倒是灵活。好好读些书，会比我有出息。

我说：还读什么书，老师也跑了。

秀才说：这是你们的不对啦。这样吧，我其他的教不了你，教你练练字还是可以的。

我喜出望外，对他说：那你就是我的老师啦！

他说：老师不敢当的。话说回来，书读不读得出，字很要紧。字像蜘蛛爬的人，哪里读得下去书。

秀才就真教我练毛笔字。

他说：农村娃子，没得整块时间练字，要会插空。我放牛时的空子很多，牛放到哪，就在哪地方刨出一小片地画，弄沙子，刮平，用树枝当笔，写一个"福"字。秀才先教我福字。秀才说他写了好些年的字，就这一个字写得最多最饱满最黑。秀才还教我，练字要练腕力。他让我学耕地。耕地时，那只扶住犁尾的手，是要用大力巧力的。

牛归栏时，我骑在牛背上。牛耕了一夏的地，背脊上的毛都磨光了，牛皮被太阳、风雨弄得糙乎乎黄兮兮，树棍子轻轻一划，就是条白印。我就在牛背上练字。牛很悠闲，得意，误以为我给它挠痒痒。一会工夫，牛背上老大的一个"福"字，歪歪斜斜的。牛动，我动，仿佛那福字，也在动。

几个月下来，我写字的技艺就有很大长进。过年时，爷爷买一刀红纸，截开来，说：放着胆，写些对联自家门上彩一彩。

受爷爷鼓励，我真写。写了七八副对联，剩下的纸写福字。结束了一看，福字最多，有十几个。

爷爷看了说：这字四方得正的，乌漆一样黑，算得好字墨了。爷爷就将它们贴了。对联贴门上柱子上，福字呢？谷橱、灶台、水缸、箱柜、鸡舍、猪栏、箩筐，凡是能贴得下福字的物件上都贴一贴。

爷爷守着这一屋子的福字，乐得不得了，逢人便说上一句：真算得秀才。爷爷这么说，指的是吴秀才。

一跨过年关，正月里亲戚来走动，爷爷就让我把秀才请来家坐坐，吃酒。

秀才来了，手里托一包芙蓉糕。爷爷很生气，说他：你怎么倒过来，我孙子是你的学生，该他孝敬你。

秀才就说：正月里上门，热辣辣的，哪好空着手，老规矩，坏不得的。

吃酒前，爷爷就领着秀才和几个亲戚从正堂走到灶间，到猪舍，去看那些我写的对联和福字。亲戚里有齿俐的，说：啧啧，这一手好字墨，比对门那家人的福字不晓得好多少。

亲戚这么一说，爷爷的脸就沉下来，哼一声，说：三脚猫的花头，也值得夸么，这几个鸡爪印子，不值对门的分厘。

爷爷说着，用眼瞟了瞟秀才，因为对门那字是秀才写的。亲戚远道而来，哪里知道。

其实，一村的对联、福字、囍字，都是秀才写的。年关前，家家户户都夹几张红纸到秀才家，告诉秀才写多少副对联、几条横批、几个福字，秀才就弄张红纸记下：林福，红纸四大张，求对联四双，横批六条，福十二个。

一张纸记得密密麻麻的。一般从农历十二月廿开始，到三十夜结束。春联写好了，去拿的人，手里端一只瓷白大碗，碗里装十条年糕或十二只糯米稞，也有送糖糕、芝麻片、八宝菜（豆腐干、丁香萝卜、白萝卜、冬菜杆子、姜丝、蒜苗等炒在一起）的，没人空手，因为是过年。这么一来，秀才家过年就不用打年糕、包糯米稞什么的。

连着忙十来天，一直到三十夜暮色将合，秀才堂客烧好年夜饭，摆上桌，对秀才说：吃年夜饭啦。

秀才唔一声，回答：还有两三笔东西。

堂客一想，不对呀，他光顾了给人家写，自家门上还白乎乎的，没有彩气。就说：自家的还没写？

秀才一拍脑门心，说：看我这记性。赶忙铺开红纸，欲落笔时，却犹豫了，写什么好呢？秀才想总不能和别人的相同。略沉吟一番，秀才喊有了，精神一振，毛笔上下左右一挥：今日是今年，明日是明年。一气呵成时，庄子上空鞭炮声已炸成一团了。

秀才有功德，故而爷爷不乐意自家亲戚贬他的字。不过爷爷很机灵，用那话弥补了秀才的脸。爷爷还高声对我说：你这几个八脚，只能在自家爬爬，到外面你敢划一笔，我就折断你的爪子。

我对爷爷迟疑地说：晓得了。

然后就开始吃酒。秀才三杯酒下肚，脸色就红润起来。他让我走过去，夹了一个猪肉葱酱馒头给我，很和蔼地说：按讲，你的字写得不错了，要紧的是满不得。要好好地坚持下去，高出我，就不会像我这般没出息。

爷爷接着说：哪里话呢？他这一世也别想高过你。我让他将几个字练得黑一点，将来出去闯世面，说不定就用得着。

正月一过，秀才写的那些春联、红福，就在人家的门板、木栓、谷橱上飘飘摇摇了，都是用米汤水刷上去的，再牢，也只能维持两三个月。这种时节，惊蛰雷满地打滚，村里人早荷着锄，光着脚板往田野里跑，有谁还顾着那些春联呢？

这时节，要是谁家小孩子脸上长了疔疮脓肿，挤拔出雪白的一个脓头，就随手揭下谁门上的对联一角，撕一小片，贴在脓肿上。大人们见了也不说，他们省了买膏药钱不讲，说不定还加一句：对联有喜气的，贴贴好得快。这样，你在村子里走走，常见孩子脸颊上、鼻头尖上贴着红纸，顺笔画辨去，还隐约知道那是一个年字或一个福字。

有一次，秀才去一家人屋里吃酒，吃得头晕腹胀，去猪栏头放尿。一泡尿浇出去，啪啪地响。秀才以为尿住了什么东西，揉揉眼看，红丝丝的，是一张沾满猪粪鸡屎的福字，就踢了一脚，将红纸踢进猪栏里面去。栏里有猪，正拱着稻草，见有东西飞进来，就去啃。

秀才有味道地看着猪把一张红纸连同那个福字全吃进去。回到堂里，秀才说：林福，你家的猪要发了，把一张福字吃落肚。

这话被林福堂客无意听进耳内。几个月后，她想想，那猪好像真的长胖了许多。她是个快嘴，串门或洗衣时就嚷嚷开了。真有几个堂客半信半疑，想一想还是信好。回家找福字，早没了，就到秀才家讨福字。秀才疑惑，又不过年，讨福字做啥用？

来讨字的堂客就告诉他，给猪吃！

秀才先是一怔，想一想就笑了。说：讲讲玩玩的，哪有这事。

讨字堂客说：你骗人。

秀才说：真的不骗人。

讨字堂客说：管你骗不骗，反正纸也吃不坏猪，你只管写几张就是。

秀才拗不过，只得写。

秀才堂客听说此事，也想试试。她自家栏里也有两头猪，捉来四个多月了，只有七八十斤，堂客就对秀才说：你给我也写几张。

秀才有些火，说话就有些冲头：你咋也信这些？

堂客就凶起来：你这个老花佬，嫌我老啦是不是？那几个烂堂客没叫，你就夹尾巴，我求你，你倒打花眼，你安的啥心？

秀才经不住骂，连忙说：写！我写还不成么。他一边铺纸，一边斜眼瞄一瞄到厨房里去忙乎的堂客，嘴里咕哝：真该多写几张，让你也吃吃看，说不定能治你这毒嘴。

结果，秀才家的猪不肯吃那些福字。堂客就弄把扫把去打猪，边打边说：我们这家里没运道，得不了福。

秀才看不过去，劝堂客：都是没话的畜生，打它做啥？

堂客就眼一瞪，说：这下你心里快活了是不是？

秀才只好闭口不言。事后他和我说：其实，我这家里墨味已经太多，那猪日日嗅的，早就不觉得新鲜了。

秀才很怕老婆。说起来也奇怪，他五大三粗的，和牛都能抵上架。他老婆却是病病歪歪的，一生气，额上冒几根青筋，小蚯蚓般，会啪啪地扭动。

据说，秀才堂客做姑娘的时候，长得很好看，腰身很细，前影后影飘飘忽忽的，秀才见头一面心就动了。没料到这事姑娘的父亲反对，说咬文嚼字的人，咯咯巴巴，当看不当用。姑娘自家倒很满意，骂父亲：你还说用不用的，识字班到家门口，你都不让我去，现在好了，把我名字画你脸上，我也认不得。

父亲一听，这话有意思，就说：你认不得我，我也认不得你。你脱下衣服滚，今后别再进我家的门。

姑娘性子很烈，真的三扯两扒，脱剩一件布内衫一条短裤，下雪天，跑十多华里山路，到秀才家来投门。

拜堂后，两人喜欢得很。女人怀孕生产时，接生婆要男的避避。未等秀才跨出房门，她就大叫。秀才一脸惊慌又回身。女人抱住他胳膊，好厚的肉，她一口咬住，牙齿钻进肉里去。秀才喊：等等，咬那只，这只咬坏了写不得字。

孩子养下来了，是个死胎。接生婆为秀才包手。布薄，一息功夫血就渗出来，再包一层。接生婆感叹，亏得这一口咬。

等女人月子坐出，秀才胳膊上的痂才掉。好奇人听说了，拉秀才的胳膊看，那疤酒盅大，圆圆的，似一朵梅花。

后来女人又养几胎，全是死胎。女人又累又伤心，将好好的一条身子就削了几圈肉般，瘦得出奇。

秀才的几个死孩子，都是他亲手用草席包了，清早或晚上挟到大溪滩去埋。挟着死孩子，欲跨出门槛，女人在房里喊：埋深点，有野狗。秀才就答：我带着锄头呢。

出了门，不得碰上人。乡俗是谁碰上埋死孩的，要倒大霉。秀才贴着墙根走，前后注意着人影子，深一脚浅一脚的，好像在偷一件东西。

我和秀才在大溪滩上犁地时，秀才扶犁的手总是很小心，生怕犁尖会戳住一样什么。

休息的时候，他仍用树棍在地上划。划来划去，总是一个福字。

他对我说：我那大儿子不死，也有二十多岁了，最小的也懂事啦。他边说边划，划好福字涂掉，涂掉又划。

秀才的堂客生了大病，烂背脊骨。到公社卫生院治了治，重了，就央人抬回来。遇一过路郎中，说能治。开了药方，让秀才自己去采。怎么采，郎中的药方很怪异，透一股杀气。有味药：蜈蚣、蕲蛇、蝎子、人头骨。秀才先是不敢采，怕误事。后来，见堂客一日日病重，眼看气绝，就抱住死马当活马医的想法，采到了前三味药。人头骨药店不配，只好自己动手刨坟。

那段日子他发疯般刨坟，先是捡无主的，后来顾不得，刨了有后代的坟，就挨骂：绝子绝孙的，不得好死。

秀才听了，平静一笑：绝子孙早应验了，怎么死法就管不得许多。

药，他不敢放家里煎，怕堂客见了，不敢喝。他拎只铁锅，在田野里架个灶。水一开，雪白的骨头，一股股恶臭味冒出来，熏得秀才干呕。嗷——哇，嗷——哇，一声高一声低的，在黄昏降临了的田野里飘荡。晚归的人，毛骨都耸起来，叹着气说：作孽呢。

吃了一阵偏方，秀才堂客病竟见好了，只是不彻底，背脊骨、头颈骨都死，不能活动。到她能下床走走时，弯不得腰，要转，身子一起转，木偶一样。

秀才的一双手，却有了毒气，没日没夜地烂，淌黄水，冒臭味。

这年的年关，无人上秀才的家讨字墨了。秀才家就冷冷清清。

新年爬起来，是个闰年。堂客对秀才说：我们的寿棺该做了。

秀才说：好的。

就请了木匠，锯了买来十来年的两棵粗杉木，打出两口厚棺，堂客说：你在老寿头上号个字。

秀才就伸出手来，手腕板死，弯也弯不了，说：没有腕力，怕是运不了笔呢。

堂客不管，搬出砚台、毛笔，坐着磨墨。手动，身子也动，连轴转的样子。磨墨时，堂客气喘吁吁，说：求求你，号吧。

秀才心为之一动，就饱了笔，蹲在棺头上，静默许久，手抖抖颤颤地写出一个福字。休息会，写第二个，大汗淋漓。秀才对我说：这手笔，砚台跟我数十年，这会我没用了，你拿去吧。我怎么下得手拿呢？秀才说：你不要就砸掉了。

秀才搓着两手，眼睛模糊，仰着头说：我再也写不出字了。

木匠等墨干，就顺着秀才的笔迹刻。几刀下去，木里是黑的。再刻数刀，还是黑的。待两个字全刻好，就看见两个浮雕般黑的福字。

木匠和我都惊呆了。木匠长叹一声，说：今天算是开了眼界。

等到我读上了初中，还未毕业时，秀才和其妻相差几天故去。埋秀才的新棺时，我默哀许久，低沉地叫一声老师。

原载《上海文学》1990年第3期

点评

小说从"我"的视角讲述了三位小学老师的任教经历，三个人物各有风貌和特征，也有共同的身份属性：小学老师。

小说的成功之处首先在于对三位主要人物的成功刻画，陈算盘严谨、正直又有一些陈腐气；薛老师年轻漂亮充满朝气，与学生的关系也最为融洽和谐；吴秀才并没有真正到教室里拿起粉笔教书育人，却成为"我"最亲密的导师和伙伴。对于贫瘠的乡村和年幼的孩子们，他们都无一例外地担负起了启蒙的重任，不管各自的性情和命运如何，他们的付出是值得钦佩的。他们尽力地传授知识给这些孩子们，也尽力地与乡村固有的风俗体系融为一体。

小说也在一定程度上展现了乡村所固有的精神风貌和民风民俗，村人们对屎的重视和对春联的在意，都体现出富有地方特色的文化景观。虽然物质匮乏，但在精神上这里却有着浑然天成的体系，人们在日复一日的劳作中等待着衰老，他们安然、恬静、不慌不忙。几位老师的存在实现了对乡村教育的接力，但"后继无人"，仍然暴露出乡村教育的困境和问题，从陈老师到薛老师再到吴秀才，"断裂"的危机始终存在，不仅是简陋的教室让人唏嘘，人才的匮乏才是更大的问题。薛老师走后，祠堂大门紧闭，生锈的铁锁再无人开启，仅仅依靠吴秀才这样的"教师"显然无法完成教育的重任，这块亟待被开垦的土地，需要更多的力量支援。

（崔庆蕾）

甲子

/阿成

灵棚搭妥了。

瓦盆、枕头、扁担，一切发丧的物件都准备齐妥。就等娘回来了。

苇席的灵棚正中，是一口黑棺材。钉的，用六分钉。木板极薄，也马虎。棺材盖横立在一旁，松松地搭着棕绳，力套上穿着杠子，前一根，后一根，碗口粗，也斜搭着，足两米。供桌是张饭桌，古旧得很，且开了胶，翘翘着，血呲呼啦的颜色。放着三个物件：绳子、剪刀、一碗浓不见底的汤药。碗是陶碗，镶着黑花边儿，缺了一个口，漾出不少的汁儿，黏黏的、滞着，起了层。

小暑身披重孝，仁在灵棚的东侧。胖脸、鼓着眼睛，嘴为三瓣儿。瞅着西头。

西头排子岭，日头血红，让山啖了一半儿，无缝。涌着牛血云。

清明挟着唢呐，盘腿坐在地上。样子有些呆。胎带的毛病。也向西头瞅着。

正是老秋。该死的死，该藏的藏，应这个节气。不少族人稳着脸，簇坐在一边，只吸烟，并不言语。二十几条雌雄，均具缺陷——胎带的毛病。分别有名：春分、惊蛰、雨水、立秋、白露等，不一。唯一人，称"甲子"，是鸡鸣屯的组长。九十有三，半卧在躺椅上，倒气，独眼。另一只，松肉封着，冷丁，以为无眼。

鸡鸣屯均为一姓：王。兄妹杂婚，古来如此。四周是山，山外亦山，九九八十一嶂，无路。有一河，宽三米，不知源尾何处。时瘦时肥，随着节气。

小暑家，土造，要塌，有死榆树支着。探出一杈，也碗口粗，无皮，晾臊裤子用。小暑有疾，坏了水咀，从小濡炕。今一十有八岁，知道脸为何物，不再晾，挺着。此杈，上吊也中。下面有一方凳。歇着一只鸟，白羽，红嘴——山里汉子叫它"招魂鸟"。地上瘫着一只猫，七窍渗血，绳子还系在脖子上。娘宠着这东西，叫它"妞子"。是女猫，怀着崽儿。瞅肚子，是四个。这东西活不得，蹿上灵棚，死鬼就诈尸。甲子说"先勒了罢。"便勒了。再者，娘也喜欢，在克星坟也是个伴儿。

打春始，死了四个人，都是呆孩儿。三雄一雌，只呆而已。葬在克星坟。克星坟，四周是水，要过去，得摆渡。水极深。

娘推着独轮车从山嘴那儿出来：嘎吱悠——嘎吱悠。车极沉，载着两麻袋苞米。

娘身子壮，气色好——全族二十余者，独一无二。肚子也大了，鼓鼓的。奶子育着汁儿，也鼓鼓的。并无缺陷，只右手多出一指。

娘从山道下来，小暑先跪，乡亲们后跪。唯甲子仍在躺椅上捯气儿。

娘撂了车，瞅着。用袖子擦了擦汗。

灵棚在前，土屋在后。无风。

娘瞅着。

土地上跪着人，都垂着头，有叹气声。

娘心里透亮，冲着躺椅，说了声："容个空，我换了衣服。"

人，仍跪着。

甲子嘟哝着："是呢。"

娘便进了屋。

一袋烟的工夫，娘出来，一身干净的衣服，头梳得也齐整。向灵棚走去，看了看供桌上的三个物件，僵了一会儿，转过头来："小暑，把妞子先放棺材里。"

小暑瞅了一眼躺椅，躺椅上终于有了声音："是呢。"

小暑立刻直起身，蹚过去，抱了妞子，绕过供桌，放了进去。就地跪下，候着。

娘想了想，说："这三个物件，不用。"

众人一惊，都扭动，瞅躺椅。无风。

娘一笑，又说："何苦呢。我躺进去，埋了算了。"

说罢，费了力，进了棺材，躺下，拥着妞子，说："盖了吧。"

众人又瞅躺椅。有了声："是呢。"

众人便盖了。

有抽泣声。

甲子说："静了呗——"

便无声。

有人送过钉子，是六分的。小暑取了，在嘴里一吮，开始钉：哐！哐！哐！震得山响。钉，只进半身。

甲子长叹。

小暑冷了脸，并不抬头，说："是我娘哩。"

一语之下，哭声骤起。

甲子说："还是……我……孙女哩。"

小暑一愣，发了狠，用大力，钉子便煞到了底……

"娘，"小暑说，"还有话么？"

娘在里头说："把苞米放在缸里——气死耗子。"

"哎。"

"告诉排子山西头的老黄头，说我死了，让他回老家吧。"

"……"

"你爹是打春死的，到时别忘了烧纸。"

"哎。"

"你的生日是小暑，别忘了，让人笑。"

"有名哩，忘不了。"

"小暑，你要有志气，就离开这儿，排子山那头有世界，养人哩。老黄头知道路，半个月就能走出去。"

"……"

"抬吧。"

"哎。"

跪着的人，都直了身，围了上来，选了杠子。

甲子说:"清明呢,吹呗。"

"哎。"清明擎起了唢呐,开始吹,呜拉哇——呜拉哇——,极尖,极冲,震得人心裂。

小暑见走了棺材,便高高举起瓦盆,死命地摔下,"怦"!成了八瓣儿。

小暑大哭,如哀狼,极瘆。

这是没招的事!头天夜里,甲子就定了。娘那工夫还在排子山西头的老黄头的窝棚里,老黄头比娘大十岁。娘四十。老黄头,人魁梧,无缺陷,是古林中的好炮手。娘喜欢瞅他,便允了身子。七月后,肚子更大了。

乡亲们才明白,为啥死了呆孩。

前清时,埋了两个。雨水寡妇也跟了一外界的炮手。崽生下来,无缺陷,正欢喜,甲子的爹说:"这不是咱们的子孙!"便令人葬了。还有雨水。打那,屯子消停了两年,没病没灾。

鸡鸣屯容不得没缺陷的人。

祖宗说:金无足赤,人无完人。

完人,还是人么?啧!

原载《北方文学》1990年第10期

点评

　　小说写得极简约、节制,像勾勒一副人物画,清瘦、冷峻、静默,甚至还有点仙风道骨的韵味。这大概属于作者有意为之,写这样一个沉重、悲凉的故事,大费笔墨或许未必能写出那股"凉气",反而挤占了那些可供思考和想象的空间。

　　鸡鸣屯四周是山,而且山外亦山,九九八十一嶂,无路。这样的地方与世隔绝,所以我们也就不能再用"世"的一些框架来比对它了。与世隔绝,可以是陶渊明笔下美如画的桃花源,也可以是阿成笔下的鸡鸣屯,他们是世界的两极,极美或极丑。在鸡鸣屯这样的地方,恶习陋俗自古有之,而且力量强大、沿袭数代,他们不与外人往来,近亲通婚,因而人人都有一定的残疾。但他们并不视残疾为丑陋，反而将之视为一种荣耀和身份标记，所以他们容不下没有残疾的人，小暑娘的生命就在这样的"传统"里被葬送了。甲子是这个村的实际首领，掌控着村庄人的生杀大权，也在维护着古老的丑陋的秩序。小暑娘从容赴死，看不出一星半点的悲哀，也是对这种秩序的一种默认。如果说这块世外之地被种种陈规陋习笼罩是悲哀的话，那么所有人的臣服和遵从则是更大的悲哀了。大山沉沉，无人醒来。小暑娘之后必定还有更多的人走进这虎口，成为鸡鸣屯"规矩"的祭品。

娘的临终嘱托，小暑会去做么？

（崔庆蕾）

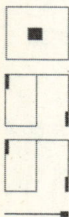

画匠王

/李佩甫

画匠王，一个小小的村。百十户人家，被一段细细颍河绕着。人是很善的，水也很清。秋红柿叶，夏绿芦苇，那沾了水音儿的棒槌响得很遥远：很久很久了，人们像是活在梦里。

这里曾经有过庙，后来庙去了。

这里曾经垒过"请示台"，后来"请示台"也去了。

还有五爷，五爷是村里的神汉，生死祸福、添丁加口亦可问他。

不料，在四月的晴朗的早晨，"吃杯茶"叫着，一向早起的五爷围着村子走了一圈之后，突然向人们宣布说：他要去了。

五爷果然去了……

黑孩儿

村西有个篷布厂，是村人们白手起家建起来的。五年了，生意很好。厂里大多是女工，本村外村的都有。一律的厂装，很有些颜色。厂长呢，也就是村长，大身量的汉子，有棱有角的胡楂子脸，披的自然也是很挺的西装，手甩甩地走，哼得很有气派，只是不要醉。

小小的一个篷布厂，销路是不愁的，原料也不愁，自然日日红火，于是乡里县上常有人来参观指导，顺便讨些致富的经验回去推广。厂里呢，就有了一屋子锦旗鲜亮。人来了，定然是要吃酒的。鸡鸭鱼肉，猴头燕窝，分级别招待。人多时就吃流水席，八个厨师日夜候着。来了体面人物，厂长陪着，负些责任的汉子也陪着。若是规格更高些，便叫一两位有颜色的女工端菜斟酒，来来去去的，柳柳儿一闪，柳柳儿一闪，场面就热闹些。

　　每逢吃酒，厂长身边总坐着一个五岁的娃儿。这娃儿叫黑孩儿，名儿黑，脸儿却不黑，白白的，一身洋装，两眼儿活鱼儿一般，灵灵动动，看了叫人遥想那做母亲的秀丽。无论怎样的席面，纵是省长来了，这娃子也是要坐的。来了人，便去叫娃子，娃子来了才能开席，像是厂规。在席面上，那当厂长的汉子竟先给这叫黑孩儿的娃子布菜，点了什么便夹什么，夹得很温柔。这黑孩儿长得虽秀，却没教养，吃急了伸手去盘里抓。厂长见了笑笑，也不指责，任他胡来。客人总是要问的，这娃儿是谁家的孩子？便说是村里的外甥。话语淡淡的，那脸先就严肃了三分，分明不容客人多问。于是不再问了，就纷纷夸赞这娃儿长得好，有灵气。越夸，厂长的脸越绿，堂堂的一条汉子，像坐歪了似的，笑也苦苦的，只道："吃菜，吃菜。"

　　平日里，厂长最主要的工作就是陪酒。他喝酒是极豪爽的，举杯前总是一拍大腿："宋书记教导我们说：喝酒看工作，喝死去毬！干！！"说罢，便把满满一杯扔进喉咙里去了。客人们不晓得这宋书记是哪位大爷，也不便去问，只被这轰轰烈烈的"语录"念出了豪气，纷纷与厂长碰杯，干得很痛快。但这披西装的厂长只能喝到七成，往下就不敢让他喝了。再喝就眼红了，就恨恨地瞪那娃儿，瞪得眼里喷血！野野地吐一口酒气，接着就骂："日你祖宗！"那娃儿在席面上昂然地与他对骂："日你祖宗！""日你十八代祖宗！""日你十八代祖宗！！"再往下，这大身量的车轴汉子就哭，就扇自己的脸，就砸东西……把一桌好好的席面弄得杯盘狼藉！逢了这时候，劝是劝不下的，劝了便驴似的躺在地上打滚哭；或是一双眼锥子样地盯着人骂，从天上日到地下，日遍全球！最后还得让黑孩儿出面，才解了尴尬。那娃儿只要上去喊声"舅"，厂长默默……于是，每喝到七成，便有些负责任的汉子抢上去替他喝，生怕他醉了。

　　也有不醉的时候，叫他介绍经验，自然说些很报纸的话：如何如何地白手起家……开始是说不好的，说着说着脸就红了，浑身的不自在，嘴里吭吭哧哧地寻词儿，人显得很朴实。慢慢就熟了，说起来一套一套的，也生动。经验是很好的，可细细品了，却没有经验，似隐了些什么。就有记者下去采访，想弄出活经验来去宣传，竟也问不出什么，只觉得一张张脸都有些泛绿。

正因为总结不出经验，县乡两级干部也就一趟一趟地来总结：个个都是很认真的，来了就吃酒，脸喝得红红的，说一些鼓励性的话。再松一松裤带．去了。而后再来总结。日子不是很长么？

其实，那隐了的也极简单。画匠王原是个很穷的小村，没有什么门路。后来省里一位很负些责任的人物（多年前，他在村里驻过队）需要一位保姆，村里就派了模样好的勤快的妞去给人家当保姆。后来那当保姆的半道里跑回来不干了，村长就动员她再去，那边是给一份工资的，村里再给一份，给了也不去。那时，办篷布厂正白手起家呢，村长就给妞下跪了，村长流着泪说："妞，去吧："妞就又去了，此后又换了一个，又换了一个……这都是看得见的，别的也没什么。再后，慢慢，慢慢，凡是在篷布厂做事的村人都有了些钱，大瓦房一所一所地盖起来了，红红的一片，像血。

……就有了黑孩儿。

这是个只有姨没有娘的孩子，也是个只有舅没有爹的孩子，没有籍贯没有户口没有身份，就在厂里养着。

平时，黑孩儿由一名女工领着，村里村外地跑着玩。他在前边跑，女工在后边跟，寸步不离。饿了，走到哪家吃哪家。见了男人统统喊舅，见了女人便喊姨，没有分别。篷布厂那"咔咔咔……"的机器声就像是他生命的钟点，机器一响，他就现了，小精灵一样的。厂里的女工们既护他又怕他，不知为什么，想溜号的女工一看见他就退回去了，而后拼命地做。上夜班也是一样的，门口总有他的影子在晃。

看护黑孩儿是很要紧的。有时，看见别的娃儿都有娘，黑孩儿也哭着要娘，闹得女工没办法了，就去找厂长。那当厂长的汉子即刻放下别的事出来哄黑孩儿，常常趴在厂门口的地上让他当马骑，说："上来吧，小祖宗！""小祖宗"就上去了，骑一圈骑两圈，也就不闹了。还有一次，那照看黑孩儿的女工匆忙间办了点私事，回来突然发现黑孩儿不见了，便慌慌地告知厂长。厂长的脸立时变了，抖手给了那女工一巴掌！马上吩咐全厂停工，派人四下去找。整整找了一晌，却发现黑孩儿在二里外的碾满车辙的大路上站着，很忧郁很惆怅地站着，荡了满身的黄尘……厂长听到信儿，亲自跑去把他背了回来。于是又增派一名照看黑孩儿的女工，两人日夜监护。

偶尔，原料愁销路的时候，厂长就带着黑孩儿到省城里去一趟，回来就不愁了。便有一辆辆卡车运了原料来，便有一辆辆卡车拉了篷布去。厂长就扯了黑孩儿站在厂门口看着，听轰鸣声在窄窄的村街里震动，喧嚣。这时候厂长的脸相很木，两眼像狼一样地狠着。黑孩儿呢，每去省城一趟，回来便高兴一阵子，逢人便说，他上大高楼了，一坎台一坎台一坎台，好高好高！又说舅领他逛商店了，见啥买啥，衣服全换了新的……过后，又是被两个女工带着，村里村外地走，晃着小小的忧郁……

篷布厂生意好，就常常出钱给村人们放电影，一放两部片子。四乡的人都来沾光，放电影时，最好的位置总给黑孩儿留着，自然由两个女工带他去看。乡村里演电影像是赶庙会，趁着天黑人杂，外村的青皮后生常结伙在场子里耍流氓，滋事打架。这么一闹腾，挤挤搡搡的，场子就乱了……可只要听见黑孩儿一哭，女工们就纷纷围上来，在黑孩儿周围圈一个圈儿，用身子把他护住。这工夫，要是哪个有颜色的女工被无赖们抓了奶子，摸了屁股，也不吭，忍住，紧护黑孩儿。厂长呢，就给女工们奖励，叫"爱厂如家"，送上红包一百元。

私下里，厂长跟黑孩儿默默相望，眼里都有些异样的东西，厂长说："孬种！"黑孩儿问："谁？"厂长说："我，我孬种！"往下无话。不过，厂长还是醉酒，醉了就哭，就骂，就砸东西。可来了人还是喝，还是介绍经验，还是参加农民企业家的啥子会，领回更多的奖状和锦旗，也就更豪爽地背那"喝死去毬！"的语录。

一天，邻村的一位村长来厂里吃酒，吃到兴处，笑嘻嘻地说："老哥，你一个毬厂办得恁红火，有啥绝招？"厂长喝酒未到七成，没醉。听了这话，脸很黑，鼻头很亮，就说："叨菜，叨菜。"那人不识趣，又催道："说说，说说。"话是没有的，只把满满一盅酒灌进肚里去了，喝了。厂长那酒熏的鼻子像血染一般，鲜艳得叫人不敢看，那人不知深浅，趁着酒热，指着黑孩儿胡扯道："老哥，咱知哩，这娃子就是经验！"

立时，一个大酒瓶砸了过去，砸了他满脸血！

此后，再没人敢说这话。

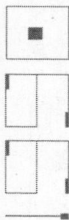

狗剩

六叔家的狗死了。

六叔一向是德高望重的。他当了二十多年支书，一直活得很体面，很有威仪，也很有滋味。他叫王殿臣，却没人叫王殿臣，都叫六叔。活人不就活个分量么，这就够了。六叔很自信。六叔的自信是有根据的。多少年来，他召集开会从来不敲钟。早些年，他拿着手电筒在村街里晃晃，人们就知道六叔出来了，慌忙往会场里跑。再后，不论什么事，只要把六叔的皮袄往那儿一放，人们就如同见了六叔一样规矩。这会儿，眼看着年纪大了，上头叫下，也就下了。人有了威望，还要什么呢？

然而，他刚刚下台没几天，院子里拴的狼狗便被药死了一对。

这是天亮时才发现的。狗死得很惨，七窍出血瘫卧在地上，长伸着很优秀的黑舌头……

叹人情太薄，一家人都很气愤。六叔的女人气盛惯了，囊囊囊跑出门去，站在门街里跳脚大骂！把个肉屁股都拍红了，细喉咙也敲成了破锣，却没人理，没人应。看看天，还是有日头的，恍惚间竟不信有人敢药死她家的狗？跑回去再看看，真的，竟然是真的！

只六叔一个人黑着脸不吃。那脑子轮盘一样转着，思谋是谁下的毒手。当干部这多年了，得罪人是不会少的，究竟是哪一个呢？慢慢就想起狗剩前天来帮忙的事。这所新屋落成，就狗剩来了。狗剩来帮忙搬家，招呼着抬了抬东西，没别的人来，于是就疑心狗剩。十多年前，为一个南瓜，他当众扇了狗剩一个耳光……狗剩平日里点头哈腰，身子抖抖的，可六叔记着呢。

人下台了，管事的朋友还是有几个的。就请了乡派出所的朋友来吃酒，酒喝到脸上飘红，便说了狗剩。乡派出所的人有警服穿着，本就心躁，听了六叔的话，嘴里骂着站起来，当下去把狗剩捆了。而后，用手铐把他铐在槐树上，叫他交代毒死狼狗的事。

狗剩是个鳖货，见了干公事的人身子就抖，就想尿。绑的时候，人已哆嗦成小偷样儿，也不敢问是犯了啥罪，叫去就去了。一直到上了铐子，还是迷迷糊糊的，只巴望着孙子头四下去哀求："哎，爷儿们，同、同志……"同志说："老实点儿！"他就弓弓腰，很听话。等听清了他的罪过，这才苦着倭瓜脸喊冤枉。那喊声仍是小小怯怯，很不理直气壮，待屁股上结结实实挨了一脚，再不敢吭了。继而，又试试巴巴地去送那巴结讨饶的目光，到了送不出去的时候，终于看清黑风风的六叔也在旁边坐着。

看见六叔，狗剩打了个尿颤儿，目光一点一点地短了回去，有泪慢慢地流出来。那身子凄惶地软在了槐树上，闭了眼去，任泪水小溪样地在脸上流。平素，他本是该咧着大嘴哭的，这次没有，只是无声地流，泪水流湿了裤腿，流湿了那本来是很宽阔的胸膛。上边流了，下边也流，已是没什么指望了，流得很净。

天不似往常了，人也不似往常了。就听见村西篷布厂那"咔咔咔……"的机器声，就听见九香家的带子锯那刺耳的尖叫，就听见六叔开着小拖"嗵嗵嗵嗵"从村街里过，就听见小片家的榨油机那"嗡嗡"的响声，就听见"卖豆腐——哟！"那大嗓的吆喝……

慢慢，他睁了眼，目光一点一点地探出去。先是瞅着六叔的脚，接着惶然地升到了六叔那曾经拴过公章的腰窝处，而后躲躲闪闪地移到六叔的制服兜兜上，终还是不敢看六叔的脸……

片刻，狗剩转口说："六叔，我错了。"

这一声叫六叔轻松了许多。他重重地"哼"了一声，他最终还是认了。

派出所的人厉声喝道："老实交代！"

狗剩便说："我不是人，我不是人……"

就叫他交代怎地不是人。狗剩叹一声，晃晃头，眨巴着眼里的泪，望着六叔说："六叔下台了，没人来巴结六叔了，就我还想着巴结六叔，贱叽叽地跑来给六叔搬家。我不是人，我是个狗！我不是人，我是个狗……"说着，人已痛到了极处，就抱着树往地上发溜，挣着身子往下跪。手在树上铐着，跪也很艰难，可他居然跪下了。跪在地上"汪汪"地学狗叫！一边叫一边爬，爬着叫着，叫着爬着，就那么围着树转了一圈又一圈……

六叔默然。心里竟酸酸的，那话他听出来了。平日里多少人巴结，一

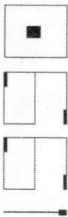

下台就没人来了。狗剩还来，这就不易，怎能再疑心人家呢？

定然不是狗剩。

不是狗剩，又是谁呢？六叔的方寸乱了，脑海里成了一团乱麻。想想，撑了几十年的架子内里竟空空的，不觉中少了自信。六叔拍拍头，又拍拍头，终于叹口气说："狗剩侄子，委屈你了。"就叫人放了狗剩。

狗剩连声说："不亏，不亏。"说着，就打自己的脸，手脖儿已经铐肿了，巴掌打在脸上木辣辣的！

六叔很是无趣。又赶忙拉狗剩上屋吃酒，狗剩弓着腰说："不敢，不敢。"竟挣着身子去了。

狗剩回到家，躺在床上，两眼瞪瞪地望着房顶，人就像傻了一样。心想：咋就不是人呢？咋就不是人呢？脑筋憋在"不是人"上死钻。他钻了整整一天，把一生一世都钻了，仍觉得不是人！就往人上想，想想，流流泪。想想，流流泪。渐渐，一颗鳖缩的心就泡大了……

第二天，风很臭，村街里更臭。忽听见六叔家炸了营一般，大人小孩齐哭乱叫。村人们纷纷跑出来看，才晓得六叔家那新漆的大门上被人摔了一罐子屎尿！

村街里人来人往，自然都看见了。看了，咂咂舌，目光各有些讲究……

六叔没想到他已是这么平凡，平凡到竟有人敢往他门上摔屎的地步！当下就气晕了，吐了一口浓浓的血，被人急急地送进了城里的医院。六叔的女人也没了着落，只是哭。这下子，六叔一家再也出不得门，抬不起头了。

村街里臭了三天……

狗剩就坐在家等了三天。

他等人再来铐他。按说，捆也捆过了，铐也铐过了，还趴在地上学了狗叫，人已贱到了底，就不该怕了，他也是这么想的，可他还是怕。怕了，就想尿。他说，别尿。别尿。憋急了，就打自己的脸，嘴里喊着：我叫你不是人，我叫你不是人！终于没尿，干了一回裤子。

却没人来。

狗剩呢，就撑大胆子在六叔门前过了两趟。知道那红漆大门是摔过屎的，便看得低了，就觉得六叔也是人，也有湿裤子的时候。于是，平添了一些豪气。

此后。狗剩挺挺地在村街里走，说话不看人的脸了。想好了就说，说了也不看人的脸。做事呢，也有了些板眼。也有怯的时候，怯一回，他就打一回脸，嘴里喊着：我叫你贱，我叫你贱！渐渐就不怯了：常常跟匠人搭帮去做泥水活，做得很认真。钱是花力气挣的，就往宽处使。不怀，又专门去城里剃了头，人显得出亮了，就不觉得比哪个矮。

六叔病好回村。狗剩见六叔病快快的，人瘦了，脸色很黄。不觉就生出些怜悯，那眼光竟也是怜悯的。就款款地走上去，拉住六叔的手说："六叔，病好了？"

六叔很虚弱地应一声，说："好了。"

"六叔，多养养吧，多养养。"

"唉，老了……"这一声长叹，叫人觉出日月的悠长。六叔呢，也不禁落了两滴老泪。

"六叔，自己爷儿们，缺啥少啥言一声……"

四目相望，六叔无话，只默默地点了点头。

话语淡淡的，心仿佛都很宽，似没了计较。但不知不觉中，都觉得流去了很多时光。

时光哇……

捉奸

已是四更天了，夜依旧很躁。九香家那尖厉的带子锯的嘶叫像刺在人心上的一片瓦碴；村西篷布厂久响着嗒嗒嗒嗒；大路上常有"嗵嗵嗵"的小拖从人心上轧过；狗也癫狂地叫；而月光总像偷了人家似的，模模糊糊地在云层里躲闪；连猪圈里也睡了人（村里又丢了两头猪），稍有动静，便有黑黑的一条从铺了干草的猪窝里爬出来，惊慌地问："谁？！"

铜锤铁锤两兄弟缩缩地蹲在明堂的窗下，谛听着一片黑暗。夜很凉，心里却很热。有些日子了，铜锤家女人说是夜里去圈里看猪，就不在屋里睡了，有天半夜，铜锤想干那事儿，就摸到圈里，却没摸到女人，只有猪。想想治一个女人不容易，又掖了裤腰出去找，找来找去，却又见女人在自家的猪圈里睡着。很纳闷，自然是不敢问女人。女人很白，洋种马一样的高大。铜锤却很矮，很黑，狗样的瘦。要不是早早定了娃娃儿媒，女人不会嫁他。此后这种事儿时有发生，铜锤咽不下这口气，夜里就悄悄盯着女人。女人猫样的精灵，跟着跟着就不见了。也听过几家的墙根儿，始终摸不着头绪。渐渐，疑心是睡到明堂铺上去了，只是没有见证。就约了兄弟来捉。

两人是后半夜伏下来的，似听着屋里有些动静，贸然又不敢下手。舔了窗纸独眼看，只觉黑洞洞一片，分不清鼻眼儿。虽然心里火烧火燎地难受，也只能明了究竟再说。

估摸有两个时辰了，就听见黑洞洞里有了柔柔的一声："嗯？"另一声却十分的浊重："嗯。"接着是一阵悉索的穿衣声。"啪儿"，灯终于亮了，铜锤家女人果然坐在明堂的铺上，脸儿红红的，扭着腰儿说："俺走了。"床上躺着一条野野的汉子，亮一身肉，那自然是明堂。明堂伸伸懒腰，说："尿哩，慌啥？"说着，翻个身儿，从枕头下摸出一捆钱来，随手一扔，说："拿去吧。"铜锤家女人愣了，手高高地扬起，脸上怒嗔嗔的，像是要打人，却慢慢松了下来，只说："你看你，你看你，这多年了……"明堂打了个呵欠，依旧懒懒的："这是一千块，拿去吧。"铜锤家女人看了看扔在床边的钱，又瞅瞅明堂，没了别的话说，又喃喃道："你看你，这多年了……"明堂不吭，眼斜斜地瞅着她。铜锤家女人突然羞羞地低了头，在床边摸摸索索地找鞋穿，心慌，忙了好一阵还没穿上，穿上了，又磨磨蹭蹭地坐在床边夹卡子，竭力不去看那钱。女人的眼神儿是很游移的，既飘动着多年的纯情，又漫散着日子的宽余，一时竟有了很多的遐想。终于，她的手抖抖地碰到了钱，便慌慌地说："那俺走了。"

屋外，窗台上探着两颗黑黑的人头，眼里都窜动着腾腾的绿火。铁锤猫了猫身上，瞪着眼小声说："哥，下手吧？！"铜锤咬咬牙，喘一口粗气，说："别、别慌……"

屋里，当铜锤家女人走到门口时，明堂折了折身子，说："琴……"铜锤家女人转过脸儿，心跳跳地望着明堂，又下意识地看了看拿在手里的钱，忽然觉得失了什么。明堂把目光放到屋顶上，淡淡地说："琴，明儿，你别来了……"

铜锤家女人眼巴巴地望着明堂，身子瑟瑟地抖着，像是明白了，又像是什么也不明白。手心湿湿的，心里却很凉。一时，那很多个夜晚的美好就变得很低贱……她默默地流着泪问："你……有了人了？"明堂不吭。她又说："你真狠，你有了人了……"明堂还是不吭，那意思是很明了的。在篷布厂做业务员的明堂这两年有钱了，再也不是穷光蛋了……铜锤家女人再次举起了手里的钱，狠狠心，像是要砸过去，砸在那负心人的脸上！那一定是很解气的。可她的手慢慢、慢慢又缓了下来，失了片刻的辉煌，留住了日子的宽余。是了，在一个个偷情的夜晚，她说过蜜样的甜话："俺甚也不求哩，求个像样的男人，求个心儿……"野汉子也说过很多疼人的话，一次又一次，恨不得把她暖化了……铜锤家女人幽幽地站着，似很想挽住那昔日的美好，却又无话可说，只重复说："你真狠！"

屋外，铁锤急辣辣地说："哥，还等啥？下手吧！"铜锤两眼窜动着绿火，呼吸声越来越短粗，人却慢慢地蹲下去了。他的头抵蹭在砖墙上，很泄气地哑声说："算、算啦。"

"屌哩，这……就算啦？！"

"狗日的说，不……不来往了。"铜锤满脸淌汗，头在砖墙上狠狠地碰着。

"咣当"一声，铜锤家女人风一样地跑出来了……

夜浓浓的，风很腥。鸡子全在树上卧着，墨一团绿一团。月儿在云中游移，一时明了，一时又暗了，更显得夜花。两兄弟蔫蔫地勾着头，深一脚浅一脚地往回走，那粗粗的喘声就像伏天里的狗。夜虽遮了脸儿，那羞还是随着心跳。铜锤知道这事儿太屈辱了，死勾着头，不敢看兄弟的脸。他知道他是想要那一千块钱，那一千块钱对他太重要了，他早就想和人搭伙儿买辆小拖，可钱差一些，有了这一千块，就差不多少了……可他也想要女人的清白。女人虽然已经不清白了，他还要脸面，脸面是活人的招牌呀！他心里是很矛盾的。一时看见白花花的票子在眼前飘……一时又看见女人那白白的长腿伸在人家的铺上，一晃一晃地扎人眼……他恨哪！恨天，恨地，恨女人，恨野汉子明堂，也恨自己！！

走着，走着，铁锤一跺脚，粗粗地喘口气说："哥……"

铜锤身子晃了一下，就势矮下来，很小的身量缩缩地蹲在了地上，亮着一脸汗："兄弟，你骂吧，骂吧。恁哥不是人，是畜生！"

铁锤的两眼像着了火似的，身子瑟瑟地抖着，牙关也"咯答答"地响。他干干地咽了口唾沫，就把要说的话咽回去了。他跺跺脚，站着愣了一会儿，还是忍不住，就突兀地说："叫我也日一回！"

铜锤忽一下弹了起来，狠狠地揪住铁锤的脖领子："你说啥？狗日的，你说啥？！……"

铁锤勾下头，嗫嚅了半晌，才说："人家，人家都日了，咱……"

铜锤一下子像垮了，脸上的汗像雨一样淌下来，他慢慢地转过脸来，闷闷地往家走。

铁锤赶上去求道："哥，反正、反正是破罐子了。我、我也给……咱亲兄弟明算账，说多少就多少。"

两股绿火相撞了，亲兄弟一下子变得很陌生。铁锤浑身像着了火一样，他三十了还没说下媳妇，太馋女人了！如果没这回事，他还能忍住。可他看见了，都看见了……他"扑通"往地上一跪，说："哥，人家……咱就不能么？！"铜锤恨不得上去把兄弟捏死，却又无话可说，只后悔不该带他来。他慢慢地勾下头，说："她……不依。"

"你别管，你别管……"铁锤慌慌地说。

铜锤的目光游移了一下，就又往前走，慢吞吞的，一下子像老了十岁。

铁锤赶忙追着屁股说："哥，自家人，就五十吧？"

铜锤走了几步，"嗞嗞"也从牙缝儿里迸出两个字来："六十。"

"五十吧？"

"六十！"

"六十就六十。"

"不管她愿不愿……"

铁锤急猴似的喘着气说："哥，你去村头转会儿吧，多转会儿。"说着，野野地赶走了。

无边的夜色把铜锤掩了。铜锤对自己说，去菜地看看吧，别让人偷了菜。就去了菜地。可他感觉不到自己在走，只觉得有一副躯壳在游动，那仿佛与自己是不相干的。当他的头撞在树上的时候，才猛然地醒了过来，就火烧火燎地往家赶，嘴里念着："杀！杀！杀！！……"

第二天早上，铜锤家女人不见了。

捏蛋儿

桌上放着一只碗，碗里滚着三个小纸蛋儿。

碗很大，蛋儿很小，但蛋儿裹着一个漫长的用碾棍推出来的岁月。

大黑蹲着，二黑蹲着，三黑也蹲着。大黑在篷布厂做事，负一点小小的责任，因此穿得很体面，也庄重，在厂里有了一些陪上边人喝酒的机会，就觉晓得了很多事，脸上不免带些矜持的傲气。二黑在窑上做事，终于不再下死力脱泥坯了，负了一点责任，就吸上了很好的烟。脸上呢，很自觉地带出了监工人应有的表情。三黑显得躁一些。出门做了几趟生意，并没有挣什么钱，只穿得花哨了，也仿佛见识很广，手里摆弄着一只很名贵的空烟盒，就有了一副离土地很遥远的样子。女人们却紧张得实惠，三房媳妇或坐或站，眉眼儿像枪口一样瞄在蛋儿上。

椅上坐着公人，公人是特意请来的，是位很有人缘又很公平的主儿，绝不会徇私。那蛋儿自然也是公人监制的，各道程序都很齐备。

那么，按着规矩。下一步就该是捏蛋儿了。

"蛋儿"斜靠在门槛上，头勾着，眼闭着，像一只沉睡中的老狗。日影儿慢慢地爬到了门口处，斜照着他那半边浑浊的脸：人已是很老了，脸自然很木，枯枯的老皱网着一条条岁月的沟壑，沟壑的底部是土黑色的，端沿儿却是灰黄，杂染着庄稼的汁液和泥土的微尘，天光在这张脸上耙出了一片混沌，混沌里透着迟滞的宁静。仅有的生意是挂在嘴边的那滴口水，那口水极缓极缓地在枯干的嘴边上流着，流出了一片极小的湿润。那湿润爬出了嘴角，似要滴下去而未滴下去，仿佛很沉重地悬着，于是老人的嘴边就有了一片光亮，那光亮书写着他那漫长而悠远的一生。书写着一个小小的生养了三个孩子的世界，那世界是用一根碾棍推出来的……

公人轻轻地咳嗽了一声，那暗示是很明显的：该说的都说了，时光已是不早，还等什么呢？

沉默中，大黑郑重地说："捏吧。"

二黑说："捏吧。"

三黑也说："捏吧。"

于是，三房媳妇都盯着碗里的小纸蛋儿。这纸蛋儿实在是已不陌生。往日里，他们曾用这纸蛋儿分过粮食，分过牲口，分过土地……

阳光慢慢地爬到了门里，送来了一片晃眼的暖意，把裹在破棉絮里的"蛋儿"映得很陈旧。老人的眼依旧闭着，头勾着，蜷着一把老骨头。渐渐有牛粪的气味从他身上散出来，随爬行的阳光游动。继而有一队庄严的虱子从破袄的污垢处探出来，缓慢地顺着衣褶蠕动。于是，在臭烘烘的阳光里，立时就有了甜甜的泥土的腥味，虱队像犁样地分散开去，亮亮的虱头像犁铧一样扎进了一沟一沟的袄缝，重又播种去了……

大黑看着"蛋儿"，二黑看着"蛋儿"，三黑也看着"蛋儿"，看那摇摇下坠的口水。那滴口涎慢慢地从干瘪的嘴角处扯下来，扯出一条长长的线。那线垂在七彩的阳光里，悬得让人发急，却依然不坠。这沉重似乎越过了时光的限制，把人生高高地吊着……

三黑皱皱眉，似有些不耐烦了，说："大哥，你先捏。"

大黑很沉稳地说："老二，你捏。"

二黑摆摆手，说："老三，你捏。"

三兄弟都是明事理的人，自然都很客气。在这一刻，往日那些小小的不愉快顿时烟消云散了。你谦让了，我也谦让，互送着一片和解的诚挚。媳妇们即刻做出很懂规矩的样子，松了那紧着的目光，身子拧出了一片温柔。

公人笑笑说："自家兄弟，都一样的，谁先捏都一样。"

大黑叹口气，说："唉，要不是厂里事太多，我又经常出差……"

三黑马上接口说："跑生意，一天一个样儿，说走得走……"

二黑鼻子哼了哼："毬！话不能这么说……"说着，看了看媳妇的脸．手一摆："算了。"

"蛋儿"臭不可闻地蜷缩在阳光里。在阳光的引逗下，屋里的气味越加地杂乱无序。"蛋儿"身上的血汗味经过了七十六年的酝酿，成功地与虱子屎臭虫尿蚊子的口液勾兑在一起，经过了四时的大化，风霜雨雪的侵染，就有了干浓烈横的风格。媳妇们抹的那点劣质雪花膏是不堪一击的，于是各自掩着鼻子，不停地往地上吐唾沫。"蛋儿"依然不觉，就把身子更舒服地往阳光里蜷。那滴长长的口涎垂垂地落在了曲着的干柴腿上，跨越了蛇盘样痉挛的黑色血管，摇摇地悬在离地有一寸高的地方……

公人催促道："捏吧，捏吧。"

大黑似乎还想说一点什么，很理论的什么，以示他在篷布厂是负一点责任的。可他仅仅是扯了扯披在身上的很皱的西装，就站起来说："捏吧。"说罢，很从容地从碗里捏出一个蛋儿来。大媳妇立即凑上去，战兢兢地看了，不吭，又把身子扭了过去，缓身坐了。

二黑手一伸，也从碗里捏出一个来。二媳妇很神秘地探头去看，那蛋儿就在男人手里摊着，女人慌忙抢过来，小心翼翼地展在手里……

三黑刚要去捏，手被媳妇重重地打了一下，就慌忙抬头，诧异地望着女人。片刻，倏尔明了，去读老大老二的脸……

一刻，都不说话了。众人默默地瞧着公人。碗里还有一个蛋儿，那自然是老三的。

三黑在老大老二的脸上没"读"出什么，按捺不住，终于把碗里最后一个蛋儿捏了，紧攥住手里，像抓住心似的，脸上沁出了一层汗……

倏尔，女人们"呀"地叫了一声！众人的目光全移到了"蛋儿"的身上，奇了，只见那老袄的破处，七彩的阳光下，渐渐长出一棵小小的绿芽儿来，一个芽头儿，两个芽瓣儿……

大媳妇说："麦芽！"

二媳妇说："麦芽！"

三媳妇说："麦芽！"

这当儿，"蛋儿"那悬在嘴边的一线口水终于落在了地上，湿出了一个小小的圆。与此同时，"蛋儿"像刚从梦中醒来一般，"吞儿"声笑了。

大黑愣了。

二黑愣了。

三黑也愣了。

国家教师李明玉

村东头有所学校，二亩半大，错错落落十几座旧房子。院墙是土夯的，被孩子们的屁股磨得豁豁牙牙，若是放假的日子，很像是断了香火的破落庙院。

学校原是三个村联办的，常常为摊份儿不公闹气，你出钱多了，我出钱少了，这村派了一名民办教师，那村也得派一名，弄得很伤和气。后来那两个村干脆不管了，摊子撂给了画匠王。所以，学生多是本村的娃子。老师呢，自然有公办和民办的分别："公办"是国家教师，端的是铁饭碗；"民办"是代课教师，端的是泥饭碗，也就凑合着教。学校里原有两名国家教师，一名是本村的，一名是外村的。那外村的年龄大些，五七年犯了错误才回来教书的，很有些怨言。他平反后艰苦卓绝地奋斗了七年，终于在胡子白了的时候杀回城里，带着一家老小吃商品粮去了。另一位原也是代课教师，字是识一些的，人很聪明，会一手好木匠活儿，于是每逢假期便到县教育局去给人家免费奉献手艺，从局长家做到股长家，就这么做着做着转成"公办"了，就这么做着做着走毡了，很让人羡慕。现在，学校里挂国家教师牌子的就剩下李明玉了。

李明玉家在画匠王是单门独户，性孤，人缘就好。李明玉自小也在这所乡村学校里上过学，后来就成了这所学校的骄傲。他考上大学了，是师范专科生。这让村民们很是荣耀了一阵：都说他文才好，将来定是要做大官的，可他毕业后却又分回来了，依旧是背着被子，提着破洗脸盆，还有一捆书……这很让人失望。回来那天，就有人跑到街上问：明玉是不是犯了啥错误？

错误是没有的。成绩还是优等，就是人太脑腆，读了几年大书却没读出做人的门道，不回来又能到哪里去呢？开始，李明玉并不觉得太委屈。毕业了，没后门没关系的，能弄个国家教师的牌子扛着回村教书，也就够了。再说，人年轻，热情还是有的，于是一回来就找校长联系工作。校长是村支部副书记兼的，指示也就那么几句："弄吧，都是村里娃子，好日哄。不听话脱了鞋打屁股！……"李明玉本来把教书看得很神圣，被校长几句话说得很不痛快，一是"弄吧"，二是"日哄"，就没了一点点儿神圣味。接着，他第一次上课就淋了雨，学校本来就很简陋，教室漏雨，教师们阴天上课都披一块破塑料布，时刻准备着。李明玉没有经验，头天上课穿了一身新衣裳，头发也梳得油亮，却不料赶到雨肚里去了。一进教室，屋顶上掉下一块烂泥，刚好砸在他的头上，引得学生娃儿们哄堂大笑！往下，他讲几句看看房顶，讲几句看看房顶，像蹦猴似的在讲台上来回动……一堂课下来就有了"蹦猴"的绰号，弄得他十分尴尬。

更可笑的是，在这所乡村学校里他怎么也严肃不起来。学生娃儿全是本村的，亲戚摞亲戚，多少都有些牵连。下了课就叫哥、叫叔、叫爷，叫着叫着就没了老师的尊严。有一次，一个学生在课堂上玩麻雀，他就严肃地批评了几句，不料，那学生突然张口骂道："去你妈蹦猴！"他的脸一下子涨红了，愣愣地望着那学生，好半天才缓过来，就忆起按辈分他该叫这娃子一声叔的，很觉得荒唐，也只好伸伸脖子嗯了。

渐渐，这课就上得没有滋味了。学生隔几天走一个，隔几天走一个，问了，都是做生意去了。教室里坐得稀稀拉拉，自然没了心境去好好讲。还有的学生吸着高级烟回学校来，大咧咧地敬他一支，把他兜里装的三毛五一盒的许昌烟衬得很猥琐。后来，见人连烟也不敢掏了。

在村里办什么事也没有往常顺了。有时候连东西都借不出来，人显得很落价。有一回浇地，捏蛋儿时李明玉捏了第一名，可浇的时候电工却把他排到了最后，电工的眼就是"人秤"，李明玉一下子就明白了自己的分量，晓得国家教师这牌子很不值钱。此后，心越来越灰。气憋在肚时，有话无处说，那日子就显得难熬。

就有人出主意说："跑跑吧，跑跑。"

于是就跑跑，一"跑"才知道，这"跑"是极有讲究的，那也是一门很高深的学问。听了村里爷儿们教给他的"跑"法，李明玉更觉得自己浅薄，读了那么多年书，原是读傻了。就诚惶诚恐地跟村人学那"跑"的学问，把那舍不得吃的花生、香油一趟一趟地往县教育局的头头家送……

就这么"跑"了两趟，村人们都知道了。一听说李明玉要走，大伙儿立时变得热情起来，他在村街里过，就有人很主动地跟他打招呼，送他一脸的笑："中，你娃子中，早看出你娃子是块大料！"弄得李明玉哭笑不得。电工见了他大老远就喊："明玉，需要啥言一声！"村长拍拍他的肩膀："明玉，上头关系重，别惜乎钱……"连捡破烂的么叔见了也关切地问："明玉，活动得咋样了？赶明儿我给你弄两瓶好酒摔摔."

隔天，么叔果然提来了两瓶好酒，一进门就说："娃子，上头礼重，轻了不办事。这两瓶酒你拿去，准叫鳖儿给你办了！"

明玉一看是"茅台酒"，眼都瞪直了，结结巴巴地问："么，么叔，这这这……得多少钱呢？！"

么叔眨眨眼，笑了："假哩，日哄鳖儿哩！"

李明玉吓了一跳！怔怔地望着么叔，就觉得这"跑"的学问越来越深刻了。

么叔赶忙说："毬哩，没事儿，假哩跟真哩一样，不信你尝尝。"

李明玉疑疑惑惑地打开酒瓶盖儿，立时闻到了一股浓香，那香味的确与众不同。他心怯，不放心地问："么叔，看不出来吧？"

么叔一拍胸脯说："娃子，请放心了，喝到底也喝不出来！"说着，嘿嘿笑了，"实话给你说，这两酒瓶是我收破烂收来的。酒是一点儿不假，散酒。不过，我有法叫它变……"

李明玉当然不放心。给人送礼，送些假货，万一喝出来怎么办？！就问他到底使的啥办法。么叔这才小声说："娃子，这法儿可不能说出去呀！实给你说，我往酒里滴了一滴'敌敌畏'……别怕，没事，一滴没事儿。咱日哄鳖儿哩。咱日哄鳖儿把事儿给咱办了。咱不坏良心。我尝了多少遍了，跟真的一样，香哩！"

虽然么叔一再保证，李明玉还是不敢送，那酒里掺的是"敌敌畏"呀！

日子一天天过去了，调令终不见来，李明玉眼看着事儿不成，又跑了两趟，人家总说"研究研究"……无奈，他硬着头皮把两瓶假茅台送去了。

酒送去了。有几日明玉很慌，生怕喝出事来，公安局来找他的麻烦。可没过几日，调令就下来了。

于是，李明玉又成了全村人的骄傲。在他办手续那几天里，村里天天有人请他吃酒。有时一天几场，排都排不过来。当然，请他的都是头面人物，在酒宴上都多多少少地教他些做人的"学问"，以备他进城干大事用。明玉很虚心地听着，默默地点头，再也不敢小觑乡里爷儿们。临了，都会恳切地说上一句："娃子，做了大事，可别忘了爷儿们哪！"

么叔也觉得很体面，在村里逢人就讲，是他用两瓶茅台把李明玉"日弄"出去了。

走的那天，校长带领全校师生列队在村西头欢送他，还特意借了两面破鼓敲着，场面很热烈。学生娃儿们也都不喊他"蹦猴"了，一个个亲亲地喊老师，那目光是极羡慕的……李明玉却哭了。

村口停着一辆吉普车。

李明玉走了，这所乡村学校里再没有国家教师了。

香叶

男人跪在她的面前，男人说："完了。"

那时候，男人还是很风光的。常常坐着卧车回来，喇叭鸣得很响。村里人都以为男人发财了，男人说："钱算啥？三十万五十万小菜一碟！"于是就穿得特别崭括，西装一套一套地换，吸最好的烟，喝最好的酒，见了人头昂得很高，把揣在兜里的小片片亮给人看，说上边有"洋文"。后来家里的饭一口也吃不下去了。烙了油馍，说不香；给他摊煎饼，又说没味儿。接着就夸城里女人的手巧，做的饭有滋有味的。有一段时间，男人嘴里渐渐露出了一点口风，男人不想要她了。两个孩子了，男人不想要她了。城里女人映花了男人的眼。男人一回来就发脾气，就找茬儿。她是个柔弱的女人，为了孩子，她都忍了。地里的话儿男人从来没干过。农忙时，她想让男人帮帮她，男人说："收收打打也就是几百块，撂了算啦！"男人说了大话，可从不见捎钱回来，她只好一个人死做。在土里扑腾的女人是很见老的，而男人的日子却日见喧闹，她成了男人的拖车……可是，男人突然回来了。没有坐卧车，也没有了往日的张狂。在夜半三更的时候，男人贼样的敲响了家门，进来就"扑通"一声跪下说："完了。"

到了这时候，男人才告诉她，他托人贷了一些款，加上合伙人摊的股份，还有一些邻人托他买化肥、农药的钱，全都被人骗了！他本意是要做大生意的，然而，却被广东蛮子骗了……

夜有些凉，她抖着身子问："多少？"

男人抓着自己的头发，泪流满面，神色十分惊恐。他吞吞吐吐地说："有……有、好几万。"

男人说得很含糊，言语间躲躲闪闪的，到了这般境地，男人还想瞒她。这一次，她不敢再相信男人了："到底多少？"

男人喘口气，结结巴巴地说："八、八万……"

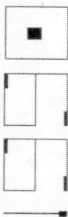

老天哪，八万！她娘儿仨在家省吃俭用，喂猪喂鸡，加上卖粮食的钱，紧紧巴巴一年才能挣七八百块。而男人一下子就欠了八万……

男人擂着头说："我作孽呀！我对不起恁娘儿仨，让我死了吧……"

男人不想死。男人要想死，就不会在她面前下跪了。可男人的方寸已经乱了，男人扶不起来了。多年来她一直是靠男人拿主意的，现在男人成了一堆泥。她一个妇道人家又有什么办法呢？

两个孩子在床上睡着；男人在她眼前跪着。她看看孩子，看看男人；看看男人，又看看孩子……末了，她叹口气说："你走吧。"

男人慢慢抬起头，嘴张了张，却什么话也没有说出来，只眼巴巴地望着她。

她心里很乱，却不得不撑住架子说："你走吧，出去躲一躲。三年、五年……"

男人紧抓住她的手，抖抖地说："家里……"

她说："家里你别管了，天塌下来有俺娘们顶着……"

男人哭了，男人像孩子样偎在地怀里，一声一声地喊着她的名字说："香叶，香叶，我挣了钱就回来……"

八万元，怎么去挣呢？她不敢往下想，也不让自己往下想，就说："天快亮了，收拾收拾走吧。"说着，她站起身来，从破衣柜里摸出五十块钱递给男人。男人哭着不要，她把钱塞到男人的兜里。男人又抓住她的手说："香叶，香叶，我对不起你……"男人的手很湿，很凉，哆哆嗦嗦的。她心里突然有了一丝快感，很沉重的快感。只有在这时候，男人才彻底地属于她。

男人去了。男人是从后院翻墙走的，男人连从大门走出去的勇气都没有了。当男人的脚步声消失之后，香叶一屁股瘫坐在地上，再也站不起来了……

第二天，讨债的便涌上门了。三教九流的各路债主闹嚷嚷站了一院子。有的人进门就喊："五大喷，今天你就是砸锅卖铁也得还老子的钱！"

一问当家的不在，便知道那"鳖儿"跑了。顷刻间，院子里像炸了似的，债主们全都红了眼，有吆喝着扒房子的，有抢牲口的，有跳猪圈里赶猪的，也有冲进屋里拾掇值钱东西的……屋里屋外闹成了一窝蜂！

香叶从没经过这阵势，看见人腿就软了。可男人已经跑了，孩子还小，她只有撑着。开初，人们知道一个妇道人家不支事，她说话也没人理她。香叶就默默地去灶房烧水，任人骂翻天也不开腔。水烧开了，她就一碗一碗地往外端，家里的碗全拿出来了，在地上摆了一片……这当儿，两个孩子吓得扑到她怀里哭起来。她给孩子擦擦泪，轻声说："去吧，上学去吧。叔们逗你们玩哩……"一时，债主们被这媳妇的沉静镇了，又乱哄哄地围上来向她要债。香叶随手搬只小凳在当院坐下来，挺住身子说："爷儿们，都走了恁远的路，喝口水，有话慢慢说吧。"

债主们像没蜂王似的团团围住她，一个个躁躁地骂着，有的干脆张大嘴哭起来……

香叶软声说："男人在外头的事，俺也不清楚。可话说回来，跑了和尚跑不了庙。既然欠了人家，总是要还的。爷儿们消消气，慢慢说……"

乡信贷员老马挤上来，一跺脚说："哎呀祖奶奶！五万哪，我给他贷了五万……"

香叶心里打了个冷战，眼前一黑，就觉得那数字像山一样压过来。

她两手抓着凳沿儿，坐稳了才说："大哥，你是国家的人，懂政策。有句话我不该说，他是个没星秤，这款当初你就不该贷给他。这会儿闹出事来了，这个账俺应了。你知道，五万元不是小数，俺眼下也还不起。你要当紧逼俺还账，大哥，你看看这院里、屋里，东西全折上，值不值那些钱？"

老马一时急火攻心，炸着喉咙喊道："没、没钱……我上法院告他鳖儿！"

香叶慢声慢语地说："大哥，你告到法院，就是找着把他抓起来，这账还是要还的。你说是不是？给他一条路，他兴许能挣些钱来，慢慢把账还上。要是他挣不来那么多，家里俺也认这个账，早早晚晚给你堵上这窟窿……"

老马一拍屁股，说："现今上头就催着要款！哪怕先还个一万两万呢，也不能叫我背黑锅呀？！"

香叶端起一碗水递给老马："大哥，你别急，先喝口水。我又跑不了……"待老马接了水碗，她又说，"大哥，事情到了这一步，责任你也担一些。听说贷款时你也得了些好处？这样吧，你先把那一万元好处费还

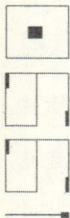

上，这四万我认了，慢慢还。只要我手里有钱，都是你的。挣一块还一块，啥时要啥时给，决不赖账。要是还不行，大哥，你搬东西吧，啥值钱拿啥……"

老马傻愣愣地捧着水碗，人慢慢地蹲下去了……

余下的债主七嘴八舌地嚷着要账。有三千两千的，也有三百五百的，一个个都像疯了似的，手指头点在香叶的脸上！唾沫星子溅在香叶的脸上！香叶不扬头也不低头，就直着身子跟人说好话……那些有借据的，急着用的，香叶指指院里的牛、圈里的猪，又指指屋里的东西，说："大哥，钱是欠。当家的虽然不在，这账俺认，你看看这院里屋里，凡值钱的，请挑了。你说个数，把账抵上。不够呢，说个日子，俺慢慢还。知道怎挣钱不容易，话也不能说到别处……"

人们蜂拥而去，屋里屋外看了，家里值钱东西的确不多。就有人挑了牲口，有人赶了猪，有人抬了桌子、柜子……香叶眼含着泪看人挑东西，那都是自己多年辛劳挣下的呀！可她还不得不笑着说："大哥，弄到这一步，真是对不住了，恁多担待吧。"

债主们知道她男人在外边花天酒地，女人却不曾享过半天的福，如今担下了天大的窟窿……心里都酸酸的。那噎人的话再也说不出口了。

还有一群没有凭据的，也都嚷嚷着要债。香叶说："老少爷儿们，按说，借钱是该还的。没有钱，也得说个时候。各位都说明心欠了钱，到底欠了没有？欠了多少？该是有个凭据的。想各位都不是外人，人到难处了，也不会坑俺。可明心不在家，叫我怎么说？这样行不行，一是等明心回来，他只要说借了，会还的。要是明心不回来了，只要能说出几个证人，公道的证人，我也认。你们都看见了，这个家是败了。人都有落难的时候，再宽些日子吧……"

众人默默地，也都觉得这女人说的是理。有的就日骂着去了，有的还留下来死缠……

就这样，从早到晚，要债的来了一拨又一拨，她就一遍一遍地给人说好话。她是个没出过门的女人，一生都没说过这么多的话，也没作过这么大的难。有时候，人们拽她、搡她，叫骂声、嚷吵声几乎把她淹了！她就觉得熬不住了，再也熬不下去了，就想疯，想死……她恨男人，却又不得不护住男人。男人是她的。在这种时候，男人是她的。她用心中的"男人"支撑着这实在难以支撑的局面。

月上柳梢儿的时候，屋里屋外的东西已经光光净净了，只差房子没有扒……

香叶还在院里坐着。她哭了，哭了整整一夜……

第二天早上，人们见香叶从街上赊了一百个鸡娃。

二拐子

二拐子，小头，眼斜斜的，走路画圈。人是很聪明的，就是好赌。赌起来能一连三天三夜不吃不喝不尿，精瘦一个小人儿，那膀胱像是铁做的。

赢的时候，就大堆往怀里搂钱，看都不看；点烟用十元票，奢侈得像百万富翁。输的时候，也不寒脸儿。钱输光了，就押家什，押裤子，光着屁股也干。有一回，他输了钱，出门碰见儿子。儿子七岁了，大名叫王国栋，小名叫丢儿。他看见儿子就喊："国栋，过来，过来。"儿子刚放学回来，就问："爹，啥事？"他说："用用。"说着，就把儿子拽到赌场上去了。进门一声："押上！"就把儿子押上了。女人听说信儿，风一样赶来，抓住他又打又骂！

二拐子连声说："用用，用用。"说话间就和了一盘。女人一气之下，扯着儿子回娘家去了。二拐子三天后才晓得女人走了，也不去找，就一个人过。

田里的活儿是不做的，终日夹一个破兜，兜里装一副麻将，手里练练地捏两骰子，走着抛着，屁股一坐下来就没明儿没夜了。那一日刚败下阵来，就被一位本家叔叫住了："拐子，你那麦地该锄了！"二拐子一愣，接口就说："四叔，二亩麦不值啥，我把青苗押给你算了……"本家叔听了这话，胡子都气炸了："鳖儿！你，你……毁了，毁了！"庄稼人卖青苗，就等于剜心头肉。老人再也不搭理他了。

村里人都觉得这个家是败了。却不料二拐子竟练了一手绝活儿，渐渐发起来了。赢了钱，吃喝用不说，还宽宽地盖了六间大瓦房。房子盖起，二拐子就接女人去了。女人在娘家过得很苦，看见他眼圈儿就红了，问："改了么？"二拐子不吭，就说："国栋他娘，回去吧。"女人又问："改了么？"二拐子还是不吭。又说："国栋他娘，回去吧。"女人哭了，女人默默地流着泪，不再理他。二拐子在屋里颠了一圈儿，说：

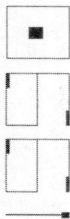

"……我见见国栋。"女人说:"丢儿不见你,丢儿没你这个爹!"二拐子很想儿子,四下瞅瞅,见儿子不在,问:"啥时能见?"女人狠狠心,很坚决地说:"改了见。"二拐子再不吭了,就从兜里掏出一叠钱放下,荡荡地出门去。女人从屋里赶出来,把钱给他扔出去。二拐子也不捡,就夹着那个破兜又走了,任女人追着屁股骂。

依旧是一个人独过,夜夜鏖战……

去年腊月,工商税务联合大检查的时候,县里派了一个检查组到画匠王来了,主查篷布厂的账。大凡乡镇企业都有两本账,这是明的,也是暗的,多多少少都有些毛病,不敢细究。篷布厂这些年已把各级工商税务部门的主管人"喂"熟了,不料这次却换了人。厂长生怕查出事儿来,很慌。

人已来了,明着送礼是不敢的。厂长急中生智,就想到了二拐子。于是派人把二拐子请来,说:"拐哥,请你帮个忙?"二拐子眼斜斜地说:"啥事儿?"

厂长说:"检查组来人查账,想请你陪他们摸两圈儿。"二拐子笑了:"小菜一碟。"厂长压低声音说:"拐哥,咱村篷布厂能不能保住就看你了!我知道你能赢,可不知你会输不会……"二拐子一听就明白了。明着送礼不敢,打麻将输钱,这叫暗送。二拐子不动声色地问:"多少?"厂长把装钱的提兜往他怀里一扔:"这个数儿。"

当天晚上,二拐子就陪检查组的人玩麻将。二拐子一坐到牌桌上两眼就放光,玩得十分认真。二拐子出牌很刁,客人们就赢得分外"艰难"……玩到天亮的时候,二拐子说:"罢了。"说完,站起就走,客人们余兴未尽,各自回去偷偷地数了钱,竟然都赢了三百块!第二天傍晚,检查大员们早早地就说:"叫二拐子,玩玩。"于是就玩玩。一连三晚上,检查组的人玩得十分痛快,把查账的劲头全转移到玩牌上了。查账么,也就走了走过场……

送走了检查组的人,厂长很感激地说:"拐哥,中,活儿干得漂亮!"

隔了两天,厂长亲自给二拐子送来了大红聘书,执意要聘他做篷布厂的业务员。二拐子笑了:"我能做啥?要嘴没嘴,要腿没腿……"厂长说:"用你一技之长!拐哥,生产上的事不让你费心。上头来了人,你陪陪就是了。"就用了他的"一技之长"。

从此,二拐子就成了篷布厂的业务员。每逢上头来了人,就让二拐子陪他们

"玩玩"。人分等级，"玩"也分等级。二拐子很会"玩"，"玩"得上上下下都很满意，也就替篷布厂做了不少的事情。有时候也派二拐子到外边去"玩"。二拐子出门很随便，就夹一个破兜，兜里装一副麻将，竟然吃遍天下。篷布厂新买的面包车就是二拐子玩着玩着弄出来的……渐渐，二拐子就"玩"出影响来了。四乡里都知道篷布厂有个响当当的业务员，很能做。

乡政府出资办了几个工厂，总是很不景气。常常不是缺原料，就是货销不出去。乡里就时常派人来"借"二拐子，用他的"一技之长"。县乡镇企业局遇上了麻烦事，局长就说："派车，请二拐子来。"这时候的二拐子已经"玩"到了出神入化的境地，活儿做得十分漂亮。一百四十四张麻将牌就像在眼里放着，两个骰子掷得溜溜转，要几点儿有几点儿，输赢是尽在心中的。出门时"行头"也变了，一身西装穿着，夹一黑皮包，皮包里自然还是一副麻将。还印了中英文的名片在兜里，上边赫然地印了一串头衔……

二拐子贡献大，厂长（也就是村长）十分器重，就想奖励他。二拐子说："别奖，我有钱。爷儿们，能不能叫我见见国栋……"厂长愣了，好半天才想起国栋是他娃儿。就知道二拐子是想女人了。厂长一拍腿说："拐哥，放心吧。村里出面，给你接回来。"于是，村长就带了很重的礼物去给二拐子接女人。到了女人的娘家，女人还是那句话：改了么？村长说："嗨，早改了。现今是咱篷布厂的业务员，能干哩！县上领导都夸他……"

这么三说两说，就把女人孩子接回来了。

女人回到家，见了二拐子就喜喜地问："你学会做生意了？"二拐子随口说："跟着跑（麻将术语）。"女人又问："你腿不好，能联系业务？"二拐子说："门前清（麻将术语）。"女人关切地问："生意咋样？""发财（麻将术语）。"女人看了院里屋里，又问地里的庄稼："今年麦打了多少？""一万（麻将术语）。"女人愣了，疑他是吹牛，又问："吃啥饭？""烧饼（麻将术语）。"……往下，女人越听越不对味，就怯怯地问："你……不是改了么？"

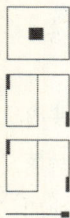

二拐子不吭声了。

女人性硬，一气之下，扯着孩子就走。二拐子在后边追着屁股喊："国栋，国栋，你看爹给你买啥哩……"孩子说："俺娘说了，你要不改，金山银山俺都不稀罕。"

后来，乡里也派干部去动员二拐子女人回来，说了很多的好话。女人就这一句话："改了么？"

二拐子只好独过。

春三月，二拐子被县乡镇企业局借出去"玩"业务，一连陪人玩了三夜，竟突发脑溢血，死在了牌桌上。临死时，二拐子嘴里还念着两个字："白板（麻将术语）。"

二拐子死后，村里为他开了很隆重的追悼会。乡里县上都送了花圈。

挽联上赫然写着：

　　以身殉职

　　鞠躬尽瘁

二拐子女人却以为耻。她虽然也让孩子为他爹上了坟，烧了纸，却把孩子的姓改了，随母，叫杨国栋。杨国栋八岁了，上小学二年级，很用功。

菜园风波

菜园不大，七八亩的样子，是上水好地。每户人家也就分得一分二分，各种各的。乡下人吃菜不讲究，种什么就吃什么，种多吃多，种少吃少。平日里，你薅我一棵葱，我拿你两棵韭，没人计较。菜多时也分些给众人，全个情面。但终究是分了，日久情薄，渐渐就生出些嫌隙，由嫌隙而口角，于是各家都扎了篱笆，你一片我一片把菜地隔起来。

篱笆是挡不住人的，却挡出了很多的怨恨。这年四月的一天，老笨家菜地里的葱被人薅了一沟儿。他家总共才种了两沟葱，葱长势很好，本指望细水长流地吃下去，却被人薅去了整整一沟儿！老笨家女人就在村街里骂，两手拍着屁股，一蹦一蹦的。骂了半日，没人应，也就不骂了。

二天，海子家菜地里的芫荽也被人薅了，薅得很残酷，一棵不留！海子家女人是个难惹的主儿，辣货。她敲着洗脸盆在村里骂！从村东到村西，骂得响亮而又热烈，把坟地里的先人都抬出来了……引逗得一村娃儿跟着看。可她骂着骂着也不骂了。

三天，旺家菜地里的油菜又教人薅了。这主儿更狠，是用铲子铲的，一溜儿一溜儿地铲……旺家女人柔弱，老实，不会骂。不会骂也学着骂，天上一句地上一句，头上一句脚上一句……慢慢也不骂了。

此后，各家的菜都有被人薅的，很随意很无赖地薅，薅得匆忙而又散乱，整块菜地像被猪啃了似的，薅出了"去你×的！"的意思。一时，大家都互相防着，一个个脸绿得紧。

于是，各家都出去卖菜，悄悄的。有到东乡，有去西乡，也有到镇上、城里去的。那菜的品种都很散乱，一把葱一把韭一把芫荽一捏蒜……卖得自然便宜些。

于是，各家都派人到菜园里来看菜。你家搭一个庵，他家搭一个棚，还有的把床抬到地里，用塑料布扎一个顶……各家的人手有限，有的是男人来看，有的是女人来看，有的是小伙，有的是闺女，一入夜就扛着被子来了，菜地里显得很热闹。夜里，隔着一层篱笆，你尿了，他也尿，这边哗啦哗，那边哗啦啦；你咳嗽了，他也咳嗽，东边"咳咳"，西边也"吭吭"，平添了许多野趣。睡不着的时候，就互相串，你到我篱笆里坐坐，我到你篱笆里坐坐，心里防着，面上还是笑的。夜静时，只要听到脚步声，就探出头来齐声问："谁？！"

应声也很响亮："我！"

"咋？！"

"尿！"

于是又一片笑声。

天已是不冷了，也不太热。在家里憋久了，来菜地里睡，屋宇显得十分阔大。空气自然鲜，月色朦朦胧胧的，远处颍河的水琴儿一般细淌，地下的虫意们私语喃喃，撩人想些非分的事体，便有些滋滋润润的念头生出来。一家一户的日子，本就有着许多愁绪，许多的不美满，心憋久了，放出来就是野马。一天半夜，迷迷糊糊的，海子摸到旺家女人看菜的草庵里去了。旺家女人正拧着细柔身量在月色里翻煎饼，突有野黑一条压下来，初时还挣扎了一阵，又怕人听见，也就半推半就了，做那肉肉贴肉肉的事情，竟然很入港。九香家的大娃保柱夜里睡不着，跑到老笨家看菜的闺女顺妞那里编闲话。先是低声说笑，渐渐就有了不规矩。你抓我一把，我抓你一把，抓着抓着，保柱就捉住了顺妞的手。顺妞慌慌地说："你……我喊了。"保柱松了手，看了顺妞，继而又捉住，手里湿湿的，握得更紧，顺妞说："我喊了，我喊了，我喊了我喊了我……"终也没喊。

渐渐有风声传出来了。旺家两口子打了一架，海子家两口子也打了一架。海子家女人又堵住旺家女人骂，两个女人撕撕扯扯地到村长家评理，村长各打五十大板，狠狠地把她们日骂一顿了事。九香家也跟老笨家骂翻了天，从偷菜骂到偷人，一说妞儿匪气勾人，一说娃儿流氓成性，闹成了一锅粥！继而各家都生了疑惑，男人关上门审女人，女人开着门审男人，越审疑心越大。整个村子像火药桶似的，天天有人干架！究竟为着什么呢，那又是说不清的。于是又换人去菜园里看菜。换了男人的，就有女人去盯梢儿；换了女人的，就有男人去暗查。一时，人都像疯了一样，生出了许多事端……

接着，事情越闹越大了。先是顺妞跟保柱趁人不妨双双私奔了。海子呢，大天白日里竟又跟旺家女人在北沟里干事。就有人捎话给旺，旺一气之下掂了粪叉去找海子拼命！旺在前边跑，一村人在后边跟，嗷嗷叫着看热闹。等黑压压的人群跑进北沟儿，海子已带着旺家女人逃走了。旺气昏了头，半夜里跑到海子家，要干海子的女人。海子女人性烈，自然不让，撕扯中又扎了旺一剪子！旺呢，觉得太亏，就跑到县法院告了海子一状……

月余，公安局的人先是抓了海子，后又抓了旺家女人，说是重婚罪。

没过多久，竟又把旺也抓走了，说是强奸未遂……

都是不服的。海子、旺们觉得亏。人们也觉得亏。只怨菜被人薅了。

原载《上海文学》1990年第1期

点评

　　小说以片段的形式勾勒了画匠王这个村庄的地理风貌和精神风貌，几个故事从不同角度深入村庄的腹地和灵魂，把一个"活生生"的村庄展现给世人。

　　黑孩儿是村庄致富的密码，这密码深不可测也不可言说；狗剩的转变代表了村人自我意识在一定程度上的觉醒，呼唤着更多"主人翁"的涌现；捉奸体现出乡村秩序中复杂的人际关系和蒙昧的思想意识，情节的瞬间反转和大起大落隐藏着难以言说的心理痛苦；李明玉的人生之路代表了一个时期乡村知识分子的处境，也展现了乡村教育在那个时代的尴尬境遇和诸多问题；香叶是乡村女性的代表，她们看似柔弱，其实内心刚强，在家庭危难的时刻，她用包容的内心和坚定的意志撑起了一个家庭；二拐子也是乡村一类人的代表，身在农村，不务正业，却习得"一技之长"，而且在某些特殊时候派上了用场，但这种歪门邪道毕竟不是正途，二拐子的暴毙和妻儿的态度是对其生活观念的最好批判；菜园风波也展现出农村"独特的"生态，一切都看似和谐，实则暗流涌动，在缺乏法制意识的乡村，一切都野蛮而粗放。八个故事构筑了画匠王村的立体形象，从外观到内涵，都生动可感，富有温度。

（崔庆蕾）

小巷里的"美国梦"

/吕晓明

北京胡同的名称，细琢磨都挺有意思。据说从元代起就有文人学者专门对北京胡同名称的来源进行了考证，为此还写了书。

我家所住的那条胡同实在太小了，小得整条胡同只有三个门牌，三个门牌后面紧巴巴的住着八户人家。

这条胡同叫葫芦把儿，名符其实，口小肚大带个弯，像个大逗号似的趴在南城外，不知多少年了。

也来人带着皮尺量过，也来人带着仪器测过，又都没落下准信儿。次数多了，人心也就疲了。就又一次自我宽慰地夸起厂房的优点和葫芦把儿的好风水来。

由于胡同口有块"此巷不通行"的牌子，又由于三个门牌号码后面的院子都被各种各样的小棚小屋塞得满满当当，那个葫芦肚实际上就成了我们八户人家的院子。这葫芦肚正中长着一棵根深叶茂的老槐树，据说好风水全应在这棵大树上了，所以附近的人们又称这儿为"槐树院"。

我们槐树院，几年前还是人才济济，大有爆满之势，葫芦肚里总是沸沸扬扬，人声不断，可近几年，嫁出去的姑娘、娶媳妇的小伙儿，全都是心甘情愿地扔下葫芦把儿的好风水，兴高采烈地走了。有的虽然也是去住丈母娘或婆婆家的小棚屋，他们也依然心甘情愿和兴高采烈。葫芦把儿太偏僻太闭塞了，槐树院里的天地太窄太小。

于是，我们这批半大小子，就按照自然淘汰的法则，接替了哥姐们的班，取得了和老辈人一起侃山吹牛的资格。

在我们这帮哥们儿里，最能侃的是三毛。这小子和菜站退休的老李一起练了两年个体，赚了几个钱，便不知天高地厚了，说出话来口气大得能吓人一个跟头，走路都是翻䏝乍翅的牛二像儿。合伙人老李骂他不仗义，指天指地说不再和他共事。槐树院里的头面人物赵科长，对三毛更是不屑一顾，横竖看不上眼。

三毛跟我是铁哥们儿，铁哥们儿之间当然无话不谈。谈得最多的当然又是我们这些毛头小伙儿最感兴趣最来劲的话题。

我倾诉我的苦恼，三毛帮我出坏主意。

"要不然我化装去截她一次，你见义勇为地冲出来揍我一顿，不就和她递上话了。"

这纯粹是从电视剧里学来的馊主意，连小学生都能识破的把戏，我当然不会犯傻去这样干。但我对三毛的一片赤胆忠心还是感激不尽，不知怎么报答才好。于是便连请了他三杯啤酒，还请了一天假帮他苫那间漏雨的地震棚，他从1976年地震住进去就没有搬出来。

我千方百计，我不懈努力。我们议论了一年多的那个小妞儿，终于和我一起在一个春风吹拂的晚上，走进了天坛公园。

那天晚上，我抬头望了好几次星星，渴望能够得到一点启示，能在这历史性的时刻里，讲出几句富有诗意的语言来。可那些星星光他妈的冲我挤眼，和我一样就会傻乎乎地笑，一点也不懂什么是幽默，我只好又是一通指天指地的发誓许愿。

真丢尽了咱男爷们儿的脸了，现在想起来还脸红呢。可当时还真起了作用，她和我从明晃晃的灯光下又移进了阴影深处，并让我握住了她软绵绵的小手。去他妈的星星！

如果我胆大，那天晚上就能吻她。

两天后，当我眼睁睁地看着她和三毛那小子一起走进了天坛公园，我差点要去自杀。

"你是男子汉么？"我自问。对这个问题。无论何时何地我的回答都是肯定的。于是我便冲进了公园，摆脱开那令人尴尬的跟踪盯梢的处境，毫不犹豫地又向深印在我心中的那片阴影里冲去。

途中，我把手表摘下来放进了衣袋，免得待会儿干起来，报废了我这刚花出去不久的八十五元外汇券。

"哥们儿。"阴暗处果然有人招呼我，"别乱闯禁区哩！"

谁的禁区？你小子敢在中华人民共和国的领土上对一个中国公民划出什么"禁区"？我狂怒。我更加勇敢。气昂昂使我变得雄赳赳。

"说你哪！没听见怎么着？"阴影深处，倏地腾起一座黑漆漆的塔来，粗哑的雄性音调本身就构成了一种威胁，我骤然清醒了许多。

他比我高半头，我比他矮半截。既然不是三毛，且先不充什么好汉。我道歉，后退，那塔气哼哼地消失。

明亮的灯光，使眼前的一切又辉煌起来，让天上的星星也暗淡无光。

一口气喝了两瓶小贩的高价汽水，还是压不下心头的恶气。那夜我好难受，一闭眼就能看到三毛吻她时的那副馋样子，踮着脚去够穿着高跟鞋的她……

千不怪万不怪，就怪住在三毛家里的那个瘦小老头。说起来，三毛他真没有资格成为我的情敌。他不学无术又没个正经差事，穿上高跟皮鞋还不足一米七十，哪方面能跟我比？可就那么一个又黑又瘦的小老头，就使三毛一夜间变得无限完美起来。

半个月前他拎着个大提包走进葫芦把儿的时候，槐树院里的人们还以为又钻进个卖不锈钢菜刀的外地贩子呢，那身西装一直也没有看出地道。鼻梁不如老李的高，脸比我还黑许多，举动也不如赵科长正派。那时谁也不知道他是三毛的舅舅，户籍民警也没向人们证明他就是报纸上常提的美籍华人。

"您找准？"赵科长在槐树院里是个有身份的人物，有点什么大事小情，当然是他先披挂上阵。赵科长虽然是满脸的狐疑，但仍不失身份地用了敬语"您"字。

"请问，王海家还住在这么？"干瘦矮小的老头在大腹便便的赵科长面前自惭形秽，声音有些颤巍巍的。

"王海？"在葫芦把儿已住了两辈子的老李，虽然刚刚入夏，便光起了膀子，暴露着够去美院当模特的肌肉凑了上来．"是不是三毛他姥爷？"

"谁是三毛他姥爷？"

"三毛他姥爷就是三毛他姥爷。"

这一问一答，使围观的孩子们哄笑起来。

笑声也没能使赵科长丝毫放松警惕。他在物资回收公司里的某个部门（据说是很重要很关键的部门）工作，经常要问讯那些来路不明的货主，所以颇具这方面的经验。王海是三毛的姥爷？三毛他姥爷就是王海，天经地义，这在槐树院里是妇孺皆知的事情。既然连这都不知道，来人当然可疑。

他轻轻但严肃地咳了一声，镇住了那些不知深浅的笑声。待一切安静下来，他又问道："从哪来的？"敬语省去了，一副办公腔调。

"美国。"

如一声炸雷，惊得赵科长眼珠子都快掉出来了。邮筒似的竖在那里，一肚子话却半句也道不出来了。

围观的人们吃惊。老槐树沙沙作响。

老李到底是个卖菜的出身，掂量不出"美国"这两个字的分量，只有他泄了气似的说了声："那儿好远哟……"。如果这个瘦老头真是个盲流什么的，在他的心目中无疑要比"美国"刺激得多。

"坐飞机来的？"这回轮到赵科长的声音打战了。

"乘波音公司的太平洋航班，下飞机就奔这来了。"瘦小老头不似刚才那么急切激动，声调平稳，对答如流。

"您辛苦，我这儿给您道歉了。"赵科长加倍恢复了他刚才省去的敬语。

瘦老头没见到赵科长态度的急转弯，两眼正直盯着光膀子老李在看。

老李被他看得发毛，不知所措地扭动着身子，嘿嘿傻笑起来。

"你——你是栓子？"瘦小老头突然喊出了老李的小名，孩子们又哄笑起来。

老李已不再扭动，两眼也直了起来，不一会儿便双眼放光，粗声大气地喊了起来："锁柱！锁柱！"

瘦老头的泪刷地流了下来。

"家里只剩下二菊了。俩老的早就过去了。二菊她命苦，男人也死得早，她一人拉扯着仨孩子不易呀，大毛二毛是闺女，都嫁出去了，跟前还有个小子叫三毛……"

"哥——！"

还没容老李的话说完，一声撕心裂肺的呼喊骤然响起，三毛他妈分开众人扑了进来。

两人抱头大哭。

"老人们临死都念叨着你……"

"我这不是回来了么……"

"晚了，晚了，除了这棵老槐树，还有几个人认识你？"

两人呜咽起来。

连摔断了腿都没吭过一声的老李，也跟着在旁边抹起了眼泪，更甭提那些大妈大嫂们了。

赵科长从地上拎起了那个已无人顾及的大提包，然后也掏出了手帕来拍着眼角。那提包的分量还真不轻。

一个美国舅舅，使三毛在中国风光起来，甚至有资格成为我的情敌，而且在四十八小时之内轻而易举地把我击败。

我恨那个瘦小老头！

透过窗户望到的老槐树冠，已经更模糊了，天就要黑了。

在家里躺了两天的我，只想变成一颗地雷，和这个不幸的世界一同爆炸。

我弄不清我是真病了还是没病，我只想一个人躺着，可地球依旧旋转。

我的心，经过我反复的自我引爆之后，疲惫了，疲惫得和妈妈都不愿说话。

整整两天，我没在老槐树下露过面了，可我知道，那里已经成了三毛中心，老李的大嗓门不时地向我报告着最新消息。因此，我也知道了那个瘦小老头三毛的舅舅明天就要走了。

老槐树冠已经和夜幕融为一体，只能感觉出它的存在，人声杳然，入夜了。

出去过过风，顺便撒泡尿，泡来的病假到期了，明天还要起早上班。今晚上我不准备再继续痛苦了。

老槐树只剩那盏昏黄的路灯做伴，孤独冷清。我伴着我的身影，冷清孤独。我想偷懒不去公共厕所，直奔老槐树根而去，准备向人们常爱倚着的树干来个点射，发泄我对常聚在这里的人们的愤慨，尤其是对三毛的愤慨。

一个身影伏在树干上抽动，发出窸窸窣窣的响声。

我紧张起来，体内的那些液体子弹，已经失去射击的欲望。我退缩到墙根，把自己隐藏起来。

"四十年了，就你没显老啊。"那人抽泣着说，"我被抓兵走的那年，你就是现在这个样子，你怎么不老呢？！上次我走了，回来没见着爹娘；这次我又要走了，谁知还见得到你不？我老啦！我老啦！"他捶打着树干，灯光中转过一张老泪纵横的脸来。

是三毛的舅舅。

此时我不再恨他，只恨三毛了。

冤家总得要碰头。在葫芦把儿窄窄的拐弯处，我和三毛走了个碰脸。

他还是那副二流子样，留着双鬓短秃后发盖脖的那种发型，走路夹着屁股一颠一颠的，像个二尾子，像个同性恋者。

三毛的兴致很好，可能是在她身上占着大便宜了，连脸上的青春痘都红红鼓鼓的精神焕发。

"哈啰！"他右手抬至额前，两个手指潇洒地向前一挥，挥到他正前方一尺左右的地方，一个瞬间的停顿，倾身、踮脚、礼毕。这小子在学里根。

我没理他，实在是不想理他。

"哥们儿，怎么坛子胡同闷三爷，不露面了？"

我还是没理他。实在是想揍他。

"得了，得了。咱多年的铁哥们儿了，还能为那点小事儿掰了？"

小事儿？霸朋友妻，乃属十恶不赦之罪，我委屈得差点掉下泪来。

"咱哥们儿认栽了还不行？你就开开面，就坡下驴吧。"三毛的赖劲儿，也算是他的一绝。

我按照一本杂志上介绍的"现代最新镇静法"做了几次深呼吸，然后去想"最能使你愉快的事情"，杂志上就这样说的。然而，最能使我愉快的事情，恰恰就是使我最伤心的事情，回家我就得把那本杂志撕了。

三毛大概早有准备，在我面前不断地变幻出各种笑容来，最后又掏出了现代和解用品——香烟。

万宝路。

我提醒自己应当注意民族气节。可这烟到底比我兜里揣的香山要长一大截呢。

"得啦！你就别拿劲儿了。"那烟卷在空中划出一道弧线，一个跟斗栽进了我的手中。

"燃着，燃着。"他现在遣词造句也变了味儿。"啪"的一声，一只据说是靠人体内的生物电感应点火的打火机，紧跟着也金光灿灿地启动了。

我只好凑上前去，半是出于礼貌，半是想仔细看看那只打火机。

我爸是个退休工人，虽没什么文化，但颇具中国古代"士"的美德，耐得寂寞，也敢于孤独。他见我每天晚上一放下饭碗就往三毛家跑，没过几天终于扯着嗓门吼了起来："你在家看看电视，再不就看点子书有多好，放着宽屋子大炕不待，非去钻那油毡棚子？你小子别他妈的心里瞎扑腾，就凭咱这家门，你还想漂洋过海？"

难道我就真心乐意去听三毛的胡吹？真心乐意去钻他那湿乎乎的棚子？这小子还是我的情敌。

自从拐弯抹角地和我爸我妈盘过家谱之后，我知道了我家无论父系还是母系，祖宗八代除了务农者之外，甚至没一个人见到过大海。于是，我便死心塌地地向自己承认了初恋的失败，也自愧比不上人家三毛。虽然还有那么点不服气，虽然还有那么一丝自尊哽在心里。

说起来，半个月以前的近二十年里，在葫芦把儿我跟三毛平起平坐，一字并肩王。

我们从小学同班一直到高中毕业，又都不是念大学的材料，我接我爸的班当了工人，他爸死得早无班可接，着实羡慕了我一阵子，最后只得在老李的带领下干上了个体。

没卖半年的菜，他就嫌弃起领他进门的师傅老李腿拐不利落，把人家给甩了。自个独挑卖了一夏天的西瓜，就不知天高地厚地花哨起来，成天被一帮狐朋狗友们跟着，凑到一块吃喝吹牛，总说要发大财，总也发不了大财，小本买卖却说什么也不愿再做了。老李站在槐树院里骂过，他妈站在槐树院里哭过，却都无济于事，也只得随他去了。只半年的光景，财尽楼空，三毛的那些带着硕大头盔的骑士朋友们，一个都不露面了，小巷又恢复了以往的平静。三毛便睡到日上三竿才起，百无聊赖地站在老槐树下抽烟……

那时节，他常常钻到我的小屋里来，也为发发牢骚打发光阴，也为蹭几根我的处理香山。

我那间小屋，虽然只有八平方米，虽然不是正房是耳房，虽然和三毛的棚子一样漏雨，但是这房子是每月要向银行交房租的，也就是说将来搬迁是要算正式居住面积的，也就是说将来或许就是一居室的单元楼房。

我哪点不比他三毛强？

可我没有个美国舅舅。甚至连个香港叔叔都没有。

我爸还在唠唠叨叨，让我吃的凉拌面都是从气嗓咽下去的，挤出了一股无名火，又不敢发作，只好大口地咬黄瓜撒气。

只两口，手里就剩个黄瓜把儿了。现在的黄瓜比过去贵多了，我这个吃法，我妈见了一定心疼。

我刚出家门，就撞见了那个毫不犹豫地把我给甩了的小妞。虽然我也知道她也常钻三毛的地震棚，可一次都没碰见过，他们有意地躲着和我双双照面。这是三毛的一片苦心，我也就眼不见，心不烦，只去想那个妞身上的坏处，进行自我精神安慰了。

她的屁股太大，穿上牛仔裤一点也没有现代女性的线条，还偏爱穿牛仔裤，好摆动她的屁股向人卖弄风骚。她还学什么天体派，衬衣里面不戴乳罩，故意让那两个肥大的奶子在走路时颤巍巍地抖动，还像人家外国人那样不系衬衣上面的两个扣子。她的脸太长啦，她的嘴太大啦，等等，等等。全然忘记了她的这些缺点都曾经那么强烈地吸引过我。

"你……"

她脸红了红，随即恢复了正常。

"我怎么啦？"

对没有好印象的人，我不会装出好态度来。心底那个男子汉的自我形象又要复活。修养没到家。

她还是描眉画眼的老样子，手指上戴着十块钱能买俩的亚金戒指。可

她今天没穿牛仔裤，这让我的怒气还平息了些。·

"她穿这种花格裙子还挺好看的，那腰……"我不敢想下去了，同时暗骂自己没出息。

只能转移视线。

"怎么着？又想当博士了？"我见她手里拿着两本包了书皮的旧书，随口问道。

视线又转移到她的胸部。不是天体，白衬衣后面显露出两条威严的背带，警告我收敛放荡的目光。

她有些不好意思地侧过了身子。"这是给三毛借的参考书。"她显然是在转移我的兴趣所在，"跑东跑西的跑了好几天好不容易才从我叔叔那借来的，这是他去美国留学时用过的书。"

差点把我给气乐了。她爸爸是蹬平板三轮的，虽然家里有几个钱，但还没富裕到送个什么"叔叔"出国去留学。过去可从没听说过这码子事，要有，她早就跟找这儿显摆了。

"你叔叔留学用的，他三毛也看不懂呀。"我没好气地说，三毛是这条胡同里著名的不学无术者。

"是参考书，让三毛先看看，然后考考'托福'。先过了语言关，以后到了美国各方面都方便点。"

红嘴白牙，她可真敢说话，把我的鼻子都气歪了。更让我生气的是她那种妻子的口吻，不得不让我猜想她和三毛一定有过那事了。

但愿三毛能考上个"托福"。

这几日，那遥远的美国近得就在我们葫芦把儿居民的嘴皮子底下，天涯若比邻。

三毛的嘴上总挂着他舅舅，他舅舅的身后有个富得流油的美国，美国到处都是大把大把的印着各种人头的绿色钞票。这钞票好像就装在三毛兜里，随时会慷慨地发给大家。

"我舅舅说，他要在夏威夷海滩买一块地皮，准备建一座中型的旅馆。"前两天，三毛发布了最新消息。

卖菜的老李向他念中学的外孙借来了地理课本。赵处长也不甘落后，不但买了世界地图册，还买了一本最新版本的《美国国情问答》，刚翻了两页就连呼上当，原来那书是介绍美国对外政策的，看不懂，只好不断地读晚报上连载的《美国万花筒》。

夏威夷到底在诸位面前明朗起来。

于是，槐树院里便出现了阳光、椰树、蓝天、白浪，比基尼游泳装和硬纤维冲浪板……

仁者见仁，智者见智。

先是赵科长和我，然后是老李和我，然后老李又和赵科长，赵科长又和老李及我及诸多人等，展开了一场多点交叉的辩论大混战，辩论中心是那筹建中的旅馆。

赵科长在槐树院是个有身份的人，过去不肯屈尊和三毛之流为伍，现在却成天围着三毛转，还主动从回收公司为三毛买回来一只破旧的皮箱，并亲自动手修理，准备三毛出国时送给他。

老李也不再骂三毛不仗义了，这几日尽夸他做买卖机灵，是块生意场上的材料。有空就拐着腿去钻三毛家的地震棚，还扯着嗓子叫三毛他妈"大妹子"。

谁也弄不明白美国的中型旅馆到底该是什么样子。

老李说大概就像胡同口的那家悦来旅社，四个人一间，还有洗澡和吃饭的地方，光置办那点家具家什就得个万八千的。

"平地抠饼那钱可得花海喽！"最后的那个感叹号里充满着老李本人的崇敬与羡慕。赵科长却说老李太土，没见过大世面。去年他去广州开会，住的地方听人说就是一家中型旅馆，庭院式的，花木葱茏，两人一间房，地毯、沙发、软床、彩电都有。

"当然，够级别才能住进去呢，"赵科长最后强调了住那旅馆的先决条件。

老李瞪了他一眼，又把大蒲扇在光着的后脊梁上拍得山响，嘴都快撇到耳根子上了。

我说中型不是指设备的好坏，而是指规模的大小，请他们二位罢战讲和。

老李不服气。说吃过的盐比我吃过的面多；赵科长也不服气，说走过的桥比我走过的路多。

于是又请三毛做权威性的结论，他现在不但是我们葫芦把儿研究美国的权威，简直都快成了金銮殿里的皇上，金口玉言，一切都是他说了算。

"这你们就不懂了。在美国大旅馆叫"猴头（'饭店'的英语谐音）"，这"猴头"的好坏用五角星来区分，一颗星的叫"一级猴头"，两颗星的叫"二级猴头"……还有一种小旅店叫"因（'小旅馆'的英语谐音）"。我舅舅就是要开比"猴头"低点儿，比"因"又强得多的旅馆，咱们就称它为"咪迪（'中间'的英语谐音）"吧。这"咪迪"既要有"瑞斯特绕英（'餐馆'的英语谐音）"的性质，也有"拉恩吃入姆（'快餐店'的英语谐音）"的设备，总之一切都很OK。你们懂了么？"

关于"咪迪"，谁也没弄懂！

可赵科长服气，对我说瘦死的骆驼比马大；老李也服气，冲我嚷干了的海眼比井深。我不服气，但什么也说不出来。

老槐树的叶尖，已染上一圈淡淡的金黄，夜晚的风已经变得有些凉了。

然而槐树院居民们的"美国热"却还一直也未凉下来。

连那小妞都一点也不避忌我了，成天跟三毛泡在一块儿，有时就睡在三毛他妈的屋里。

"请你帮个忙可以吗？"那小妞竟胆大包天地闯进我的房里来了。

我爸我妈小心翼翼地在门外探头探脑，显出了一种小家子气。

我大怒，"怦"地把门关上了。

"三毛说求你帮忙写个信封，往美国寄的，他那笔洋文写得太差。"

三毛还有点自知之明，从未在我面前吹过要考"托福"什么的。

"他干吗自己不来？"我端着架子，"好大的谱儿呀。"

"不是的，他舅舅说可以资助他去美国留学，可他那点墨水，连个重点高中都没考上，自个儿先打了退堂鼓。说什么也不肯应下来。"

老天爷！幸亏他三毛没答应，如果去美国留学的都是他那种材料，能把美国教授气得去教幼儿园的孩子。

"这不是，我打听了，听说三毛他舅舅在那边还没有结婚，按美国移民局的规定可以办个继承遗产的手续在美国，我就帮他写了这封信去和他舅舅商量商量。"

好家伙！喝汤的比吃肉的还急。看来，美国对她的吸引力大于三毛。

我爸我妈从门口又移到窗口探头探脑往里瞧，生怕我干出什么不体面的勾当来。我真想冲着他们大喊一句：我还没那份福气！

晚上，我把那个照葫芦画瓢写好的信封给三毛送去。

地震棚里，依旧是烟气腾腾高朋满座。今晚上的气氛和往日不同，诸位芳邻都闷声无语地坐着，赵科长的脚下戳着一只修好了的上过油的皮箱。隔壁三毛他妈屋里的那台黑白电视机，被耳聋的老太太拧得声响极大——

居住楼房多欢喜，喜中有忧多着急……

卖菜的老李，缺乏小布尔乔亚的情愫，耐不得这种感伤的沉闷，无端地噘起喉咙来。

请用管道疏通机。

我笑了起来，但无人应和，便戛然止住。

"咳——！"赵科长长叹一声，从放在桌上的烟盒里又抽出一颗万宝路点燃。"等三毛到了美国安顿下来，咱槐树院的街坊邻居们，就算有了个美国朋友了。脸上是光彩的。可再要聚到一块像今天这么聊聊，不易喽！"他不胜感慨唏嘘，见响地吸了一口万宝路。

老李也紧步赵科长后尘，麻利地点上了一颗万宝路。

"咱们见三毛不易，可三毛总得见他妈呀，想他了就给他写信，和我大妹子就伴一起去看看他不就得了。"

"到时候，我可以给你们发邀请书。"三毛近来"外事"活动不少，听说话就不外行。

"以什么名义呢？"赵科长到底见过世面。

"就算是民间友好往来。"三毛的回答也颇有见地。

"对！胡同代表团。我大妹子就是团长。我可得最先一批就去，咱爷俩一块儿练摊的时候，可是一直没亏待过你……"真是哪壶不开提哪壶，三毛现在最不愿意提起的，就是那段历史了，"嘿！到时候三毛开着他的小汽车到飞机场去接我们，说不定能上电视里的'新闻联播'呢。"老李兴奋了，看来他那条半月板移位的拐腿，丝毫不影响他的美国之行。

三毛说："有福同享，有难同当。"一把抓起了放在桌上的万宝路烟盒，立着攥在了手心里，又狠狠地向墙角扔去。

人们肃然起敬。三毛在大家心目中的位置，由此更上一层楼。

我看得清楚，那烟盒里明明还有着几支烟。

秋意渐浓。

三毛的美国之行至今还未见到一丝动静，但葫芦把儿内的各项准备工作仍在热烈地进行着。

我跟三毛不论怎么说也是老朋友了，虽然现在的交情比起过去来淡些，可做事总还要顾点面子。

不见兔子不撒鹰的赵科长把皮箱已经留在三毛那了，连老李也四处去求过去的老关系从副食店里成条地买出云烟来送给三毛抽，他舅舅带来的那两条万宝路早就抽光了。

我怎能落在他们后面？

我想了又想，想买一件既实惠又拿得出手的礼物送给三毛。纪念币？工艺品？国画？蜡染印花布？泥脸谱？剪纸？

……

我想了一大串，又否定了一大串，最后决定花二十元钱给他买一盒仿制的古币，最后又决定和这盒古币一起送他一段感人肺腑最好能够催人泪下、一辈子铭记在心的临别赠语。

这几句话又让我想了又想。

我想，到时候拉住他的手使劲拍他的肩头……

不对！这是人家外国老朋友见面时的表示。

那我就紧紧抱住他，把头埋在他的肩膀上，最好抬头时能让他看到我泪流满面。

另外，我还要对他说，让他放心地去吧，他妈妈由我来像亲娘一样照顾，请他放心。

再要说的就是，你放心走吧，你的女朋友由我来接管（这个词似乎不太合适），并由我来监督她的忠诚和贞操，保证让你的名誉不受到玷污。

又错了！在我和他之间这是个极为敏感的问题，还是不提为妙。

不过一切都还要等，等到去了飞机场，至少得在葫芦把儿胡同的胡同口，这一切才能给他。

这天，气温不合季节地热得邪乎。老李依旧光了脊梁。赵科长不失身份又贪图享乐地穿了一件破旧的背心，除了两根背带稍稍整齐地挂在他耳间多肉的肩膀上之外，前胸后背布满了肥皂泡似的大大小小的孔洞，还不如女人的乳罩遮住的身体多呢。

两人在老槐树下一东一西地坐着，一个咒着秋老虎，一个大骂秋傻子。一递一搭地说着闲话，若即若离就如两人平时的关系。

突然！

赵科长的眼睛瞪起来了。

老李的眼睛也瞪起来了。

胡同口进来了几个嘻嘻哈哈的男女，一看就是真正的洋人，个个都被长城的雄壮和颐和园的骄阳弄得红头涨脸的。

赵科长反应快，拖鞋都没顾上穿，离弦箭似的奔向了三毛家。

"三毛，三毛，海外来人啦！"兴奋得嗓音都有点变了。

老李的腿不好，报耳神自然做不得，连忙站起身来，冲着那几位先生女士不住声地喊"OK"。他为将来访问美国，向他念中学的外孙虚心地学了好几句英语，可这时一急，就只会喊这一句了，"OK"得那几位洋人直耸肩膀。

三毛被赵科长拉着，磕磕绊绊地跑来了。

"How do you do！"到底是曾经想考"托福"的，到底是未来的美籍华人，出口不凡。

"How do you do！"对方一位大块头应了一声。

"Good evening！"三毛又说。

"Good evening！"对方又答。

三毛卡壳了。

对方在微笑。

三毛着急了，急出了满头大汗。老李在三毛身后为他紧扇大蒲扇。赵科长抬头望了望天，恨恨地说了几句："该死的天！"

"真好！这槐树真好！"大块头的汉语说得挺棒，还带点说不清是陕西还是四川的地方口音。

"看槐树的……？"赵科长有点摸不着头脑。

"这槐树，真老，真大。"大块头连比划带说，"我们路过，就来啦，看看。"

一时间，大伙儿全都泄了气，愣在了那里。

"Good bye！"洋人们又嘻嘻哈哈地走了，这回大伙儿全听懂了。老李连忙凑到还在愣着出神的三毛面前，一脸虔诚求教的神气，"这是不是应当回他们一声'Hello'？"

赵科长没好气地接了一句："你应当说——开路依麻斯。"

这难道是梦么？醒过来的槐树院的居民们一个个瞠目结舌。三毛的舅舅回国定居来了，他对大伙说他的梦变成了现实。

一个梦打破了多少个美梦！

在一个月白风清之夜，我独自望着那棵栉风沐雨铁干虬枝的老槐树许久许久，我突然想哭，想狠劲地左右开弓抽自己的嘴巴。我不会像赵科长那样阴天损地指桑骂槐，也不会像老李那样惊惊咋咋地连呼上当。可我还是恨，恨我自己。

三毛已经好几天没敢在胡同里露面了，今天上午我看见那个小妞气哼哼地抱着一大摞参考书从他家走了，走过我身旁的时候，还蔑视地哼了一声鼻息，好像我们葫芦把儿里整个全是骗子。

谁骗她了？

谁骗我了？

谁把葫芦把儿骗了？

我百思不得其解。

老槐树叶沙沙地响着，在告诉我什么，又在掩饰着什么……

谁家的娃娃啼了一声，母亲的安眠曲随即唱了一阵，又静下来了。于是各种梦又在夜空中遨游。这是个产生梦幻的时代。

我又掏出那家伙来，很自然地对准老槐树那嶙峋盘错的根节，痛痛快快地撒了一泡，一股燥热随之排出了体内，我打了一个寒战。

此时，我好像长大了许多，像个真正的成年人那样思索着许多先有了答案的难题。

老槐树沙沙。

原载《北京文学》1990年第9期

点评

据说这是作者的处女作，但作品相当成熟老练，毫无青涩之感。

小说首先用细腻的笔触展现了富有北京特色的胡同文化，从葫芦把儿的空间结构到人员组成都做了详细的介绍，北京胡同的文化特征却一应俱全。在故事上，三毛显然是主角，是小巷美国梦的制造者，当然，实际的制造者是他老迈的舅舅，但由于他舅舅匆匆而来又匆匆而去，所以这个美国梦的核心人物也就变成了三毛。美国梦给小巷带来巨大的骚动，不管是自视地位甚高的赵科长，还是干个体的老李，都因为三毛从天而降的光环躁动不安了，赵科长给三毛准备了行李箱，老李也从对三毛的不屑一顾改成了赞不绝口，还亲切地称呼三毛的母亲为大妹子，似乎这样，他这个残疾人也可以沾一沾美国梦的洋气了。最能体现变化的当属三毛的爱情了，由于突然多了个美国舅舅，三毛一下子就把"我"刚刚辛苦搞定的小妞给抢走了，小妞畅想着美国梦，完全不把"我"放在眼里了。就这样，整个小巷完全被美国梦搅动了，兴奋而又有些茫然。三毛舅舅的回国让大家都清醒过来，三毛舅舅实现了自己多年的回国梦，可他的梦把大家的美国梦打碎了，一切又恢复到过去，小巷重又安静起来。

小说呼应了1980年代末的出国热潮，当开放的大门敞开，人们都幻想着外面世界的精彩，渴望着走出去，但如何走出去，走出去做什么，又都模糊不清。

（崔庆蕾）

写 意/

/周克芹

　　黄大学跟朱老幺他们一路出去找事做。先搭了几个建筑队的班，后来在火车站扛包，顺带着也做点别样生意。黄大学在体力和胆子方面都不如这伙弟兄，挣的自然比他们少些，可一年下来，手头也积蓄了不少。大家回村过节，正打算来年再出去，黄大学女人的病突然加重了，他只得留下来伺候女人。

　　哪知，女人的病医了三个月未见好转，人却一天天消瘦。送到大医院去查出是癌症，从那天起病情急转直下，又三个月过后，就去世了。

　　办完丧事，黄大学懒心没肠的，没有再出去做事。积下的钱都耗得差不多了，去买了两只羊。地里农活不多，胡乱对付着，很多的时间牵着羊到山坡上去转悠，走累了就坐在地上，看着女人坟头青草长起来，看着羊一天天长大，直到青草变黄。冬天，卖了羊，给自己置一套新衣裳，心想过了年还是跟朱老幺出门做事去吧。

　　新制服还没穿得打皱，裤子也还伸伸展展的时候，村里五娘来给他做媒了。五娘做媒是业余的，受外村亲戚委托。那人春节里到五娘家做客，很注视了黄大学几眼，见他高高大大的身胚，五官也很周正，眉目间还透着几分斯文相，便有了意思。不过，那人要五娘给黄大学说清楚，女方不年轻了，开着一座煤窑，很有钱的，成与不成可说不准，要他有个思想准备。五娘给他出主意说："大学，要拿出点精神来，莫这样蔫秋秋的，女人家不喜欢没精打采的男人，你结过婚，晓得这当中的道理。把你这身衣裳换下来洗干净，拿到汪裁缝家去熨一熨，才有个模样呢。"黄大学回答说："我无所谓。"话虽这么说，可还是照五娘的意见办了。

　　正月十五这天，连云场上人挤人。五娘领着黄大学来到十字口茶铺，朝里面张望，不见她亲戚的影子，心想，莫不是来早了。就对黄大学说："快去占张桌子，泡四碗茶等着，我在这儿招呼。"

黄大学高大的身躯从挨挨挤挤的茶客们坐椅间穿过，来到店堂角落一张空桌旁边，刚坐下来就听见一个声音："喂，你是黄大学么？"

黄大学闻声顺眼看去，那嗓音颇像男人，看见的却是个女人。"泡茶！"那女人大声呼唤堂倌，同时就起身离开那满满的一桌汉子，到黄大学这边来了。这是个四十上下的壮实妇人，黑皮肤，大脸膛，浓眉毛，阔嘴巴，上唇长着青乎乎茸毛，穿着极其随便，看样子很单薄，黑色旧毛衣外边套了件男人家的四个兜的制服。

"你好！黄大学同志。我叫吴金凤。"女人自我介绍。

"你好，吴金凤同志……"黄大学这样说。他觉得这个名字肯定在什么时候听到过，愣愣的想一阵却记不起来。这女人倒像一辆坦克车，他对自己说，并为自己的这个比喻想发笑。

只听吴金凤说道："是我约你到场上见面的。你很准时。"

"啥？"黄大学大惊，只觉得脑袋嗡嗡响。

"这么说，你不是那个黄大学？"女人也有点窘，但立即就过去了，改口道，"有人对我说，有个叫黄大学的，想到我的窑上找个事情干。要真是你这位老弟，我看行。我们先谈谈吧，我那里……窑工不缺，上面还缺个把懂点文墨的。你是大学生，真的么？"

"不，我不是大学生。"黄大学缓过一口气来，"你莫误会了，我没上过大学。我的本名也不叫这个，我叫黄大雄，大雄宝殿那个大雄。"

"听你说话不像白火石。"

"我读过高中，想上大学，没上成，村里人爱开玩笑，叫我黄大学。"

"哦！高中！文化高啊……"

"不过，都是十多年前的事了，那阵闹文革，停课，没读到多少书。"

"也不少嘛！要是考上了大学，这如今早到城里当干部去了，说不准还留洋去了呢！"

"哎，别说那些好事……"

"怎么样？到我那儿做事，不亏待你，月工资一百二。"

黄大学的脑袋又轰的响了一声，他喜欢这个数目。

女人见状，一笑，露出结结实实的一口白牙："我这人很干脆，嫌少就亮个价。"

"……"

"活路不多，就管管账目什么的。叫会计也可以，或者干脆像人家集体大矿那样，叫办公室主任。"

说着话，五娘就进来了，一起的是她那个亲戚。吴金凤就起身招呼另一张茶桌旁几个汉子："你们先到群乐去，叫一桌，我今天有客人。"汉子们互相夹着眼睛，灰灰地去了。

五娘满脸的问号，寻机对黄大学悄声问话："就成了么？"

"啥？"黄大学不明白五娘的意思。

"这顿饭都吃得么？"

"有啥吃不得？肚皮早饿了。"他说。

"吃不得！"

"无所谓。"

"哎呀！这个母夜叉，你都看得起？我原想至少要比这个样子秀气些……哎，我们黄家可不能进了这样个夜叉婆，把种传坏了……"五娘神情严肃，黄大学有点醒悟了，脚就犹豫起来。

吴金凤大大咧咧在前面分开人群，为黄大学以及两个老大娘开路，不时回过头来看看黄大学。快近正午，场上人群推来搡去，五娘终于得到一个机会拉着黄大学拐入小巷，溜了。

回村路上，五娘后悔不迭。据她从亲戚嘴里掏得的几句"实话"，这吴金凤是结过三次婚的女人。头一任丈夫是个供销社干部，离了。第二任是个煤矿工人，死于井下事故。第三次嫁了个小煤窑老板，日子过得红红火火，那男人却因为车祸丧生。

既粗大，且占"白虎"，生成一个克夫命。五娘告诫黄大学，打三辈子单身也不能找这么一个老婆。五娘安慰说："这事怪我，不该一说就来会面。"

黄大学说："无所谓。"

"你等着，不出三两个月，五娘给你选个像样的，至少总得般配才成。"

"不急，五娘。"黄大学蔫蔫地回答。

回到自己家里，冷锅冷灶的。黄大学倒头便睡。临打呼噜前，他想着群乐饭馆的那顿饭，不该不吃的，吃了又能把我怎么样？真是，白白浪费了……

几天后，吴金凤寻到村里来了。她气气派派到了村办公室，对村长说有个叫黄大学的订了协议到窑上工作，为什么没去上班？难道要撕毁协议不成？村长一听很高兴，告诉她，有这等好事黄大学哪会不去。便带了她到黄大学家来，在门口，吴金凤说："村长，你请回吧，我自会找他问个究竟。"

望着村长离去，吴金凤抻了抻衣服，捋了捋头发，才轻轻地敲门。

"进来。"黄大学的声音，懒洋洋的没劲。

吴金凤推门进屋，说道："大白天掩着门在家干啥？"

黄大学怔怔地望着她，两只脚胡乱伸到床底下找鞋子。这女人今天变了样，藏青色毛料裤子，中跟皮鞋，浅色花呢短外套，露着胸前被耸得高高的红色毛线衣，头发微卷，一看便知前两天才上过理发店，脸上还淡淡的化了妆，不像上次那么黑了。堆块依然显大，但看上去自然。黄大学脑袋里嗡嗡直响，他终于趿上了布鞋。

"病了就睡下，不打搅你，"女人说，"只是来看看。"

愣了半天，黄大学终于说道："吴金凤同志，你请坐……哎，屋里乱糟糟的，真是不像话……"

吴金凤在方桌旁坐下。她四下里看看，除去床、方桌、高板凳，屋内别无长物。一束阳光从窗外射入，正好照在床上，一张零乱肮脏的单身汉的床。

黄大学进隔壁灶屋去拿来暖水瓶和两只茶盅。茶叶装在密闭的瓷罐里，瓷罐放在小筐中，小筐吊在屋梁上。她看他把三个手指伸进瓷罐里，手很干净，甚至太小巧苍白了些，像姑娘家的手。乡下的男人也有这样的手？她想。

"水不行，泡不好茶了。"他为此很抱歉。

她说："没关系。你挺会饮茶。可这板凳坏了也没修理一下——我说你家板凳坏了，你不见怪么？"

"无所谓。"

"看来你这个人很洒脱。是吧？"

"……无所谓。"

"那天连云场上为啥开小差啦？"

黄大学胖乎乎的白脸彻底地红了，红齐耳根。

"我不该给你提这个问题。"女人说，说得很小心，"你一定听说我结过三次婚，是吧？我是结过三次婚，我命不好。这两年，我又想结婚了。我托人介绍一个男的，我要跟他结婚，可是总不合适。我怕再嫁个短命鬼，守不到老……我现在拖着四个娃，四个娃属于三个爹。你还不知道这个吧？我喜欢他们，我自己生的养的，能不喜欢？长大以后我不会叫他们下煤窑，我要让他们上学读书，给高价学费也要一直读下去，将来找个好工作。我有一点钱。煤窑的收入可以。我没有偷税，也不用童工。我很守法，守法也能赚不少钱……可是我还想结婚。人家骂我白虎星、克夫命，对一个女人，再没有什么骂人的话比这更刻毒，更叫人伤心的了……"

"可是……"

"你一定会说我想结婚只是为了考验一下自己究竟是不是个白虎星、克夫命吧？我给你承认——是的。换一个说法，为向世人证明我不是白虎星克夫命，我不是……我要叫那些人看看我不是……我这人很要强。"

黄大学怔怔地望着她，脸色红一阵白一阵。心想：女人家真是看不透呢！这个女人很强悍，不是也很可怜么？就为了"证明"！可是，哪个男人愿去冒那个危险呢？

送走吴金凤以后，黄大学有几天心中闷闷不乐，决定还是锁上门出去找朱老幺他们一块做事。

五娘叫他别忙着出门，她正给他四处托人找对象呢。他却懒懒的提不上劲儿。结婚是为了什么？脑子里想着这个问题，可是想不明白。回忆自己几年的婚姻生活，印象极其淡薄。干活、吃饭，睡觉，似乎没发生过什么要去思考或需要长久惦记的事情。

五娘给找的对象还没个影儿，吴金凤可又来了。这个壮妇一脸汗涔涔的，牛一样驮着两个大包，装满了吃的和穿的。她解释道："我听人讲了，你为老婆长期治病，花净了全部的积蓄。你是个大好人。"

黄大学面对两大包东西，有点发窘，不知怎么突然冒出一句话来："我可是有脚有手的男子汉，不愿意受人施舍的。"

吴金凤说："咋能这样说？我是个大老粗，可没你心眼儿细。什么施舍不施舍，钱要花得心里受用，花光也值得。你为你老婆不是花光了钱财？我从前的男人可没那样待过我。不过，我也懂得跟他们算计。"

吴金凤留下吃午饭。她说起煤窑上的生意，如今煤窑老板越来越多，乱挖乱采，政府又很少来干涉，生意眼看难做……她眼里藏着疲惫的神色。

"真是！不得不像个男人那样去拼命，去搞阴谋诡计，要不，就只有遭人家吞掉……这些年我身上什么样的坏脾气都有了，我最能和别人吵架……从前我不是这样的。"

"也跟人家打架么？"

"也打，打过好几架了。"

"哎，真不容易。"

送别时，黄大学突然提出："要不，我上你那儿干活去，或者能帮你的忙。"

吴金凤却断然拒绝了："不，我不愿意，那活路不能让你干，一脚踏在阳间，一脚踏在阴间，说不准哪阵出事……"

这以后，吴金凤十天八天总要来一次。二十里路，她快步如飞。来吃顿午饭，说些闲话，每次总少不了带些东西来。黄大学没再打出门的主意。五娘见吴金凤经常在村里出入，料定黄大学已经中邪，劝不转了，也不再热心给他张罗找对象的事。当然，吴金凤给五娘送过两块衣料，嘴给堵住了，不好再明里说什么。

清明节到了。吴金凤这天来得特早，她要和黄大学一道给他老婆垒坟。乡间有这习俗，但黄大学怎么也想不到吴金凤会提出来。

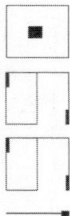

备好了锄头、鸳篼、钢钻、扛子、麻绳一应工具，他们来到坡上。吴金凤找好了一大方山石，便蹲在上面叮叮当当敲打起来。她干得像个真正的石匠一样。

晚春的阳光，热烘烘烤人脊背，汗味混着泥土和青草的气息，悠悠地荡漾在人的周围，伴着人的呼吸。人总是在这种情境之下，才和太阳、大地融和起来，亲密无间。这是真正意义上的春天气息，哪怕你只嗅到过一回，也会终生记住，到死也不会忘。

一丘小小的土坟，到下午变成一座像模像样的坟墓了，体积扩大了，围上了一圈条石，还立了一块方碑，刻着死者的名字。

他们在坟前默默地站立片刻，便收拾工具回屋。

吴金凤说她必须洗个澡，就把自己关在灶屋里了。黄大学坐在外面屋里待着，听灶屋内浇水的哗哗声响。他觉得自己面临着做出一个决定，心里堵得出气不赢。黄大学一向大而化之，"无所谓"是他应付一切难题的招数，可这回不灵了。他有生以来没有经历过如此严重的时刻。

当吴金凤换上她自己带来的一身夏装出现在黄大学面前时，他突然感到自己已度过了艰难，话就脱口而出："金凤，我们结婚吧。"

吴金凤一惊，望着他的眼睛。片刻无言对视。末了她却转过身去，一边收拾她的衣物，一边说："不成，不成，我喜欢你，可我不能和你结婚……"

"为啥呢？"

"不为啥。我的命不好克夫命。不能拿你来冒危险。"

"不！"黄大学吼了一声，身子像山一样倒在地上。吴金凤将他扶进屋里去。这女人叹了口气。

这一晚，她不放心他，就留下没走。

原载《现代作家》1990年第1期

点评

小说立足于乡土农村，关注小人物的命运起伏和内在精神。

黄大学和吴金凤都遭遇了婚姻的困境，黄大学的妻子是因病离世，吴金凤则是一连"克死"了三任丈夫，同是丧偶，但两人的境遇差别较大。黄大学为给妻子治病倾家荡产，树立了良好的口碑，赢得了周围人的赞誉，他的困境主要在物质层面上。而吴金凤在物质上是富裕的，她接管了最后一任丈夫留下的煤矿，当起了窑主，经济十分宽裕。她的困境主要是在精神层面上，人们都认为是她克死了几任丈夫，是白虎星、命里克夫，于是她被送上了道德的审判台，成为一个被遗弃者。吴金凤之所以想再婚，一个很重要的推动力量便是想证明自己不是个煞星。两个命运坎坷的人经过媒人牵线偶然有了生活交集，但是在人们看来，他们是两个并不般配的人，乡亲们都不愿意看到黄大学娶这样一个晦气的女人，但吴金凤敏锐地看到了黄大学身上的闪光点，他厚道、豁达、善良，尽管带着一些颓废。吴金凤紧紧粘住了黄大学，用她的行动打动了黄大学，捕获了新的爱情。

这是小人物在命运面前的抗争和追求，很多时候，小人物的困苦是更多的"小人物"造成的，如果能多一些宽容之心，也许就能少一些悲剧。

（崔庆蕾）

换种活法

杨蔚东

这些天，小碾子像只讨厌的蝉，不停地在我耳边鼓噪："换种活法吧，换种活法吧。"刚听他这样说，我以为他脑子里哪个零件安错了地方，没事穷寻开心，谁知他却特别认真，整日缠着我。望着他一脸对我的前途命运牵肠挂肚的焦急状，我实在于心不忍，只好无可奈何地答应他："行啊，那就换种活法吧。"在我这样说时，我觉得自己成了圣人，完全是在为小碾子排忧解难。

我留职停薪了，可他妈小碾子却失踪。还好，只过了几天，这家伙又出现了，一见面，他便扯着破嗓门乱嚷："好哇，我是觉得这几天耳朵烧得慌，一回来，才知道是你他娘的在背后骂老子的娘！"

"骂你娘算轻的了，瞧瞧吧，我现在成了条死鱼冻在这里了，全他妈你小子惹的。你倒好，不晓得跟哪个小妞花去了。"

"嘿，你别造谣！"小碾子轻松自在，整张脸都快笑烂了，"实话告诉你，这几天出去贩水牛，赚了这个数。"他伸出一只巴掌，在我面前晃来晃去。

"你他妈出去挣大钱，兄弟我现在连饭都没得吃了。"

"这事儿啊，你用不着急，我早替你打算好了。"

"也让我去当牛贩子？"

"看你说的，堂堂编辑，大学中文系本科，怎么能干这档子事。"接着他凑到我耳根旁故作神秘地说，"有个国际微机开发公司，缺个搞公关的，你English又不错，正合适。况且这也合乎你'换种活法'的精神，怎么样？他们总经理是我表哥，我已经同他谈妥了。"

我跟在小碾子屁股后面，左弯右拐，进了一条又窄又脏的胡同。胡同尽头有幢不知哪朝哪代建的破楼房，楼房门洞边挂了一块邋邋遢遢的长方形小木块，上书几个歪歪扭扭的红字。我凑近一看，正是：国际微机开发公司。

"哟嗬，就这地方啊？！"

"怎么？看着不顺眼，嫌破？"小碾子的口气充满了教训人的味道，"亏你读了一大箩筐书，知不知道，现在越旧越破的东西越值钱，老古董、文物，懂吗？"

"你别他妈瞎扯了。这么大个招牌的公司，萎缩在屁股大点个地方，也太上不得台面了吧！"

"嗨，你以为他们公司好大？加上你也才五个人。"

"啊，那……那都能叫国际开发公司？"

"唉，说你'老外'吧，你还不舒服。现在兴这，不然能唬住人？告诉你吧，北京还有家公司，招牌更绝，中华环球银河宇宙烤红薯有限公司。"

"算了算了，你歇歇气吧，硬是吹牛不犯罪，什么都有得你说。"

我们上到二楼，摸黑过了一节通道，转过弯，小碾子推开一间房门，破鸭嗓子马上便整幢楼回荡开了："表哥，表哥，给你找的公关来了。"

应声从另一间屋出来一个西装革履、戴镀金宽架眼镜的高个子。小碾子上前把他拖到我跟前："来、来、来，见见，我给你找的公关。"又转头对我说："啰，我表哥，公司总经理。"

这样我认识了"博士"，以后又相继认识了"硕士""双学位学士"，而我因为时不时在报刊上来二句"绿色的喷嚏"一类的现代歪诗，所以他们就叫我"诗人"。

头一次见到博士，他对我说："本来我们想找个女的，但考虑到现在公关小姐太多，还不如找个男的，用男色对付女色。嘿，你也用不着脸红。干这行，就两条，一是不要脸，二是嘴巴烂。有一点我要特别强调，生意场上绝对动不得情，什么人情、人性、同情心，统统都得忘记，特别对女人，更要拿得起放得下，玩玩可以，一定不能陷进去。"

这算是我上的第一堂公关课。随后我就严格按照博士的理论，开始了我的实践活动。我每日急急慌慌在大街上钻来拱去，拿着"国际微机开发公司副总经理兼业务部经理"的名片，这家公司进，那家研究所出，在懂行和不懂行的人面前，锤炼我那根还不足三寸长的舌头。一个多月过去，虽然也拉了几笔业务，但从公司几个人的脸色上，我看出，他们并不满意。

这日，在一个地处偏僻之地的啤酒馆，博士和我斜依在长条桌边，面前横着摆了一大堆啤酒杯。我俩除了喝酒时喉咙里发出"咕噜"声外，很少说话。我感觉无聊，便对那个本算清秀可抹了满脸糊墙粉的女招待喊："喂，小姐，你们的音乐开来听听嘛，怎么连起码的情调都不懂呢？"

大概是打搅了她的清梦，她极不满意地翻了我一眼，还撇了撇那张可爱的小嘴，于是音箱里便传来了崔健让人要死要活的嗓音："可你却总是笑我，一无所有……"

这他妈叫什么，明明已穷得叮当响，恐怕连内裤都没得穿，还拖着个女人干号"你这就跟我走"，跟你到哪里去？去偷，去抢啊？我愈听愈觉胸中有股无名邪火直往上蹿，一拍桌子正想发作，博士却拉住了我。

"喂喂……别闹了，喝你的啤酒吧。"

瞥见博士的脸色，我没劲再闹，嗫嚅道："博士，我知道，你们大家对我都不大满意，来了这么久，没拉着一笔大生意，我……"

"你也别这样说，做生意嘛，就是过撞，撞着了就有，撞不着就没有。只是你不要那么死，非计算机开发的就不做，实际上这不过是个招牌，只要有钱赚，什么不能做？对了，现在有个事，看来还只得你去。我们搞了批电脑，也找到了买主，但他们要拿到了货才肯付钱，而卖方要收了钱才给货，我们急需二十万。这么大笔钱只有找银行贷款了。问题是现在国家正紧缩银根，像我们这种公司，很难拿到钱。他妈的，那个管贷款的史主任，我们连轰带炸弄了一个星期，他死不松口。眼下只剩一条路，银行直接拨贷款的是个小妞，听说是个文学青年，这就看你英俊诗人的了，只要把钱弄到手，你就立了头功……"

也许酒喝多了的缘故，博士本来很丰满的脸庞在我眼里成了块又扁又圆的柿饼，柿饼上那两片猪儿虫般的厚唇在不停嗫嚅着，我已听不见他在唠叨些什么，耳朵里灌满了崔健嘶哑的《信天游》。

"别再让崔哥们儿穷嚎了，那是陕北爷们儿饿得心慌想稀饭和玉米棒子时嚎的。还是让邓姐儿给我们叫两句好听点的吧。"我举着啤酒杯对糊墙粉女招待吼。

借《青年诗人》举办的一次舞会，我搭上了银行小妞。她生的蛮漂亮，可同她跳第一曲舞时，我就发现她脖子上有块疤，禁不住为她取了个挺不错的名字——锦（颈)上添花；同她跳二曲时，我开始与她讨论朦胧的"绿色喷嚏"；当舞会散场，我和她一起步出舞厅时，她已只知用那双梦幻般的大眼睛崇拜地望着我

三天以后，我把二十万贷款交到了博士手里。

做成了笔大生意，公司几个人到全市最高级的香格里拉大酒店多功能旋转舞厅庆贺。一路上跟着来吃白食的小碾子臭嘴不停。

"诗人，你小子这次搞得不错啊，真有你的，二十万贷款轻轻易易就弄了出来。"

"嗨，我算什么，全是博士的主意。"

硕士阴阳怪气发言了："哪里啊，博士他算老几，还是诗人你老兄厉害啊，又是女人，又是票子，双丰收啊。"

"对，对，玩也玩了，钱也拿了，好本事……"其他几人附和道。

我明白他们不服我这次提成太多，有意要挤对我："哥儿几个也别多说了，总之今天晚上我包了，算我请客。

"啊，应该的，应该的。"众人鼓掌欢呼，全他妈捧老二。

我们拣了张靠近舞场的桌子坐下，小碾子屁股还没落到座位上，那张臭嘴又开始评品场子里那个妞舞姿挺好，这个妞线条不错。

"小碾子，你别再嘴臭了，你先瞧那边角落里躺着的女人。"我们都随博士的目光看过去，见在阴暗的卡坐里，拉伸睡了个女人，舞场的喧嚣对她仿佛全无作用。这时，有个男人走到她旁边，蹲下，不知嘀咕了几句什么，那女人厌恶地翻过身，脸朝着靠背，男人悻悻地站起来，离开了。

"怎么样，你不是嘴很臭吗？试试去。"

小碾子摆了摆头："我？算了，算了，这种死猫惹不起。"

博士点上一支烟，深吸一口，又从鼻孔里喷出："怎么样？谁去试试？只要把那女人请到场子里转上两圈，今晚我们每人给他一张四人头。"

硕士来了劲，那双贼眼在昏暗的灯光下发出灼灼亮光。他站起身，用手梳了梳油光鉴人的大披头，又整了整西服领，两嘴角向下一撇，对我们

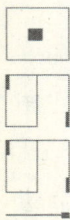

做了个鬼脸，然后像猛士奔赴战场一样，大踏步向角落里昏睡的女人冲了去。

不幸的是他徒劳无功地回来了，看着他气急败坏的模样，可以想象那女人让他碰了很大个钉子。

"妈的，谁去，谁要有本事把她弄到场子里，我再加上一张'四人头'。"硕士一脸愤然之色。

不晓得为什么，此时众人的目光都落到了我身上，似乎我是大观园里的贾宝玉，谁个女人见了都爱。不过我也不怵，既然大家都看好我，这几百块的收入，我又何乐而不为呢？

我一声不吭地在那女人面前足足站了二三分钟，我看得出她知道有人站在一旁，但她也仍旁若无人地仰躺着，高耸的胸脯随着她平稳的呼吸起伏。看她无意搭理我，便开口问道："小姐，这地方有人坐吗？"

她没吱声，连眼睫毛也没动一下。

我又问："小姐，这地方有人坐吗？"

"那不空着吗，你随便坐。"她的声音冰冷。

"你眼睛都没睁一下，你知道我说的是什么地方？"我的声音也极冷峻。

"噫——！"她翻身坐了起来，睁着大眼瞪了我片刻，"你指的是什么地方？"

我顺势坐在她身边："我说的就这儿。"

她顺手从小坤包里掏出一盒绿色装More，拇指在烟盒底部弹弹，跳出一颗烟，然后将其叼在樱桃小口上，用一只高级防风打火机点燃，深吸一口，停了片刻，撅起唇，吐出一长串烟圈。这一连串动作，她做得十分潇洒，我看得有些呆了。

"你呆看什么？"她有些不满地问。

"啊，当然是看你啦。我觉得你有点忧愁，好像有什么烦恼纠缠着你，是不是碰到了什么不如意的事？"我摆出一副悲天悯人样，不过我确实感觉到她有心事。

"这……你管得着吗？"

我无所谓地说："我倒不是要管你，我凭什么管你？我只是觉得，既然来舞场，就是为了快活快活，如果要躺着生闷气，还不如随便什么地方找张床，裹着被子好好睡。"

"哈，你倒蛮想得开？"

"当然啦，我历来就是这样。怎么样，既然说到这个份上，能赏脸跳一曲吧？"我顺水推舟，为我今晚马上就要赢得的几百元，迈出了最坚实的一步。

一曲舞下来，我把她送回角落的卡座，然后到柜台拿了两听易拉罐可口可乐。可我转回来时，她已无影无踪。

一个多月以后，博士又让我到香格里拉大酒店去，这次却不是跳舞寻女人挣钱那类好事，而是去谈一笔计算机系统的交易，临出门时，博士再三交代我："记住，一定要把价钱抬起来百分之十，听说那边管这事儿的是个年轻女人，到时你施展施展你白马王子、风流小生的功夫，肯定能吃住她……唔，就是臭到底了，也得百分之五，要不我们没什么赚头了。"

我派头十足地闯进香格里拉大酒店业务部，很洒脱地将一张名片撂到门边一个秘书样的小姐的办公桌上，她睁着黑黑的大眼惊讶地望着我。我挺温柔地一笑，声音浸满了蜜："小姐，我是国际微机开发公司的，同你们经理预约好了的。"

"啊，您请坐，请稍候，我这就去通知经理。"她对我嫣然一笑，不过笑得太职业化，其味道恐怕还比不上刚才我那一笑的十分之一。

我坐下，刚把烟点上，吸了没两口，小姐从侧门出来，很恭敬地对我说："请吧，您请进，经理在等您。"

我心里暗骂："哟嗬，派头挺大，不就他妈一个业务部经理嘛，我他妈还是个副总经理，高着一截呢！"此刻我完全忘了，我这副总经理手下可是连个毛毛兵也没有。

等我跨进经理办公室，就整个成了一呆子，木了。使劲眨巴了几下眼睛，错不了，经理就是那晚在舞厅里睡大觉，后来像根泥鳅似的"吱啦"一下溜的无影无踪的女人。她倒自在，满脸笑盈盈，好像什么事也没发生过、也从未见过我似的，又是跟我握手，又是替我倒水。我半天反应不过来，只知傻乎乎地瞅着她。

"怎么，不认识了？"她挺自得地问我。

"嘿嘿……"

"怎么样，今天还觉得我很忧伤吗？"她面含讥讽地揶揄我。

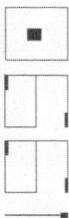

这时我已平静下来，我感觉我完全能控制自己的情绪了，抬起双眼装模作样打量了她一番，心里不得不承认她确实很美，美得眩目，美得摄人心魄，但她眼角那几丝虽经过精心描画却仍不能掩饰的鱼尾纹，使我肯定，她的实际年龄比她最初给人的印象要大得多。我半玩笑半认真地回答："你今天容光焕发，光彩照人啊！"

"哈……"她突然从喉咙里冒出一连串银铃般的笑声，"看来你很有外交能力，怪会讨女人欢心的。

"算了，我们别再相互吹捧了，吹来吹去，结果连你的芳名还不知道。"

"呀，你也别花花心肠想打听我的名字了，我想你也看得出，我恐怕比你大得多吧，你就叫我周姐得了。"

我不想再同她兜圈子，也清楚假"风流才子"那套在她跟前起不了什么作用，于是单刀直入："周姐，我们还是谈正事吧。你也清楚，我们是小公司，一笔生意总要有那么点赚头，你看是不是给个这个数？"我伸出一只手掌翻了翻。

"行啊，就这个数吧。"我没想到她回答得这么爽快，"不过，有个条件。"

"什么条件？"

"晚上你得请客。"

"那当然，你说哪里就是哪里。"有这么个大美人陪着，别说去玩，就是上刀山下火海，那也是很快活的事啊。

当我和周姐出现在啤酒馆时，已是华灯初上。大街上贼亮的路灯，透过窗纱射进昏红的啤酒馆，如同给它镀了层梦幻的月色。镭射光盘里梅艳芳用广东话正低沉地唱"把我的心情整理，再提醒自己冷静面对它，从此以后不再想，独自漂荡……"曲子很美，为啤酒馆平添了几分情调。

我问周姐："这地方太小，不会亏待你吧？"

"什么呀，就是讲个情调，现在要我找这么个地方，不容易。"周姐很柔和地一笑，与她以前的表现大不一样。这一瞬间，我感觉到她是个好女人，然而是哪种意义上的好女人呢？

我不知道。

"周姐，我一直弄不懂，你怎么那么爽快就答应了这笔生意？"

她又是极柔的一笑，同时透着几丝揶揄："因为我感觉你还算个好男人。"

我忍不住笑了。

"你笑什么？"

"我也正在想你是个好女人呢！"

"是吗！"她的声音里满含着兴奋，但转瞬我听到几声微弱的唏嘘，光线太暗，我看不清她的脸，但我肯定她在哭。

"周姐，周姐……"我有些胆怯地低声叫道。

她抬起头，摇了摇，鼻子使劲抽了两下，又摸出手帕在脸上轻轻擦了擦，才对我说："你别笑话，实际上我好多年没流过泪了。告诉你吧，我今天上午才离了婚。"

"嗯——！？"我吃了一大惊。

"其实也没什么，现在离婚挺普遍，就像甲肝，成了种流行病。只是今天上午走出法院，我突然觉得很孤独，什么也没有了，丈夫、孩子、爱，全没了。我才急急慌慌跑去上班，想用公事来摆脱这一切，要不今天你也见不着我……还记得那晚吗？你来请我跳舞，那时正是闹得最凶的时候。那天我们大吵了一场，他骂我是婊子，还给了我一耳光，我跑了出来，想到舞厅里散散心，但一见那场面，心里就憋闷得慌，想躺在座位上，谁知也不轻松，尽是你这样的人来打搅。"

我自嘲地笑笑。

这日我回到家，家里上演了一台三堂会审的好戏。老头子、老母亲和哥老倌，严肃得如同刚到医院做了笑神经切除手术。见他们那样，我就想溜，哪知老母亲今天做了彻彻底底的"叛徒"，她死死挡在门口，断了我的后路。

"哟嗬，我又招谁惹谁了？"我无所谓地笑笑，从兜里掏出烟，土豪劣绅施舍食物般，随意丢了根给老头子。

老头子瞅了一眼掉在腿上的烟，头便愤然转开，一脸不屑的味道。我知道老母亲对他抽烟管得紧，每天定量三根，他馋烟馋得不行，现在竟然能做到这个份上，可见已愤怒到极点。

"你自己说，你最近都在外面胡搞了些什么？"老头子嗓子陡然提高了问。

"胡搞？我从来不胡搞。"

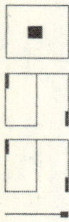

"你、你……小子……不老实！"

"你呀，找什么不好，偏去找那么个女人？离过婚，年岁又大，唉……"老母亲从后面拉住我的手臂，带着哭腔说。

"我说什么，原来这呀！"我转头盯住哥老倌，"你简直成了顺风耳，消息快得很啊。"

哥老倌却很沉着，用公安人员同犯人谈话的口气对我说："你别管消息快不快，你说，到底有没有这事儿？"

"怎么？审问啊？"我一听他的语气，也来了火，"这也没什么好隐瞒的，有这么回事，又怎么样？"

"你还嘴臭！"老头子猛然跳起来，扑向我，幸好被老母亲及时抱住。

哥老倌扭过身，对老头子摇摇手："爸，您别急，您坐下，消消火。"

老头子仿若一只没抢着食的恶狼，悻悻然坐下。

哥老倌目视着我很诚恳地说："今天我作为当哥的给你说几句，你听得进去就听，听不进就算了，反正感情上的事也勉强不了，但我希望你能安安静静听完。"

他挺真诚的样子，我也没什么好说，仅仅毫无内容地笑了笑。

"我知道，你一直看不惯我同市委书记女儿的关系，其实就我的本意来说我也不愿意，难道我吃错了药？非去找那么个丑女子？可是谁让我们都处在这么个现实世界中，梦中的乌托邦是不存在的，而现实又告诉我们姻亲关系比其他任何关系都管用。你找这么个女人，图什么？我看你仅仅是为了情欲的需求！"

我当即一愣，但立即否认道："不，不是。"

"不是，是什么？你就是图个情欲的满足。你扪心自问，你真的会同她结婚？你的目的太低下。实际上只要你愿意，在任何别的女人身上都能得到同样的满足。既然如此，你又何必去找那么个女人呢？我劝你还是及时刹车，转向吧。"

我心里很迷茫，也许我真如哥老倌说的，周姐不过是我发泄无聊、烦恼的对象，最终除了她的身体，我什么也没得到。

以后几个星期，我与周姐的关系很不显眼地由如胶似漆变成了时冷时热，虽然有时我也住在她那里，但毕竟有了无名的隔阂，两人的关系仿佛鸡肋一般，食之已无味，弃了又可惜。她也感觉出了我的冷漠，经常独自呆坐着，一对梦幻般的眸子似怨非怨地盯着我，使我很过意不去。

我和周姐的事，博士已像念佛经一样念叨了好多次。这不，他又唠叨开了："你刚来我们公司时，我就对你说过，对女人，不能陷进去，一陷进去，你就完了。你看看嘛，一两个月了，你就没正儿八经谈过一笔生意。我说老兄，该悬崖勒马了。"

我茫然无知地问："怎么勒？"

"这也要我教？找别的女人呀。要知道，世界上的鲜花各有各的香味，你不要抱着一枝土红苕花、狗尾巴花，就把它当成了玫瑰、牡丹、郁金香。这样吧，今天晚上花园餐厅，我找几个人，想法洗洗你的脑子。"

当晚，我和小碾子先到餐厅寻了座。过了会儿，博士带着三个小妞来了。在我起身给她们让座时，突然有个小妞叫了起来："嘿，这不是诗人吗！"

我惊异地望着她，弄不清她是谁。

"硬是贵人多忘事，连我都不认识了？"

我盯着她的脸，脑子不停地在记忆的屏幕上扫描，终于从那藏在厚实的化妆品下的眉宇间寻觅到了几丝往日的痕迹，原来是我中学的同学小面包。小面包是我吻过的第一个女人，按常见的说法，我生命中最纯洁的初恋的吻，就是献给了小面包。记得那次我笨拙地吻了她后，她还嘤嘤地洒下了几滴既委屈又兴奋的泪。可现在你瞧她，一会儿靠在博士身上喃喃低语，一会儿又同小碾子嘻哈打笑。整个晚上，我都呆坐着，很少说话，我简直糊涂了，我实在搞不清男人和女人到底是怎么回事儿。

后来，博士把我们带到他在饭店包的一间房子里。房里只有两张床，小碾子搂着一个小妞占了一张床，博士让我和另一个女人睡了另一张床，他和小面包躺在两张床之间的地毯上，此时，我终于认识到了，我和周姐之间也不过就那么回事儿，什么爱啊恋啊，又何必那么当真！

当我对周姐说："我们断了吧。"我本以为她会眼泪汪汪，痛苦万状，谁知却大出我意料，她无所谓地摔摔满头烫成麦穗似的青丝，很轻松地说："既然你觉得该断，那就断了吧！"不知怎么的，见她仿若无事的模样，我就像大冬天吃了粒酸葡萄，既酸且冷，很不是滋味。

之后，我心无旁骛，一心扑在公司的业务上，生意也比头几个星期大有起色。博士看在眼里，高兴得什么似的，有事没事就拍着我的肩膀夸奖："诗人，干得不错，就这样干，哥几个忘不了你。"

我自然谦虚道："应该的，应该的。"

"嘿，只要听我的，绝对错不了。"他大咧咧地说。

这天，我正准备出门，博士在过道里拦住我，把我拖回办公室，强按进破藤椅里，愣了片刻，像在心里再次下了很大的决心，才很郑重地说："这事你不能告诉任何人。"

我莫名其妙地问："什么事？"

"绝对不能告诉任何人。"他再次郑重地叮嘱我。

我没开腔，只是严肃地点了点头。

"还记得银行那个史主任吧？他最近提了副行长。前两天找到我，说他们银行要实行电脑化，打算从我们这里购买电脑，当然这是送了砣肥肉给我们。但他同时提了个条件，让我们设计一套程序。"说到这里，博士骤然打住，双目紧抓住我，仿佛两柱强光，想洞穿我的心灵。停了好一阵，他才把手上的烟蒂狠狠摔在地上，很急迫地说，"这套程序技术上的问题倒不难，但有一点，这可是要命的。"

我心里虽然大吃一惊，表面上却无动于衷，这也算是几个月瞎折腾的一大收获吧。

博士见我没表示，也松了一大口气，语调轻松多了："姓史的这套程序，要求把每个户头上利息的小数点后面的钱全划到一个挂在他的名下的新户头上，也就是说这笔钱全归了他。你想想，一个银行有多少户头？这笔钱又有多少？可这小子心太黑、太贪，他只答应同我们三七分成，他拿七，我们拿三。我当然不同意，咬定对半分，大家都是搭上了命的，凭哪点儿他就该多拿？唉……，结果谈崩了。"

"那你要我干什么？"我冷冷地问。

"你再去同他谈，这生意一定要做，但分成一定得五五开，半分也不能少。"博士说得非常坚决，就像一个将军在发布最后进攻的命令。

"我不干。"我的声音很低沉，但同样坚决。

博士仿佛没听清我的话，扯着嗓子问："什么？你说什么？"

"我不干！！"我暴吼一声，猛然回头冲出了门，丢下博士一人，傻愣愣地盯着我愤怒的背影。

我站在一个十字路口，看着来去匆匆的人流车流，看着不时变换的红绿灯，我感觉嗓子眼发痒，像有什么东西抓挠。我还能做什么呢？换了这么几个月的活法，我总算认识到，富有富的活法，穷有穷的活法，快乐有快乐的活法，烦恼有烦恼的活法……又何必自找麻烦换来换去呢？

我唯有庆幸当初我只是停薪留职，还有后路可走。

原载《山花》1990年第1期

点评

1980年代中后期，伴随着改革开放的逐步深入，社会出现了大规模的"下海潮"，一大批官员投身商界，到商海中去开辟新的人生和事业。

小说故事的主角不是官员，而是一名文学编辑。其实文学编辑下海比官员下海更具对比性和参照性，因为这两个行当距离更远、差异更大。小说中，"我"从一名文学编辑摇身一变成了国际微机开发公司的副总经理兼业务经理，尽管整个公司只有寥寥几人，尽管"我"这个经理只是个光杆司令，但"我"确确实实换了种活法，不仅工作内容大变，工作方式、心理状态也得跟着大变。"我"穿梭在大街小巷，尽量多拉一些业务，增加公司效益。然而，仅仅通过动嘴皮子效果并不明显。公司领导"博士"不停开导我，让我终于谈妥了几笔大生意，然而这几次成功的经验都是用非常规的方式换来的，"我"虽然是个男人，可也是实实在在地出卖了几次自己的"色相"。这种非常规的方式不仅让"我"不习惯，在实际的操作过程中也违背了商场不能动"情"的潜规则，在看清了这个行当的真面目之后，我换回了自己的活法。很显然，"我"这个文学编辑不太适应这个风高浪急的陌生圈子，这个无底线、无道德的圈子，"我"的水土不服代表了汹涌而来的下海潮中的一些不协调音符，是那些赞美的歌声遮盖住的不同声音。

小说表达出对社会现实的反思，具有非常强烈的现实意义。

（崔庆蕾）

图书在版编目（CIP）数据

中国当代文学经典必读. 1990短篇小说卷 / 吴义勤主编. —— 南昌：百花洲
文艺出版社, 2016.6
ISBN 978-7-5500-1775-7

Ⅰ. ①中… Ⅱ. ①吴… Ⅲ. ①中国文学 – 当代文学 – 作品综合集
②短篇小说 – 小说集 – 中国 – 当代 Ⅳ. ①I217.1

中国版本图书馆CIP数据核字（2016）第113813号

中国当代文学经典必读·1990短篇小说卷

吴义勤　主编

出 版 人	姚雪雪	
责任编辑	余　茁	
书籍设计	方　方	
制　　作	何　丹	
出版发行	百花洲文艺出版社	
社　　址	南昌市红谷滩世贸路898号博能中心一期A座20楼	
邮　　编	330038	
经　　销	全国新华书店	
印　　刷	江西千叶彩印有限公司	
开　　本	720mm×1000mm　1/16　　印张　20.75	
版　　次	2016年9月第1版第1次印刷	
字　　数	300千字	
书　　号	ISBN 978-7-5500-1775-7	
定　　价	36.00元	

赣版权登字　05-2016-156
版权所有，盗版必究

邮购联系　0791-86895108
网　　址　http://www.bhzwy.com
图书若有印装错误，影响阅读，可向承印厂联系调换。